처음이라 몰랐던 것들

처음이라
몰랐던 것들 2

이보라 장편소설

초판 1쇄 찍은 날 | 2025년 5월 23일
초판 1쇄 펴낸 날 | 2025년 5월 30일

지은이 | 이보라
발행인 | 권기수, 장윤중
펴낸이 | 박정서

기획 | 정수민
편집 | 손유리

펴낸곳 | 주식회사 카카오엔터테인먼트
등록번호 | 제2015-000037호
등록일자 | 2010년 8월 16일
주소 | 경기도 성남시 분당구 판교역로 235, 에이치스퀘어 N동 8, 9, 10층 (삼평동)

제작·감수 | KW북스
E-mail | paperbook@kwbooks.co.kr

ⓒ 이보라, 2021

ISBN 979-11-385-1712-6 04810
　　　979-11-385-1710-2 (set)

※ 파본은 구입하신 서점에서 교환하여 드립니다.
※ 저자와 협의하여 인지를 붙이지 않습니다.
※ 이 책은 저작권법의 보호를 받는 저작물입니다. 무단 전재 및 유포, 공유를 금합니다.

본편

포도밭에서 돌아온 이후, 며칠 동안 스칼렛은 포도밭 이야기를 했다. 안드레이가 질려하며 말했다.

"그 포도밭 이야기 좀 그만하세요. 가 보지도 않았는데 벌써 질립니다."

"아니, 너무 기대돼서……. 포도 열리자마자 갈 거야."

"일거리는 가져가세요."

"……너무하네, 정말."

스칼렛이 눈을 흘겼지만 안드레이는 강경했다.

그리 많은 여행을 해 보지 못한 탓에 스칼렛은 포도밭 여행의 추억에 한동안 푹 빠져 있었다.

그렇게 이야기하고 있을 때, 덤펠트 가문 사용인 하나가 선물 상자 하나를 가지고 도착했다. 스칼렛은 자신의 앞으로 온 상자에 달린 덤펠트 가문의 도장에 의아해하며 종이 포장을 뜯었다. 그리고 상자를 연 그녀의 눈이 동그래졌다. 은색 날이 있는 아름다운 흰색 스케이트였다.

설렘을 숨기려 애써도 표정에 다 드러나는 스칼렛의 얼굴과 상자 안을 힐끔 본 안드레이가 말했다.

"웬 스케이트예요?"

"그러게."

전남편으로부터 온 선물이니 버릴까, 했지만 어릴 때의 추억이 가득한 스케이트를 쉽게 버릴 수가 없었다. 왜 하필 스케이트를 줘서…….

그리고 스케이트 위에 편지가 있었다.

[스케이트 탈 거면 아홉 시, 가게 앞에서 봐.]

"……뭐야, 자기 마음대로네."

스칼렛이 혼잣말하자, 안드레이가 참견했다.

"아홉 시면 퇴근 이후니까 가셔도 됩니다."

"내가 사장인데 왜 허락을 받아야 돼?"

"말씀드렸잖아요. 제 급여가 걸린 일입니다. 그 전엔 치열하게 일하시고요."

안드레이의 핀잔에 스칼렛은 별수 없이 계단을 올라갔다.

요즘 일이 너무 많아져, 잠을 최대한 줄였다. 스칼렛은 작업을 이어가다가 시계를 확인했다. 아홉 시를 넘어 자정이 가까운 시간이었다. 그녀는 잠시 손을 멈췄다.

빅토르가 왜 자꾸 자신의 곁에 나타나는지 알 수가 없었다. 그는 정말로, 정말로 이기적인 사내였다.

그가 자신을 찾을 때는 분명, 무언가 바라는 게 있기 때문이다. 뭐가 필요한지는 모르겠지만…….

그녀가 생각하고 있을 때, 창문 밖에서 부르는 목소리가 들렸다.

스칼렛이 커튼을 열자 옆 건물에서 잠옷 차림의 리브가 말했다.
"스칼렛, 너희 집 앞에 해군들 있는 거 알아?"
"지금?"
"아까부터 계속 있었어. 중간에 깨서 봤는데 아직도 있는 거 있지?"
"고마워."
대화를 마친 스칼렛은 급하게 겉옷을 챙겼다. 그리고 건물 밖으로 달려 내려가 보니 정말로 건물 앞에 빅토르가 서 있었다.
스칼렛이 문 앞에 서서, 옆에 선 빅토르 대신 정면만 바라보며 말했다.
"사람들이 무서워하잖아."
"그거 잘됐군."
"잘되긴 뭐가 잘돼?"
"적어도 당신을 만만하게 볼 사람은 없을 테니까."
그의 말에 스칼렛이 한숨을 푹 쉬고 물었다.
"언제까지 있을 거야?"
"당신 깨기 전에 갈 생각이었어."
"왜?"
"깰 때까지 있으면 미친놈 같잖아."
"무슨 소린지 모르겠지만…… 어디 갈 건데?"
"호수. 스케이트 타러."
"왜 이 밤에 가?"
"낮에는 사람이 있잖아."
빅토르가 해적을 소탕했다고는 하지만, 그들 중 일부는 이미 수도에 들어와 있었고 무리를 지어 밤에 문제를 일으킬 때가 있었다.

사람이 많이 사는 번화가는 괜찮지만, 밤이면 인적이 끊기는 길목은 자주 표적이 되었다. 요긴하게도 그 해적들이 가장 두려워하는 사람이 앞에 있었다.

스칼렛은 영하의 날씨 속에서 기다리던 빅토르를 한 번 보고 마지못해 말했다.

"알았어."

"코트 안 샀지?"

"……응."

그러자 빅토르가 손짓했고, 블라이트가 마차에서 코트 한 벌을 꺼내 가져왔다. 흰색의 캐시미어 코트였다.

스칼렛은 얼떨결에 코트를 받아 입었고, 놀란 듯이 말했다.

"정말 예쁘다. 그리고 따듯해."

그녀가 놀라는 사이에 빅토르가 마차 앞에 서서 손을 내밀었다.

스칼렛은 마지못해 그를 따라 마차에 탔다.

잠시 후 도착한 호수에는 사람이 없었다. 그래도 가스등이 호수를 빙 두르고 켜져 있어 보일 만큼은 보였다.

스칼렛이 스케이트를 꼭 안고 빅토르를 보다가 벤치에 앉아 스케이트를 신었다. 그리고 얼음이 단단히 언 호수 위에 올라서자마자 미끄러질 뻔했으나 빅토르가 한 팔로 허리를 안아 주어 넘어지지 않았다.

스칼렛이 민망해하며 혼잣말했다.

"오랜만에 타니까 어렵네……."

그리고 얼른 빅토르의 손을 떼어 낸 후, 조금씩 앞으로 가려다가 넘어지며 엉덩방아를 찧었다.
"아······."
아픈 것도 아픈 거지만 부끄러운 마음이 너무 커서 스칼렛은 두 손으로 얼굴을 감쌌다.
"왜 못 타지······. 나 어릴 땐 정말 잘 탔어. 매일 앉아서 일해서 운동신경이 사라졌나 봐."
그렇게 말하고 또 넘어질까 봐 못 일어나고 있는데 빅토르가 팔을 잡아 일으키며 말했다.
"원래도 없었을 것 같은데, 운동신경."
"당신과 비교하니까 그래 보이는 거야."
스칼렛은 빅토르가 하필 추억이 가득한 스케이트를 들고 온 게 얄미웠다. 그는 어떻게 자신을 유혹해야 하는지 너무나 잘 알고 있는 사람 같았다.
이렇게 유혹해서, 다시 그를 사랑하게 만들어서 뭘 어쩌고 싶은 걸까.
속없이 따라 나온 자신이 한심했다.
그렇게 스케이트에 적응하려 하고 있을 때, 저 멀리서 다른 무리의 사람들이 나타났다.
스칼렛은 그들 중 한 명을 한 번에 알아보았다. 왕세손의 연인이며, 한때는 빅토르의 연인이던 니나 한터였다.
스칼렛은 지난번 마지막으로 니나를 봤을 때 제가 미친 사람처럼 군 것을 떠올려 얼굴이 하얗게 질렸다.
그녀가 심호흡을 하고 입을 열었다.
"빅토르."

"응."
"질투를 유발하려는 거라면, 이건 좋은 방법이 아니야."
그 말에 빅토르가 무슨 소리냐는 듯 고개를 조금 기울였다. 스칼렛이 키 차이가 많이 나는 그에게 귓속말을 하고 싶어 발을 들다가 스케이트 날이 미끄러졌다. 또다시 넘어지려는 걸 빅토르가 다시 붙잡았다.
겨우 바로 선 스칼렛이 말을 이었다.
"전부인과 함께 스케이트 타는 걸로 질투를 유발하긴 어려울 거라고."
그녀의 말에 빅토르가 한발 늦게 뒤를 돌아보았다. 그제야 니나 한터를 발견한 빅토르가 다시 스칼렛을 보며 말했다.
"왕세손 전하의 연인에게 질투를 유발해서 뭐 하게?"
"그냥, 기분이 좋으려고?"
"니나 한터는 내가 자길 안 좋아하는 것만으로도 힘들어하는 여자야. 굳이 새벽까지 기다려 가며 당신을 데리고 나올 필요 없어."
"인사라도……."
빅토르는 니나 한터 일행을 무시했지만 스칼렛은 영 불편했다. 니나 한터가 그들 쪽을 주시하고 있었기 때문이다.
결국 왕실 사람 하나가 다가와 빅토르에게 정중하게 청했다.
"한터 양께서 잠시 대화를 청하십니다."
"싫다고 해."
"정말 잠깐이면 된다고 하셨습니다."
그 말에 빅토르의 표정이 드물게 찌푸려졌다. 그러자 스칼렛이 급하게 중재하듯 말했다.

"갔다 와. 난 연습하고 있을게."
"넘어져."
"다른 사람들이 잡아 줄 거야. 이렇게 긴장 상태로 있으니까 스케이트를 못 타겠어."
"스케이트 실력을 긴장 탓으로 변명하는 건가?"
그 말에 스칼렛이 기가 막혀 빅토르를 흘겼다.
놀리는 게 맞는지 빅토르는 실소하며 그곳을 떠나 니나 한터에게로 향했다. 빅토르의 구두가 니나의 스케이트 앞에서 멈추고, 그녀가 입을 열었다.
"당신 전부인 말이야. 계속 기억에 문제가 있다면서?"
그녀의 말에 빅토르가 무덤덤하게 말했다.
"무슨 소린지 모르겠군."
"내 눈으로도 봤고, 거기다 이미 알 만한 사람은 다 알아. 당신 부인이 이혼한 걸 잊어버리고, 당신 집에 찾아갔다는 거."
"어떻게 알았어?"
빅토르의 목소리가 가라앉았다.
그의 시선이 순간 해적이라도 보듯이 냉정해져, 니나는 저도 모르게 두려움을 느끼며 말했다.
"말했잖아, 알 만한 사람은 다 안다고."
"누구한테 들었냐고."
"무도회에서. 정확히는 기억 안 나."
"기억해 내. 누군지."
"지금 나에게 명령하는 거야?"
"그럼 이게 부탁으로 들려?"

빅토르가 되묻는 말에 니나는 말문이 막혔다.

그녀가 곧 대답했다.

"할런드 부인이 있던 무리에서 들었어."

"아, 할런드 부인께서."

"근데 그게 뭐가 중요해. 이혼한 사이에 뭐 책임감이라도 느껴? 제정신이 아닌 여자를 왜 돌봐 주고 있어?"

"내가 원래 제정신이 아닌 여자들을 사랑하잖아."

빅토르는 언제 사납게 굴었냐는 듯, 여느 때처럼 정중한 사내로 돌아와 말을 이었다.

"너도 같이 이야기했겠네. 차를 마실 때 내 아내가 헛소리를 했다고."

"그걸 말이라고 해? 정말 미친 사람 같았어. 당신은 그런 여자를 상대로 뭐 하는 거야? 저 여자가 불쌍해? 그래서 그래?"

그렇게 말하고 있는 동안, 니나는 빅토르의 그 무심한 검푸른 눈동자에 애가 탔다.

빅토르 덤펠트는 여전히 사교계에 가져갈 수 있는 최고의 장식품이었다. 저 보잘것없는 가문의 여자가 다시 빅토르를 끼고 사교 행사에 나타난다고 생각하니 자신이야말로 미쳐 버릴 것 같았다.

그는 왜 지금도 그녀와 함께 있는 걸까. 도대체 왜.

"저 코트, 내가 좋아하는 디자이너의 코트잖아."

"그래서."

"당신이 선물했어?"

"유명하다더군."

"그 디자이너는 흰색 코트는 만들지 않는 걸로 아는데."

"그래서 흰색으로 주문했어. 그럼 하나뿐일 테니."

그의 말에 니나가 말문이 막혀 그를 노려보았으나 빅토르는 개의치 않고 제가 할 말을 했다.

"사교 행사에서 무슨 말을 하든 상관없지만, 너무 과하지 않는 게 좋아. 나도 듣는 귀가 있으니."

위협으로 들렸다. 니나는 더 이상 아무 말도 하지 않고 먼저 돌아서서 아예 호수를 떠나 버렸고, 빅토르는 스칼렛에게 돌아갔다.

니나가 코트 이야기를 남들이 들어야 한다고 생각했는지 큰 소리로 말했으므로, 스칼렛이 난처해하며 물었다.

"이 코트, 니나 양이 좋아하는 디자이너야?"

"사교계의 여자들이 누구나 좋아하는 디자이너지. 그래서, 스케이트 실력은 되찾았어?"

"응. 거 봐, 금방 익숙해진다니까."

스칼렛이 말하더니 천천히 스케이트를 탔다. 금방 어릴 때 타던 것을 떠올리고 익숙해지자 빅토르가 말했다.

"아쉽네. 자꾸 넘어지려 할 때가 재미있었는데."

"그게 뭐가 재미있어? 잘 타는 게 재미있지."

스칼렛은 핀잔하고 스케이트를 타면서도 빅토르를 자꾸만 힐끔거리고 살폈다. 그가 무슨 꿍꿍이인지 알 수가 없었다.

한참 즐겁게 스케이트를 타고 나서, 스칼렛이 물었다.

"그래서."

"그래서?"

"왜 자꾸 나한테 잘해 줘, 요즘? 바라는 게 뭐야?"

"보면 알지 않나. 당신과 다시 살고 싶다는 거."

"내가 당신을 사랑하는 게 편해서?"
"그 말이 마음에 들지 않았다면, 좀 더 로맨틱한 말을 찾아오지."
그의 대답에 스칼렛이 자기도 모르게 조금 웃었다. 그러나 곧 애써 표정을 굳히며 말했다.
"절대 안 돼. 안 넘어가, 그런 걸로."
그러나 그 굳힌 표정에 숨기지 못한 따듯함이 있어, 빅토르는 미소를 지었다.
그녀가 이혼한 사실을 잊을 때마다 빅토르는 그녀에 대하여 무언가를 알아 갔다. 좀 더 그녀를 알게 되면 그녀가 다시 자신을 사랑하게 만들 수도 있을 것 같았다.
언젠가는 그녀가 자신에게 돌아오게 만드는 것도, 가능할지 몰랐다.

···

기나긴 12월이 어느새 지나가고, 새해가 밝았다.
1월로 넘어가며 살란티에 수도에는 유난히 눈이 많이 내렸다. 눈이 오면 조금 따듯해지는 데다 바람도 별로 불지 않아 덜 춥게 느껴졌다.
이러다 2월이 되면 또다시 세차게 바람이 불기 시작하는데, 그때가 되면 지금보다 온도가 올라도 사람들은 추위에 고통을 호소하곤 했다.
그래서 살란티에 수도에서는 개중 온화한 1월에 축제를 했다.
스칼렛이 한숨을 푹 쉬었다.

"내가 이걸 왜 해야 되는데……."

그녀의 말에 리브가 스칼렛에게 장갑을 끼워 주며 말했다.

"만장일치야. 7번가 사람들이 다 네게 신년제 퍼레이드에서 눈의 여왕을 해 달라잖아."

"할 거면 봄의 여왕이 하고 싶었어."

"넌 좀 겨울같이 생겼어."

"겨울같이 생긴 게 뭔데?"

스칼렛은 억울해하면서도 리브가 해 주는 화장을 마저 받았다.

신년제는 1월 1일부터 1월 7일까지 이어졌고, 그사이에 7번가는 늘 살란티에 전설 중 하나인 눈의 여왕과 봄의 여왕을 뽑았다.

퍼레이드의 가장 앞에서 눈의 여왕이 지나가면 관람객들이 색지를 잘라 만든 컨페티를 뿌렸다. 그리고 나면 눈의 여왕이 지나간 길에 색지로 된 꽃길이 만들어지는데, 그 뒤에 봄의 여왕이 꽃길 위를 걸어가며 겨울이 가고 봄이 오기를 기원했다. 겨울이 긴 살란티에 사람들의 염원이 담긴 중요한 행사였다.

이 두 여왕은 매해 오디션을 보아 뽑았고, 대부분은 연극 배우들이나 발레리나들이 본인의 이름을 알리기 위해 많이 지원했다. 그러나 7번가에 스칼렛이 나타난 이후부터 7번가 사람들 마음속에서 눈의 여왕 역의 배우는 확정이었고, 다수의 동의로 본인의 의사와 상관 없이 추진되었다.

스칼렛이 화장을 해 주는 리브에게 말했다.

"이따가 우리 오빠도 와."

"그래?"

"응."

아이작이 온다는 소식에 표정이 밝아졌던 리브는 스칼렛이 고개를 끄덕이려 하자 곧바로 정색했다.
"머리 움직이지 말라구."
"아, 알았어……."
스칼렛이 고개를 고정하고 있으니 리브는 스칼렛이 쓴 백발 가발을 다시 깔끔하게 고정했다. 그리고 얼마 지나지 않아 아이작이 나타났다.
눈의 여왕 대기실 천막에 들어선 아이작이 스칼렛을 발견하고 웃음을 터트렸다.
"근사하네."
"웃지 마."
"미안, 미안. 안녕, 리브?"
아이작이 인사하자 리브가 얼굴이 빨개져서 말했다.
"아, 안녕하세요."
그리고 머리칼을 빙빙 꼬자, 스칼렛이 말했다.
"리브."
"아, 맞다."
리브가 다시 정신을 차리고 스칼렛의 화장을 마무리한 후 만족스럽게 중얼거렸다.
"거봐, 잘 어울리지."
더더욱 불만스러워진 얼굴로 일어난 스칼렛에게, 아이작이 손을 내밀고 말했다.
"구두가 높네."
"……내가 봄의 여왕에 비해서 작대. 아니, 애초에 그런 거면 다른 배우를 시키라구."

스칼렛은 투덜거리며 아이작의 손에 제 손을 올려놓았다.

그녀가 천막에서 나오자 내내 앞에서 기다리던 트램 운전사의 아이들, 찰리와 수잔이 눈이 동그래져서 말했다.

"우와, 눈의 여왕이다……."

"스칼렛! 스칼렛이야?"

그러자 스칼렛이 나름 무서운 얼굴을 하며 말했다.

"아닌데? 눈의 여왕인데? 나쁜 어린이는 다 얼려 버릴 테다."

"우와! 멋있다!"

"스칼렛, 엄청 멋있어!"

아이들이 재잘재잘 떠들며 스칼렛의 옆을 뛰어다녔다. 멋있다는 말이 마음에 들어 스칼렛의 불만도 조금 녹아내렸다.

그녀는 곧 바퀴가 달린 나무판 위에 올라서고, 행사의 장비 만드는 것을 도맡은 트램 운전사들이 장치를 살폈다.

"우리 스칼렛 아가씨 다치면 안 되니까 가시 하나 없이 나무를 다듬었어요. 어떻습니까!"

"어쩐지. 평소보다 훨씬 공들인 게 느껴져요. 아, 손잡이도 천이 달렸네요."

"제가 직접 바느질했죠."

우락부락한 트램 운전사가 저 큼지막한 손으로 바늘을 잡고 바느질을 했을 걸 생각하니 웃음이 나왔다.

"고마워요."

스칼렛이 말하며 장치 위에 섰다. 그리고 뒤늦게 한숨을 쉬며 말했다.

"근데 너무 부끄럽다……."
그러자 리브가 말했다.
"스칼렛, 너는 배우야. 배우가 당당해야지."
"일단 나는 배우가 아니고, 이건 내가 원해서 하는 것도 아니잖아."
그 말에 수잔이 놀라서 물었다.
"스, 스칼렛. 눈의 여왕 하기 싫어?"
그 순진한 질문에 스칼렛이 화들짝 놀라서 말했다.
"아니! 아니. 너무 좋아. 이렇게 예쁜 옷도 입고."
"그렇지?"
아이가 그제야 안심한 표정을 지었다.

곧 장치가 이동하기 시작했다.
스칼렛이 할 일은 가만히 서서 웃지 않기만 하면 되는 일이었다. 혹시라도 웃긴 장면을 볼까 봐 입을 꾹 다물고 있었는데, 안 웃으려고 애를 쓰니 괜히 아무것도 아닌 것에 웃음이 나왔다.
"눈의 여왕님, 올해는 눈이 덜 오게 해 주세요!"
"눈의 여왕님! 아름다우세요!"
"눈의 여왕님, 사랑해요!"
사람들이 눈의 여왕의 비위를 맞추는 말을 하는데 웃지 않기가 힘들었다. 스칼렛은 머릿속으로 시계를 분해했다가 다시 맞추는 생각을 하며 웃음을 참았다.
1월은 꽃을 구하기 어려운 시기라 사람들이 색지를 날렸는데 그중에 가끔 진짜 꽃잎을 뿌리는 부자들도 있는 모양이었다. 드문드문 꽃향기가 났다.

처음엔 민망했어도, 짧은 겨울이 되기를 기원하는 사람들의 마음을 점점 진심으로 듣게 되었다.

퍼레이드 행렬이 새로 지은 건물이 거의 없는 거리를 지나갔다.

'올해 겨울은 정말 짧았으면 좋겠네.'

그사이 장치가 드디어 도착지에 멈춰 섰다. 이제 그녀가 저 검은 장막 속으로 사라지고, 봄의 여왕이 그 장막 앞에서 눈의 여왕이 사라졌음을 알리면 끝이었다.

스칼렛이 검은 장막 속으로 걸어 들어갔다. 그 안에 숨어 있는데, 뒤에서 사람들 말하는 소리가 들렸다.

"들었어요? 뎀펠트 가문의 그……. 스칼렛 부인이잖아요."

"아, 이혼했다는? 어머, 그분이 여기?"

"들었어요? 스칼렛 부인이…… 제정신이 아니라는 말."

그 말에 스칼렛이 멈칫했다.

"왜, 수도원에 보냈었잖아요."

"그랬죠."

"그 이후로도 계속 제정신이 아니라서……. 소문이긴 하지만, 얼마 전에는 자기가 이혼한 걸 잊어버리고 정신없이 뎀펠트가에 달려가더래요."

"이, 이혼한 걸 잊어버렸다고요?"

"그러니까 제정신이 아니라는 거죠."

밖에서 웅성거리는 소리에 스칼렛의 손이 달달 떨렸다.

그러고 보니 최근에 몇 번, 빅토르의 침대에서 일어난 적이 있었다.

기억이 없어지는 것에 익숙해져 며칠간의 기억이 없어도 그러려니 했다. 하지만 빅토르와 같은 침대에서 일어나는 건 도무지 납득이 가지 않았었다.

빅토르는 별말 없이 그 상황을 자기 탓으로 돌렸다.
'어떡해.'
스칼렛은 숨을 몰아쉬고, 자리에 웅크려 앉았다.

그녀가 겁에 질려 있을 때, 행사가 끝났는지 장막이 이동했다. 다시 트램 차고로 향하는 것이었다.
불안해하던 스칼렛은 갑자기 주위가 보이지 않는 것이 답답하고 두려워져서 가쁘게 숨을 쉬었다.
그때, 장막 안으로 아이작이 들어왔다.
"스칼렛."
"아이작?"
아이작이 서둘러 스칼렛의 앞에 앉으며 말했다.
"신음 소리가 들려서."
아이작의 말에 스칼렛이 서둘러 그의 목을 끌어안았다.
"어떡해."
"왜, 왜 그래?"
"나 정말로…… 정말로 제정신이 아닌가 봐. 어떡해……. 자꾸 기억이 안 나. 다 잊어버려. 그게 너무…… 너무 무서워……."
그녀의 울음에 아이작이 떨리는 손으로 스칼렛을 끌어안았다.
잠시 후, 장치가 완전히 멈췄다. 아이작이 서둘러 스칼렛을 부축해 일으켜 그곳에서 나오자 기다리던 운전사들이 놀라서 물었다.
"아, 아가씨! 무슨 일 있었어요?"
"너무 어두워서 그랬어요?"

스칼렛은 고개를 저었다. 그리고 애써 웃어 보였지만 여전히, 머릿속이 새하얬다.

늦은 밤, 덤펠트 가문에 들어서자 블라이트가 다정히 인사했다.
"시간이 늦었습니다."
스칼렛은 이 대답에서 이미 아까 들었던 사람들의 말이 사실이라는 것을 알았다.
이혼한 사이에 자신이 갑자기 찾아왔음에도 이유를 묻지 않는다. 게다가 이혼한 후로 줄곧 부르던 '아가씨'라는 호칭도 사용하지 않았다.
스칼렛이 떨리는 목소리로 물었다.
"남편…… 은?"
"아직 주무시고 계시진 않을 겁니다."
스칼렛이 고개를 끄덕이고 계단을 걸어 올라갔다. 그리고 남편의 방문 앞에 서서, 한참을 망설이다 문을 두드렸다.
"빅토르."
그러자 잠시 후 빅토르가 문을 열고 나왔다. 그리고 나서 그녀를 한참 바라보던 그가 물었다.
"스칼렛."
"응?"
"날 사랑해?"
"……뭐?"

왜 첫 마디가 그거냐고 물어보려던 스칼렛은 얼마 전에도 빅토르가 같은 것을 물었던 것을 떠올렸다.

빅토르가 미소 지으며 대답했다.

"무슨 일이야. 필요한 거라도 있어?"

"……."

"이혼한 사이에 불쑥불쑥 찾아오는 건 예의가 아닌데."

빅토르의 말이 끝나기도 전에, 스칼렛이 그를 끌어안았다.

"그걸로 구분하는 거야? 내가 이혼한 걸 잊어버렸는지, 아닌지."

"……."

"맞지?"

"어떻게 알았어?"

"길에서 들었어. 누가 얘기하는 거."

"그랬군."

빅토르가 덤덤히 대답했다.

잠시 그를 끌어안고 있던 스칼렛이 곧 그를 놓고 고개를 들었다.

"빅토르. 난 당신이 날 수도원에 보낸 게 너무 미웠는데. 당신이 맞았어."

"……."

"난 제정신이 아니야. 세상에 누가 자기가 이혼한 것도 잊어버리고 전남편을 찾아가."

스칼렛이 숨을 제대로 쉬지 못하고 말을 이었다.

"나 좀 도와줘, 빅토르. 나 좀 도와줘……."

스칼렛의 말에 빅토르는 말없이 그녀를 꼭 끌어안았다. 스칼렛은 무엇도 위협할 수 없는 그의 안전한 품에서 안도해 밭은 숨을 내쉬었다.

스칼렛의 숨이 천천히 가다듬어졌다. 그리고 빅토르를 올려다보았다. 그녀가 두 손을 뻗어 목을 끌어안으려 하자 빅토르는 몸을 숙였으나, 스칼렛이 입을 맞추려 할 때는 고개를 돌렸다.

그러자 스칼렛이 애처로운 얼굴로 물었다.

"싫어?"

"안 돼."

"나랑 자는 건 좋다며."

"지금 본인이 무슨 말을 하는지 잘 생각해 봐."

"당신이 나한테 바라는 거랑, 내가 바라는 거랑 바꿔. 나 좀 도와줘. 내가…… 또 잊어버리고 당신을 찾아오면……. 이상한 행동을 하면 막아 줘. 어디 가둬라도 놔 줘."

빅토르는 애원하는 스칼렛을 물끄러미 바라보고 있었다.

그는 복잡한 표정으로 스칼렛을 바라보다가, 잠시 후 입을 열었다.

"도와줄게. 염려할 거 없어. 당신은 그때마다 날 찾아오니까. 당신이 나를 찾아오면, 당신이 기억이 없는 시간 동안 무슨 행동을 하는지 전부 적어 주지."

"정말?"

"그래."

그의 확답에 스칼렛이 안도했다. 그제야 조금 진정하며 빅토르에게서 떨어지려 할 때, 그가 자신에게서 떨어지려는 스칼렛의 팔을 움켜쥐어 다시 품으로 당겼다.

그 행동에 스칼렛의 놀란 눈동자가 빅토르를 향했다. 빅토르가 그녀의 턱을 다른 손으로 들어 눈높이를 맞추며 물었다.

"그런데, 스칼렛."

"응……."

"날 믿어?"

그의 말에 스칼렛이 고개를 끄덕였다.

"당신은 이성적이니까."

"이기적이라며."

"응."

스칼렛이 고개를 끄덕였다.

"둘 다야."

"내가 당신에게 무슨 짓을 할 줄 알고, 이성이 없는 당신을 나에게 맡기는 거지?"

"내가 해적이 아닌 이상…… 당신이 나쁜 짓을 하진 않을 것 같아서."

"이혼한 걸 잊어버린 당신을 유혹해서 잠자리를 할 수도 있어."

"그건…… 당신 탓이 아니니까."

"왜 내 탓이 아니야."

"늘 나 혼자 안달했잖아."

스칼렛은 긴장이 풀린 듯, 지친 얼굴로 웃었다.

"항상…… 내가 당신에게 안아 달라고 달려갔잖아. 그러니까 아마 이혼한 걸 잊어버린 내가 당신과 잠자리를 한다면 그건 내 탓일 거야. 확신해."

빅토르는 뜻을 알 수 없는 웃음소리를 냈다. 그리고 문을 닫은 후, 스칼렛을 한 팔로 안고 그녀의 뺨을 어루만지며 말했다.

"그냥 여기 살지 그래. 불안하면."

"뭐어?"

"말했잖아. 나는 당신과 살 때가 좋았어."

"……."

"내 말이 맞았다며, 당신을 수도원에 보낸 것도. 그런 거면, 내가 잘못한 게 없다면 이혼할 이유도 없잖아."

빅토르의 손끝만이 그가 전장에 있던 사람이라는 것을 알려 주곤 했다. 매끈하고 하얀 손의 형태와 달리 손끝은 거칠기 짝이 없었다. 그 손끝이 제 뺨을 만지고 고개를 들게 하자 스칼렛은 다시 빅토르를 보았다.

"응? 스칼렛."

"생각…… 해 볼게."

이런 느낌이었지.

스칼렛은 빅토르의 손길에 그와 함께하던 시간을 떠올리고 있었다. 그는 달콤하게 대한 적이 없는데, 그녀는 언제나 그와의 순간을 달콤하게 여겼다. 그냥, 함께 있다는 것만으로도 세상의 모든 것이 감미롭게 느껴지던 때.

자신이 점점 더 미쳐 가서 무슨 일을 벌일지 모른다고 생각하니, 지금 스칼렛에게 그의 제안은 아주 달콤하게 들렸다.

그러나 그 달콤함이 사라지고 나면, 그녀가 2년 내내 느끼던 허전함이 혀에 남았다. 그는 완벽했고, 자신은 한없이 부족하다는 사실 하나가 마음에 뚫린 구멍이었다. 그녀의 행복은 늘 그곳으로 줄줄 새 나가고 있었다.

제 사랑을 강요한 것도 모자라서, 그의 발목을 족쇄로 감아 그가 가진 평생의 소원이 손 뻗으면 닿을 곳에 주저앉힌 후에야 그를 떠났다.

그녀는 지쳐 쓰러질 때까지 소리도 내지 않고 울었고, 빅토르는 비틀거리는 그녀를 안아 들어 침대에 데려가 눕혔다. 그러고 나서도 스칼렛이 진정하지 못하고 떨기까지 하자, 빅토르는 결국 늘 자신이 의지하는 술을 가져오게 했다.

빅토르가 술잔을 건네자 스칼렛이 두 손으로 잔을 받아 들고 물었다.

"술?"

"마시고 오래 자."

스칼렛이 고개를 끄덕이더니, 그가 시키는 대로 독한 술을 단숨에 들이켰다. 목이 타는 것같이 독해서 인상을 썼다.

"독하네."

빅토르는 잔을 협탁에 두고 그녀를 다시 눕혔다. 술이 약한 스칼렛은 그 한잔에 취했고, 그래서 늘 그에게 하고 싶던 말을 했다.

"미안해. 내가……."

아무리 생각해 봐도, 다른 할 말을 찾아봐도 하나였다. 그에게 가장 미안한 건.

"내가 당신을 사랑한 게, 너무 미안해."

가장 잊고 싶은 건 이혼했다는 사실이었을까. 그래서 그를 찾아오게 되었던 건가.

다시 한번 결혼 생활을 한다면 이번에는 성공할 거라고 내심 생각하고 있었던 건지도 모른다.

불을 끈 직후 스칼렛은 실신하듯 지쳐 잠들었다. 빅토르는 침대

옆으로 의자를 가져다 앉아, 가만히 그녀의 얼굴을 바라보고 있었다. 그리고 불안한 듯 쥐고 있는 그녀의 손을 펴서, 가까이로 당긴 후 손바닥에 입을 맞췄다. 그러고는 그녀의 손을 제 손으로 감싸 잡았다.

스칼렛의 손은 작은 편이 아니었지만, 빅토르의 큰 손에 완전히 감싸였다.

그녀가 점점 스스로를 믿지 못하고 자신에게 의지한다면, 언젠가 침실의 문을 밖에서 잠가 두는 것도 받아들일지 모르겠다는 생각을 했다. 아주 무심코.

―――――・◆・―――――

다음 날 아침, 스칼렛이 돌아오지 않아서 결국 안드레이가 덤펠트가에 방문했다.

그는 태연한 얼굴로 나오는 빅토르를 발견하고 애써 평정심을 유지하며 말했다.

"사장님 모시러 왔습니다."

"아직 자. 술을 먹여서."

'와, 쓰레기네.'

안드레이는 자신도 스칼렛에게 말할 수 없이 쓰레기지만, 전남편이란 작자도 그에 못지않다고 생각했다.

빅토르 덤펠트가 모든 사실을 알고 있음에도 숨기고 있다는 것을 스칼렛이 안다면 어떻게 될까.

안드레이는 스칼렛이 화를 내더라도 그 표정 어딘가에 따뜻함이 있다는 것을 알고 있었다. 그래서 그녀가 화를 내는 걸 무서워하는 사람이 없을 테지만, 그 따듯함이 식어 버리는 순간을 두려워하게 되곤 했다.

안드레이가 물었다.

"앞으로 어떻게 하실 생각이십니까?"

그의 질문에 빅토르가 안주머니에서 꺼낸 담배 한 대를 꺼내 건네며 말했다.

"일단, 왕실경찰을 찾아가야겠지."

그 말에 안드레이가 흠칫 놀랐다.

왕실경찰은 왕실 직속이었다. 일반 경찰을 점거하려 든다면 쿠데타지만, 왕실경찰을 점거하려 한다면.

"그거…… 반역인데요?"

"자네도 함께할 걸세."

"……제 의지와 상관없이 반역을요?"

"아니면 너무 많은 걸 알고 있으니 처형해야겠지. 날 죽이려 했으니 이유도 확실하고."

"…….."

"왕실경찰에 대해 아는 것이 있을 테니 도움이 되겠군."

안드레이는 담배를 받아 들고 한숨을 쉬었다.

"반역을 하지 않으면 저 혼자 죽으면 되지만, 반역에 실패하면 저희 가문까지 끝장입니다."

"그렇겠지."

쉽게 대답하는 것 같아 보였지만, 빅토르는 지금껏 왕족으로 복권되기 위해 왕실에서 시키는 일은 무엇이든 하던 자였다. 그런 그가 왕실을 등지는 일을 시도하려는 것이다.

 이제야 왕족들의 비위를 맞춰 주는 것보다 그 왕족들을 굴복시키는 것이 더 쉬운 일이라는 것을 알아차린 모양이었다.

 그러나 여전히 쉬운 일은 아니었다. 왕실경찰을 뒤집었을 때, 왕족들이 어떻게 나올지 몰랐다. 모든 힘을, 심지어는 살란티에 전체를 먹어 치울 수도 있는 베스타나의 힘을 빌릴지도 모른다. 아니면 반대로 이 남자와 싸우느니 문제를 일으킨 왕실경찰을 포기하고, 사냥이 끝난 사냥개처럼 내다 버릴지도 모르고.

 스칼렛이 덤펠트 저택에서 눈을 떴을 땐, 창문 밖에서 갈까마귀 우는 소리가 들리고 있었다.

 "아, 벌써 늑대가 나타나는 계절이네."

 살란티에 수도에서 1월에 갈까마귀가 운다는 것은 늑대가 온다는 뜻이었다. 갈까마귀들이 늑대가 먹다 남긴 찌꺼기들을 먹기 위해 늑대 무리와 함께 다니기 때문이었다.

 늑대가 사람이 북적이는 수도까지 내려오는 일은 드물지만 외곽에 있는 덤펠트 가문이나, 동쪽 산맥 근처로 가면 실제로 늑대가 내려와 사람을 해칠 때가 있다. 그래서 갈까마귀가 울면 사람들은 미리부터 산짐승을 멀찍이 쌓아 놓고 그 위에 피를 뿌렸다.

 그 피가 뿌려지는 곳은 삼나무 숲의 입구였다.

 덤펠트 가문의 영지는 입구는 좁았지만 그 북쪽으로 어마어마한 삼나무 숲을 가지고 있었다.

그간은 나무의 가치가 그리 높지 않아, 빅토르가 갓 잉태되던 때까지만 해도 그 위치는 그저 춥기만 한 버려진 땅이었다. 그러나 지난 이십여 년간 살란티에는 엄청나게 많은 나무를 잘라 냈고, 지금은 목재의 가치가 치솟았다. 삼나무 숲은 살란티에 사람들의 궁금증을 자아내는 공간이 되었다.

그곳을 드나들 수 있는 것은 덤펠트가 사람들뿐이었고, 사용인들은 그들과 함께 들어갈 수 있어도 손님은 들어갈 수 없었다.

스칼렛도 입구에는 드나든 적이 있지만 안쪽까지는 위험해 가 보지 못했다. 빅토르와 함께 간다면 괜찮겠지만 그에게는 한가롭게 아내와 산책을 할 시간이 없었다.

술기운이 남아 있어 두통이 오는 이마를 손으로 감쌀 때, 침실로 빅토르가 들어섰다.

"술이 덜 깬 것 같군."

"너무 독해서……."

스칼렛이 일어서다 휘청거리자 빅토르가 한 손으로 그녀의 허리를 감싸 붙잡았다. 무심코 스칼렛이 그를 밀어내자 빅토르가 실소했다.

"도와 달라며."

"……."

스칼렛이 힐끔 그를 보았다가 이내 좀 웃으며 말했다.

"오늘 고마웠어. 가 볼게."

그녀가 말하며 빅토르의 품에서 완전히 벗어났다. 그러자 빅토르가 말했다.

"그 전에 당신이 알고 있어야 하는 문제가 있는데."

"뭔데?"

빅토르가 창문으로 가더니 손을 까딱여 스칼렛을 불렀다.

창가로 걸어가 밖을 내다본 스칼렛은 그대로 몸이 얼어붙었다. 저택 아래 스칼렛이 알던 사용인 둘과 해군 하나가 결박되어 무릎을 꿇고 있었다.

"베스티나에서 보낸 첩자들이야. 잡아내도, 잡아내도 잡초처럼 계속 기어들어 오더군. 거기에 신경 쓰고 있는 사이에 왕실경찰이 코앞까지 들어온 줄은 몰랐지만."

"……."

"셋 다 요직에 앉지는 못해 별달리 빼돌린 정보는 없어. 하지만 나에게 도움을 요청한 이상, 당신도 당연히 알아 둬야 해. 이런 일이 있을 수 있다는 걸."

스칼렛은 어지러움을 느끼고 창틀을 두 손으로 붙잡았다.

정말로, 전쟁이 코앞까지 와 있다는 걸 지금 실감했다.

스칼렛이 빅토르에게 물었다.

"그래서 나에게 잘해 줬어?"

"무슨 의미야."

"내가 필요해서. 내가 비행이 가능하게 만들어야 하니까 나에게 잘해 주는 거야?"

그녀가 묻자 빅토르가 대답했다.

"내가 바라는 건 당신이 덤펠트가로 돌아오는 거였어."

"그게 다야?"

"그게 다야."

스칼렛이 더 못 보겠는지 창문에서 떨어졌다.

빅토르는 밖으로 무언가를 손짓하고 창문을 닫았다. 스칼렛이 크게 심호흡을 하고는 다시 빅토르를 보며 말했다.
"지금 당신이 너무 미우면서, 동시에 좀 고맙네."
"고마워?"
"내가…… 당신 일생의 목표를 망쳤잖아. 그런데도 내가 돌아왔으면 좋겠어?"
"돌아왔으면 좋겠어."
"나를 용서할 수 있어?"
"이미 했어."
빅토르가 스칼렛을 가까이로 당기며 말했다.
"못 한 건 당신이지."
그의 말대로였다.
스칼렛은 여전히 수도원에서 그를 기다리던 날들을 잊을 수 없었다. 추위와 자신을 향한 비난보다 견딜 수 없었던 것은 그가 자신을 사랑하지 않는다는 사실이었다.
매일 밤 찬 벽에 기대 그를 기다리며 생각했었다.
당신이 날 사랑했다면, 나는 이곳에 있지 않아도 되었을 텐데.
그런 생각에 그가 밉다가, 그를 미워하는 스스로를 증오하게 되는 과정의 반복이었다. 스칼렛이 혼잣말하듯 말했다.
"나도 왜 그러는지 모르겠어. 나는 왜 당신이 용서가 안 되지?"
스칼렛은 조금씩 평정이 돌아오는 듯했으나 이내 속에서 올라오는 알 수 없는 증오에 휩싸였다.
빅토르가 무거운 목소리로 대답했다.
"말하잖아. 그때 당신을 수도원에 보낸 건 맞지만, 그런 곳에 보낼 생각은 아니었어. 어머니가 있는 곳처럼 사용인들이 모든 것을 해 주는 곳에 있다고 생각했었지."

"그때도 그렇지만……."

"그럼."

"취조 때도 말이야."

그녀의 섭섭한 목소리에 빅토르의 손끝이 조금 떨렸다. 스칼렛이 저도 모르게 볼멘소리를 했다.

"내가 일주일이나 사라져 있었잖아. 더 빨리…… 신문에 기사가 나오기 전에 날 찾으러 와 줄 수도 있었잖아."

"그때 가장 바빴어. 알잖아. 해결할 일이 많았으니까."

"그걸 아는데도 이상하게 그게 제일 화가 나."

"왜 화가 나."

"그렇잖아. 그때 당신이 한 번이라도 날 보러 왔으면. 그날 무슨 일이 있었는지 알 수 있었을……."

그렇게 말하던 스칼렛이 곧 고개를 저었다.

"아니다."

빅토르가 그날 자신이 기억이 없다는 것을 믿지 않음을 떠올린 스칼렛은 체념했다. 그리고 빅토르를 보며 말했다.

"아무튼 난 가 봐야겠어."

"아침 식사 준비했을 텐데. 먹고 가."

"벌써?"

"당신 직원도 왔는데 벌써 식사 중이야."

"안드레이?"

"응."

그녀가 허락도 하기 전에 이미 그녀의 침실 테이블에 요리가 차려지고 있었다. 화려한 장미가 있는 센터피스가 가장 먼저 놓이고, 곧 스칼렛이 좋아하는 음식들로 채워졌다.

자리에 앉은 그녀는 장미가 그려진 귀달이접시에 놓인 따듯한 파이를 집어 자기 접시에 놓았다.

덤펠트 가문에는 장미가 많았다. 그리고 화병에 꽂힌 장미를 바라보자 빅토르가 말했다.

"난 꽃 같은 것에 전혀 관심이 없어. 당신이 가시를 잘라 내든 뭘 하든."

그의 말에 스칼렛이 놀란 듯 물었다.

"……어떻게 알았어?"

"우연히."

"이상한 사람 같아?"

"나에게 당신은 항상 이상한 사람이야. 당신에게도 내가 이상하잖아."

빅토르의 농담 같은 말에 스칼렛이 희미하게 웃었다.

"그것도 그러네."

―――◆―――

따듯하고 호사스러운 아침 식사를 하고 나서, 스칼렛이 밖으로 나가 보니 눈이 쌓여 있었다. 그녀가 1층 로비의 소파에 앉아 기다리던 안드레이에게 말했다.

"눈이 엄청 쌓였네."

"그러게 말입니다."
"예쁘다."
스칼렛이 말하고는 덤펠트 저택을 둘러보았다. 스칼렛이 중얼거렸다.
"첩자가 있더라."
"네?"
"같은 첩자로서 어떻게 생각해?"
스칼렛이 안드레이를 돌아보며 묻자 그가 흠흠 헛기침하고 대답했다.
"그만큼 빅토르 경의 입지가 대단하다는 거겠죠."
"힘들겠어. 잠깐도 마음 놓고 지낼 수가 없잖아."
"뭐, 감당하셔야죠."
안드레이가 태연히 대꾸했다.
1층에서 이야기하다 보니 빅토르가 배웅을 위해 문으로 나왔다. 스칼렛은 로비로 나오는 빅토르를 발견하고 얼떨떨한 표정을 지었다.
평소에는 누구라도 군인이라는 것을 알 수 있을 만큼 경직된 차림새이던 빅토르가 마치 연극배우 같은 매끈하고 세련된 차림새를 하고 있었다.
스칼렛은 안 그래도 자신이 사랑해 마지않던 얼굴이 매력적인 차림새까지 하고 나타나자 순간 세상이 정지한 것처럼 멍하니 그를 바라보고 있었다.
빅토르는 자신을 넋 나간 듯이 바라보는 스칼렛을 마주 보았다. 그러고는 안드레이에게 악수를 청하며 말했다.

"안전하게 모셔. 그러라고 살려 두는 거니까."
"예, 알겠습니다."
 안드레이가 대답했다. 그는 악수를 하고 나서 빅토르가 손을 놔주자 경탄하며 제 손을 보았다.
 잠시 후 저택을 출발해 포치에서 어느 정도 멀어졌을 때, 안드레이가 스칼렛에게 말했다.
"힘 진짜 세시네요. 빅토르 경의 몸에 흐르는 피의 절반이 왕족의 것이 아니었더라도 함장이 되셨을 거라더니……."
"그런가?"
 스칼렛은 잘 모르겠다는 듯한 표정이었다.
 그녀가 말했다.
"그런 것 같긴 하지만, 안드레이도, 우리 오빠도 다들 힘이 좋으니까."
"아, 일반적인 비교 대상이 없으시구나."
"아이작은?"
"저는 이 별 볼 일 없는 가문에서 왕실경찰이 될 정도로 무력이 좋았는데요. 제가 조사한 바로는 저와 비슷한 정도시던데요."
"……내 뒷조사했어?"
"그 정도도 안 하면 첩자가 왜 필요하겠어요?"
 안드레이가 첩자라는 것 자체가 황당해서 그렇지, 그가 이 정도 정보를 가지고 있는 건 당연했다.
 스칼렛은 비일상에 익숙해져 가는 자신을 어색해하며 말했다.
"아이작은 그러니까…… 힘이 센 거지?"
"예. 겨루는 기술도 좋으시구요."

"어디서 배운 걸까."
"스스로 터득하셨겠죠."
"나는 걱정되는데 안드레이는 왜 이렇게 태연해?"
세상을 잘 모르는 아이작이 스칼렛에게는 걱정이었다. 그런데 안드레이가 진지하게 받아 주지 않으니 스칼렛이 제 말을 들으라는 듯 미간을 좁히고 그를 보았다. 그런 그녀의 표정에 혀를 찬 안드레이가 말했다.
"사장님, 상식적으로 생각 좀 해 보세요. 아이작 크림슨 백작님은 성인 남자 중에서도 키가 훌쩍 크고 힘도 몇 배가 좋은 분이십니다. 걱정을 해도 백작님이 하셔야죠."
"혹시 사고라도 칠까 봐 그러지."
"예에? 지금 말씀하시는 분이 제가 알기로 최고 사고뭉치인데요?"
"……시끄러워."
"누가 먼저 시작했는데요."
두 사람은 티격태격하며 빅토르가 내준 마차를 타고 덤펠트가의 영지인 언덕을 내려갔다. 그리고 한참을 달려 7번가에 도착했다.
마차에서 내리자마자 두 사람은 얼떨떨한 표정으로 골목을 둘러봤다. 골목의 모든 상점들이 비어 있었다. 빵집이고, 식료품 가게고 진열대가 싹 비어 있었다.
스칼렛이 안드레이에게 물었다.
"잠깐 사이에 무슨 일이 있었던 거야?"
"저도 사장님 모시러 다녀와서 모르겠는데요."
두 사람은 의아해하며 집으로 돌아섰고, 그 앞에서 기다리던 아이작이 둘을 발견했다.

"스칼렛."

"무슨 일이야? 갑자기 왜 이 난리야?"

스칼렛이 동그래진 눈으로 묻자 아이작이 긴장한 얼굴로 말했다.

"북부에서 비행체가 발견되었대."

"뭐어?"

"베스티나의 국기를 걸고 있었어."

스칼렛은 순간적인 충격에 눈이 휘둥그레졌다.

감히 이 험준한 살리안 산맥을 넘어 살란티에 침입하는 나라는 없을 것이다. 유일하게 입국이 쉬운 남부 해안은 빅토르 덤펠트가 지키고 있으니 산맥보다도 안전하리라 모두가 믿고 있었다.

그러나 오늘 아침, 베스티나인들은 산맥을 넘어 살란티에 들어올 수 있다는 것을 선보였다. 그것도 살란티에 사람들에게 아무런 허가도 받지 않은 입국이었다.

갑작스러운 비행체의 출몰은 살란티에 사람들에게 패닉을 일으켰다. 스칼렛은 이제야 거리가 텅 비어 버린 이유가 사재기 때문이었음을 알았다.

안드레이는 일단 가게 문을 열었고, 스칼렛과 아이작이 안으로 들어갔다. 잠시 생각하던 스칼렛이 갑자기 계단을 달려 올라갔다.

"스, 스칼렛?"

"사장님, 애도 아니고 뛰시면……."

두 남자가 따라 올라가 보니 스칼렛이 곧바로 노트를 꺼내 들고 있었다.

아이작이 물었다.

"스칼렛, 뭐 하려고?"

"우리도 비행체를 만들어야 해."

"어어?"

그러자 스칼렛이 흘러내리는 머리칼을 옆에 있던 끈으로 대강 높이 올려 묶은 후 말을 이었다.

"살란티에도 비행체를 띄울 수 있다는 걸 보여 주면 베스티나도 무턱대고 덤벼들 수는 없을 거야. 우리는 해군이 강하잖아. 전쟁이 시작되면 빅토르가 곧바로 남부를 통해서 베스티나를 공격할 거고, 그러면 베스티나도 손해를 입을 테니까. 쉽게 전쟁을 하려 하지 않을 거고, 하더라도 가장 먼저 루비드호를 찾아서 폭격하려 할 거야. 그러니까 우리도 대공 무기가 있다는 걸 보여 줘야 돼."

스칼렛은 빠르게 말을 이었다.

"지금 살란티에에는 첩자가 많이 들어와 있어. 살란티에도 그 정도 기술력이 있다는 걸 첩자들이 파악하면, 베스티나는 전쟁을 선포하지 않을 거야."

"그래서 어떡하려고!"

아이작이 안절부절못하고 묻자 스칼렛이 노트를 챙기며 말했다.

"더 늦어지면 안 되겠어. 지금 당장 살란티에 공과대학에 갈 거야."

"뭐?"

"가서 도움을 요청하려고."

그녀의 말에 정신이 없어진 아이작은 고개를 한 번 휘휘 저어 털어 내고 물었다.

"공과대학에 간다고?"

"난 부모님이 남긴 것들을 아주 많이 알고 있어. 그러니까 내가 해야 돼."

"트램 수리도 못 하게 하는 나라에서, 비행체의 엔진을 만들겠다고?"
그렇게 묻는 아이작의 목소리가 평소보다 낮았다. 스칼렛은 순간적인 생경함에 묘한 서늘함을 느꼈다. 그러나 그녀의 놀란 눈을 본 아이작이 곧바로 특유의 천사 같은 얼굴을 하며 말했다.
"누가 알면 위험하잖아."
"그건…… 알아. 하지만 지금 내가 아무것도 안 할 수는 없잖아."
"있어, 스칼렛."
아이작이 다정히 말했다.
"네가 왜 그런 이유로 위험해져야 하는지 모르겠어."
문 쪽에 서서 만사가 귀찮은 표정으로 그 대화를 보고 있던 안드레이가 말했다.
"백작님 말이 맞습니다, 사장님. 다짜고짜 살란티에 공과대학에 가셔서 어쩌시게요? 위험하게."
그러자 아이작이 보라는 듯 안드레이를 손짓하며 말했다.
"고마워요, 안드레이 씨."
안드레이가 고개를 약간 숙여 인사하고 말을 이었다.
"하지만, 사장님 말씀도 일리는 있습니다. 전쟁이라뇨. 저는 수도관이 없는 곳에서는 못 살아요. 막을 수 있는 방법이 있다면 막아야죠."
그 말에 아이작이 안드레이를 보았다. 그 냉랭한 시선에 안드레이가 씩 웃었다. 내심, 스칼렛 크림슨은 미친놈들을 끌어모으는 자석 같다는 생각을 했다.
"빅토르 경께 호위를 부탁하시죠? 살란티에 그보다 안전한 방법은 없을 텐데요."

"호위?"

아이작이 고개를 기울이며 물었다. 안드레이는 스칼렛과 똑같이 닮은 얼굴로 어떻게 저렇게 방금 사람을 죽인 살인자 같은 얼굴을 하고 있는지 놀라울 따름이었다.

안드레이가 말했다.

"정확히 말하자면 뒤처리 말입니다. 사장님께서 엔진을 만들고자 하시는 걸 밀고할 만한 자가 있다면 처리해 주십사 하고요."

"아."

아이작이 고개를 끄덕였다. 그리고 다시 스칼렛을 보더니 한숨을 쉬었다.

"이렇게 위험한 일을 하고 싶어?"

"하고 싶은 건 아니지만, 해야 돼. 이건 나에게 선택권이 있는 문제가 아니야."

스칼렛의 말에 두 남자가 실소했다. 그리고 이내 아이작이 입을 열었다.

"스칼렛, 기억나? 내가 너 때린 거."

그 말에 안드레이는 저도 모르게 인상을 썼다. 스칼렛이 대답했다.

"그건 숙부가 시켰잖아."

"그러니까. 숙부가 시켜서 나는 그때 너를 때렸어."

"그야……."

"그때 나는 나쁜 쪽을 선택한 거야. 스칼렛, 네가 나쁜 쪽을 보지 못하는 것뿐이야. 너에게도 언제나 선택권은 있어."

그의 말에 스칼렛이 한숨을 쉬었다. 그리고 제 편을 들라는 듯이 안드레이를 바라보았다.

"안드레이, 내 편 좀 들어 봐."

그러자 안드레이가 어깨를 으쓱였다.

"죄송하지만 전 첩자인걸요. 나쁜 길 그 자체죠."

"아, 정말……."

"네네, 모범적인 표본이 아니라 죄송해요."

안드레이가 말하는데 아이작이 인상을 썼다.

"첩자라고?"

그 말에 스칼렛이 얼른 말했다.

"지나간 이야기야."

"믿어도 되는 거야?"

"응, 그럼. 내가 트램 수리하는 것도 여태 비밀로 해 줬는데, 뭐."

"……그래?"

아이작의 대답이 영 탐탁지 않아 스칼렛이 말했다.

"내가 제일 신뢰하는 직원이야."

"그거야말로 선택권이 없지, 하나뿐이니까."

"어쨌든 말이야."

스칼렛이 말하고 화 풀라는 듯 웃자 아이작은 이내 마지못해 같이 입꼬리를 올렸다.

"알았어. 믿을게."

믿는 눈빛이 아니었다. 안드레이는 확신했지만, 스칼렛은 아이작을 여전히 다락방에서 벗어나지 못하고, 제가 무엇이든 해 줘야 하는 어린아이라고 인식하고 있는 듯했다.

'누가 누굴 보호하겠다고…….'

안드레이는 혀를 찼다.

어쨌든 아직 전쟁이 난 것은 아닌지라, 빅토르는 첩자들을 처형하기 전에 미리 베스티나에 연락을 보내야 했다.

스칼렛을 보낸 직후, 빅토르는 첩자들을 잡아둔 정원으로 향했다. 쌓인 눈 위에 무릎을 꿇고 있는 첩자들을 내려다보며 빅토르가 말했다.

"협상은 누구와 하면 되나."

그러자 셋 중 하나가 말했다.

"저와 하시면 됩니다."

"응접실로 데려와."

빅토르가 말한 후 응접실로 향했다.

잠시 후 해군들이 첩자를 끌고 왔다. 해군 정복을 입고 그대로 끌려온 탓에 살란티에의 군복을 입고 있는 첩자를 보니 아이러니했다.

빅토르가 그를 가까이로 불러 마주 앉혔다. 전도유망해 보이는 금발의 청년이었다.

빅토르가 말했다.

"전쟁 준비는 어디까지 됐나."

그러자 첩자가 대답 대신 씩 웃었다. 그리고 말을 이었다.

"살란티에는 우대해야 할 사람들을 우대하지 않고 있습니다. 왜 그런 나라에 충성하십니까?"

"저런."

빅토르가 실소했다.

첩자가 말을 이었다.

"베스티나는 군인을 우대하는 곳입니다. 그만큼 기술자 또한 우대하지요."

"첩자가 입이 가볍다니 좋군."

"함장님."

"듣고 있으니 계속 말하게."

"함장님께서 베스티나로 가신다면, 베스티나는 세계의 주인이 될 겁니다."

첩자의 말이 이어졌다.

"만약 함장님께서 베스티나로 오신다면, 희망을 잃은 살란티에는 그냥 투항할지도 모릅니다. 그렇게 된다면 피 한 방울 흘리지 않고 평화를 찾는 겁니다."

첩자의 설득을 듣고 있는 해군들의 표정이 묘했다.

빅토르 덤펠트는 본래 왕족이 되기를 원했기 때문에 바다로 나갔고, 목숨을 걸고 살란티에를 지켰다. 그리고 해전을 치르는 과정에서 전쟁을 증오하게 되었다.

첩자는 그런 빅토르의 성향을 아주 잘 알고 있는 것처럼 말했다.

살란티에를 버린다면 피 한 방울 흘리지 않고 평화를.

모순된 제안이었다.

첩자의 이야기를 듣고 있을 때, 응접실로 블라이트가 들어섰다.

"아담 전하께서 오셨습니다."

빅토르가 고개를 끄덕이자 블라이트가 문을 활짝 열었고, 그 뒤에서 빅토르의 외숙부이자 왕세자인 아담 이렌이 들어섰다.

언제나 왕성에서만 빅토르를 보았던 아담 이렌은 응접실 안에 있던 결박한 청년과 빅토르 덤펠트, 그리고 그 안에서 감시하다 왕족이 들어서자 바로 서서 시선을 위로 두고 있는 해군들에 강한 압박감을 느꼈다.

빅토르가 재킷 단추를 잠그며 일어섰다.

"미리 언질을 주시지."

그가 일어서 인사하라는 듯 고개를 까딱이자 그제야 해군들이 절도 있게 아담 이렌에게 해군식 경례를 했다.

아담은 이 군인들이 해군의 수장인 자신의 명령을 들을 생각이 조금도 없다는 것을 어렴풋이 알아차렸다. 덕분에 그는 긴장한 얼굴로 입을 열었다.

"살란티에 북부에서 비행체가 전단을 뿌리고 사라졌네."

"얼마나 있었습니까?"

"무슨 소리지?"

"비행체가 어느 정도의 시간 동안 살란티에 국경을 넘어와 있었냐는 말입니다."

"지금 그게 뭐가 중요한가?"

"이 상황에서 베스티나의 기술력이 어느 정도인지가 중요하지 않으면, 달리 뭐가 중요합니까?"

그의 말에 아담이 입을 굳게 다물었다.

곧이어 빅토르가 손짓하자 해군들이 첩자를 끌고 응접실을 나갔다. 사위가 조용해진 후, 빅토르가 입을 열었다.

"저에게 오신 이유는 뭡니까?"

그의 말에 잠시 생각하던 아담이 목소리를 낮췄다.

"비행체가 나타났는데 왕실이 너무도 조용하더군."

"그렇군요."

"왕실에 첩자가 있는 것 같네."

그의 말에 빅토르가 대답했다.

"왕실에 있는 건 첩자가 아니라 반역자이자 변절자들입니다."

"뭐?"

"지금까지 모르고 계셨다면, 주변에 호위를 강화하시는 게 좋을 겁니다."

"지금 왕족들 중에 변절자들이 있다는 건가?"

"예. 있습니다."

"말도 안 되는 소리 하지 말게!"

아담이 호통쳤으나, 빅토르는 덤덤히 말을 이었다.

"왕족뿐만 아니라 귀족들도 여차하면 타국으로 망명할 준비에 바쁘지요. 시장에는 더 이상 금이 나오지 않는다더군요."

"……허. 경께서는 어떠신가?"

"저도 베스티나로 오라는 첩자들의 설득을 듣는 게 일과입니다."

아담은 심각한 표정을 짓고 있었다.

선왕의 숨이 다해 가고 있었고 아담은 그 자리를 이어받는 일에만 몰두해 정세에 대한 것은 완전히 형제들과 아들에게 위임하고 있었다. 그가 하는 일은 세력을 이어 받기 위해 연일 반복되는 연설에서 읽을 연설문을 쓰는 것뿐이었다.

아담이 말했다.

"그럼 어떻게 해야 할까."

"스스로 결정하셔야지요."

지금까지 살란티에는 안전한 땅. 아무도 그 험준한 산맥을 넘어 살란티에와 전쟁을 치를 생각은 하지 않았다. 그것은 사실상 자살행위였다.

그러나 베스티나가 비행체를 만들어 낸 이상, 거기 돌을 실어 던지기만 해도 살상력은 강력할 것이다. 아담이 물었다.

"경, 비행체가 공격한다면 어떻게 해야 하지?"

"방법이 없습니다."

"뭐, 뭐?"

"살란티에는 대공 체계가 전무합니다. 지금까지 첩자들에게 물어보니 베스티나조차도 비행체를 견제할 무기를 만들어 내는 데 30년은 걸릴 거라고 하더군요."

"첩자들이 그런 걸 순순히 말해 주던가?"

그가 묻자 빅토르는 대답 없이 미소를 지었다. 그 미소에 아담은 그가 적어도 신사적인 방식으로 이러한 정보들을 알아내지는 않았으리라는 것을 짐작했다.

빅토르는 살란티에에 아무런 희망도 느끼지 못하고 있었다. 더불어 또 한 가지 명명백백한 사실은, 빅토르가 베스티나의 사람이 된다면, 그래서 그나마 전쟁에서 버틸 수 있는 남부 해안이 무너진다면 살란티에가 점령되는 것은 순식간이라는 것이었다.

아담이 절망 섞인 한숨을 쉬었다.

"어쩌다 이렇게 된 겐가."

그 말에 빅토르가 나지막한 웃음을 터트렸다. 그 웃음에 아담의 표정이 굳었다.

"왜 웃지?"

"이유를 모르시는 겁니까?"

"모르네."

"폐하께서 지난 10여 년간 종교적인 이유로 기술자를 천시했기 때문이지요."

"……."

"또한 최근에는 변절자들이 또 한 번 살란티에의 기술자들을 억누르고 있습니다. 이전에는 그저 종교적인 이유였고, 이번에는 변절자들이 살란티에를 베스티나에게 바치기 전에 먹기 좋게 가시를 발라 내는 과정이겠죠. 뭐, 전하께서도 폐하와 마찬가지로 대자연의 신을 믿고 계실 테니 그 신께서 구제해 주시기를 마저 기다리시면 되겠군요."

언제나 왕족으로 인정받고 싶어 그들 앞에서 입을 다물고 있던 빅토르가 가감 없이 말하는 걸 들으니 아담은 두통이 오는 기분이었다. 그가 말했다.

"너무 부정적으로 생각하는 것 같아."

"부정적이요?"

"그래. 우리에게는 자네도 있고, 좋은 대포들이 있네. 산에서 쓰는 게 어렵다고 하지만 대책이 있을 걸세."

"……."

"우리는 전쟁을 해도 이길 수 있어. 왜 베스티나 따위에게 질 거라고만 생각하나."

그의 말에 이번엔 빅토르의 표정이 구겨졌다.

아담이 몸을 일으켰다.

"더 많은 군수공장을 만들고 더 많은 무기를 만들면 돼. 살란티에는 위대한 나라야.”

"전쟁을 쉽게 말하시는군요.”

해전 한 번 나간 적 없는 사람이.

빅토르는 그 뒷말을 덧붙이지 않았으나, 아담에게는 들리는 듯했다.

빅토르와 짧은 대화를 마치고 덤펠트가를 나서, 왕성으로 돌아온 아담은 아들 율리를 불러냈다.

율리가 들어서자 그가 말했다.

"빅토르가 베스티나로 도망칠지도 모르겠구나.”

그의 말에 율리가 멈칫하더니 씩 웃었다.

"왜 그렇게 생각하세요, 아버지?”

"오늘도 이미 빅토르의 집에 베스티나의 첩자들이 붙잡혀 있더구나. 빅토르가 그들의 회유에 넘어가지 않으리란 보장이 없지. 이미 빅토르는 살란티에에 희망이 없다고 생각하더군.”

"……”

"빅토르는 자기 목표가 정해지면 사명감도, 사사로운 감정도 모르는 사내. 아까만 해도 왕실에 베스티나를 따르는 자가 있다고 하지 않겠니?”

"예? 어떻게 그런 생각을 할 수 있는지 놀랍네요.”

율리가 말을 이었다.

"빅토르는 왕족이 되고 싶어하면서도 언제나 거만했어요. 이제는 왕족이 되기 어렵다는 걸 알고 나니 되려 험담을 하려는 것 아닙니까?”

"그래, 네 말이 맞을지도 모르겠구나."

───◆───

　수도에는 상당히 많은 해적섬 출신의 청년들이 들어와 있었고 그들은 모두 빅토르의 관리하에 있었다.
　빅토르가 창고 문을 열고 안으로 들어섰다. 그러자 무장한 장정들이 흉기를 들고 불청객의 얼굴을 확인한 후 허 웃었다.
"함장님 아니십니까."
"오랜만이군."
　흉기를 든 장정들이 걸어오는 사이, 창고 문이 완전히 열렸다. 장정들이 멈춰 섰다. 빅토르의 뒤로 수십 명의 해군들이 서 있었다. 창고 안의 사내들이 욕지기를 하며 흉기를 버리고 무릎을 꿇은 후 두 손을 머리 뒤에 올렸다.
　에번이 앞서가 말했다.
"함장님 혼자 오셨으면 어떻게 해보려고?"
"그럴 리가요."
"그치?"
　에번이 실실 웃는 사이 해군들이 창고 안으로 들어왔다 빅토르가 해적섬의 청년들을 눈으로 훑더니 하나를 골라 손짓했다. 거기 걸린 청년이 욕지기를 하며 일어섰다.
　살란티에 시민들보다 해적들과 더 많이 부대끼고 지내 온 빅토르가 이들 중 리더 격이며 가장 많은 정보를 가진 사람을 알아보지 못할 리 없었다.

청년이 창고에 딸린 먼지투성이 쪽방으로 들어서며 눈을 질끈 감았다. 빅토르가 그곳에 쌓인 자루를 접이식 칼로 찌르자 모래가 쏟아졌다.

"그냥 모래예요. 저희가 요즘 집을 짓잖아요."

"그럼 가져가도 되겠네."

"저희도 이제 여기서 사람답게 살고 있는데, 왜 아무거나 압수하고 그러세요?"

"내가 사지."

빅토르가 말하자 블라이트가 물소가죽으로 된 지갑을 꺼내 내밀었다. 빅토르가 말했다.

"모래가 스무 자루면 얼마쯤 하지?"

"……."

말문이 막혔던 청년이 입을 열었다.

"환각제 아닙니다."

"그럼?"

"치료제예요."

청년이 말하고 주춤거리고 있을 때, 소식을 들은 한 사내가 뒤늦게 도착해 휴 한숨 쉬며 말했다.

"벌써 보셨네요. 치료제."

"해롤드."

해롤드가 나타나자 빅토르가 가까이 걸어가 말했다.

"이제 좀 대화가 되겠군."

해롤드는 빅토르를 눈으로는 죽일 듯이 보면서도, 흉터 난 얼굴로 흐흐흐 웃었다.

빅토르가 다가오자 해롤드가 두 손을 들어 보이며 뒤로 물러섰다.

"너무하시는 거 아닙니까? 한 번 밀고했다고 아무 정보나 저한테 얻어 내러 오시면 안 되죠."

"상처는 많이 나았네."

빅토르의 말에 해롤드가 제 왼쪽 턱에 길게 난 흉터를 벅벅 긁었다.

"예예, 덕분에 이목구비는 고장 없이 씁니다, 함장님."

모든 것을 밀고하고 생명을 부지한 해적, 해롤드는 자신을 생포했을 때 그 악마 같던 빅토르 덤펠트를 생생하게 기억하고 있었다.

죽는 순간까지도 그때 빅토르의 무표정과 고조 없는 목소리는 잊지 못할 것이라 생각했다.

해롤드가 삶에 집착하는 이유는 두 가지였다. 하나는 남은 해적섬 사람들을 이끌어야 했기 때문이었고, 두 번째는 언젠가 복수의 여신이 제 등에 앉아 저 빅토르 덤펠트의 눈부신 얼굴에 제 것과 같은 상처를 남길 날이 오리라 믿었기 때문이었다.

그가 말했다.

"치료제에 관심이 있으신가 봐요?"

"그래."

빅토르가 에번에게 턱짓하자 곧 그가 창고에서 모든 이를 데리고 나갔다.

창고에는 해롤드와 빅토르만이 남았다.

해롤드가 입을 열었다.

"아가씨께서 크림슨 백작에게 쓴 치료제가 저희가 유통하는 거란 건 아시잖아요, 몰래 호위를 붙이셨으니."

"그랬지."

"함장님을 배신하고 얻은 정보로, 저를 찾아오다니. 정말 아이러니하지 않습니까?"

해롤드의 말에 빅토르는 무덤덤한 얼굴로 그를 바라보다 천천히 입을 열었다.

"자네는 입이 가벼운 게 단점이야."

"평소엔 가벼운 편 아닙니다. 이러다 정말 죽는구나, 싶어서 말한 것뿐이죠."

"죽는 것이 무서웠나?"

"아뇨. 언젠가 함장님께 복수하려면 살아야죠."

"나중에 내 무덤이나 파헤치게. 그것 말고는 방법이 없을 테니."

빅토르가 태연히 말했다. 그러고는 표정이 일그러진 해롤드에게 말했다.

"기억에 관련된 약제가 있나?"

"갑자기 그건 왜 물으십니까? 저희들이 쓰는 건 다 마약류처럼 취급하셨잖아요."

"나는 그랬지. 왕실이 그러지 않는 것 같더군."

"허. 반대여야 하는 것 아닙니까."

해롤드가 말하더니 이내 물었다.

"그건 왜요?"

"이유를 알면 자네가 여기서 살아 나가겠나."

"아, 그렇죠."

해롤드가 대답하더니 곧 말했다.

"있기는 있습니다. 기억에 관한 것이. 사용하면 기억이 선명해지지요."

"부작용은."
"일시적인 기억상실이 일어납니다."
"일시적이라는 게 어떤 의미지?"
"그건 사람마다 워낙 달라서 정확하게 말씀드릴 수가 없습니다."
"회복이 안 될 수도 있단 말인가?"
그러자 해롤드가 손가락으로 자기 머리를 툭툭 두들기며 말했다.
"사실 기억상실이 일어나는 이유가 여기의 방어기제 때문이거든요. 사람마다 심리 상태도 다르고, 머릿속도 다르니까요. 영영 떠올리기 싫은 기억이라면 끝까지 떠올리지 않을 수도 있겠죠."
"치료 방법은."
"없습니다. 약의 부작용이라고는 하지만, 결국은 본인의 뇌가 행동한 거라서요. 일 줄이고 많이 쉬면서 긴장 상태에서 벗어나는 것밖에 없죠."
그가 설명을 마쳤으나 빅토르는 움직이지 않고 자리에 서서 해롤드를 주시하고 있었다.
해롤드는 저 거만한 시선의 의미를 알고 있었다. 답이 없으면 답을 만들어서라도 내놓으라는 것이었다.
"완전히 치료할 방법은 없겠지만 혹시 그 이후에도 기억상실이 빈번하게 일어난다면 그건 완화시킬 약이 있습니다."
"그렇군."
빅토르는 그렇게 대답했으나, 그 완화제에 대하여 더 이상 묻지 않았다. 해롤드는 그것을 알아서 약을 준비하라는 뜻으로 받아들였다.
빅토르가 곧 문을 연 후, 부하 하나에게 말했다.

"계속 감시해."

"예, 함장님."

부하가 정중히 인사한 후, 해군들은 몸을 돌려 창고를 나왔다.

매사 크게 반응이 없는 빅토르와 달리 왕실경찰이 그 약으로 한 행동을 아는 두 명의 해군, 에번과 팔린은 크게 화가 나 있었다.

팔린은 애써 목소리를 낮춰 에번에게 말했다.

"이게 말이 됩니까? 감히 함장님께……. 이건 왕실경찰의 해군에 대한 공격입니다."

"어, 그렇지. 지금 함장님은 왕족이 아니니까 왕실경찰 정보들에 접근을 못 하고 있잖아."

"맞습니다."

마차 바퀴 아래 살란티에서만 자라는 노란 꽃, 마게리아가 피어 있었다.

빅토르는 별 볼 일 없고 일 년 사계절 대중없이 피는 저 잡초만 보면 환하게 웃던 스칼렛을 떠올렸다.

어릴 때 마게리아로 화환도 만들고, 장신구도 만들어서 부채에 달아 놓고 했다고 했다. 스칼렛의 부모는 모두 지극히 이성을 중시하는 사람이었다. 그러므로 소소한 꽃 하나에도 팔짝거리며 기뻐하는 딸아이의 이런 따듯한 모습을 신기해하고, 사랑했다.

이제야 스칼렛의 그런 말들을 떠올렸다.

마차에 타기 전, 빅토르가 몸을 숙여 마게리아 한 송이를 꺾자 마부가 급히 말했다.

"제가 하겠습니다, 도련님."

빅토르는 그 순간에 직접 물을 끓이려던 스칼렛에게 하녀를 불러

시키라고 했던 것을 떠올렸다. 그리고 스칼렛의 대답도.

"나는…… 당신과 단둘이 있고 싶어. 당신은 늘 주변에 일하는 사람들이 있는 게 당연하고, 그 사람들이 없는 것처럼 여기고 생활할 수 있겠지만 나는 그게 아니야. 누가 있으면 신경 쓰여. 당신이랑…… 단둘만 있는 것 같지가 않아."

이해가 가는 것은 아니었다.
사실 전혀, 그녀의 생각을 이해할 수 없었다.
두 가지 이유가 있었는데, 첫째로 빅토르는 사용인들을 저와 동등한 개체로 생각하지 않았고, 두 번째는 빅토르를 포함한 살란티에의 고위 귀족들은 본인의 삶이 타인의 시선 속에 있는 것을 당연하게 여기기 때문이었다.
그들은 자신의 삶을 제 것이라 생각하지 않았고, 제 가문을 잇고 영지를 지키는 개념적인 존재라 생각하고 있었다. 그러므로 단둘만 있는 것 같지 않다는 말도, 애초에 단둘이 있고 싶다는 말도 완벽히 이해가 가는 것은 아니었다.
하지만 그렇다고 해서 나쁠 것 같지도 않았다.
빅토르는 제가 꺾은 마게리아를 물끄러미 보다가 마차 밖으로 휙 던졌다.
그녀에게는 풍성한 장미가, 붉은 계열의 꽃들이 어울린다.

―――――◆―――――

공관으로 향하는 스칼렛의 걸음이 바빴다.

블라이트의 안내를 받아 문을 열자 훅 새어 나오는 독한 담배 연기에 스칼렛이 콜록거렸다.

지도를 보고 있던 빅토르가 그녀를 보았다. 그는 다급해 보이는 스칼렛의 얼굴을 보며 느긋한 목소리로 물었다.

"날 사랑해?"

"나 지금 제정신이야."

"아쉽네."

빅토르의 대답에 스칼렛이 한숨을 쉬고 대답했다.

"다른 방법으로 확인해 줄 수는 없어?"

"왜. 효율적이잖아."

빅토르가 자신을 사랑하냐고 물을 때마다 심장이 철렁했다. 그러다 어느 순간에, 그렇다고 대답해 버릴까 봐 겁이 났다.

그녀가 폭 한숨을 쉬더니 입을 열었다.

"비행기를 제작하려면 내가 좀 더 전문적으로 공부를 해야 할 것 같아. 그래서…… 정말로 살란티에 공과대학에 입학시켜 줬으면 좋겠어."

"……"

"추천, 뭐 그런 걸로……."

그녀의 말에 빅토르가 대답 대신 그녀를 유심히 바라보았다.

스칼렛이 난감해하며 말을 이었다.

"해 준다며?"

"해 줘야지."

빅토르가 말하고는 잠시 생각하다 입을 열었다.

"과외가 낫지 않나. 교수를 불러 줄 테니."
"교수를 어떻게 불러?"
"내가 당신 집으로 가라고 명령하면 되겠지?"
빅토르의 태연한 대답에 스칼렛이 멈칫했다. 그가 이럴 때마다 제가 도대체 어떤 남자와 살았던 건가, 돌아보게 되었다.
스칼렛은 대답 대신 고개를 도리도리 저었다. 그러자 빅토르가 재떨이에 담배를 비벼 끄고 편지지 한 장을 꺼내 즉시 무언가를 적은 후 몸을 일으켰다. 그리고 그녀에게 편지를 내민 후 말했다.
"미리 이야기해 뒀으니 이거 가져가. 다음부터는 올 때 미리 언질 주고 오고."
"왜?"
"담배 냄새 싫어한다며."
"그야…… 응."
빅토르가 문을 열어 스칼렛의 등을 떠민 후 문을 닫아 버렸다. 스칼렛은 의아해하면서도 편지를 만지작거렸다.
그녀가 곧 출발하려는데 멀리서 팔린이 달려왔다.
"제가 모시겠습니다."
"네? 번거로우실 텐데……."
"번거롭긴요."
팔린이 안심하라는 듯이 씩 웃었다.
스칼렛은 정말 이 편지로 충분한가 염려하며 공과대학 방향으로 향하는 트램에 올랐다. 살란티에 대학은 왕성 안쪽에 있었지만 공과대학만큼은 수도를 벗어난 곳에 있었다.
트램으로 거의 두 시간을 달려, 살란티에 공과대학 정류장에 내린 스칼렛이 눈을 깜빡거리며 건물을 보았다.
"……저거야?"
정말 이래도 되나, 싶은 낡은 건물이었다.
함께 온 팔린 역시 좀 황당한지 인상을 쓰며 말했다.
"작은 마을의 학교 같네요."
스칼렛이 편지를 만지작거리며 공과대학 입구에 들어섰다.
살란티에의 남쪽은 농사를 지을 수 있어 귀족들이 넓은 농지를 사들였지만 북부는 척박한 땅이었다. 팔린이 앞장서서 걸어 주지 않았다면 스칼렛이 신은 부츠에 눈이 쏟아져 들어올 뻔했다.
팔린은 고드름이 그대로 달려 있는 공과대학의 문을 열었다. 그러자 그 문 뒤에서 막 문을 열려고 하던 남학생이 움찔했다. 그러더니 팔린을 보며 말했다.
"좋은 유전자를 가지셨네요."
"……예?"
"후손을 많이 남기세요. 소수의 엘리트는 많은 사람을 살리죠. 물론 착취도 하지만요. 착취 좋아하세요?"
"……아뇨."
"그럼 남기셔도 될 것 같습니다. 이만."
남학생이 꾸벅 인사하고 그냥 가려다가 스칼렛에게 말했다.
"물론 숙녀분께서도 좋은 유전자를 가지셨지만 제가 여자에게 말하는 게 서툴러서요. 헛소리만 할 것 같아 이만 줄입니다."
그러더니 휭 제 갈 길을 가 버렸다.
문 앞에 남은 스칼렛과 팔린은 잠깐 얼떨떨해하다가 일단 추천서를 들고 총장실로 향했다. 그때 낡은 문을 열고 중간에 있던 방에서 나온 큰 안경을 쓴 여학생이 말을 걸었다.

"저기요."

스칼렛은 앞으로 같이 공부를 할 수도 있겠다고 생각해 미소를 지으며 대답했다.

"네."

"뭐 하러 온 거예요?"

"아, 입학…… 추천서도 가져왔어요."

"무슨 공부요?"

"엔지니어링이요."

"공학자를 찾았어!"

여학생이 소리치자 안에서 남학생 둘이 달려오더니 잼통과 자료들을 스칼렛에게 넘겨 주며 말했다.

"우리가 이론은 다 해 놨거든요. 이제 엔지니어가 구현하기만 하면 돼요."

"그리고 그걸로 잼통을 열어 주세요."

두 사람이 말하며 거기 모인 다섯 사람 중 가장 체구가 작은 스칼렛에게 잼통을 내밀었다.

스칼렛이 얼떨떨한 얼굴로 잼통을 받아 들었고, 그 모습을 말로 형용할 수 없는 표정으로 보던 팔린이 잼통을 뺏어 쉽게 열어 돌려주자 세 사람이 머쓱해했다.

"저런 변수를 예상 못 했네."

"여기에 갑자기 저런 알파메일이 나타날 걸 어떻게 예상하겠어?"

"나라에서 멸종시킨 공학자 찾는 건 계획에 넣었잖아?"

"여긴 공과대학이잖아. 알파메일보다는 공학자가 나타날 확률이 더 높다고."

팔린이 몸을 숙여 스칼렛에게 속닥거렸다.

"……그냥 가시죠? 좀 이상한데."

그러자 스칼렛이 자료를 팔린에게 보여 주며 말했다.

"팔린 경은 최상위 교육을 받았죠? 이거 이해해요?"

"전혀요. 저희에게 가장 중요한 학문은 철학이었거든요."

그의 말에 학생들이 코웃음을 쳤다.

"하, 철학이라니."

"실생활에 하등 도움이 안 되죠."

그러자 팔린이 대답했다.

"잼통은 제가 열었는데요."

"……."

"가시죠, 아가씨."

팔린의 호위를 받으며 스칼렛이 고개를 끄덕이고 걸음을 옮겼다. 그리고 총장실을 들어선 후, 미소를 지으며 말했다.

"처음 뵙겠습니다."

그러자 중년 여성이 괴로운 표정으로 말했다.

"이렇게 평범한 인사는 모처럼이군요."

그녀가 걸어와 악수를 청하며 말했다.

"엘리자 팔미르입니다."

"스칼렛 크림슨이에요."

악수를 하고도 엘리자가 다시 손을 내밀자 스칼렛이 추천서를 건넸다. 엘리자가 그것을 읽어 보더니 말했다.

"미리 연락은 받았어요. 하지만 보시다시피 나는 뭘 가르칠 수 있는 사람이 아니에요. 여기는 연구하는 곳이죠, 가르칠 수 있는 사람은…… 어쩌다 보니 다들 죽었네요."

스칼렛은 그렇게 말하며 자신을 보는 엘리자의 훑는 듯한 눈빛에 미소로 대응했다.

엘리자 팔미르는 감시역이었다. 그녀는 숨길 생각이 없다는 듯 솔직하게 경고했다.

"알고 있겠지만, 국가에서는 이 살란티에 공과대학이 대단한 발견을 해내기를 바라지 않아요."

"그렇군요."

"애초에 이 공과대학에서 대단한 것을 만들어 낼 것 같진 않아요. 그래서 일을 대강 하고 있는 편이죠. 우리도 나중에 나가서 커피나 마셔요."

"네."

"참고로 스칼렛 크림슨 양에게 이런 추천서는 필요 없었어요."

엘리자의 말에 스칼렛이 그녀를 보았다.

엘리자가 말을 이었다.

"크림슨 가문의 적녀라면, 이곳은 그냥 문 열고 들어오면 되는 곳이에요. 때마침 비어 있는 연구실이 있으니 거길 써요. 뭘 해도 좋아요."

엘리자 팔미르가 내준 입학 서류에 몇 가지를 적는 것으로 살란티에 공과대학의 입학이 끝났다.

학생 수는 스칼렛을 포함해 26명, 교수가 4명.

스칼렛은 이게 원래 이렇게 쉬운 건지, 빅토르 덤펠트라서 쉽게 해결된 건지 의문이었다.

입학 수속을 마치고 총장실을 나와서, 엘리자가 준 교내 지도를 확인하며 이동하려는데 아까 잼통을 열지 못하던 여학생이 달려왔다. 그리고 그녀가 스칼렛의 팔을 붙잡으려 하자 팔린이 막아섰다.

여학생이 놀라자 팔린이 안심하라는 듯이 미소 지으며 말했다.

"아가씨께 손대시면 안 됩니다. 귀한 분이셔서요."

'참 내가 학교 적응하는 데 많은 도움 주시네요' 라고 한소리 하고 싶었지만 원하지도 않을 텐데 여기까지 호위하러 와준 팔린에게 그런 말을 할 수가 없었다.

여학생이 손을 떼고 눈을 깜빡깜빡거리더니 말했다.

"저는 커스틴이에요……."

"스칼렛이에요."

"로셰르 가문이에요."

"아, 저는 크림슨 가문 사람이에요."

"그, 그럼 크림슨 백작 부부 두 분과는!"

"딸이에요."

"이거 봐! 크림슨 백작 부부의 따님이시래!"

커스틴이 버럭 소리쳤다. 그러자 거기 있던 모든 사람들이 몰려왔다. 아까 유전자로 인사하던 남학생이 물었다.

"진짜 크림슨 가문 사람이에요?"

"맞대! 거봐, 내가 닮았다고 했지?"

"오오, 진짜 진정한 명문가의 사람이 왔어."

팔린은 사람들이 스칼렛을 건드리지 못하게 막아서서 불편하다는 듯이 내려다보고 있었다.

스칼렛이 소곤거렸다.

"팔린, 앞으로 나도 이 사람들과 잘 지내야 하니 너무 그러지 말아요."

"이 사람들과 잘 지내고 싶으십니까, 진짜로?"

"네."

팔린은 영원히 이해 못 할 것 같은 표정을 지었으나 별수 없다는 듯이 고개를 끄덕이고 말했다.

"어쨌든 전 안 갑니다. 아가씨에게 상처 하나라도 생겼다간 함장님께 죽어요."

그 말에 학생 하나가 물었다.

"무슨 함장님이요?"

"저희 함장님이요. 루비드호의 함장 빅토르 덤펠트 경의 전부인 되시거든요."

그러자 학생들이 소곤거렸다.

"크림슨 가문 사람이 덤펠트 함장님과?"

"음…… 뭐, 그 정도면 비슷한 가문끼리의 결혼이네."

"맞아. 덤펠트 가문이 크림슨 가문만큼 초명문은 아니지만 저 알파 메일의 대장이라면 괜찮은 유전자를 가졌겠지……."

적어도 이들에게만큼은 크림슨 가문이 전무후무한 명문가였고, 위대한 발명가 부부의 가문이었다.

스칼렛은 그런 그들에게 묘하게 찡한 기분을 느꼈다.

스칼렛은 팔린과 함께 학교를 둘러보았다.

물리학, 수학, 토목공학, 기계공학, 화학 다섯 가지 과목이 있었다. 총장을 제외한 교수들은 모든 과목을 구분 없이 가르쳤고, 학생들 역시 모든 과목을 배웠으나 기계공학에 관계된 강의는 거의 없었다.

스칼렛은 곧 총장이 내준, 크림슨 부부의 기부로 만들어진 연구실 앞에 섰다. 문에 이 두 사람에 대한 이야기가 적혀 있었다.

[웬디 크림슨, 윌리스 크림슨의 연구실]
[살란티에 역사상 가장 위대했던 발명가들을 기리며]

문에는 잠금장치가 있었는데, 스칼렛은 그 빨간색의 잠금장치를 보자마자 어머니가 말하던 비밀번호가 떠올랐다. 그래서 그 숫자를 눌러보니 바로 잠금장치가 풀렸다.

그렇게 문을 연 스칼렛은 그 안에 벽면 가득한 연구자료들을 발견했다.

스칼렛은 제가 아기 때 몇 번 이 연구실에 왔었던 것을 기억했다. 부모와 함께했던 기억 속의 장소 중 하나에 지금 들어선 것이었다.

몰아치듯 떠오르는 기억에 스칼렛이 순간 심각한 두통을 느껴 비틀거리자 팔린이 급하게 그녀를 부축하며 물었다.

"괜찮으십니까?"

"괜찮아요. 미안."

스칼렛의 사과에 팔린이 곧 그녀에게서 손을 떼고 뒷짐을 지며 고개를 저었다.

"괜찮습니다."

"괜히 나 때문에 여기까지 와서 고생이네요."
"저, 부담 드리고 싶지 않지만."
팔린이 목덜미를 문지르고 말을 이었다.
"여기 와 보니 더더욱 알겠습니다. 살란티에의 국운이 아가씨에게 달렸다는 걸요."
"……부담 주고 싶지 않다는 말은 왜 했어요, 이럴 거면?"
"본의 아니게 부담 드린다는 거였습니다."
그의 말에 스칼렛이 작게 웃었다. 그리고 심호흡하며 연구실을 보았다. 자료는 대부분 암호로 적혀 있었다. 부모님이 암호에 대해 이야기하던 기억은 나는데, 정확한 기억이 없었다.
스칼렛이 손으로 머리를 감싸며 말했다.
"조금만 더 기억이 선명하다면 좋을 텐데……."
"……."
팔린이 힐끔 스칼렛을 보았다.
잠시 시무룩해져 있던 스칼렛은 이내 기운을 차리려고 크게 심호흡한 후 팔린을 보며 말했다.
"배고프죠? 간단하게 식사라도 해요."
"아, 예. 그러시죠. 그런데 근처에 먹을 게 있을지 모르겠습니다, 아까 잼통에 끙끙대던 사람들을 보니."
"그러게요."
스칼렛은 동의하며 연구실을 나왔다.
팔린은 어디론가 전화를 한 통 한 후, 인근을 찾아 그럭저럭 괜찮은 식당을 찾아냈다. 북부 음식은 대체로 남부에 비해 형편이 없었는데, 그 사실을 알고 먹는다면 그럭저럭 만족할 수 있는 수준의 음식들이었다.

식사를 하고 나서 다시 학교로 돌아가 교수들과 인사를 하고, 악수까지 한 후 연구실로 가려던 스칼렛은 학교 앞에 서는 덤펠트 가문 마차를 발견했다.

평소 재미있는 일이 없어서인지 교수며 학생들 모두 마차를 구경하러 나와 있었다. 곧 마차에서 화로며 커튼, 담요 같은 물건들이 내려져 연구실로 이동했다. 그리고 마차에서 내린 블라이트가 언제나처럼 사근사근한 얼굴로 말했다.

"아, 때마침 학생분들도 다 나와 계시네요. 저희 아가씨 것을 제외하고 필요하신 게 있다면 무엇이든 가져가시면 됩니다. 따뜻한 와인과 치즈도 가져왔는데 드시겠어요?"

공과대학의 학생들은 대부분이 정말로 학문에 관심이 있어 온 학생들이었고, 관심이 있더라도 가문을 이을 후계자들은 부모의 반대로 올 수 없었으니 후계자도 아니었다.

넉넉한 가문의 자제들이더라도, 살란티에서 공과대학을 선택한 것은 부모와 가문의 눈 밖에 나는 일이었다. 그것은 교수들 역시 마찬가지라, 모두가 얼른 짐마차로 우르르 몰려가 필요한 것들을 챙겼다.

"드, 드디어 우리에게도 화로가!"

"그럼 우리 이제 빵 구워 먹을 수도 있는 거야?"

스칼렛은 어린 시절 힘겹게 자랐으나 불 관리를 했기 때문에 최소한 빵은 몰래몰래 구워 먹을 수 있었다. 그래서 믿기지 않는다는 듯이 보고 있으니 커스틴이 와서 말했다.

"스칼렛, 필요한 거 있으면 다 말해요. 무엇이든 도와줄 테니까!"

"고마워요. 아, 그리고 나는……."

스칼렛이 여기 있는 유일한 여학생 커스틴과 친해지려고 입을 열었는데 팔린이 투덜거리는 게 들렸다.

"여기 과학자들이 이렇게 많은데 화로 하나 만들 생각을 못 하다니."

그러자 학생들이 뭔가 하고 싶은 말이 많은 표정으로 팔린을 보았다. 그리고 커스틴이 용기 있게 소리쳤다.

"우리도 이제 엔지니어 있으니까 무엇이든 구현할 수 있어요!"

"우리 아가씨는 화로 따위를 만들러 오신 게 아닙니다. 말씀드렸는데요, 귀하신 분이라고."

"으…… 으!"

커스틴은 더 말을 못 하고 괴성만 내다가 돌아섰다.

팔린은 혀를 차고 석상처럼 서 있었다. 늘 직설적이라고 주변의 구박을 듣던 팔린만 보다가, 보통 사람들 사이에 있는 팔린을 보니 그들 말대로 알파메일 그 자체였다.

그런 이들 사이에서도 빅토르는 압도적이었다. 누구나 그 무리의 우두머리가 빅토르 덤펠트라는 것을 알아볼 수 있었다.

스칼렛은 빅토르가 마련해 준 것들을 물끄러미 보았다. 그러다 뒤늦게 몰아치는 추위를 인식하고 두 손을 호호 분 뒤 팔린과 블라이트에게 말했다.

"고마워요. 그럼 추워서 이제 들어가야겠어요."

그러자 블라이트가 명랑하게 웃으며 말했다.

"네, 그러세요. 그럼 전 이만 가 보겠습니다."

블라이트가 인사하고 마차와 함께 떠났다. 스칼렛이 이내 어처구니가 없어 웃으며 팔린에게 말했다.

"신입이 되어서 너무 거하게 인사했네요."

그러자 팔린이 따라 웃으며 말했다.

"예, 이렇게 거하기도 힘들 겁니다."

"조용히 학교 다니는 건 틀렸어요."

"그러게 말입니다. 이렇게 규모가 작을 줄 몰랐습니다."

두 사람은 이야기하며 연구실로 들어섰다.

학교가 있는 곳은 정말로 온종일 눈이 왔다.

크림슨 부부의 연구실. 스칼렛이 따뜻한 와인을 한 잔씩 따르는 사이, 구스타프 교수는 칠판에 붙여 놓은 스칼렛의 도안을 고심하고 있었다. 옆에 앉은 학생들도 같은 것을 고민했다.

혼자 연구를 하다가 모르는 것을 가지고 가면 교수도, 학생도 함께 답을 고심할 수 있다는 것이 스칼렛은 무척이나 의지가 되었다.

첫날 유전자로 인사하던 빌 그리고 커스틴 역시 같은 것을 연구하고 있었다. 그러다 커스틴이 손을 들고 말했다.

"그런데 스칼렛. 시계 기술을 우리와 공유해도 되는 거야? 크림슨 가의 기술이잖아."

아직까지 비행체의 연구처럼 위험한 일에 모두를 끌어들일 수는 없었다. 게다가 그들을 믿을 수도 없었고. 그러므로 스칼렛은 시계 기술에도 공통적으로 적용되는 것들을 연구 대상으로 삼았다.

스칼렛이 와인을 교수부터 한 잔씩 건네주며 말했다.

"당연하지. 나는 그 기술을 좀 더 자세히 이해하고 싶어서 여기 온 거야."
"아, 멋있어……. 역시 내 상상 속의 그 크림슨 가문 아가씨야……."
"……커스틴, 너무 부담스럽게 하지 말아 달라니까."
스칼렛이 난처해했지만 구스타프 교수가 궁금하다는 듯 물었다.
"커스틴, 무슨 상상을 했는데 그러니?"
"그게 말이죠, 크림슨 백작 부부께서 남기신 위대한 업적들을 이어받기 위해서 고명딸이 매일 연구실에 처박혀서 연구를 하는 거예요. 아, 참고로 고명딸이 있는 줄은 몰랐어. 상상이었는데 진짜 있었네."
그러자 스칼렛이 황당하다는 듯이 말했다.
"크림슨 가문에 그렇게 관심이 많은데 어떻게 몰라? 내 결혼과 이혼이 신문에 대서특필……."
"스칼렛, 난 가십란은 안 봐. 인생에 불필요하거든. 아무튼, 크림슨 아가씨의 하루 일과 중 유일한 여유는 창밖의 날씨 변화를 보는 것뿐이에요."
"도대체 뭘 상상하고 다닌 거야, 커스틴?"
스칼렛이 견디다 못해 물었지만 커스틴은 자기 할 말을 이었다.
"그렇게 성실하게 연구에 몰두하던 아가씨는 어느 날 폐병이 걸리는 거예요."
"왜, 왜 폐병에 걸리는데?"
스칼렛이 동그래진 눈으로 묻자 커스틴이 당연하다는 듯이 대답했다.
"원래 지식인은 폐병에 걸리는 거야."
"음, 더더욱 이해가 안 가……."
스칼렛이 말하자 그게 왜 이해가 안 되냐는 듯 세 사람이 동시에 그녀를 돌아보았다.

잠시 후 회의를 끝내고, 스칼렛은 짐가방을 챙겨 학교를 나섰다.

요 며칠 그녀는 가게와 학교를 오가며 몸이 두 개여도 모자랄 생활을 하고 있었다. 이제 주말이라 학교를 가지 않고, 가게 일도 그럭저럭 해 두었으니 오늘은 집에 가서 푹 쉬고, 토요일인 내일은 아이작과 식사를 할 생각이다.

요즘 아이작도 크림슨 가문의 일로 상당히 바빴다. 은행 일이 보통 복잡한 게 아니라는 듯했다. 식사를 하며 도와줄 게 있는지 물어볼 생각이었다.

그리고 그 전에……

"고맙다는 인사는 해야겠지."

트램을 기다리며 그녀가 혼잣말을 했다. 빅토르가 여러모로 힘을 써준 것은 사실이니 진행 상황을 어느 정도 보고하는 것도 필요해 보였다.

그린 생각을 하고 나면 이이시, 혹시라도 그에게 미련이 남아서 찾아가려 하는 건 아닌가 스스로를 판단해야 했다.

잠시 후 도착한 트램을 타고 그녀는 수도로 향했다.

살란티에 공과대학으로부터 수도까지는 지루할 정도의 벌판이었다. 눈이 워낙 많이 와, 눈이 덮여 있는 것조차 특색있는 볼거리는 아니었다.

스칼렛은 같은 풍경만 반복되는 그 지루함 속에서 요즘 바빠서 하지 못했던 생각들을 하나씩 정리했다.

그러다 보면 자꾸만 한 가지 이름이 걸렸다.

빅토르 덤펠트.

빅토르 덤펠트.

수도원에서 열병을 얻어 나오던 날 그의 이름을 몇 번이나 불렀던가.

한 번만, 오늘 한 번만 약속보다 빨리 와 줘. 한 번만 계획을 어겨 줘. 한 번만 나를 마음으로 아껴 줘.

한참을 미워했다. 그런데도 늘, 생각이 깊어지면 그의 이름이 튀어나오려다 목에 걸렸다. 부르지 말자고 무시해도, 그 이름이 자꾸만 목에서 따끔거렸다.

───◆◆◆───

트램을 타고 수도로 되돌아온 스칼렛은 잠깐 자리에 멈춰서, 수도 서쪽, 덤펠트 영지로 향하는 트램을 보았다.

공과대학 입학도 그렇고, 연구실에 채워둔 짐도 그렇고. 그녀는 미운 건 밉더라도 고맙다는 인사는 해야 한다고 생각해, 덤펠트가로 향하는 트램에 올라탔다.

수도는 1월 내내 추웠지만, 대학이 있는 허허벌판만큼 춥지는 않았다. 스칼렛이 트램을 타고 덤펠트가에 도착했을 때는 네 시가 조금 넘은 시간이었는데, 벌써 해가 서서히 서쪽의 바다로 향하는 중이었다.

스칼렛이 저택으로 들어서자 블라이트가 나타났다.

"오셨습니까?"

스칼렛이 언제 어떤 상태로 나타날지 모르기 때문에, 블라이트는 그녀의 방문이 당연한 것처럼 인사를 했다.

블라이트가 앞장서며 말했다.

"날이 엄청 춥습니다."

"정말 추워."

스칼렛이 말하며 그를 따라 계단을 올랐다. 그리고 빅토르의 집무실에 도착하자, 블라이트가 노크를 네 번 하고 말했다.

"도련님."

호칭 때문인지 블라이트는 노크를 평소보다 한 회 더 하는 것으로 스칼렛이 왔음을 알렸다. 겨울이라 문이 차가웠기 때문에, 예법을 배운 남자들은 누구나 그녀보다 한발 앞서 문을 열어 주었다. 빅토르도 그랬다.

문을 연 빅토르가 문 앞에 선 스칼렛을 잠시 바라보았다. 그리고 스칼렛도 그를 바라보는 사이, 블라이트가 물러났다.

잠시 후 빅토르가 물었다.

"스칼렛, 날 사랑해?"

"응? 응."

스칼렛이 무심코 대답하고 한숨을 삼켰다. 자신을 바라보는 빅토르의 눈빛에 정신이 없어 그렇게 대답을 해 버렸다.

어떻게 수습하나 잠깐 생각하는데 빅토르가 미소 지었다.

"그래."

그가 웃는 걸 꽤 오랜만에 본 기분이었다.

빅토르가 다가와 그녀의 손을 감싸며 말했다.

"산나무 숲에 가자. 가 보고 싶다고 했잖아."

거긴 덤펠트 가문 사람만 갈 수 있지 않냐고 되물으려다가, 스칼렛은 그가 자신을 이혼한 것을 잊어버린 상태라고 생각한 것임을 알았다.

스칼렛은 당황했으나, 곧 고개를 끄덕였다.

"응, 가 보고 싶어."

"곧 가지."

빅토르가 말하더니 일어나 사용인에게 코트를 가져오게 했다.

스칼렛은 집 분위기가 어딘가 이상하다고 생각했다. 지난번에 왔을 때와 무언가 달랐다. 무심코 화병을 보니, 거기 꽂힌 진하고 연한 분홍색의 장미꽃에 가시가 없었다. 하녀들에게 가시를 제거하라고 시키는 모양이었다.

'괜히 내가 하던 일까지 얹어 줬나…….'

그런 생각에 미안해하던 스칼렛의 시선에, 빅토르의 손이 들어왔다.

외출을 위해 흰 장갑을 벗고 가죽 장갑을 끼는 빅토르의 손에 상처가 있었다. 불거져 있는 힘줄을 제외하면, 그의 손은 적어도 겉보기로는 매끈했었다. 그러므로 그의 검지에 길게 난 상처가 확연히 눈에 띄었다.

스칼렛은 이혼 전의 자신이라면 그런 상처를 두고 볼 리 없다고 생각했으므로 망설임 없이 빅토르에게 걸어갔다.

"손 줘 봐."

그녀의 말에 빅토르가 잠시 스칼렛을 보더니 오른손을 내밀었다. 스칼렛이 손가락 끝에 난 상처를 보고 인상을 썼다.

"어쩌다 다쳤어?"

그녀의 추궁에 빅토르는 말이 없었다. 스칼렛이 그를 올려다보며 물었다.

"뭐 하다 다쳤냐니까?"

"장미 가시에 긁혔어."

빅토르의 대답에 스칼렛이 멈칫했다. 그가 말을 이었다.

"당신이 항상 가시를 제거하잖아. 이제 왜 그러는지 이해가 가더군."

장미 가시에 찔렸을 때 쓰라림을 기억하는 스칼렛의 표정이 안 좋아졌다. 그녀는 빅토르의 손에 난 상처를 어루만졌다. 어쩌면 그는 본인이 직접 가시를 제거하고 있을지 모르겠다고 생각했다.

그들은 함께 삼나무 숲을 향해 걸음을 옮겼다. 숲은 아름다운 동시에 사람들로 하여금 지레 겁을 먹게 했다. 자연이 인간을 압도하는 공간이었다.

"아름답다."

"그런 편이지."

숲에 들어서니 빅토르에게서 느껴지던 숲의 냄새가 스칼렛을 진정시키는 동시에, 그녀의 심장을 떨리게 만들었다.

"빅토르."

스칼렛이 빅토르를 보았다. 그러자 그가 스칼렛을 보았다.

"응."

"날 사랑해?"

"사랑하지."

어쩌면 이것이 이 사내가 표현할 수 있는 감정의 한계치일지 모른다는 생각을 하니 실소가 터져 나왔다.

늦은 밤, 빅토르는 태연하게 스칼렛의 곁에 누웠다.

스칼렛이 제 곁에 누운 빅토르의 얼굴을 빤히 바라보다 그의 뺨을 손으로 감싸고 입을 맞추려 했다. 그러자 빅토르가 상체를 일으켰다.

"……왜? 싫어?"

스칼렛이 묻자 빅토르가 그녀를 보았다.

"싫을 리가."

"안 싫어?"

"안 싫어."

이성을 잃은 여자와 잠자리를 할 사람은 당연히 아니었다. 그러나 한편으로, 결혼 생활 내내 뜨뜻미지근하던 그의 반응을 생각하면 그와의 잠자리를 행복해하는 것은 저뿐이었을지 모른다고 생각했다.

잠자리를 사랑을 나눈다고 표현하기도 한다는 점을 생각해 보면 더욱 그랬다. 그와 대화를 나눴을 때는 저 혼자만 이야기하는 것 같았고, 잠자리에서도 사랑을 나누는 것이 아니라 저만 혼자 사랑을 하는 것처럼 느껴졌었다.

가끔은 안달하지 않는 빅토르가 미웠다. 자신은 분명히, 제가 매달리면 키스 정도는 해도 된다고 허락했었다. 하지만 그는 하지 않았다.

스칼렛은 곧 일어날 것 같은 빅토르의 무릎에 올라가 앉아 그를 마주 보았다. 그러자 빅토르가 움직임을 멈췄다.

스칼렛이 빅토르의 어깨에 두 손을 올려놓고 물었다.

"나 봐, 빅토르."

"……."

"날 만지고 싶지 않아?"

속이 상해서 그렇게 물었더니 빅토르가 픽 웃었다.

그 웃음에 뒤늦게 민망함이 올라와 뒷목이 빨개진 스칼렛이 일어나려 하자 빅토르의 커다란 한 손이 그녀의 허리를 붙잡았다.

그리고 제 쪽으로 몸이 달라붙을 만큼 가까이 당겼다.

스칼렛은 그 힘에 아찔한 기분이 들어 움찔거리고는, 무릎에서 엉덩이를 조금 떼서 일어나 그의 입술에 제 입술을 가져가려 했다.

그러자 빅토르가 다른 한 손으로 제 입을 막으며 말했다.

"안 돼."

"돼."

"당신이 어떻게 알아."

"내가 된다는데, 왜 안 된다는 거야?"

결국 전부 타고 남은 재가 되고, 바람이 불면 날아갈 마음인 줄 알았다. 그러나 아직도 바람이 불면 불씨만 반짝거리고, 언제라도 다시 타오를 것처럼 흔들리며 그녀를 불안하게 했다.

이 남자도 그런 불길에 휩쓸릴 날이 올까. 감정이 앞서서 실수를 하고, 가지지 못하는 것에 아파하며, 사랑을 놓치고 우는 순간이, 이 남자에게도 있을까.

스칼렛이 말했다.

"당신이 망가졌으면 좋겠어."

제가 수도원에 있을 때 그랬던 것처럼, 한 번쯤은 그의 심장도 산산조각이 나서 바닥을 굴렀으면 좋겠다.

그렇게 부서진 것을 한없이 내려다보다가, 제가 두 손으로 모아서 다시 빅토르 덤펠트에게 돌려주고 싶었다.

한 번쯤은 빅토르 덤펠트도 너무 사랑해서 두려워지는 감정을 느껴 봤으면 좋겠다고 생각했다. 그러지 않으면 그의 이 반듯한 얼굴이 너무나 억울해서 죽어서도 눈을 감을 수 없을 것 같았으니까.

"어렵겠는데."

빅토르가 대답했다.

스칼렛은 한숨을 작게 쉬고 그의 손을 치운 후 무릎에서 내려왔다. 그리고 문 쪽으로 걸어가자 빅토르 역시 몸을 일으켰다.

그녀가 의자에 놓았던 두툼한 카디건을 찾아 걸치고 방을 나가려 하자 그가 넓은 보폭으로 걸어가 문을 손으로 눌렀다.

스칼렛이 고개를 들어 빅토르를 보며 말했다.

"이럴 거면 따로 자."

"왜."

"옆에서 자면 당신을 가만 못 둘 것 같거든."

그 말에 빅토르가 실소했다.

제가 할 말을, 살짝만 건드려도 상처가 남을까 겁나는 보드라운 입술로 말하고 있었으니까.

그가 스칼렛의 손목을 붙잡아 제 쪽으로 당겼다.

"건드려."

"안 된다며."

"그렇게 원하면 해야지."

빅토르가 몸을 숙여 그녀의 귀에 속삭였다.

"날 망가뜨려."

그의 고상한 목소리에 스칼렛은 얼어붙었다가, 이내 저도 모르게 신음 섞인 숨을 내쉬었다.

스칼렛은 빅토르의 늘씬한 허리를 손으로 감쌌다. 비인간적으로 단련된 그의 몸에서 여유가 느껴졌다.

스칼렛이 고개를 들어 그를 보고, 안으라는 듯이 두 손을 뻗었다.

모른 척하면 없던 일이 될 일. 오늘은 끌리니까 그를 취하고, 내일은 정신이 돌아온 척하면 그만이라고 생각했다.

지금은 그저 알고 싶었다. 그가 자신에게 돌아오라고 말할 때, 그 속에 있는 생각이 뭔지. 명예를 생각해 이혼 따위는 할 수 없다는 생각에서인지, 성욕인지, 아니면 정말로, 그가 말하는 것처럼 사랑인지.

그와 하룻밤을 보내면, 조금은 알 수 있을까.

빅토르는 그녀를 가벼운 물건 들듯이 안아 들고 침대로 향했다. 그리고 아까 스칼렛이 올라왔던 것처럼, 침대에 앉아 그녀를 무릎 위에 두었다.

스칼렛이 아까와는 다른 강렬한 긴장감을 느끼며 빅토르를 올려다보았다. 그의 표정은 여전히 그대로였다. 아까처럼.

하지만 그가 자신을 망가뜨리라고 말한 이후에는 그 무표정이 그리 답답하지만은 않게 느껴졌다.

스칼렛이 두 손으로 빅토르의 얼굴을 잡아 자신 쪽으로 숙이게 하고, 제 아랫입술을 깨물었다. 그리고 그의 한 손을 잡아 제 입을 감싸게 했다.

빅토르의 손가락이 무심코 그녀가 깨무는 것을 못 하게 하려 움직이자 스칼렛이 손등을 짝 때리고 흘겼다. 빅토르는 그 모습에 입꼬리를 늘리며 조소했는데, 그 모습에서 느껴지는 여유가 스칼렛은 여전히 마음에 들지 않았다.

스칼렛이 그의 손으로 제 목덜미를 만지게 할 때, 빅토르가 몸을 숙여 입을 맞춰 왔다. 스칼렛은 당황했으나 빅토르의 목이며 어깨를 쓰다듬으며 입을 맞췄다.

그를 이용하고 있는 것뿐이라고 생각했다. 미운 건 미운 거고, 그렇게 미운데도 그가 완벽한 피조물이라는 사실은 부정할 수 없으니까.

게다가 그는 키스를 잘했다. 사실 다른 사람과 해 본 적이 없으니 비교는 어렵겠지만, 남들의 이야기를 들어 보니 모두가 이렇게 키스를 할 때 정신이 나갈 것 같은 기분이 들지는 않는다고 하는 걸 보니 잘하는 모양이다.

그가 이전에 만난 니나 한터를 포함한 여자들에게 배웠거나, 교류하여 알게 되었을 것이다.

그녀들도 이렇게 영원히 타오르지 않을 것 같은 사내에게 지쳐 갔을까.

'그래서 니나 한터도 빅토르가 돌아오지 않을 거라 생각하자마자 기다리지 않고 떠나 버린 거겠지.'

스칼렛이 허무하게 실소하자, 빅토르가 입술을 조금 떼고 물었다.

"왜 웃어?"

"나는 아마 기다렸을 거야. 당신이 바다에서 돌아오지 않아도."

"……."

"일 년이고 십 년이고, 바보처럼……."

아마도 그랬겠지.

사랑에 빠져 있던 어리석은 스칼렛 크림슨을 떠올릴 때마다 한심함에 몸부림쳤다.

그러자 빅토르가 물었다.

"여기서 왜 다른 여자 이야기를 하지?"

"갑자기 생각이 났어."

"그래도, 그러면 안 돼."

빅토르가 아이 달래듯 말하며 스칼렛의 잠옷 매듭을 당겼다.

스칼렛이 못 하게 하려 하자 그는 양 손목을 붙잡아 그녀의 등 뒤로 틀어쥐었다.

그의 갑작스러운 행동에 스칼렛이 당황해 눈을 깜빡이는 사이 매듭이 풀렸다.

빅토르가 그 상태로 고개를 숙여 스칼렛과 눈을 마주하며 말했다.

"응? 스칼렛."

"……그렇게 아이에게 말하듯이 하지 마."

그녀의 말에 빅토르가 웃으며 고개를 끄덕였다.

"주의하지. 이긴 성인의 일이니까."

빅토르는 그녀가 불편해하는 걸 알면서도 손목을 놔주지 않고, 그녀의 잠옷을 걷어 올린 뒤 허벅지를 움켜쥐어 제 쪽으로 바짝 당겼다.

스칼렛은 그와 배가 닿을 만큼 바짝 몸이 붙자 저도 모르게 눈을 감았다. 이게 잠깐의 거짓말에 대한 보상이라면, 몇 번 더 해도 괜찮을 것 같았다.

두 손으로 침대를 짚어 상체를 일으키던 스칼렛은 빅토르의 손자국이 남은 제 손목을 보았다.

멍이 들었다.

"……미쳤나 봐, 진짜."

언제나처럼 건조한 얼굴이었으나 무언가 불쾌했는지, 그는 힘을 크게 조절하지 않았다.

스칼렛이 원피스형 잠옷을 걷어 올려 보니 제 허벅지에도 똑같은 흔적이 남아 있었다. 그가 이렇게 만들려 한 건 아니었을 것이다. 아프다고 했으면 그는 멈췄겠지만, 그를 말리기엔 스칼렛의 이성이 날아간 상태였다.

모처럼의 잠자리는 설탕과자를 한입 가득 문 것같이 달았다. 그래서 그녀는 도리어 어찌할 바를 몰라 했다. 결혼 생활 중에 그와 잠자리를 할 때, 스칼렛은 이것을 '사랑을 나눈다'는 말로 표현하는 것이 부적절하다고 생각했었다.

그는 아마 여기 누워 있는 것이 제가 아니었더라도 상관없었을 것이라고 생각했다.

그는 늘, 그녀가 그런 생각을 하게 만드는 사내였다. 아마도 밤새도록 여간해서는 성욕에 앓지도 않고, 흐트러지지도 않는 그의 태도 때문일 것이라 생각했다.

이것이 사랑을 나누는 것이라면, 이 순간이 기뻐서 어쩔 줄 모르겠다는 표현을 적어도 그녀의 십분의 일만큼이라도 했어야 했다. 그는 그러지 않았으므로, 스칼렛은 이것을 사랑을 나눈다고 표현해서는 안 된다고 생각했었다.

그러나 어젯밤은 조금 달라서, 빅토르는 몸을 섞는 도중에 몇 번이고 스칼렛을 유혹하려는 것처럼 눈을 마주치고 그녀를 한동안 바라보곤 했다. 집요하게 제 쪽을 보게 했다. 지난밤, 그는 정말로 자신을 원하는 것처럼 보였다.

그의 눈빛은 수천 가지 말을 속삭이는 것보다 강력한 설득력을 가졌다. 스칼렛은 저에게 권력이 있었다면 그가 침대 위에서 원한다고 말하는 것을 무엇이든 쥐여 줬을 것이라고 생각했다.

스칼렛은 제 어처구니없는 거짓말이 속상해서 뜬눈으로 밤을 지새웠다.

자는 척 누워만 있는 것도 피곤했다. 빅토르를 등지고 내내 누워 있다가 새벽 세 시쯤 되어 못 견디고 상체를 일으켜 보니 빅토르가 반듯하게 누워 있었다.

같은 침대에서 자고 있다는 말이 무색할 정도로, 침대에 절반을 가르는 선이 있는 것처럼 빅토르는 잠들었다. 그의 외모는 명화 같았지만, 잠들어 있는 자세는 지나치게 반듯해서 어떠한 화가도 자극하지 못할 것 같았다.

지난밤 그녀를 열기에 휩싸이게 하던 빅토르와는 다른 사람 같았다. 그는 마치 덤펠트 가문의 유령이 달라붙어 있는 것 같았다.

"……어차피 조상도 없으면서."

스칼렛은 빅토르가 제일 싫어할 말을 중얼거렸다.

황무지였던 이 언덕이 원래 무엇을 하는 곳이었는지는 알 수 없었다. 마리나 공작과 빅토르가 감추려 애썼기 때문이다.

스칼렛은 종종 언덕에 올라서 예전에도 이곳이 왕족들을 유배하는 곳은 아니었을까, 하는 생각을 했다. 끝이 보이지 않는 바다를 앞둔

이 언덕은 사람에게 몸서리치는 외로움을 느끼게 했다. 7번가에 있을 때에는 방에 혼자 있어도 느끼지 않던 외로움을, 덤펠트 저택에서는 온갖 사용인들에게 둘러싸여 있어도 느끼게 되었다.

스칼렛은 한동안 빅토르를 바라보다가, 이왕 그를 속이기로 했으니 한번 제멋대로 행동해 보기로 결정했다.

'어차피 미쳤다고 생각할 테니까.'

그렇게 생각한 스칼렛은 빅토르의 팔을 당기고 그의 팔에 안기듯 누웠다. 그녀는 속으로 제 행동과 드러내는 외로움을 몇 번이고 자책했다. 그러나 취한 것처럼 제 행동이 제어되지 않았다.

그의 곁에 있을 때 자신이 느끼던 외로움이, 다시 전남편을 곁에 두고 있으니 또다시 느껴졌다. 마치 그를 보면 외롭도록 각인이 된 것 같았다.

팔베개를 하고 한동안 누워 있던 그녀는 곧 제 마음을 진정시키고 다시 그를 등지고 누웠다.

이상하게 눈물이 났다. 아직도 곁에 누운 그의 품에 안겨 보는 자신이 미웠다. 꼭 어릴 때 받은 부모의 애정이 부족해 이상행동을 하는 어린애 같았다. 그녀는 울음소리가 날 것 같아 손으로 입을 틀어막고 눈을 꼭 감았다. 잠들지 못하는 이에게 밤은 지나치게 길었다.

------※------

이른 아침에 스칼렛이 풀어 두었던 손목시계에서 알람 소리가 들렸다. 맑은 유리 소리를 들으며 알람을 꺼야 한다는 생각을 했다. 그리

고 동시에 알람 소리를 바꿔야겠다는 생각도 들었다.

'알람 소리가 예쁘니까 그냥 듣게 되잖아…….'

스칼렛은 제가 피로를 못 이기고 누워만 있는 원인을 알람 소리로 돌렸다. 전날 빅토르가 몰아붙인 데다 잠까지 부족하니 손가락 하나 까딱할 수 없었다.

그때 시계를 놓은 협탁 쪽으로 걸어온 빅토르가 레버를 내려 알람을 멈췄다. 다행히 그에게는 알람 소리가 거슬렸나 보다, 생각하는데 빅토르가 말하는 것이 들렸다.

"알람 소리가 너무 곱군."

똑같은 생각을 한 모양이다.

그의 혼잣말에 스칼렛이 저도 모르게 픔 웃자 빅토르가 힐끔 스칼렛을 보았다. 그녀는 민망한 마음에 이불 속으로 몸을 숨기며 말했다.

"……나도 똑같은 생각을 하고 있었거든."

빅토르는 허리를 숙여 침대를 한 손으로 짚고, 다른 손으로 이불을 들췄다. 그리고 스칼렛의 이마를 손으로 감쌌다. 아마 전날 잠자리를 한 것이 몸에 무리가 갔을지도 모른다고 생각하는 듯했다.

실제로도 스칼렛에게 전날 밤은 힘에 부쳤다. 처음에는 달았는데 뒤로 갈수록 빅토르의 체력을 따라가 줄 수가 없었다. 결혼 생활 중에는 그런 적이 없었기 때문에, 스칼렛은 빅토르가 한동안 다른 여자를 만나지 않아서 이러는 건가 싶은 마음까지 들었다.

스칼렛이 억지로 상체를 일으키고 빅토르에게 물었다.

"내가 또 기억을 못 하고 여기에 왔어?"

그가 자신을 사랑하냐고 확인하는 게 겁이 나서 스칼렛은 먼저 말을 했다.
 그러자 빅토르가 이불을 완전히 걷어 버리며 말했다.
 "응."
 그러더니 스칼렛의 무릎까지 덮고 있던 실크로 된 잠옷 치마를 들어 올렸다.
 '기억이 돌아온 걸 알았으니, 또 잠자리를 하려는 건 아닐 텐데.'
 스칼렛이 당황하며 다시 치마를 끌어 내리려는데 빅토르가 그녀의 팔을 붙잡아 멈추게 하고, 새하얀 허벅지에 난 손자국을 확인했다. 붉게 멍이 들어 있었다.
 스칼렛이 난처한 얼굴로 치마를 내리며 말했다.
 "이게 뭐야?"
 기억이 안 나는 척, 스칼렛이 말했다. 그러자 빅토르가 물었다.
 "기억 안 나?"
 그러자 스칼렛이 빠르게 고개를 끄덕였다.
 "응. 아무것도."
 "이렇게 만든 놈이 할 말은 아니지만, 내가 강제로 한 건 아니야."
 그의 말에 스칼렛이 무슨 소리냐는 듯 눈을 동그랗게 뜨고 빅토르를 보며 말했다.
 "무슨 소릴 하는 거야? 당신이 그럴 사람 아닌 거 알아."
 그 명예를 중시하는 빅토르 덤펠트가 억지로 여자를 취하는 비열한 행위를 한다는 건 말이 안 되는 소리다. 그러나 빅토르는 그녀의 대답에 만족하지 못한 표정이었다.
 "기억이 안 난다며. 날 어떻게 믿어."
 "방금 말했잖아, 그럴 사람 아니라고."

"그렇게 쉽게 넘어갈 일이 아니야."

"뭐가 문제야? 어차피 내가 매달렸을 텐데."

그녀의 말에 빅토르가 잠시 말이 없더니, 스칼렛의 옆을 손으로 짚고 가까이로 다가갔다.

놀란 스칼렛이 피하려다 침대 위에 쓰러졌다. 그러자 빅토르가 더욱 몸을 숙여 그녀의 놀란 얼굴을 내려다보며 말했다.

"그럴 사람일 수도 있지. 내가 무슨 짓을 해도 넌 기억 못 하잖아."

"……."

그의 말에 스칼렛의 손가락 끝이 움찔 떨렸다.

그녀는 자신을 가까이서 내려다보는 빅토르와 눈을 마주하고 있었다. 가까이서 보이는 그의 눈동자는 지금껏 스칼렛이 인식하고 있던 것만큼 신사적이지는 않았다.

야릇한 냉기가 그의 검푸른 눈동자에서 푸른 불꽃처럼 타올랐다. 스칼렛은 무언가 말해야 한다고 생각해 입술을 열었지만, 말문이 막혀 그냥 다시 입을 다물었다.

빅토르의 묵직한 목소리가 들렸다.

"전에도 말했듯이, 나는 이혼장을 가져온 당신을 놔주는 게 아주 고까웠어."

그러고는 손끝을 부드럽게 스칼렛의 목에 올려놓았다.

"내가 이혼한 걸 잊어버리고 나에게 안기는 당신에게 동하지 않아서 밀어냈을 것 같아?"

그녀는 지난밤, 빅토르가 가끔 난폭해질 때가 있었다는 걸 기억했다. 밤사이에는 자신도 환락에 빠져 명료하게 인식하지 못했지만, 제 허벅지에 남은 손자국만 보아도 그 난폭함을 기억해 낼 수 있었다. 전날 밤, 빅토르는 미친 사람 같을 때가 종종 있었다.

"날 봐."

그녀가 잠시라도 시선을 돌리려 하면 스칼렛을 움켜쥐고 그렇게 명령했다.
그래서 오히려 좋았다고, 그녀는 생각했다. 마냥 달콤하기만 했다면 반대로 마음이 섰을 테니까.
그가 원래 이렇게 잠자리 상대에게 심하게 집착했었나, 스칼렛은 돌이켜 봤지만 알 수 없었다. 적어도 그와 결혼 생활을 하던 2년 동안은 없었던 일이니까.
어쩌면 그의 내면에는 애초부터 그런 야만성이 있는데도, 이 언덕의 망령이 그를 억누르고 있었던 걸지도 모른다고 생각했다.
빅토르는 이제야 조금 경계하는 스칼렛에게 말을 이었다.
"스칼렛, 나는 어떤 정의하에서든 상관없이, 사람을 죽였어. 아주 많이."
"……."
"그런데도 내가 아주 도덕적인 사람일 거라고 생각해?"
그런 그의 말에 스칼렛의 떨림이 멈췄다. 그리고 그녀의 고운 미간이 좁아졌다.
"무슨 소리야? 당신이 아니었으면 아직도 해적들이 살란티에 앞바다에 넘쳐났을 텐데."
빅토르 덤펠트가 이기적이라고 생각하는 것과 그의 공적을 폄하하는 것은 다른 문제였다.

스칼렛은 빅토르가 무슨 이유에서인가 멈칫한 사이 그를 밀어냈다. 그리고 흘러내린 어깨끈을 다시 올리며 말했다.

"도덕적인 건 몰라도, 당신이 기억도 못 하는 나를 함부로 하진 않을 거라고 생각해."

"왜."

"지금도 내 탓은 안 하잖아."

"……."

"그럴 생각을 하는 사람이었다면, 오늘도 진작부터 내 탓을 하고 있었겠지. 내가 기억 못 하니까, 내 탓이라고. 그러니까 당신은 안 그럴 거야."

스칼렛이 단호하게 말했다.

에빌 크림슨은 늘, 스칼렛을 학대할 때에 그 이유를 만들어 냈다. 본인이 나빠서 스칼렛에게 폭력을 행사하는 경우는 거의 없었다. 물론 비교 대상이 너무 저질이긴 하지만 스칼렛은 빅토르에 대한 믿음이 있었다. 자신이 그를 사랑하든 사랑하지 않든, 그는 분명히 수많은 살란티에 사람들에게 안전함과 편안한 밤을 선물했다. 그거면 충분했다.

그녀가 가운을 찾아 걸치는데 뒤에서 빅토르가 말하는 것이 들렸다.

"그렇다면 실망하겠군."

스칼렛은 돌아보았다가 빅토르의 복잡한 표정을 마주했다.

그녀가 다시 고개를 빠르게 돌리고 이 긴장감을 떨치려 말했다.

"아침 먹고 갈래. 그래도 되지?"

"그래."

빅토르가 대답한 후, 종을 흔들어 사용인들에게 식사를 차리게 했다.

스칼렛이 몸을 일으키려 했지만 허벅지가 후들거려 다시 침대에 앉았다. 그러자 빅토르가 걸어가 그녀에게 손을 내밀었다. 스칼렛이 그의 손에 제 손을 올리자 빅토르가 그녀를 안아 들었다. 그리고 걸어가 한 팔로 그녀를 안은 채 다른 손으로 의자를 꺼낸 후 스칼렛을 앉혔다.

빅토르가 맞은편에 앉자 식사가 시작되었다. 스칼렛은 맨손으로 파이를 들고 먹기 시작했다.

아침 햇살 덕에 정신이 돌아오기 시작하고, 빅토르도 여느 때와 다름없는 신사로 돌아오자 스칼렛 역시 상황을 돌아볼 여유가 생겼다. 그리고 여유가 돌아오자마자 스칼렛은 빅토르를 어설프게 유혹하던 전날 밤 제 모습을 떠올렸다.

그 순간 민망함에 목덜미로 열이 올랐다.

어젯밤의 자신은 정말 머릿속이 어떻게 된 것 같았다. 늦은 밤에 야릇한 눈빛과 미의 신이 직접 빚은 것 같은 몸을 가진 사내가 곁에 누우니 몸에 열이 올랐다.

그녀는 식사 시간 중간중간 떠오르는 그 기억을 지우려 애썼다.

조용함 속에서 식사가 끝나고, 스칼렛은 출발 준비를 마쳤다. 빅토르가 말했다.

"어차피 나도 공관으로 갈 테니 같이 가지."

스칼렛은 잠깐 빅토르를 보았다가 고개를 끄덕였다.

"응."

그녀가 웬일로 선선히 대답하자 빅토르가 실소하며 마차 앞에서 손을 내밀었다. 스칼렛이 그 손에 제 손을 올리며 마차 앞에 둔 계단을 밟고 올라갔다.

마차가 출발한 뒤, 스칼렛은 무심결에 아까 빅토르가 손가락을 대고 있던 제 목을 두 손으로 감쌌다.

'이상하지.'

전날 밤 그가 자신을 보라고 붙잡았을 때보다 이렇게 가볍게 목을 누르고 있을 때 압박감이 더 컸다.

밤에 본 그는 설득이 가능할 것 같았는데, 아침의 그는 그렇지 않았다.

그 상황에서 벗어나는 것이 제 의지가 아니라, 온전히 빅토르의 손에 달려 있는 것만 같은 오싹함이 들었다.

'그럴 리 없어. 그럴 사람이 아니야.'

스칼렛은 머릿속으로 거듭 생각했다. 제가 지금 느끼는 이 긴장감과 약간의 두려움은 저 맹수 같은 남자를 마주한 어느 누구라도 느끼는 것이리라.

그녀는 그런 생각으로 묘한 압박감을 밀어냈다.

―――•◆•―――

스칼렛을 데려다주고 공관으로 돌아온 후, 빅토르는 집무실로 들어섰다. 그는 여느 때처럼 술을 마시기 위해 디캔터를 꺼내려 손을 뻗었다가, 이내 손을 거뒀다. 그리고 물끄러미 제 손을 내려다보았다.

어젯밤 스칼렛이 제 팔을 당겨놓고 품으로 안겨 들던 것이 떠올랐다.

"……."

그는 전날 밤, 스칼렛이 정말로 기억을 잃은 게 아니었을지도 모른다는 것을 어렴풋이 알고 있었다. 사실, 거의 확신했다.

스칼렛은 거짓말에 능숙하지 않았다. 그녀가 취조를 받고 돌아왔을 때, 기억이 없다는 스칼렛의 말을 거짓말이라 확신했던 자신의 어리석음이 다시 한번 드러나는 순간이었다.

그녀는 살란티에 국교인 에델로드의 경전에 나오던 유목민 같은 사람이었다. 작은 별을 따라서 이 땅에 정착한 그들처럼 스칼렛의 시선도 언제나 한곳에 고정되어 있었다. 그것이 아마 결혼 전에는 아이작 크림슨이었고, 결혼 후에는 자신이었을 것이다. 그리고 지금은 시계였다.

자신은 그녀에게 이미 지나간 사랑이었다.

잠자리 직후에 그녀가 등지고 누워 잠들어 버려, 빅토르는 스칼렛이 자신에게 바라는 게 몸뿐이었다는 생각을 했다. 그게 어처구니없었으나, 동시에 딱히 손해 볼 것도 없었다. 어차피 자신도 알면서 그럭저럭 장단을 맞춰 주었고, 본인도 원했으니 됐다고 생각했다.

기억을 잃은 척하고 있는 것이든 실제로 기억을 잃은 것이든, 빅토르는 스칼렛이 밤사이 자신의 행동을 책망할 수 없다는 것을 알았다. 그래서 긴 밤 동안 그는 스칼렛의 몸에 멍이 들 정도로 제 욕망을 드러냈다.

그럼에도 스칼렛은 새벽에 조심스레 일어나서 그의 팔을 당겨 놓고 품으로 안겨 누워 보았다. 그랬으면 그대로 잠들어도 좋았을 텐데, 그녀는 얼마 지나지 않아 다시 그를 등지고 누웠다.

그는 이해할 수 없는 스칼렛의 행동들에 대한 생각을 밀어 놓았다. 결혼 초기에는 그렇게 밀어 버리는 것이 쉬웠는데, 시간이 지날수록 그게 점점 더 어려워졌다. 차차 시간이 더 걸렸다.

그는 술을 꺼내지 않고, 지도를 걸어 둔 벽으로 향했다.

그가 지도를 보고 있으니 집무실로 에번과 팔린이 들어왔다.

세 사람은 지도를 보며 긴 회의에 들어갔다.

살란티에 해군의 함대는 1급함을 기준으로 나뉘어 있어, 1급함의 함장이 함대사령관을 맡았다.

만약 베스티나가 불시에 전쟁을 선포한다면, 빅토르는 곧바로 남부로 출발해야 했다. 그리고 공군 기지 인근에 정박한 1급함, 루비드호를 선두로 한 함대를 이끌고 곧바로 베스티나 남부에 상륙해야 했다. 그것이 대공체계가 없는 살란티에의 최선의 공격법이자 방어책이었다.

그러므로 이 작전은 정교해야 했다. 베스티나 남부에는 베스티나에서 뽑은 최정예 부대가 지키고 있을 것이다. 그들이 얼마나 많은 병사를 그곳에 배치했을지에 대한 정보가 아직까지 그들의 손에 쥐여지지 않았다.

살란티에는 지리적 이점을 가져 지난 백여 년간 전쟁이 없었고, 그러므로 실전 경험을 가진 군인이라고는 해적과 수년간 전쟁을 벌인 루비드호의 해군들뿐이었다.

그렇게 회의를 마칠 즈음, 팔린이 한참 뜸을 들인 후 입을 열었다.

"함장님. 왕실경찰이 쓴 그 약을 더 구해서 스칼렛 양에게 드려야 합니다."

"안 돼."

"스칼렛 양께서 원하시는 겁니다. 좀 더 많은 기억을 떠올리고 싶어 하세요."

"무슨 부작용이 있을 줄 알고."

"하지만 스칼렛 양께서…… 부작용을 감수하신다면 살란티에 군에 큰 힘이 될 겁니다."

선대 크림슨 백작 부부가 남긴 연구실에 있던 모든 자료가 암호로 되어 있었다.

스칼렛은 자신의 기억을 다시 한번 자세히 들여다보고 싶어 했고, 팔린은 그것을 가능하게 할지도 모르는 약이 존재한다는 것을 알고 있었다.

스칼렛이 공과대학으로 이동하는 사이에 호위를 위해 몇 번 그녀를 따라나섰던 팔린은, 기술에 대한 스칼렛의 열망이 얼마나 큰지 알고 있었다. 그러나 빅토르가 대답 없이 그저 지도를 내려다보고 있어, 팔린이 다시 한번 그를 설득했다.

"함장님. 다시 그 약을 구해 드려야 합니다."

"안 된다고 하잖아. 지금도 그 약의 부작용으로 이혼한 것조차 잊어버려. 더 먹였다가 무슨 일이 있을지 몰라."

팔린은 스칼렛이 이 약의 존재를 안다면 아무런 고민도 하지 않고 그 약을 마실 것임을 알고 있었다. 옆에서 봐 온 스칼렛은 언제나 그런 사람이었다. 이혼하기 전에도, 지금도. 그녀는 늘 타인에게 따뜻한 쪽을 선택했다. 빅토르와는 정반대의 사람이었다. 그들이 이혼한 것은 어쩌면 당연한 일일지도 몰랐다.

팔린은 스칼렛과 함께한 시간이 길어질수록 점점 더 그녀에 대하여 알게 되었고, 호의적으로 바뀌었다. 훨씬 더 긴 시간을 함께한 빅토르의 속은 여전히 깜깜한데, 스칼렛의 속은 투명할 정도로 다 보였다.

그녀를 알기 때문에 지금도 빅토르가 한 번 안 된다고 한 것을 대들며 거듭 설득하고 있는 것이었다. 그러나 빅토르는 팔린의 말을 받아들일 생각이 조금도 없어 보였다.

회의가 끝나고, 빅토르는 부하들을 무르고 취조실로 향했다. 그렇게 촘촘하게 잡아내는데도 첩자들이 줄지 않았다.

빅토르가 취조실로 들어서자, 의자에 앉아 있던 젊다 못해 어린 청년이 말했다.

"함장님, 스칼렛 크림슨 양에 대하여, 베스티나 군은 아주 잘 알고 있습니다."

빅토르는 덤덤히 의자를 끌어다 앉아 입을 열었다.

"뭘 아는데."

"크림슨 가문의 기술을 이어받으셨지요."

"……."

"베스티나는 스칼렛 크림슨 양의 기술에 큰 관심을 가지고 있습니다. 스칼렛 크림슨 양께서 베스티나에 오신다면 역사에 영웅으로 남으실 겁니다. 반대로, 지금 베스티나로 가지 않으신다면 전쟁이 시작되는 순간 베스티나 군이 스칼렛 크림슨 양을 찾아낼 겁니다. 그때의 대우는 지금의 제안과 같지 않을 겁니다. 결국 어느 쪽이든, 스칼렛 크림슨 양은 베스티나에 협조하게 되겠지요."

"일어나."

빅토르의 말에 첩자가 일어났다.

빅토르가 그를 끌고 오라고 손짓하고, 곧 손님이 있는 응접실로 향했다.

당황하던 첩자는 응접실에서 기다리던 베스타나의 군인이며, 어린 시절 빅토르 덤펠트의 친구였던 바실리를 발견하고 얼굴에 안도가 번졌다.

바실리는 자신이 데리러 온 첩자에게 손을 흔들어 보인 후, 반갑게 빅토르를 맞았다.

"빅토르. 오랜만이야."

빅토르는 미소를 지으며 테이블로 향했고, 잠시 후 문이 닫혔다.

스칼렛이 집으로 돌아왔을 때는 기쁜 소식이 기다리고 있었다. 해고당했던 1공장의 장인들 중 한 사람, 조안나가 근사하게 옷을 차려입고 가게로 그 소식을 전하기 위해 도착해 있었다.

안드레이가 내준 차를 마시며 여유로운 시간을 보내던 조안나를 발견한 스칼렛이 반색하며 말했다.

"조안나! 어쩜 이렇게 멋진 옷을 입고 왔어요?"

"보여드릴 것이 있어요."

조안나가 말하고 무언가를 자랑스럽게 꺼내 보였다. 그녀가 꺼낸 것은 두 개의 시계와 가방에 들어 있는 문서들이었다.

조안나가 스칼렛과 이야기를 하기 전, 안드레이를 보며 말했다.

"그나저나 차가 참 맛있네요, 안드레이 씨. 고마웠어요."

"다행이네요."

안드레이가 씩 웃었다.

평소에는 일하라고 늘 스칼렛을 닦달하는 안드레이지만 접객에 있어서만큼은 흠잡을 곳이 없었다.

스칼렛이 마주 앉자 조안나가 서류를 펼쳐 보이며 말했다.

"이쪽은 우리가 감정한 결과이고, 이쪽은…… 크림슨 가문에서 몇 분의 동의를 얻은 서류예요."

"크림슨 가문에서 동의해 준 분들이 있다구요?"

"이건 결과가 너무 확실하게 드러나니까요."

스칼렛이 조안나가 준 서류를 확인했다.

스칼렛이 만든 크림슨 부품과 에빌이 만든 크림슨 부품은 모든 면에서 차이가 있었다. 스칼렛의 시계는 더 가볍고, 오차가 적었다. 무엇보다 가장 큰 격차를 보인 것은 내구성이었다. 낙하 충격 등, 다양한 내구성 실험에서 스칼렛이 만든 크림슨 부품은 압도적이었다.

조안나가 스칼렛에게 서류를 건네주며 말했다.

"이게 있으면, 이제 법정에서 결판이 나겠죠."

"고마워요, 조안나. 정말 고마워요."

"당연한 건데요."

"그리고 염치없지만……. 결판이 나고, 리콜이 시작되면 앞으로 더 더욱 잘 부탁해요."

그녀의 말에 조안나가 뿌듯함과 안쓰러움이 섞인 얼굴로 그녀를 보았다.

"아가씨가 문제를 일으킨 것도 아닌데, 그걸 해결하느라 우리 아가씨가 고생이 많네요."

"그래요? 전 좋기만 한 걸요? 기회잖아요, 저와 아이작에게는."

스칼렛의 밝은 목소리에 조안나가 마지못해 따라 미소를 지었다. 스칼렛의 눈가에 가득한 피로와 부담감이 조안나의 눈에는 고스란히 드러나 보였다.

조안나가 안드레이에게 말했다.

"사장님을 잘 부탁해요, 안드레이 씨."

"전 항상 잘하니 사장님만 잘하시면 됩니다."

예상을 빗나가지 않는 안드레이의 말에 두 여자가 즐겁게 웃었다.

비교 서류가 도착한 후부터 일주일 뒤, 아이작이 7번가에 도착했다.

아이작이 크림슨 저택으로 돌아가는 것을 스칼렛은 처음에 무척이나 불안해했으나, 그가 생각보다 별문제 없이 지내기 시작한 이후부터 어느 정도 마음을 놓았다.

에빌 크림슨은 아이작을 먼저 페이퍼나이프로 찌르려 한 것이 인정되어 재판 중이었다. 그 후로부터 아이작은 이 저택에서 숙모인 앤, 아놀드와 메릴린 남매와 서로를 경계하며 그럭저럭 지내고 있었다. 서로 정확히 어떤 식으로 타협한 건지 스칼렛이 물었지만 아이작은 정확한 설명을 해 주지 않고 얼버무렸다.

스칼렛이 시계 가게를 나오자, 앞에서 기다리던 아이작이 그녀 쪽을 보았다.

"스칼렛."

"아이작, 눈은 좀 어때?"

스칼렛이 그가 쓴 선글라스를 벗기려 하자 아이작이 뒤로 물러나며 말했다.

"으, 아직 보여 주고 싶지 않은데……."

"왜? 난 이제 진짜 아무렇지도 않아."

"보는 사람들마다 놀라던데?"

"처음 봐서 그렇지."

스칼렛의 말에 아이작이 안경을 벗었다.

그의 눈에 있던 실벌레들은 절반 이상 사라졌고, 아이작의 와인색 눈동자가 드러났다. 그의 눈의 상태에 놀라던 사람들도 그의 맑은 눈동자를 마주하면 비명을 멈췄다.

"세상에 엄청 좋아졌다……. 심지어 눈동자가 보이잖아?"

스칼렛이 감격하자 아이작이 배시시 웃었다.

"다행이지? 이제 가려진 부분을 제외하면 꽤 선명하게 보여."

그의 말에 스칼렛은 기뻐하며 아이작을 와락 끌어안았다. 그리고 힘껏 울음을 가라앉힌 후에, 아이작을 놓아주고 그에게 서류 가방을 내밀었다.

아이작 역시 자기가 들고 온 작은 상자를 내밀었다. 스칼렛이 그것을 받아 들고 말했다.

"자. 가자."

"응."

아이작 역시 서류 가방을 받아 들었다.

오늘은 두 사람 모두가 할 일이 있었다. 스칼렛은 동쪽으로, 아이작은 서쪽으로 가야 해 두 사람이 곧 헤어졌다. 아이작은 에빌의 후견인 자격을 정지시키기 위해 법원으로 향했고, 스칼렛은 7번가의 끝에 있는 보석상 파라디 부인의 대저택으로 향할 계획이었다.

스칼렛이 도착한 7번가의 서쪽 끝, 파라디 부인의 대저택은 화려하고 거대했다. 게다가 입구부터 수도 없이 많은 경비가 지키고 있어 들어가기 전부터 압박감을 느끼게 되었다.

스칼렛은 몇 개의 문을 통과해 파라디 부인의 방에 도착했다.

언제 봐도 파라디 부인은 무서웠다. 얼음 같은 얼굴로 거래를 하러 오는 사람을 하나씩 마주 보았는데, 아무리 마주쳐도 적응되지 않았다.

그래도 파라디 부인의 무서움 덕에 스칼렛은 크림슨 가문 사람들의 방해를 받지 않고 보석을 구할 수 있었다. 아주 좋은 보석은 내주지 않았지만, 양적으로는 충분했다.

스칼렛이 말했다.

"크림슨 백작께서 향수병에 쓸 보석을 거래하고 싶어 하세요."

"그렇군요."

파라디 부인이 말을 이었다.

"향수병에 쓸 보석이라면, 그 향수에 어울리는 보석을 말하는 건가요?"

"네."

"어느 정도의 향수를 만들 수 있는지 알고 싶은데."

"아, 가져왔어요."

스칼렛이 서둘러 가져온 향수병 세 개를 꺼냈다. 작고 수수한 향수병에 들어 있는 향수는 스칼렛의 눈동자와 같은 와인색을 띠고 있었고, 나머지 두 개는 투명했다.

파라디 부인이 무표정한 얼굴로 향수병을 받아 들어 뚜껑에 달려 있는 스포이드로 두 방울을 꺼내 자기 손수건에 떨어뜨렸다. 그리고 잠시 알코올 향이 날아가도록 기다린 후 손수건을 들어 향을 확인했다.

나머지 두 개의 향까지 확인하고 난 그녀가 손수건을 내려놓더니 진열장을 확인했다.

파라디 부인의 진열장 속에는 수도 없이 많은 상자가 겹겹이 들어 있었다. 그것은 대부분 크리스털이었고, 중요한 보석들은 안쪽 방에 있었다.

파라디 부인이 상자 하나를 꺼내 열자, 상자 속에 나뉘어져 있는 작은 칸들 속에 붉은 크리스털들이 색깔의 진하기에 따라 모두 다른 빛을 내고 있었다.

파라디 부인이 그 크리스털 중에 진한 자주색을 가진 것을 하나 꺼냈다.

스칼렛은 파라디 부인이 들고 있는 크리스털을 확인하고 눈이 커졌다. 그녀가 이 향을 맡으면서 생각한 바로 그 색이었다.

파라디 부인이 느긋한 시선으로 스칼렛을 보며 말했다.

"이 향수를 크림슨 백작께서 만드셨다고 했나요?"

"네, 맞아요."

"크림슨 백작께서는 눈이 보이지 않는다고 들었는데."

그러자 스칼렛이 고개를 여러 번 끄덕이려다 멈췄다.

빅토르는 늘 스칼렛에게 우아함을 가르쳤다. 반듯한 자세로 걷는 법, 치맛단을 약간 들어 계단을 오르는 법, 그리고 무도회용 춤. 그리고 고개는 여러 번 끄덕이지 않을 것.

스칼렛은 그런 많은 것들에 익숙해지는 데 결혼 생활 초반의 대부분을 보냈다. 세 시간에 걸쳐 머리를 매만져 틀어 올리는 동안에도 흐트러지지 않는 법을 배웠고, 구두를 신고 오랜 시간을 서 있어도 발이 아프다고 말하지 않는 법도 배웠다.

스칼렛은 파라디 부인에게 보석을 사러 올 때마다 미리부터 이렇게 머리를 가다듬었다. 낡은 드레스를 입었더라도 긴 시간 매만진 머리칼에 덤펠트가에서 배운 걸음걸이, 말씨를 사용했다. 사람들은 시각적인 부분에서 많은 것을 판단한다는 것을, 스칼렛은 시계 가게를 운영하며 더더욱 확신하게 되었다.

파라디 부인이 말했다.

"그래서 후각이 예민한 듯하군요."

그것이 칭찬이라고 생각해 스칼렛이 미소를 짓는데, 파라디 부인이 말을 이었다.

"하지만 크림슨 백작께서 이것 외의 향수를 만들 수 있을지가 문제네요."

"네?"

"크림슨 가문과는 오래 교류를 해 왔습니다만, 크림슨 백작께서는 오랜 시간 두문불출하신 걸로 압니다. 그동안 스칼렛 양께서 크림슨 백작을 돌보셨지요?"

"네. 그게…… 문제가 되나요?"

"크게 문제가 됩니다. 이 향수는 줄곧 본인을 돌봐 주던 스칼렛 양을 위해 만든 거지요. 크림슨 백작께서 가장 호의적으로 느끼는 향수일 겁니다. 이 한 가지는 아주 뛰어납니다. 하지만 나머지 두 개는 이

한 개의 향수에 비해 너무나 무성의하다 못해 적대감까지 느껴지는군요. 아직 우리 가게와 교류를 할 수준이 아닙니다."

"……."

"이런 식으로는 향수 가게를 할 수 없을 겁니다만, 이 향수가 마음에 드니 이건 선물로 드리죠."

파라디 부인이 핀셋으로 꺼낸 크리스털을 작은 실크 주머니에 담은 후 스칼렛에게 건넸다.

주머니를 받아 든 스칼렛이 머뭇거리자 파라디 부인이 말했다.

"다음 손님이 기다리시니 나가 주세요."

"아, 네, 네."

스칼렛이 서둘러 주머니를 두 손으로 쥐고 그곳을 나가려다, 파라디 부인에 대한 두려움을 누르고 그녀를 돌아보았다.

"저……."

"나가라고 했습니다."

파라디 부인의 매서운 목소리에 스칼렛이 움찔하며 서둘러 그곳을 나갔다.

대저택의 커다란 철문을 나온 스칼렛은 시무룩한 얼굴로 법원으로 향했다.

그녀가 앞에서 서성이고 있으려니 한참이 지나 아이작과 함께 남매가 고용한 변호사가 나왔다. 변호사는 아직 할 일이 남았는지 되돌아갔고, 아이작은 스칼렛에게로 달려왔다. 그러고는 고개를 조금 기울이며 그녀에게 말했다.

"별로 결과가 좋지 않았나 보네."

스칼렛의 표정을 보며 짐작한 아이작이 눈웃음을 지으며 말을 이었다.

"괜찮아. 그냥 취미생활 같은 건데, 뭐."

그러자 스칼렛이 향수병을 들어 보이며 말했다.

"이건 아주 좋대."

"나머지 두 개는 별로였구나?"

"조금…… 더 발전이 필요하다더라고."

스칼렛이 변명하듯 말하자 아이작이 웃었다.

"나도 그럴 거라고 생각했어."

"아, 그래도 이 하나는 아주 좋다고 이걸 선물로 줬어."

스칼렛이 주머니에서 파라디 부인이 준 크리스털을 꺼내 보였다. 그것을 확인한 아이작이 감탄했다.

"와. 내가 상상한 그대로야."

"나도 그래. 이 향을 떠올리면 생각나는 게 바로 그 색깔이었어."

"역시 대단하시네, 파라디 부인은."

"그러니까 이렇게 큰 저택을 가지게 된 거겠지?"

"응. 그러게."

아이작이 크리스털을 눈 바로 앞까지 가져가 이리저리 확인하더니 말을 이었다.

"이 크리스털을 반으로 갈라서 뚜껑 위를 장식하는 거야."

"우와, 예쁠 것 같아."

"다른 향수들도 향에 맞는 크리스털을 구해다가 장식하면 좋겠어."

"제법인데? 역시 크림슨 가문 사람이군."

스칼렛이 장난스레 말하자 아이작이 천사처럼 웃었다. 그러고는 그녀에게 물었다.

"원하는 향이 있어? 나는 아직 세상을 잘 몰라. 네가 말해 주는 것들로 향수를 만들고 싶어."

"음. 마게리아 꽃이 들어간 향수?"

"맞아, 넌 마게리아를 좋아하지?"

"그리고…… 장미도."

"장미?"

"응, 새빨간 장미. 그리고…… 작약도 있었으면 좋겠어. 엄청나게 큰 항아리에 작약이 가득 들어 있는 것 같은 향이……. 다 너무 비싸려나?"

그녀가 머뭇거리자 아이작이 말했다.

"아직 잘 모르겠어. 내가 알아볼게."

"응. 아, 그리고 서류는?"

"법원에 내고 왔어."

"잘될 것 같아?"

"응. 잘될 것 같아."

아이작이 생각보다 당당하게 말해 스칼렛은 즐겁게 웃었다.

"자신감이 있네?"

"법원에 가기 전에 네가 많이 좋아졌다고 했잖아. 그 말을 듣고 나니까 자신이 생겨서…… 가서 엄청나게 당당했어."

아이작이 장난기가 섞인 목소리로 말하며 과장되게 당당한 걸음을 걷자 스칼렛이 깔깔거리고 웃었다. 얼마 만에 이렇게 웃는 건지

본편 | 107

기억도 잘 나지 않았지만, 그냥 이 상황이 스칼렛에게는 마냥 행복했다.

그들이 떠나는 뒷모습에 후견인 자격정지 신청서와 에빌 크림슨에 대한 고소장을 마저 접수하고 난 변호사가 창문 밖을 힐끔거렸다.

아이작 크림슨은 법정에 들어서면서부터 무색이라는 생각이 들 정도로 아무런 표정도 짓지 않고 있었다. 후견인 자격정지를 신청할 때, 관리들이 그의 눈을 확인했을 때도 앞에서 기겁을 하는 모습을 무심히 보기만 할 뿐이었다. 그렇게 주변을 긴장 상태로 만들어 놓고는, 스칼렛을 만나자마자 천사같이 웃는 모습을 보니 황당할 지경이었다.

─────◆◆◆─────

아이작은 스칼렛을 그녀의 시계 가게까지 느린 걸음으로 데려다주었다.

차를 한잔한 후, 아이작이 사설마차를 잡아타고 크림슨 저택으로 돌아가는 것까지 확인한 스칼렛이 가게로 다시 들어가려 할 때였다. 7번가에 신문을 배달하는 줄리가 달려오다가 스칼렛에게 호외를 내밀었다.

"호외예요, 스칼렛 아가씨!"

"고마워, 줄……."

그녀가 다 말하기도 전에 줄리는 바쁜지 저만치 뛰어가고 있었다. 호외의 내용이 위중해 빨리 돌려야 하는 모양이었다.

일단 호외를 확인하던 스칼렛의 눈이 휘둥그레졌다.

[루비드호 함장 빅토르 덤펠트, 베스티나의 장교 바실리 린트베르크와 회동]

이 짧은 제목이 주는 압박감은 강렬했다. 수도 사람들은 이 호외를 받자마자 그 자리에 얼어붙었다.

살란티에 사람들의 가장 큰 '믿는 구석'은 해군이었고, 빅토르 덤펠트였다. 설령 베스티나가 비행체를 만들어 내는 데 성공한다고 해도 결국 전쟁은 영토를 밀고 들어가 그 땅을 차지해야 하는 것이다.

살란티에 사람들은 빅토르 덤펠트의 함대가 남쪽에서 베스티나의 침입을 막아 줄 것이라 믿고 있었다. 그리고 그것은 결국 살란티에의 승리로 끝날 것이다.

그런데 만에 하나라도 빅토르 덤펠트가 베스티나로 넘어간다면……. 얼어 있는 그녀에게 7번가 사람들이 달려왔다.

"스칼렛 아가씨, 이게 어떻게…… 어떻게 된 거예요?"

"함장님께 무슨 기미라도 보였나요? 뭐가 어떻게 되는 건지……."

스칼렛이 당황한 얼굴로 말했다.

"저도 이혼을 해서 몰라요. 가서 알아볼게요."

"그래도 우리보다는 뭔가 알 거 아니에요!"

전쟁에 대한 공포로 패닉에 빠진 사람들에게 둘러싸인 스칼렛이 난처해하고 있을 때였다.

시계 가게 앞에 마차 한 대가 멈추더니 마차 안에서 재킷 단추도 잠그지 못한 중년의 남자가 허둥지둥 내렸다. 그는 자신보다 먼저 와서 시계 가게를 둘러싼 시민들을 발견하고 얼빠진 표정을 지었다.
"하, 하원의원 아니야?"
"맞아, 조지프 팰릭스잖아!"
그는 신문에 자주 등장하는 하원의원, 조지프 팰릭스였다. 유명인이 등장하자 겁에 질려 있던 사람들의 눈빛은 호기심으로 바뀌었다.
조지프가 멋쩍어하더니 서둘러 스칼렛에게 말했다.
"좀 들어가도 되겠습니까? 급해서."
"아, 네. 들어오세요."
스칼렛이 말하자 조지프가 급한 걸음으로 시계 가게에 들어섰다. 그리고 급하게 문을 닫는 것이 어딘가 건망증이 있는 사람처럼 보였다.
그렇게 안으로 들어온 조지프는 일하던 안드레이와 눈이 마주치는 순간 허둥지둥하던 것을 멈추고 얼어붙었다.
"하, 하이럼 경?"
"조지프 씨. 오랜만에 뵙네요."
조지프가 사색이 되자 스칼렛은 살짝 인상을 쓰고 안드레이에게 물었다.
"왜 이렇게 놀라셔?"
"아, 본청에서 뵌 적이 있어서요."
"⋯⋯안 좋게?"
"왕실경찰은 하원의원들을 견제하니까요. 그렇다고 나쁜 짓을 한 건 아니고요."
명문 가문의 후계자들로 이루어진 상원의원들과 달리 하원의원들은 시민들의 투표로 뽑았기 때문에, 권력이 있는 자들이라면 누구나 하원의원을 경계했다. 그들이 언제든 체제를 무너뜨릴 위험을 가지고 있기 때문이었다.

안드레이는 나쁜 짓을 한 게 아니라고 했지만, 조지프는 안드레이와 좋지 않은 기억이 있는지 뻘뻘 흐르는 식은땀을 손수건을 꺼내 닦았다.

안드레이가 말했다.

"왕실경찰은 그만둔 지 오래니까요. 너무 그렇게 긴장하실 것 없어요."

"아니, 하이럼 경께서 도대체 여기 왜…… 계시는 겁니까?"

"취직했습니다. 모르셨어요?"

"……왕실경찰에서 이 작은 가게로요?"

그러자 가게 작단 소리를 싫어하는 스칼렛이 정색하며 말했다.

"내 가게가 왜 작다는 거예요? 2층짜리 건물인데."

그 말에 안드레이가 말했다.

"작죠. 그리고 월세구요."

"어쨌든 내 가게잖아."

"사장님이 좀 더 열심히 하셨으면 좋겠네요. 전 큰 가게로 가고 싶거든요."

조지프는 그 미친놈 같던 하이럼 피트가 이 작은 가게에서 평범하게 일하고 있다는 것을 도무지 믿을 수가 없었다. 심지어 스칼렛 크림슨이 그의 과거를 알고 있다는 사실은 더더욱 충격적이었다.

왕실경찰들은 하원의원 대부분의 약점을 잡고 있었다. 그리고 그것을 캐는 일에는 승진이 계속해서 적체되던 하이럼 피트가 주로 투입

되었다. 그에게 약점 잡힌 하원의원 중에는 조지프도 있었다.

안드레이가 말했다.

"믿어도 됩니다, 사장님. 제가 알아본 바로 조지프 씨는 좋은 분이거든요."

"설명 안 해 줘도 돼."

스칼렛이 잘라 말하자 안드레이가 어깨를 으쓱였다. 조지프는 그 매섭던 하이럼 피트가 맞나, 안드레이를 여러 번 확인했다.

스칼렛과 조지프는 테이블 앞에 앉았고, 안드레이는 차를 내준 후 자리를 비켜 주려는 건지 리브네에 가서 다과를 사 온다며 가게를 나섰다.

안드레이가 떠나자 조지프가 휴 한숨을 쉬고 입을 열었다.

"호외는 보셨지요?"

"봤어요."

조지프가 조심스럽게 말했다.

"함장님께서 바실리 린트베르크와 친우라는 정보는 왕실경찰의 취조 과정 중 스칼렛 양의 입에서 나온 걸로 알고 있습니다."

"……그랬죠."

"그 둘이…… 많이 친한 겁니까?"

조지프의 목소리에서는 불안감이 느껴지고 있었.

스칼렛은 입을 다물었고, 쉽게 열리지 않았다. 조지프가 간절한 목소리로 설득했다.

"정말 중요한 문제입니다."

"필요한 질문이 있다면 말씀해 주세요. 제가 직접 빅토르에게 물어볼게요."

"저, 정말이십니까?"

"네."

스칼렛이 고개를 끄덕였다. 내내 어딘가 생각이 둥둥 떠다니는 듯 하던 조지프가 약간 안정을 찾으며 말했다.

"왕실경찰과는…… 어느 정도로 가까우신 건지 여쭤봐도 될까요?"

"좋은 관계는 아니에요."

"하지만 하이럼 경께서……."

"원래는 첩자였던 것 같지만, 지금은 그냥 시계 가게 직원이에요."

스칼렛이 차를 한 모금 마시고 말했다.

"첩자 노릇을 아주 잘하는 사람은 아닌가 봐요, 이렇게 쉽게 들킨 걸 보면."

"그, 그렇군요……."

"그보다, 제가 왕실경찰과 내통하고 있다는 의심이 드신다면…… 왜 저를 찾아오신 거죠? 다른 사람에게 물어도 되잖아요."

"이걸 해군들에게 물어볼 수는 없으니까요. 왕족들은……."

조지프가 스칼렛을 마주 보았다. 그는 스칼렛의 연약해 보이는 얼굴을 보며 어떤 사람인가를 읽으려 애쓰고 있었다.

잠시 후 그가 입을 열었다.

"트램을 수리하신다는 걸 알고 있습니다."

"……어떻게요?"

"제 형님이 트램 운전을 합니다."

그의 말에 스칼렛이 멈칫했다.

조지프가 서둘러 말했다.

"형님이 말하려고 말한 게 아닙니다. 제가 형님 계신 곳에 잠시 찾아갔다가 스칼렛 양께서 와 계신 걸 봤던 것뿐입니다."

"……."

"형님께서는 스칼렛 양께 정말로 많이 고마워하고 계십니다. 스칼렛 양이 손주뻘로 어리신데도 존경한다는 말까지 하셨는걸요. 아무튼…… 여기 하이럼 경이 계셔서 놀랐을 뿐이지 저는 스칼렛 양에게 어느 정도 확신을 가지고 이곳에 왔습니다."

조지프가 심호흡을 하고 말을 이었다.

"제가 스칼렛 양에게밖에 의지할 수 없는 이유를 알려 드리겠습니다."

그는 품에서 수첩 하나를 꺼냈다. 그리고 스칼렛에게 내밀어 보였다.

"왕실, 그리고 상원의원에서 베스티나와 내통한 것이 확실시되는 인물들의 명단입니다."

스칼렛이 고개를 내려 수첩을 보았다. 그녀의 눈이 점점 커졌다.

"왕세손 전하께서요?"

"맞습니다."

"도대체…… 왜죠?"

"사실상 현재 국정은 왕세자 전하께서 돌보고 계시지요. 율리 이렌 왕세손 전하께서는 순방 업무의 대부분을 맡고 계시지 않습니까?"

"네."

"그 순방 과정에서 본 겁니다, 베스티나의 전력을. 그리고 살란티에의 패배를 확신한 거죠."

"……."

"트램 수리를 법으로 막은 것은 율리 이렌 왕세손 전하였습니다. 그리고 거기 적힌 상원의원들은 그 법에 찬성한 사람들이지요."

"트램 수리를 법으로 막은 게…… 베스티나를 위한 것이었군요."

"맞습니다. 살란티에의 기술 발전을 억제하려는 정책들이죠. 베스티나가 더 쉽게 살란티에를 집어삼키게 하기 위해서요."

수첩을 든 스칼렛의 손이 떨리기 시작했다.

그녀가 말했다.

"이걸 저에게 보여 주셔도 돼요?"

"예. 우선, 저희 하원의원들은 스칼렛 양이 이 일에 깊숙하게 관여되어 있다고 생각하기 때문에……."

"트램을 수리해서요?"

스칼렛이 묻자 조지프가 식은땀을 닦아 내며 말했다.

"그러니까…… 원론적으로 말하자면, 종교적으로 잘못된 신념 때문이 아니었겠습니까? 크림슨 선대 백작 부부께서도……."

그의 말에 스칼렛이 고개를 들었다.

"제 부모님이요?"

"아, 아닙니다. 추측일 뿐입니다."

"무슨 추측인데요?"

그녀가 다급해진 목소리로 묻자 조지프가 침을 꿀꺽 삼켰다.

그들에게는 스칼렛 크림슨이라는 사람이 필요했다. 그녀는 어쩌면 현재 살란티에에서 가장 뛰어난 기계공이었고, 동시에 빅토르 덤펠트에게 언제든 접근하여 정보를 빼내 올 수 있는 사람이었다.

조지프가 결국 입을 열었다.

"폐하께서는 지난 10년간 종교적인 이유로 기술자들을 천시하셨지요. 잘못된 신념을 가지신 겁니다. 그래서…… 어쩌면 그 당시에 사망한 기계공들이 폐하의 신념에 의해 살해당한 것이 아닌가, 생각하게 되는 것입니다."

그의 말에 수첩을 쥔 스칼렛의 손에 힘이 들어가며 핏줄이 불거졌다.

"……지금, 그 종교적인 신념 때문에 제 부모님이 살해당했을지 모른다는 말씀을 하시는 건가요?"

"솔직히 말하면, 저희 하원의원들은 그것을 거의 기정사실로 받아들이고 있습니다."

조지프의 말에 스칼렛의 표정이 일그러졌다. 도무지 받아들일 수 없는 말이었다. 그녀는 어금니를 세게 물었다.

"고작…… 그런 이유로 제 부모님이 돌아가시고, 아이작이 앞을 보지 못하고 살아 왔어야 했다는 건가요?"

"예. 그렇습니다."

이를 악물고 참으려 해도 그 감정이 참아지질 않았다. 역겨웠다. 구토를 할 것 같아 두 손으로 테이블을 움켜쥐었다.

조지프가 말을 이었다.

"그리고 그 잘못된 선택의 대가는 스칼렛 양 또래의 젊은이들이 지게 되었습니다. 제가 머리를 조아린들 사죄를 다할 수 있을까요."

조지프는 침울한 표정을 짓고 있었다. 한동안 침묵이 흐른 후, 조지프가 다시 입을 열었다.

"부탁드리겠습니다, 스칼렛 양. 빅토르 함장님께서 베스티나로 넘어가실 건지에 대하여 알아봐 주십시오."

"만약 그렇다면요?"

"살란티에는 가망이 없을 겁니다."

"그럼 조지프 씨도 살 방법을 찾으실 건가요?"

"그럴 리가요."

조지프가 허허 웃었다.

"저같이 별 볼 일 없는 자를 어디서 받아 주겠습니까. 저는 죽어도 이 땅에서 죽을 겁니다. 하지만 만약 빅토르 함장님께서 하원의원과 의견이 같다면…… 함께 살란티에가 살 길을 도모하면 좋겠지요."

스칼렛은 잠시 조지프의 말에 역겨움이 조금이나마 가라앉는 것을 느꼈다.

그녀는 고개를 끄덕였으나 더 이상 말이 없었다. 그렇다고 해서 조지프 팰릭스를 완전히 믿는 것은 결코 아니었다.

그들의 대화가 거기서 중단된 후에야 안드레이가 돌아왔다. 조지프가 몸을 일으키며 미안한 표정으로 말했다.

"이거 어쩝니까. 다과를 준비해 주셨는데 먹지 못하고 가 봐야 하게 생겼습니다."

"그럴 줄 알고 사장님 드실 데니쉬만 샀습니다."

"……예, 왕실경찰 경력이 어디 안 가시는군요."

조지프가 허탈하게 말하고는 여전히 이해가 안 가는 표정으로 스칼렛과 안드레이를 번갈아 보았다. 안드레이가 말했다.

"이제 왕실경찰 그만뒀다니까요."

하이럼 피트가 어떻게 여기에 있게 된 건지 조지프는 영문을 모르는 얼굴이었다. 그가 올 때 그랬던 것처럼 갈 때도 허둥지둥 떠나고 나자, 안드레이가 말했다.

"이야기 다 하셨으면 일하러 가셔야 할 것 같습니다, 사장님."

"……."

"사장님."

스칼렛은 혼이 빠져나간 사람처럼 자리에 앉아 있었다.

겨울의 짧은 낮이 지나가고 있었다. 서서히 언덕에 눕는 태양에 잠들 듯한 노을이 시계 가게를 뒤덮었다.

그러한 장면 속에 있는 스칼렛을 볼 때면 유난히 술이 당겼다. 안드레이는 아마도 빅토르가 그렇게 술을 퍼마시게 된 것은 스칼렛을 보며 저와 같은 생각을 했기 때문이리라 어렴풋이 짐작했다.

그가 한 번 더 그녀를 불렀다.

"사장님."

그제야 스칼렛이 고개를 들어 안드레이를 보았다.

"안드레이는 알지? 왕실경찰이었으니까."

"뭐를요?"

"우리 부모님이 돌아가신 마차 사고."

그녀의 말에 안드레이가 빵 봉지를 들고 서서 태연히 대답했다.

"모릅니다. 제가 왕실경찰에 들어가기 전 일이라."

"한참 전까진 아니잖아. 왕실경찰에 몇 살에 들어갔어?"

"열여섯 살이요."

"……그러고 보니까 진짜 몇 살이야? 나랑 세 살 차이인 거 맞아?"

"네, 나이는 맞습니다."

안드레이가 대꾸했다. 그리고 곧 말을 이었다.

"마차 사고가 진짜로 사고였는지에 대해서 물으시는 거라면, 저는 정말로 모릅니다. 저한테까지 내려오는 정보가 아니었어요."

"알고 싶어."

"그렇다면 제가 알아보도록 하죠."

"정말?"

"다만 중간에 제가 죽을 수도 있다는 건 염두에 두셨으면 좋겠습니다."

"뭐어?"

"본인이 시켰으니 죄책감을 가지실까 봐 말씀드리는 건데, 어차피 제가 그런 정보를 찾지 않아도 이미 왕실경찰은 저를 노리고 있습니다."

"그게 무슨 말이야?"

"제가 왕실경찰을 그만둔 이후로 두 번 정도 절 죽이려는 시도가 있더라고요. 뭐, 예상은 했습니다만."

안드레이의 태연한 말에 스칼렛은 심장이 철렁해 몸을 일으켰다.

"그만둔 건 잘못이 아니잖아."

"아까 조지프 씨도 절 경계하셨잖아요. 제가 쥐고 있는 정보들이 나름으로 있습니다. 아마 왕실경찰 입장에선 그게 무지하게 성가실 겁니다."

안드레이가 말을 이었다.

"아무튼 그렇습니다. 어느 날 제가 죽어도 놀라지 마세요."

그러자 스칼렛이 고개를 세차게 저었다.

"안 돼."

"뭐가요?"

"죽지 말라구."

"아, 그거요. 제 뜻대로 되는 건 아닙니다."

안드레이가 태연히 말했다.

"아무튼 좀 오래 걸릴 겁니다. 그래도 언젠가는 알아다 드리죠. 사장님은 모르시겠지만, 제가 사장님께 진 빚이 있거든요."
 안드레이의 말에 스칼렛은 더 캐묻고 싶어졌지만 일단은 묻지 않고 고개만 끄덕였다.

───◆───

[루비드호 함장 빅토르 덤펠트, 베스티나의 장교 바실리 린트베르크와 회동]

 빅토르는 제 손에 들어온 호외를 확인했다.
 덤펠트 저택에서 하루를 머무르고 베스티나로 돌아갈 준비를 하던 바실리 린트베르크가 유쾌하게 말했다.
 "빠르기도 하네."
 "그렇지."
 "아무튼 좀 더 진지하게 생각해 줘, 빅토르."
 바실리가 그를 마주 보며 말을 이었다.
 "내가 직접 올 정도로, 베스티나 왕실은 너를 간절히 필요로 하고 있어. 네가 잡아들인 첩자들이 말했었지? 베스티나는 군인과 기술자를 존중한다고."
 "여러 번 들었지."
 "너만 있으면, 베스티나는 세상의 중심이 되고, 우리는 피 한 방울 흘리지 않고 평화를 얻을 수 있어. 모두가 행복한 길이지."
 "그래. 그것도 여러 번 들었어."
 빅토르는 미소를 지었고, 바실리는 더 이상 제가 재촉한다고 해도 그의 판단에 도움이 되지 않을 것을 알았다.

바실리는 가볍게 손 인사를 하고 덤펠트 저택을 떠났다. 떠나는 마차를 바라보며 팔린 레드포드가 빅토르에게 말했다.

"이대로 보내십니까?"

그러자 에번 라이트가 팔린의 옆구리를 쿡 찌르며 말했다.

"바실리 경은 베스티나의 왕족이야. 현왕에게는 조카뻘이지. 건드렸다간 바로 전쟁이야."

"예?"

왕족이라는 말에 팔린이 놀란 눈으로 물었다.

"왕족께서 살란티에 왕실도 아니고, 덤펠트 저택부터 들렀다는 겁니까?"

"그래. 그런 얘기지."

에번이 힐끔 빅토르를 보았다.

오래 모신 상관이지만 그가 무슨 생각을 하는지 알 수가 없었다.

빅토르기 전쟁을 싫어힌다는 것은 확실하게 알았다. 하지민 그렇기 때문에 더더욱 베스티나와 손잡으려 할지도 모르는 일이었다. 그렇게 된다면 그의 부하들 입장에서도 노선을 확실히 해야 했는데, 어느 정도 기회주의자적인 성향이 있는 에번도 그렇지만 눈치 없이 입바른 소리 하길 잘하는 팔린조차도 빅토르의 선택에 반하는 결정을 할 자신이 없었다.

해군들은 여덟 살이면 대부분 사관학교에 들어갔고, 열세 살이면 배에 올랐다. 여덟 살부터 교육 받은, 상관에 대한 복종을 떨쳐 버리는 것은 어려운 일이었다.

전날 빅토르는 모처럼 풀어진 시간을 보냈다. 빅토르는 사관학교에서 매해 학년 수석이었고, 다른 학년 수석들처럼 반년 동안 교류를 위해 베스티나의 사관학교에 있었다. 거기서 만난 바실리와는 룸메이트였는데, 빅토르와 성격이 잘 맞아 그 반년 동안 가깝게 지냈다.

친하다고는 해도 왕족인 바실리를 베스티나에서 보낸 것은 괄목할 만한 일이었다. 빅토르의 의견과 상관없이, 이 회동은 많은 사람들의 눈에 이상하게 비칠 것이 분명했다. 그리고 이것을 이유로 더 많은, 돈이 있는 자들이 베스티나로 이동할 가능성도 높아졌다.

부하들이 빅토르의 생각을 궁금해하고 있을 때, 저택 앞에 누군가가 도착했다. 스칼렛 크림슨이었다.

블라이트는 여느 때처럼 다정하게 그녀를 반겼다.

"오셨습니까?"

"오늘은 정신이 멀쩡해."

"그러시군요."

블라이트가 미소 지으며 말을 이었다.

"도련님께서는 집무실에 계십니다."

스칼렛이 고개를 끄덕이고 계단을 올랐다. 들어가 보니 집무실이 비어 있었다. 그리고 집무실에 붙은 욕실에서 샤워 소리가 들렸다.

스칼렛이 조심스럽게 서류를 들춰 보는데 욕실 문이 열렸다. 그녀는 움찔하며 빅토르를 보았다.

가운 차림의 빅토르가 스칼렛에게 걸어왔다.

"찾고 싶은 게 있는 모양이지?"

스칼렛이 크게 죄를 지은 사람처럼 멈칫했다. 그녀는 기억을 잃은 척해야 했다고 생각했지만 이미 늦은 듯했다. 하기야, 이혼하기 전의 자신이 빅토르의 서류 근처에 갔을 리 없었다.

빅토르는 가까이까지 걸어와, 서류 위에 올려져 있던 스칼렛의 손을 움켜쥐고 떼어 냈다.

"알고 싶은 게 있으면 나에게 물어봐."

"당신이 사실대로 말해 줄 것 같지 않았어."

"그렇다고 내 서류를 마음대로 들춰 보면 안 되지."

"보면 안 되는 게 있으면 어디 넣어 놓든지, 집무실 문이 잠겨 있었겠지."

"기밀이 아니다 뿐이지, 마음대로 보면 안 되는 건 마찬가지야."

빅토르의 낮은 목소리에 스칼렛은 뒤늦게 자신이 너무 정신이 없어 하면 안 될 행동을 하고 있음을 알았다.

그러나 예의를 차리기에는 상황이 급했다.

"베스티나 장교와 만났다며?"

"응."

"어떻게 할 거야?"

이렇게까지 직설적으로 물어볼 줄 몰랐는지 빅토르가 바로 대답이 없었다.

스칼렛이 재촉하듯 물었다.

"응? 왜 만난 건데?"

빅토르가 되물었다.

"왜 그렇게 급해? 누굴 만났어."

"……말해도 되는 건지 모르겠어."

"그럼 무슨 이야기를 들었는데."

"부모님이 돌아가신 마차 사고가, 사고가 아닐지도 모른다는 이야기."

"……."

"당신은 뭐 아는 거 없어?"

빅토르는 잠시 말이 없었다.

스칼렛이 재촉하듯 말했다.

"빅토르."

"폐하께서 지시했을 가능성이 있지."

"……."

스칼렛이 그의 대답에 떨리는 목소리로 말했다.

"정말로 왕실에 첩자가 있어?"

"아마도."

"그렇구나."

스칼렛이 고개를 끄덕였다.

빅토르는 평소의 자신이었다면, 제 서류를 건드린 사람을 어떻게 했을지 생각했다. 선례가 떠오르지 않았다. 그가 문을 잠가 두지 않는 건 아무도 그의 서류를 건드리지 않기 때문이고, 만일 건드리는 사람이 있다면 첩자이기 때문이다.

빅토르는 그녀를 어떻게 해야 할지 신중히 생각했다. 그가 물었다.

"그래서, 그 대화는 누구와 한 거지?"

"……."

"당신은 나를 못 믿어?"

"응."

그녀는 단호하게 대답했다.

한때는 빅토르가 하는 말을 무엇이든 믿던 적도 있었다. 그러나 신뢰에는 금이 간 지 오래였다.

빅토르는 비이성적인 것들을 믿지 않았고, 그 안에는 늘 스칼렛이 포함되어 있었다.

빅토르는 살아오는 내내, 잘못에 관하여 과하다 싶을 정도의 처벌을 해 왔다. 그것은 덤펠트 가문의 방식이었고 해군의 방식이었다. 효과적인 방식이었다.

그리고 그 방식은 스칼렛에게도 해당이 되어 왔다. 그런 그의 방식은 지금껏 단 한 번도 그에게 해가 되어 돌아온 적이 없었다. 그런데 지금은 그런 결정을 내릴 수 없었다. 스칼렛 크림슨은 빅토르에게 늘 선례가 없던 사례였다.

빅토르는 잠시 생각에 잠겼다.

스칼렛이 긴 침묵을 못 견뎌 입을 열었다.

"무슨 말이든 해 봐."

"그럼 서로 한 가지씩 대답하지."

"……."

"그 정도면 당신에게 유리한 조건이야. 평소였다면 어떻게든 당신 입을 열게 했을 테니까."

빅토르는 복숭아 속살 같은 그녀의 뺨을 손가락으로 눌렀다.

그런 그의 행동에 스칼렛이 안드레이를 떠올렸다. 해군에게 한동안 잡혀 있다가 돌아오더니, 이와 턱이 아픈 듯 한동안 손으로 슥슥 문지를 때가 있었다.

스칼렛의 어깨가 흠칫흠칫 떨렸지만 빅토르는 행동을 멈추지 않았다. 그는 손가락으로 스칼렛의 입술을 눌러 입을 열게 하고, 안으로 손가락을 넣어 벌리게 했다. 그의 행동은 부드럽고 아이를 어르는 듯했다.
 그렇게 그녀를 희롱하던 빅토르가 손을 떼고, 칭찬하듯 스칼렛의 입술을 어루만지며 말했다.
 "나는 생각 중이야. 베스티나로 가는 것도 나쁘진 않지."
 "……뭐?"
 "나는 할 만큼 했어. 왕실에 충성했고, 시민에게 충성했지."
 빅토르가 몸을 숙였다.
 "내가 베스티나로 가면, 살란티에가 평화로워질 거라더군."
 "…….'
 "어쩌면 사람들은 그걸 더 바라지 않을까."
 되찾을 생각이었다. 스칼렛 덤펠트가 언젠가는 제 품에 돌아오기를 바라고 있었다.
 그게 가능한가. 자신에게 가능한 것이 있나.
 빅토르는 스칼렛의 얼굴에서 시선을 떼지 못했다. 한참 그녀를 바라보던 빅토르가 말을 이었다.
 "첩자들이 말하더군. 베스티나의 군이 당신에 대하여 알고 있다고."
 "……나를?"
 "선대 크림슨 백작 부부는 이 대륙에서 가장 뛰어난 기술자들이야. 전쟁을 하려는 사람들이 가장 먼저 파악하는 게 당연하지."
 "…….'
 "베스티나 군은 전쟁을 위해 당신부터 납치하려 들 거야."
 스칼렛은 상상도 못 한 일이라는 듯 눈을 동그랗게 뜨고 빅토르를 보고 있었다.
 빅토르는 왕실경찰이 스칼렛에게 기억을 꺼내는 약을 먹였다는 걸 알게 되었을 때, 어느 정도 베스티나가 연계되어 있을 것임을 예상하고 있었다.

자신의 단점을 긁어 내는 일은 그렇게 힘들게 구한 약을 사용하지 않아도 할 수 있었다. 거기에 위험까지 감수해야 했다. 그런데도 왕실 경찰은 스칼렛의 기억을 끌어 내는 것에 많은 돈과 시간을 투자했다. 그녀가 이렇게 적당량의 기억을 잃어버리게 하는 것이, 아무런 실험도 없이는 불가능했을 것이라는 것도 알고 있었다.

그녀는 아마도 이미, 표적이 된 지 오래일 것이다.

잠시 후, 빅토르가 넌지시 물었다.

"나와 베스티나로 갈까?"

그의 질문에 스칼렛이 멈칫했다.

잠시 후 그녀가 대답했다.

"아니. 난 안 가. 그리고 당신도 가지 마."

그녀는 또렷한 눈빛으로 말했다. 그러자 빅토르가 대답했다.

"살란티에 왕실이 당신의 부모를 죽였을지도 모르는데도 같은 생각인가? 살란티에는 기술자를 천시해. 베스티나가 당신을 납치하기 전에 자기 발로 간다면, 당신이 원하는 것은 무엇이든 훨씬 더 좋은 지원을 받으며 할 수 있을 거야."

"빅토르, 크림슨 가문은 백작 작위를 받을 때 기술을 가진 후손들은 대대로 살란티에를 나가지 않기로 약속했어. 잊었어?"

낡은 법이었다.

빅토르가 계속 말하라는 듯 저를 바라보고 있으니 스칼렛이 말을 이었다.

"지금도 그렇지만 그때는 계급이 더욱 단단하던 때였어. 그런데도 크림슨 가문에게 작위를 주고, 살란티에를 나가지 않을 것을 약속했다는 이유가 뭐겠어? 크림슨 가문의 기술이 그만큼 나라에 중요하다는 거지. 그게 기술을 천시한 거야? 아니잖아."

여전히 빅토르는 말없이 그녀의 눈을 마주 보고 있었고, 스칼렛은 말을 계속했다.

"틀린 건 현왕이야. 살란티에가 아니야. 나는 크림슨 가문의 기술을 이어받은 사람이고, 어떤 상황에서도 살란티에에 남기로 약속했어. 나는 안 떠나."

그녀의 말에 빅토르가 중얼거렸다.

"당신에게는 가문의 명예가 있군."

빅토르는 자신이 그토록 바라던 것을 지금껏 스칼렛이 가지고 있었다는 사실에 허탈해졌다.

그는 지금껏 단 한 번도 덤펠트 가문을 명예롭다 여긴 적이 없었다. 그곳은 쫓겨난 왕녀의 언덕이 있는 곳이었으니까.

그러나 그가 보기에 보잘 것 없던 크림슨 가문에는 명예가 있었다. 그것은 후계자가 후계자에게 이어 주며 다져온 금강석 같은 가치였다.

스칼렛은 바로 돌아가고 싶었지만, 빅토르가 대답을 미루어 쉽게 집으로 돌아갈 수 없었다. 그가 스칼렛의 드레스룸 문을 열며 말했다.

"옷 갈아입고 있어. 정찬을 하지."

"내가 왜 그래야……."

"대답 기다리는 것 아닌가?"

빅토르가 묻자 스칼렛은 입술을 삐죽거리면서도 할 수 없이 고개를 끄덕였다. 빅토르가 턱짓했다.

"옷 갈아입고, 정찬을 하고 그 뒤에 대답하지. 그 정도 고민을 할 만한 문제라고 생각하는데?"

"……알았어."

스칼렛이 마지못해 대꾸하며 드레스룸으로 들어갔다.

빅토르가 마련해 준 드레스는 상상 이상으로 화려한 장밋빛의 드레스였다. 하녀 넷이 동시에 들고 입혀야 하는 드레스를 입고 나서, 등 뒤의 리본을 조이는 것에만 긴 시간이 들었다.

건국제처럼 큰 무도회에 갈 때나 입는 드레스를 입고, 구두까지 신고 나니 그제야 머리 장식이 시작되었다.

스칼렛이 이해가 안 된다는 듯 말했다.

"집에서 식사하는데 왜 이렇게 차려입어야 해……."

"아가씨를 집에 보내기 싫어서 그러는 거죠, 뭐."

캔디스가 말하며 그녀의 머리칼을 땋고, 화려하게 장식했다. 거기에 캔디스는 스칼렛이 자선 행사에 내놓으려고 했던 티아라를 가져왔다.

"도련님께서 이걸 꼭 아가씨께 씌워 드리라고 하셨어요."

"음……."

스칼렛이 제 드레스를 부담스러워하며 말했다.

"이걸 입고 있는 것만으로도 충분히 노력한 것 같은데."

"하긴…… 그렇죠?"

캔디스 역시 티아라까지는 너무하다고 생각한 듯 고개를 끄덕이며 수긍했다.

그 사이 정찬이 준비되었다. 스칼렛이 정찬 테이블이 있는 곳으로 가 보니 좋은 그릇과 커트러리, 그리고 온실에서 가져온 싱싱한 꽃이 놓여 있었다. 그녀가 입고 온 옷이 과하다는 생각이 들지 않을 정도의 정찬이었다.

빅토르 역시 정찬에 어울리는 완벽한 차림새를 갖추고 앉아 있었다. 스칼렛은 문가에 서서, 여기 보이는 이 완벽한 장면에서 가장 중요한 센터피스는 저 남자 같다는 생각을 했다.

스칼렛이 담담한 표정을 유지하며 걸어가자 하인 하나가 와서 의자를 빼 주었다. 그녀가 자리에 앉았다.

그녀가 얼떨떨해하는 사이 식사가 시작되었다. 스칼렛은 가정교사가 붙어 혹독하게 가르친 완벽한 식사 예절로 식사를 시작하며, 빅토르에게 물었다.

"왜 갑자기 식사를 하자는 거야? 드레스는 왜 이렇게 화려해?"

"그렇게 마음에 안 들어?"

"응."

스칼렛이 단호하게 말하자 빅토르가 입꼬리를 늘리며 말했다.

"그런 차림새로 7번가에 돌아가면 사람들이 즐거워할 것 같은데."

"난 구경거리가 아니야."

"재미있는 이야깃거리이기는 한 것 같더군."

"동네 사람들이 오지랖이 넓어서 그래."

스칼렛이 핀잔하고는 앞에 놓인, 겨울에 보통 사람들의 식탁에는 올라오지 못할 다채로운 채소를 곁들인 송어 요리를 떠서 입에 넣었다. 아주 좋은 후추를 사용했는데, 송어의 맛과 잘 어울렸다.

"……이 후추 맛있다."

그러자 빅토르가 물었다.

"후추가 맛있어?"

"응, 맛있어. 뭐에 뿌려도 맛있을 것 같아."

"그렇군."

빅토르는 대답했지만 그녀의 말에 공감하는 것 같지는 않았다.

스칼렛은 그가 맛을 잘 느끼지 못한다는 것을 알고 있었지만 그게 어느 정도인지에 대해서는 자세히 알지 못했다. 앞을 보지 못하는 것이 얼마나 힘든지는 아이작을 보며 알았지만 맛을 느끼지 못한다는 게 어떤 건지는 정확하게 알기가 힘들었다.

예전에는 그의 마음이 혹여라도 상할까 봐 물어보지 못했는데, 지금은 그냥 물어보기로 했다.

"후추 맛은 나?"

"응."

"어느 정도로?"

"당신이 말해 주면 그랬나, 할 정도."

빅토르가 대답한 후 송어를 입에 넣었다.

스칼렛이 그를 물끄러미 보다가 실례인 것 같아 다시 식사를 하며 말했다.

"어릴 때부터 그랬어?"

"정확히는 모르겠군."

"……"

그가 더 이상 말하기 싫어한다는 생각이 들어 스칼렛은 더 묻지 않았다. 그렇게 대화가 끊어지자 빅토르는 스칼렛이 자신이 정확하게 이야기하지 않아 서운해한다고 생각했는지 입을 열었다.
 "다섯 살 정도까지는 안 그랬던 것 같아."
 "그래?"
 "어느 날 어머니의 가정교육이 지나치고 답답해서, 몰래 나가서 뛰어놀다 들어왔더니 배가 굉장히 많이 고프더군. 그래서 식탁 앞에서 허겁지겁 식사를 하니까 어머니가 많이 놀라셔서."
 빅토르는 그날 기억을 잠시 생각하다가 미소를 지었다.
 "심리적인 것일 수도 있겠네."
 그는 뒷이야기를 하지 않았지만 스칼렛의 얼굴은 어두워져 있었다. 그녀는 더 이상 묻지 않고 그냥 고개만 끄덕거렸다.
 "그렇구나."
 그리고 식사를 이어가다가, 스칼렛이 몸을 일으켰다.
 그녀는 자기 접시를 가지고 옆으로 와서, 채소를 떠서 입에 넣고 말했다.
 "써."
 "……."
 의자에 앉은 빅토르의 키와 서 있는 스칼렛의 키가 그리 크게 차이 나지 않았다. 그래서 고개를 비스듬히 해 보고 있으니 스칼렛이 송어를 한 조각 잘라서 빅토르에게 내밀었다.
 "먹어 봐."
 빅토르가 그 모습을 보다가 숟가락을 든 그녀의 손을 감싸 쥐고 제 쪽으로 당겨, 음식을 받아먹었다.
 빅토르가 절대로 하지 않을 것 같은 행동이라 스칼렛은 물론 주변에서 서빙하던 사용인들도 당황해 고개를 돌렸다.

빅토르가 천천히 음식을 씹고 삼켰다. 가만히 스칼렛을 보는 시선에서는 여전히 날카로운 냉정이 느껴졌으나, 스칼렛에게는 정작 방금 전과는 다른 시선으로 자신을 보는 듯한 느낌이 들었다.

스칼렛은 곧이어 후추가 많은 부분을 골라서 그의 접시에 놓으려 했다. 그러나 빅토르에게 잡혀서, 이번에도 그의 입에 넣어 주게 되었다.

"······달라?"

스칼렛이 당황한 마음을 가라앉히며 태연한 척 물었다. 그러자 빅토르가 한쪽 입꼬리를 끌어 올리며 말했다.

"잘 모르겠는데."

그다음부터는 어차피 그에게 붙들릴 것 같아서 그냥 음식을 떠서 그의 입에 넣어 주었는데, 그제야 웃으며 그걸 마저 받아 먹고 말했다.

"이제 안 먹여 줘도 돼."

"응."

스칼렛은 고개를 끄덕이고, 이번엔 손을 뻗어서 포도 소스를 듬뿍 뿌린 서대기를 가져왔다. 그리고 잘라서 그의 접시에 담으며 말했다.

"다른 생선. 식감도 다르고, 맛도 달라. 또······ 아, 이거 맛있는데."

빵가루를 발라 구운 도미도 가져왔다. 한 식사 테이블에 생선 요리만 세 종류인 대정찬이었다.

빅토르는 웬일로 스칼렛이 주는 음식을 전부 거절하지 않고 먹었다. 식사 시간은 길어졌지만 두 사람 다 시간 가는 줄을 몰랐다.

빅토르가 식사를 거의 다 마친 후 입을 열었다.

"베스타나로 안 간다는 말이 듣고 싶어서 이렇게 열심히 하는 건가?"

"그런 것도 있고. 맛있는 게 이렇게 많은데 못 느끼는 게 신경 쓰이기도 하고."

"사는 데 지장 없어."

"지장이 왜 없어? 먹는 재미가 얼마나 큰데."

스칼렛이 말하고는 문맹에게 글을 가르치듯이, 그에게 맛을 가르쳤다. 그러더니 답답하다는 듯 빅토르의 팔을 붙잡아 일으켰다. 그리고 테이블에서 내려간 음식을 둔 사이드보드로 그를 끌고 갔다.

거기서 음식을 확인하더니 스칼렛은 만족하지 못한 듯 주방으로 향했다.

빅토르는 그녀가 식사 중에 이동하고 있는 것에 상당한 불편함을 느꼈다.

만약 그가 어릴 때 이런 식으로 정찬 중에 식탁이 있는 공간을 벗어났다면 어떻게 되었을까.

그렇게 생각하면서도 스칼렛이 하도 당연하게 앞장섰기에 그녀를 따라 걸을 수밖에 없었다.

스칼렛은 주방에서 이것저것 만들어지는 중간의 음식을 확인했다.

빅토르는 주방에 들어간다는 것을 상상할 수 없었기 때문에 문 앞에 서 있었고, 그사이 스칼렛이 주방 안으로 들어갔다.

그가 살면서 단 한 번도 들어가 본 적 없는 주방은 오롯이 주방장의 공간이었다.

주방장이 스칼렛에게 소리쳤다.

"스칼렛 아가씨! 주방에 막 들어오면 안 된다고 했잖습니까, 위험하다고!"

"알았어요."

"칼도 있고, 불도 있는 곳에 왜 들어오시는 겁니까!"

스칼렛은 주방장이 잔소리를 해도 아랑곳하지 않고 걸어가서 테이블에 놓인, 식히는 중이던 초콜릿 퍼프를 주방장 몰래 집어 옆에 있던 작은 바구니에 담았다.

그러자 주방 하녀인 폴리가 말했다.

"디저트 먼저 드시면 어떡해요?"

"다른 식사도 할 거야."

스칼렛이 비밀이라는 듯 소곤소곤 말하고는 바구니를 챙겨 주방 문밖으로 나갔다. 그리고 주방장이 못 보게 멀리 도망쳐 나온 후, 빅토르에게 바구니를 내밀었다.

"훔쳐 왔어."

"어차피 우리를 위해서 준비한 걸 왜 훔치는지 모르겠군."

"안 훔치면 디저트는 한참 뒤에 줄 거 아니야."

그녀가 말하더니 초콜릿 퍼프를 자기가 먼저 하나 꺼내 한입 물었다. 날이 추워 겉의 초콜릿은 빨리 굳었지만 속에는 아직 따끈하게 녹은 초콜릿이 있었다.

스칼렛이 말했다.

"맛있다."

"……."

"나 혼자 먹어?"

스칼렛이 다시 바구니를 내밀자 빅토르가 거기서 초콜릿 퍼프 하나를 꺼냈다. 그리고 그것을 절반 먼저 입에 넣었다. 그러더니 미소를 지으며 말했다.

"맛있네."

"그렇지?"

빅토르는 여전히 다디단 이 디저트의 맛을 정확히 느끼지 못했지만, 심리적으로는 자유의 맛을 느꼈다.

두 사람은 다시 식탁 앞으로 돌아왔고 초콜릿 퍼프를 훔쳐 간 걸 안 주방장이 나타나 한 소리를 했다.

"아직 식사가 한참 남았는데 디저트부터 드시면 안 됩니다! 아시겠어요?"

그러자 스칼렛이 웃으며 고개를 끄덕였다. 빅토르는 그녀가 웃고 있는 것을 보고, 어처구니가 없는지 고개를 조금 돌리고 실소했다. 그는 자신의 계획과는 먼 이 정찬이 그리 나쁘지 않다고 생각했다.

―•❖•―

식사가 끝나자 스칼렛은 코트를 챙겨 입고 덤펠트 저택을 나섰다. 빅토르가 마차까지 배웅하며 물었다.

"가지 말라고?"

그의 말에 마차를 타려 계단 하나를 올라선 스칼렛이 빅토르를 보았다. 그녀가 대답했다.

"응."

"대가라도 있나?"

그가 놀리는 듯한 투로 묻자 스칼렛이 잠시 생각하다 입을 열었다.

"바라는 게 있다면."
"그렇군."
빅토르가 미소 지으며 고개를 끄덕였다.
"염두에 두지."
스칼렛이 마차에 탄 후 문이 닫혔다.
집으로 향하는 내내 그녀는 이 옷을 어떻게 혼자 벗나, 걱정이었다. 하지만 한편으로 모처럼 이렇게 꾸민 것이 아까우니 잠깐 7번가를 산책하고 싶다는 생각도 했다.
시계 가게에 도착해서 마차에서 내리는데 안드레이가 보였다. 스칼렛을 발견한 안드레이가 인상을 쓰고 물었다.
"놀다 오셨어요?"
"아니거든?"
"뭘 아니에요. 신나게 꾸미셨구만."
"빅토르가 정찬을 하고 가라고 해서 꾸민 거야. 머리 하는 데만 두 시간도 더 걸렸어. 식사만 하고 바로 풀기 아까웠단 말이야. 이제부터 산책도 하고, 자원봉사자들에게 커피도 사다가 주려구."
안드레이가 보란 듯이 한숨 쉬더니 팔짱을 끼라고 팔을 내밀며 말했다.
"저 퇴근하니 이제부터 같이 다녀오시죠. 춥지만요."
"진짜?"
"네네."
"안드레이가 웬일이야? 돈 안 주면 그런 거 안 하잖아?"
"무슨 소리세요. 제가 그렇게 돈 좋아하는 사람이었으면 이 박봉을 받고 여기서 일하겠어요?"

"……무슨 말인지는 확실하게 알았어."

그렇게 말한 스칼렛은 약간 들떠서 안드레이에게 팔짱을 꼈다. 피트 가문이 보잘것없는 곳이라 해도, 어쨌든 귀족 가문의 차남이라 충분한 예절 교육을 받았다. 그는 스칼렛을 에스코트하며 7번가를 천천히 걸었다.

그렇게 걷다 보니 7번가 어귀에 자선 행사를 위해 쌓아 놓은 자루들이 보였다. 겨울 동안 꾸준히 모아서 이제 슬슬 빈민가로 보내려는 것들이었다. 스칼렛은 덤펠트 가문의 이름으로 내놓은 자루들을 확인했다.

덤펠트 가문에서는 생각보다 안 쓰는 담요가 많이 나왔다. 빅토르가 그냥 지금 있는 걸 전부 내놓고, 사용인들이 쓰는 담요와 커튼 같은 것들을 전부 교체해 준 덕분이었다. 돈은 빅토르가 썼지만, 사용인들은 말을 꺼내 준 스칼렛에게 고마워해서 무안했다.

아무튼 이 물건은 트램을 이용해서 운반해 주기로 했고, 포웰을 중심으로 한 트램 운전사들이 지원해서 봉사하기로 했다.

안드레이는 한 손으로 들고 온 화로를 놓고 커피를 끓이기 시작했다. 스칼렛이 나타난 것을 발견한 포웰의 아이들, 수잔과 찰리가 솜을 잔뜩 넣은 방한복을 입고 달려왔다.

"스칼렛! 무슨 일이야? 왜 이렇게 예뻐?"

"천사 같아!"

아이들의 말에 스칼렛이 민망한 표정을 지으며 대답했다.

"정찬 복장이야. 음. 근사한 식사를 하려구."

"우와……."

"스칼렛, 맨날 이런 거 입어. 응?"

"그건 너무 힘들구."

스칼렛은 부끄러워져서 말을 돌렸다.

"커피 가져왔어."

"우유는?"

"가져왔지."

"우와!"

아이들은 자기들도 마실 게 있다는 사실에 신나했다.

그사이 안드레이가 핀잔했다.

"꼬마들은 이제 자야 하는 거 아냐? 너희 키 안 큰다."

"아닌데! 클 건데!"

"아빠가 크니까 우리도 클 건데!"

아이들이 번갈아 말하더니, 수잔이 키가 유난히 큰 안드레이를 따라잡으려는 듯 폴짝폴짝 뛰며 물었다.

"안드레이도! 어릴! 때! 많이 잤어?"

"어."

안드레이는 건성으로 대답하고 아이들의 입을 다물게 하기 위해 빨리 우유부터 끓여 설탕을 녹인 후 한 잔씩 쥐여 주었다. 아이들은 언제 시끄럽게 굴었냐는 듯 기부받은 자루 위에 오밀조밀 앉아서 우유를 홀짝거렸다.

그사이 스칼렛이 운전수인 포웰에게 물었다.

"내일 저도 일 도와드려도 될까요?"

"그럼요. 손이 하나라도 있으면 좋죠."

그러자 안드레이가 마지못해 말했다.

"저도 가죠. 빨리 끝내야 사장님이 가게로 돌아와 일을 하실 테니까요."

그 말에 운전수 하나가 큰 소리로 놀렸다.

"그쪽은 멀대같이 크기만 하고 삐쩍 말라서 힘은 영 없어 보이는데."

그 말에 운전수들이 웃자 안드레이가 피곤하다는 듯이 걸어가더니 자루를 두 개 정도 들어 무게를 가늠하고, 다섯 개의 자루를 들어 트램에 실었다.

힘 좋기로 소문난 트램 운전수들도 끙끙거리며 들어야 두 개를 가까스로 들었다.

"어이구, 이거 뭐…… 뭐로 힘을 내는 거예요?"

"팔이죠."

안드레이가 대꾸했다. 저 트램 운전수들도 놀랄 정도인 걸 보니, 안드레이는 정말로 힘이 센 모양이라고 스칼렛은 생각했다. 정말로, 주변에 무력이 강한 남자들밖에 없다 보니 일반적인 비교 대상이 없다는 생각을 새삼 했다.

다음 날 아침, 스칼렛은 약속한 대로 빈민가로 향하기 위해 트램에 올랐다.

포웰은 노선을 붙여 두는 곳에서 노선도를 빼고, '자선 물자 이동 차량'이라고 적힌 종이를 끼웠다.

곧 자루를 가득 실은 트램이 출발했다. 일을 도와주는지 방해하는지 몰라도 따라 나온 찰리와 수잔은 생각보다 안드레이와 재미있게 놀아서 스칼렛은 이동하는 중에 한숨 잠들 수 있었다.

스칼렛이 트램 맨 뒷자리에 앉아 졸고 있는 것을 본 수잔이 살금살금 다가갔다. 그리고 스칼렛을 빤히 보며 찰리에게 소곤거렸다.

"스칼렛은 예쁜 옷을 안 입었을 때도 정말 예뻐."

"난 하나도 모르겠는데!"

"바보야?"

"아니야!"

"조용히 해, 스칼렛 깬단 말이야."

"아, 맞아."

찰리가 얼른 두 손으로 자기 입을 꼭 막았다. 그러고는 스칼렛이 앉은 맞은편 의자에 앉아서 빤히 그녀의 잠든 얼굴을 보고 있었다. 그 모습이 어이없는지 안드레이가 와서 핀잔했다.

"잠든 사람 그렇게 빤히 보고 있는 거 아니다, 이 꼬마들아."

"그치만 재미있는데!"

수잔이 말하자 찰리도 고개를 끄덕였다. 하여튼 외모에 대해서는 아이들이 훨씬 직설적으로 표현해, 가끔 잔인하단 생각이 들 때마저 있었다.

확실히 곤히 잠든 스칼렛은 이 꼬마들처럼 넋 놓고 보고 있고 싶을 만큼 아름다웠다. 안드레이는 그래서 그 이성적이다 못해 비인간적이던 빅토르 덤펠트가 그녀의 발목을 다시 붙들려 드는 것인가, 생각할 때가 있었다.

빅토르 덤펠트는 그녀가 먹었던 약에 대하여 알고 있었다. 그 사실에 대해서 숨기면서까지 스칼렛을 붙잡고 싶어 할 줄은 몰랐다.

그는 비밀을 유지하기 위해 자신이 목숨을 노렸다는 사실조차 그냥 넘어갔다. 빅토르는 안드레이가 보기에, 겉으로는 멀쩡해도 속에 문제가 있었다.

그사이 트램은 수도를 벗어난 곳까지 갔고, 종착지부터는 그 근처에서 빌린 짐마차로 짐을 옮겼다.

그렇게 이동만 온종일 걸려 빈민가에 도착했다.

주민 대다수가 추위를 피하기 위해 마을에서 가장 큰 건물에 모여 공동생활을 하고 있었다. 그러다 담요와 식량이 도착하자 죽어 가던 얼굴에 화색이 돌아 달려 나왔다.

"아이고, 올해도 이렇게 신세를 지네요, 포웰 씨."

"전 그냥 운반만 하는 거라니까요."

포웰은 멋쩍어하고, 그사이 사람들이 짐을 내렸다.

스칼렛은 옆에서 사람들 인원을 체크하고, 한 사람이 두 번 받아가지 않게 가져가는 물품을 체크했다. 그사이 찰리와 수잔은 마을 아이들과 장난감을 챙겨가 나눠 주었는데, 함께 뜯으며 벌써부터 놀다가 싸우고 울고불고하다가 또 언제 울었냐는 듯 뛰어놀고 있었다.

그렇게 어느 정도 짐을 나눠 주고 있을 때였다. 산발을 한 여자 하나가 맨발로 비명을 지르며 달려가는 것이 보였다.

스칼렛은 놀라고, 안드레이는 그녀를 막아서며 보호했으나 정작 마을 사람들은 아무도 놀라지 않았다.

"셜리가 또 시작이군."

"저건 언제쯤 괜찮아질지, 원······."

다들 한마디씩 하고는 그만이었다. 그때 아까 물품을 받아 간 노인 하나가 말했다.

"저 애 건 내가 받아 가면 돼요. 나중에 챙겨 줄 테니까."

"네? 아."

스칼렛은 제가 든 수첩을 확인하고, 셜리를 보았다. 노인이 재촉했다.

"나한테 달라니까."

"네, 먼저 저분에게 물어보고요."

"그걸 뭐 하러 물어봐요. 말이 통하질 않을 텐데."

그러더니 노인이 다짜고짜 물건을 가져가려 했다. 스칼렛이 막아서며 말했다.

"물어보고 나서요."

"아가씨가 뭘 안다고 그래요? 내가 안다는데."

스칼렛은 그래도 물품을 막고 서 있었고, 노인은 욕을 하고 물러났다. 스칼렛이 찰리와 수잔에게 말했다.

"찰리, 수잔. 나 잠깐 어디 갔다 올게, 누가 이거 못 가져가게 해 줄래?"

"응. 걱정 마!"

"우리가 지키면 절대 못 가져가. 너희도 같이 지킬 거지?"

두 아이가 벌써 다섯 번쯤 싸우고 다섯 번 화해한 친구들에게 물어보니까 다들 고개를 끄덕였다. 듬직한 아이들이었다.

그렇게 물품을 맡긴 스칼렛은 아까 비명을 지르며 달려가던 셜리라는 여자를 찾아 빠르게 걸음을 옮겼다.

얼마 지나지 않아 스칼렛은 폐가의 한 구석에서 머리를 감싸 쥐고 떨고 있는 셜리를 발견했다.

"셜리 씨?"

스칼렛이 부르자 덜덜 떨던 셜리가 고개를 들었다.

스칼렛이 수첩을 가져가며 물었다.

"여기…… 윅스라는 할아버지가 셜리 씨의 물건을 대신 받아 가면 된대요. 드리면 될까요? 담요랑 먹을 거예요."

"아뇨! 그 개새끼한테 주면 배가 터져도 남은 안 줄 거예요!"

"아, 그렇구나."

고개를 끄덕인 스칼렛이 몸을 일으키며 말했다.

"그럼 남겨 놓을게요. 이따가 잊지 말고 가져가요."

"잊어요?"

셜리가 그 말에 코웃음 쳤다.

"난 아무것도 못 잊어버려요."

"네?"

스칼렛이 그녀를 보니, 셜리가 벌떡 일어섰다. 그러더니 스칼렛의 팔을 움켜쥐며 광기 어린 눈으로 말했다.

"나는 어느 날부터인가 아무것도 못 잊는다고. 전부 다! 전부 다 기억한다고! 미쳐 버리겠어!"

"셔, 셜리 씨!"

"그 끔찍한 기분 알아요? 지나가던 벌레 한 마리 기어가면서 나던 소리와 모양까지 다 기억이 나. 모든 게 다 생생하게 기억나고, 사람들이 한마디 한 것도, 날 보던 눈빛도 다 전부 다! 으아아악!"

셜리가 비명을 지르며 주저앉아 자기 머리를 쥐어뜯었다.

스칼렛은 움츠러들었다가 조심스럽게 앞에 앉아 셜리의 얼굴을 살폈다.

"어느 날부터인가요?"

그녀가 묻자 덜덜 떨던 셜리가 고개를 들었다. 그러더니 스칼렛을 보며 물었다.

"미, 믿어요?"

"네. 나도 그런 적이 있어서."

"……뭐라구요?"

"셜리 씨 정도는 아니지만…… 나도 그랬어요. 갑자기 기억나지 않던 것들이 다 기억이 나서…….."

그녀의 말에 셜리가 눈을 껌뻑껌뻑했다. 그러더니 스칼렛에게 얼굴을 들이밀고 물었다.

"진짜로?"

"네."

스칼렛이 고개를 끄덕이자 셜리가 얼빠진 표정을 지었다.

셜리는 약간이나마 안정을 찾은 것처럼 보였다. 비록 눈에서는 여전히 광기가 이글거리고 있었지만, 그래도 대화가 통한다는 점에서 성공적이었다.

스칼렛이 말했다.

"그럼 물품 받으러 가요."

"언제부터요?"

스칼렛이 일어나려 하자 셜리가 어깨를 붙잡아 앉혔다. 그래서 스칼렛이 조금 놀란 표정으로 대답했다.

"자, 작년……."

"여름?"

"초겨울."

"나는 여름인데."

셜리가 기묘하게 고개를 움직이더니 스칼렛에게 말했다.
"경찰서에 갔었어요."
"······경찰서?"
"네. 식당에서 밥을 먹고 도망쳤거든. 그러다 잡혔는데······ 경찰서에 한 한 달쯤 있었어요."
"······."
"근데 그 기억이 안 나. 그러더니 갑자기 그날 일을 제외한 모든 게 기억나기 시작하는 거야. 세상 모든 게 다. 선명하게!"
그녀의 말에 스칼렛이 얼어서, 잠시 아무 말도 없다가 그녀에게 물었다.
"왕실경찰 같은 곳에 가지 않았어요?"
"모르겠는데······ 수도 경찰서에 가긴 했어요."
스칼렛의 얼굴에 반가움과 두려움이 동시에 번졌다.
"그렇구나."
"뭐 좀 알아요?"
"아뇨, 아는 게 있는 건 아닌데······."
"뭐든 좋으니까 말해요. 나 좀 살려 줘. 이렇게는 못 살겠어. 뭐든지 좋으니까 말해 봐요!"
셜리의 재촉에 스칼렛의 어깨가 움찔거렸다.
스칼렛이 입을 열었다.
"나는 왕실경찰에게 갔었어요. 그 이후 일주일 정도 기억이 없어요."
그녀의 말에 셜리가 더듬거리다 스칼렛을 와락 끌어안았다.
"내 말을 믿어 주는 사람이 있다니······."
그녀의 목소리에서 들리는 떨림에 스칼렛이 난처해하다가 등을 토닥거렸다.

셜리는 자신을 이해하는 사람을 만나서인지 몸을 덜덜 떨면서도 어느 정도의 안정감을 찾았다.

셜리가 물었다.

"혹시…… 술 없어요?"

스칼렛이 잠깐 생각하는데 옆에서 슥 내미는 손이 보였다. 스칼렛이 고개를 돌려보니 안드레이가 힙플라스크를 내밀었다. 그러자 셜리가 그것을 받아 벌컥벌컥 들이켰다.

안드레이가 스칼렛에게 핀잔했다.

"사고 그만 치신다면서요?"

"사고 안 쳤어."

"정신 나간 사람 찾아가는 게 사고 치는 건데요."

안드레이의 말에 스칼렛이 조용히 하라고 눈치를 줬지만, 안드레이는 개의치 않았고 셜리 역시 술을 한 번에 전부 들이켠 후 힙플라스크를 돌려주며 말했다.

"술 얻어 마셨으니까 이 정도는 괜찮아요."

안드레이가 술병이 빈 걸 발견하고 허 웃었다. 셜리는 술기운이 오른 뒤에 오히려 멀쩡해졌다.

"정말 감사합니다. 간만에 웅웅 소리가 안 들리네요."

그러더니 너저분한 자기 상태를 보고 질색을 했다.

"목욕이나 좀 해야겠어요."

"안 그래도 지금 같이 온 분들이 더운물을 쓸 수 있게 끓이고 있어요."

스칼렛이 대답하고 잠깐 생각하더니 셜리에게 말했다.

"혹시 물건을 받을 수 있는 주소 같은 거 있어요?"
"술 보내 주시게요?"
"계속 이렇게 지낼 수는 없으니까. 하지만 자주 보내지는 않을 거예요."

그런 스칼렛의 말에 안드레이가 의외라는 듯이 그녀를 보았다. 스칼렛은 주소를 적어 주고, 셜리는 회관을 통해 물건을 받기로 약속했다.

그곳을 떠나며 안드레이가 말했다.
"술을 보내 주시겠다고 할 줄 몰랐어요."
"그냥…… 잠깐이라도 정신을 차리고 싶은 마음을 알 것 같아서."
스칼렛의 말에 안드레이가 고개를 끄덕였다.

―――✦―――

그 이후, 한동안 스칼렛은 셜리에게 술을 보냈다. 그리고 나면 셜리가 한두 줄 정도 편지를 써서 보냈다. 대부분 자신의 증상에 대한 것이었고, 간혹 술이 경찰서에서 있었던 일을 떠올리는 데 도움이 된다는 말을 덧붙였다.

그사이 스칼렛은 살란티에 공과대학과 시계 가게를 오갔다. 그리고 다시 눈이 내리기 시작하자, 살란티에 공과대학이 얼어붙었다.

강의실에서 강의를 듣던 스칼렛은 얼어붙은 손가락을 장갑 속에서 여러 번 꼼지락거렸다. 그러지 않으면 동상이 걸릴 날씨였다.

구스타프 교수도 체면 불구하고 털모자를 썼고, 장갑도 겹겹이 껴 오븐에서 빵을 꺼내려는 사람 같아 보였다.

그나마 스칼렛이 사용하는 연구실은 곤로가 있어 따듯한 편이었지만, 벽난로가 없어 항상 담요를 몸에 두르고 곤로에 바짝 붙어 있어야 했다.

그려 놓은 도면대로 비행기의 형태를 만들기 위해 나무를 세심하게 다듬는 동안에도 스칼렛은 잠이 너무 모자란 탓에 눈이 반쯤 감겨 있었다.

그 상태로 꾸벅꾸벅 졸던 스칼렛이 타는 냄새에 화들짝 놀라 고개를 들었다. 조는 사이에 긴 머리칼이 곤로에 들어가 타고 있었다.

저도 모르게 비명을 지른 스칼렛이 담요로 머리칼의 불을 두들겨 껐다. 그녀의 비명에 커스틴 로셰르와 빌 클링커스를 포함한 학생 몇이 달려왔다.

"스칼렛! 무슨 일이야!"

"설마 이 혹독한 땅에서 벌레라도 발견한 거야? 그런 거면 생포해. 폭설이 와서 배급품이 오지 못하면 식량으로 써야 할 수도 있으니까……."

그러자 스칼렛이 끝이 타 버린 제 머리칼을 들어 보였다.

"그런 게 아니라 졸다가 머리칼에 불이 붙은 거 있지?"

"에이, 겨우 그런 거야?"

"겨우라니?"

도대체 무슨 상황들을 겪으며 지내는 건지, 다들 머리칼 정도로 무슨 호들갑이냐는 반응이었다.

스칼렛은 이 열악한 상황에 적응한 학생들을 심각한 표정으로 바라보다가 자리에서 일어섰다.

"안 되겠어."

"응? 왜?"

스칼렛이 빠르게 걸어 내려가서 살란티에 공과대학의 자랑인 전화기로 향했다. 대학에 지원이 없었기 때문에, 학생들이 수작업으로 만들고 선을 깔아 만든, 학내에서 가장 고급스러운 사치품이었다.

스칼렛이 실제로 전화를 하려 하자 공과대학 학생 중 하나인 파벨 맥스위리가 긴장한 목소리로 물었다.

"서, 설마 그 전화를 실제로 쓰게?"

"응."

"5초에 동전 한 개를 써야 하는데?"

동전 하나면 크고 싱싱한 사과를 열두 개나 살 수 있었다. 이곳은 동전이 있어도 사과를 살 수 없는 곳이었고, 동전도 없었다.

스칼렛은 고개를 끄덕이고서 수화기를 들었다.

'가능하면 5초 안에 할 말을 끝내야 하는데……'

스칼렛이 생각하는 사이 전화가 걸리고, 집사인 윌킨스가 받았다.

-덤펠트 저택입니다.

"윌킨스 씨, 스칼렛이에요. 빅토르가 집에 있다면 별장을 쓰겠다고 전해 줘요."

-아, 그렇군요.

5초 안에 끊어야 하는데, 올해로 일흔이 된 윌킨스 씨가 다정하고 느린 목소리로 말을 이었다.

-지금 도련님께서 와 계십니다. 곧 연결해 드리겠습니다, 아가씨.

"네? 아니, 굳이 안 그래도……"

그녀가 말하는 사이 이미 전화가 내려지고, 스칼렛이 한숨을 푹 쉬었다.

옆에서 파벨이 안절부절못하며 말했다.

"이미 30초가 지나고 말았어……."

호기롭게 전화를 들었던 스칼렛은 결국 1분이 되기 직전 전화를 끊었다. 파벨이 말했다.

"사과 144개가 사라졌어……."

스칼렛이 엄지손톱을 깨물며 잠깐 기다리고 있으니 전화벨이 울렸다. 스칼렛이 서둘러 전화를 받았다.

"빅토르?"

-전화가 끊겨 있더군.

"당신 기다리는 사이에 사과가 144개나 사라졌거든."

-사과라니?

"전화하는 데 5초에 사과 12개 가격…… 아, 내가 다시 할게. 전화비 나가잖아."

-그냥 말해. 난 어차피 전화비가 얼마인지도 몰라.

전남편이 부자라는 게 순간 좀 짜증이 났다. 아무튼 스칼렛은 말을 이었다.

"이런 얘기할 때가 아니라 별장으로 기계공학을 함께 공부한 학생들과 교수님을 데려갈게. 여긴 너무 추워서."

-일일이 내 허락 받을 필요 없어. 당신이 알아서 사용해.

"식량이 많이 줄어들 거야. 다들 음식만 보면 이성을 잃거든."

-그럼 여기 전화하지 말고 그 돈으로 사과 144개를 사 줬어야지.

"……끊어."

스칼렛이 말하고 전화를 끊었다. 그녀가 돌아보니 스칼렛의 긴 통화에 긴장한 학생들이 이상행동을 하고 있었다.

"이제 스칼렛은 파산할 거야……. 내가 뭐라도 할게, 스칼렛! 이 미약한 노동력이라도!"

"내, 내가 머리카락이라도 잘라서 팔까?"

스칼렛이 고개를 젓고 뿌듯한 얼굴로 문을 가리켰다.

"가자."

"어디?"

"남쪽."

스칼렛의 말에 학생들이 고개를 갸우뚱했다.

─────◆◆◆─────

스칼렛을 따라서 나온 학생들과 구스타프 교수는 자그마치 네 시간째 기차로 이동하고 있었다.

커스틴이 빌에게 말했다.

"스칼렛이 우릴 해적선에 팔아넘길지도 몰라."

"하지만 기차가 바다와는 먼 곳으로 가고 있는데?"

"음……. 해적선이 괴멸됐으니까 해적이 산 같은 곳으로 들어간 게 아닐까."

"그럼 산적이 된 걸까? 어쨌든 나는 바다보다는 산이 좋겠어. 배를 타 본 적은 없지만 멀미할 가능성이 높거든. 지금도 멀미가 나니까."

빌이 말하다가 또 구토가 나오는지 창문을 열고 고개를 내밀었다. 이미 토할 만큼 토했기 때문에 헛구역질만 하는 빌의 등을 토닥인 커스틴이 말했다.

"스칼렛, 봤지? 해적선은 안 돼."

"우선 팔아넘기려고 데려가는 거 아니야. 그리고 두 번째로 너희가 무슨 노동력이 된다고 해적선에 팔겠어?"

"그 부분을 예상 못 했네."

그사이 기차는 드디어 도착지에 멈춰 섰다. 살란티에 남쪽, 빅토르가 나눠 쓰도록 한 포도밭의 별장이었다.

별장도 필요할 때 쓰고 포도밭 수익은 나누기로 했는데, 여기 포도밭은 수익성이 좋지 않아 별장을 유지하고 식량을 구하는 데 대부분을 쓴다고 했다.

영하 20도가 매일 지속되던 곳에서 고도가 낮은데다, 남쪽이기까지 한 포도밭에 도착하니 훈기마저 느껴졌다. 영상 2, 3도를 오가는 날씨였다.

함께 온 일행들 모두 드넓은 포도밭과 아늑한 별장에 감탄을 금치 못했다. 거기에 별장지기와 상주하는 그의 아내이자, 별장의 모든 살림을 도맡고 있는 하녀도 있었다.

스칼렛이 두리번거리는 학생들에게 말했다.

"저 방은 교수님이 쓰시구요, 커스틴은 내 방을 같이 쓰자. 그리고 나머지 남학생들은 저기 두 방을 나눠 쓰면 될 것 같아. 한 방에 다섯 명씩 들어가야 하긴 하지만……."

스칼렛의 말이 끝나기도 전에 이미 남학생들이 방을 나눴다. 그리고 벽난로 앞에서 폴짝폴짝 날뛰고 있었다.

"벽난로가 있다니!"

"따듯함을 너무 오랜만에 느껴……."

심지어는 구스타프 교수까지도 코트를 벗어 던지고 자기 침대 위에서 굴러다니고 있었다.

"이렇게 몸이 가벼울 수가!"

그러자 열린 문으로 빼꼼 들여다보던 학생 하나가 말했다.

"교수님, 몸이 가벼워진 게 아니라 코트의 무게가 줄어든 거예요."

"그, 그렇구나!"

학생들이 포도밭의 별장을 즐기는 사이 스칼렛은 커스틴과 침실로 들어섰다.

원래 마리나 왕녀가 쓰기 위해 마련되어 있던 침실은 고상한 취향을 담아 가꾼 공간이었다.

커스틴이 이불을 두 손으로 쓰다듬어 보더니 말했다.

"우와, 부드러워……."

모든 것이 최고급이었다.

커스틴은 먼저 침대에 올라가 이불 속에 기어 들어가더니 말했다.

"잘 자, 스칼렛."

그러더니 거의 머리를 대자마자 잠이 들어 버렸다.

살란티에 공과대학은 너무 추워서인지, 학생들이 열량을 보존하려는 듯 거의 움직이지 않았다. 덕분에 학생들의 체력이 바닥이었다. 네 시간 동안 기차를 탄 것이 학생들을 탈진하게 할 줄은 스칼렛도 모르고 있었다.

그녀는 넓은 침대에서 커스틴의 반대쪽 끝에 웅크려 누웠다가 곧 일어났다. 너무 일러서 아직 잠이 오지 않았다.

스칼렛은 작은 책장을 열어 책 한 권을 꺼내 들고 침실을 나왔다.

침실뿐만 아니라 거실도 화려하기 그지없었다. 안락의자에 앉은 스칼렛은 무릎에 책을 놓고 집을 바라보았다.

스칼렛은 빅토르 덤펠트라는 인간이 마리나 왕녀의 욕망으로 빚어졌다고 생각했었다. 그런데 얼마 전 그가 하는 말을 들어보면 꼭 그렇지도 않았다.

정말로 그는 그저 화풀이용이었을지도 모른다. 왕족이 되어야 한다는 그럴듯한 목표는 그저 빅토르가 체벌을 받아들이게끔 만든 올가미에 불과했을지도.

그렇게 생각하니 빅토르가 안쓰러웠다. 다들 불쌍할 사람이 없어서 빅토르 덤펠트를 안쓰러워한다고 말하는데, 제 눈에는 그랬다.

하지만 그는 이제 어른이 되었고, 그러므로 차차 제 부모의 양육으로 망가져 버린 정서를 스스로 복구할 때가 되었다. 그러나 어릴 때 형성된 성격은 쉽게 바뀌지 않는 듯했다.

스칼렛은 잠시 빅토르가 늘 짓고 있는 표정을 떠올렸다. 생각해 보면 결혼 생활 내내 그녀의 가장 중요한 목표는 빅토르를 웃게 하는 것이었다.

웃음 중에 고르자면 그녀가 바라는 것은 농담을 듣고 웃는 그런 웃음이었다. 아내와 함께 있는 순간에 즐거움을 느껴 자연스럽게 흘러나오는 웃음.

예의를 차려야 한다는 걸 알지만 곁에 있으면 너무 좋아서 상대방 쪽으로 몸이 기울고, 가끔은 허둥지둥하다가 터무니없는 실수를 하기도 하는 그런 순간들을 꿈꿨다.

하지만 그건 빅토르에게 불가능한 일이었다. 그는 쫓겨난 왕녀와 이 가문에 역사를 부여할 후손 사이에서 덤펠트 가문을 잇는 다리였고, 가문의 번성을 시작하는 항해사가 되어야 했으며, 무엇보다 중요한 것은 그 후손들이 가리키며 저것이 우리 가문의 가장 위대한 존재였다

말할, 그러므로 이 가문이 위대하다는 것을 증명할 액자 속의 인물이어야 했다.

그는 제 스스로의 그런 필요에 관하여 그리 불만을 가지지 않는 듯했지만 스칼렛은 그게 적이 가여울 때가 있었다.

"왜 당신이 액자 속 인물이어야 해?"

자기 삶도 있어야지. 우리 스스로의 것도 있어야지. 사랑도 하고, 큰 소리로 박장대소하기도 하고, 망가져 보기도 해야지.
그게 사는 건데. 내 생각엔 그런데.
스칼렛이 그렇게 말할 때마다 빅토르는 그녀를 정말로 기준에 못 미치는 인간 보듯이 바라보고는 했었다.
그 시선마저 사랑했으니, 자신은 그에게 얼마나 많이 미쳐 있던 건가.
늘 할 일이 쌓여 있는 크림슨 가문에서 사춘기를 보낸 스칼렛을 행복하게 하는 것은 늘 그런 꿈들이었다. 하찮은 것부터 하자면 사탕가게에서 유리병 속에 들어 있는 알록달록한 알사탕을 색깔별로 골라 보석처럼 보관하는 것부터, 대단하게는 툭하면 사교계 가십을 장식하는 왕세손이 어느 날 나타나 멀리서 보고 반했다고 말하는 것 같은 꿈도 있었다.
전자보다 후자에 근접한 일이 더 먼저 이루어질 거라고는 상상도 하지 못했다. 인생은 정말로 알 수 없는 것이라고, 덤펠트 가문으로 가는 마차 안에서 그녀는 생각했었다.
그를 사랑하던 2년 동안 빅토르는 스칼렛을 귀부인으로 조각해 놓앉지만, 스칼렛은 빅토르에게 끝을 가져다 대는 것조차 하지 못했다. 마지막 순간, 빅토르는 그녀를 수도원에 몰아넣기도 했다.

스칼렛은 잠시 문을 열고 별장을 나왔다. 내내 북쪽에 있다 보니 여기가 그럭저럭 지낼 만한 날씨로 느껴졌다.

눈에 다리가 푹푹 빠지던 북부와 달리 밟으면 발자국 모양만큼 흙이 드러날 정도로만 눈이 쌓였다. 몇 걸음 걷던 스칼렛은 갑자기 앞에 나타난 검은 인영에 놀라 비명을 지를 뻔했다.

상대가 입을 틀어막고 고개를 들어 자신을 보게 했다. 스칼렛은 그가 빅토르인 걸 알고 다리에 힘이 풀려 늘어졌다.

빅토르가 팔로 그녀의 허리를 감아 바로 세우며 말했다.

"내가 올 가능성이 있다는 생각은 안 한 모양이군."

"몰랐어……. 왜 온 거야?"

"저 중에 믿을 만한 사람을 골라서 엔진을 만드는 데 투입하려는 것 아닌가?"

"맞아."

"그럼 나도 면접을 봐야지."

"무슨 면접?"

"워낙 첩자가 많아서, 골라내야 하거든. 이쪽으로 잘 불러왔어. 첩자를 골라내기 쉽겠군."

"아, 그랬지."

스칼렛이 고개를 끄덕였다.

"안드레이도 첩자였지."

"하이럼 피트야."

"본인도 그렇게 부르면 싫어해. 원래 자기 가문 안 좋아한다더라. 어차피 형이 전부 다 가져갈 건데, 생각해 보니까 별로 지킬 필요가 없어 보인대."

그 말에 빅토르의 시선이 그녀에게로 옮겨졌다.

빅토르가 말했다.

"자기 전에 차나 한잔하지, 여기까지 왔는데."

"사람들 마주치면 불편할 것 같아."

"그럼 여기서 마셔."

빅토르가 말하고 별장의 유리문 안에 보이는 하녀에게 말했다.

"차를 가져와."

"네, 도련님."

하녀가 곧 차를 우리러 떠났다가 잠시 후 두 사람에게 쟁반을 들어 보였다. 스칼렛과 빅토르가 차를 한 잔씩 집어 가져갔다.

별장 포치에 코트를 입고 앉아서 차를 마시는 기분이 묘했다. 스칼렛이 침묵 속에서 입을 열었다.

"아까 그런 생각이 들더라. 나는 안 그랬을 거라는 생각."

"뭘."

"수도원에 보낸 거."

"……."

그녀의 목소리가 그믐달이 뜬 밤처럼 서글펐다.

"당신이 날 배신했어도, 나는 당신이 하는 말을 믿었을 거야. 못 믿었더라도, 백 일 동안 떨어져서 지내지는 못했을 거야. 나는 당신을 수없이 찾아갔을 거야. 당신을 알지도 못하는 곳에 보내지 않았을 거야. 내가 당신을 그런 곳에 보냈다는 걸 알았다면…… 나는 단 하루도 못 잤을 거야."

스칼렛이 따뜻한 차 한 모금으로 몸을 녹이고 말을 이었다.

"유치하고 이기적으로 들려?"

"왜 그렇게 생각해."

"내가 아는 당신이라면 그럴 것 같아서. 당신은 그냥 우리 결혼도 가문과 가문을 잇는 도구라고 생각하잖아."

"그걸 알고 있으면서, 지금도 내 탓을 하는군."

그의 대답에 스칼렛이 희미하게 웃었다.

"그러네. 우리가 이렇게 안 맞는데, 잘도 2년을 살았어."

"그렇군."

빅토르가 차를 한 모금 더 마시고 더 이상 말이 없었다. 그러다 스칼렛이 제 쪽을 보니 빅토르가 그녀 쪽으로 고개를 돌렸다.

스칼렛이 천천히 입을 열었다.

"어쨌든, 당신의 목표는 거의 다 이뤘네."

빅토르가 물끄러미 바라보고 있으니 스칼렛이 말을 이었다.

"그렇잖아. 덤펠트 가문에는 이제 당신이 있으니까. 세상 누구도 명문가가 아니라고 할 수 없을 거 아냐."

"……."

"먼 후손들이 덤펠트 저택에서 가장 좋은 곳에 걸린 당신의 액자를 보면서, 자식들, 손주들에게 덤펠트 가문의 역사를 알려 주겠지."

그녀가 말하는 동안 빅토르는 한마디 말이 없었다. 답답한 마음에 스칼렛이 말했다.

"됐다. 또 나 혼자 떠드네. 아무튼 난 들어갈래."

"그다지 기쁘지 않네."

"응?"

들어가려던 스칼렛이 돌아보자 빅토르가 포도밭 쪽으로 고개를 돌리고 말을 이었다.
"그런 상상을 해도 그냥 그래."
문을 열려고 고리를 잡았던 스칼렛은 그대로 안으로 들어가려다 푹 한숨을 쉬었다. 그녀는 마음이 강하지 않은 자신을 우유부단하다 여기며, 빅토르 쪽으로 걸어갔다.
"그게 당신 인생 목표잖아. 그게 기쁘지 않으면 뭘 생각해야 기뻐?"
"음."
빅토르가 잠시 생각하다 입을 열었다.
"취하면 기쁘지."
"그건 기쁜 게 아니라 그냥 좀 누그러지는 거잖아."
"당신은 언제가 기뻐?"
"웬일로 그런 걸 물어봐."
스칼렛이 의아한 얼굴로 말하고는 추운지 코트를 여미며 말했다.
"최근에는 아이작이 달이 보인다고 했을 때."
"아."
"음, 새벽 다섯 시에 눈을 떴는데 옆집에서 빵 냄새가 날 때. 집을 빵집 옆에 얻길 잘했다고 생각해. 그리고…… 그 빵집에 친구가 있어서, 그 애랑 웃고 떠들 때도 기쁘고. 길에서 내가 만든 시계를 찬 사람을 보면 온종일 들떠."
"그리고?"
"그리고? 또…… 오늘도 좋았어. 당신 만나기 전까진."
책망하는 그녀의 새침한 눈빛에 빅토르가 낮게 웃음소리를 냈다. 그리고 고개를 끄덕이며 말했다.

"나와 반대군."

"응?"

"오늘 당신을 만나기 전까진 별로였거든."

"……."

……그럼 지금은?

스칼렛은 그게 궁금해졌지만, 괜한 감정을 느끼고 싶지 않아 묻지 않고 돌아섰다.

스칼렛이 말했다.

"이제 진짜 들어간다."

"걷자."

빅토르의 말에 스칼렛이 멈칫했다. 빅토르가 말을 이었다.

"한 바퀴만 걷자."

"……싫어."

스칼렛은 그렇게 말하고 조금 급하게 집 안으로 들어갔다. 그리고 묶여 있던 커튼을 풀어 유리문을 가렸다.

그녀는 그 문에 등을 기대고 무릎을 끌어안고 앉았다.

순간순간 아직 그를 마음에서 지우지 못한 것을 깨닫는다. 알고 나면 그를 와락 끌어안고 싶어졌다. 당신의 곁으로 돌려보내 달라고 애원하고 싶은 날이 아주 가끔은 있었다. 스칼렛은 이런 마음들이 전부 관성일 것이라 믿고 있었다.

잠시 망설이던 스칼렛이 몸을 일으켰다. 그리고 떨리는 손으로 문을 열고 밖으로 나갔다.

"그럼 한 바퀴……."

그녀의 말이 끝나기도 전에 빅토르는 스칼렛의 두 뺨을 손으로 감싸고 입을 맞췄다.

 스칼렛은 그를 밀어내려 손을 들었다가 그의 코트 깃을 움켜쥐었다. 빅토르는 몸을 숙였지만 여전히 그녀는 발을 들어야 했다.

 그렇게 입을 맞추는데 스칼렛이 딸꾹질을 하자 빅토르가 실소했다. 그가 입술을 맞댄 상태로 웃자 스칼렛이 원망하는 목소리로 말했다.

 "……놀랐단 말이야."

 그러자 빅토르가 더더욱 웃으며 그녀를 놓아주고 이마에 입을 맞췄다. 그리고 그녀를 놓았다가 신음하며 되레 스칼렛의 허리를 끌어안았다.

 스칼렛이 고개를 돌리며 말했다.

 "내 말을 잘못 알아들은 거 아니야? 그만큼 화가 났다는 말이잖아. 속상했고."

 "나는 당신을 사랑해. 당신이 원하는 게 뭔지 모를 뿐이지."

 "거짓말……."

 "스칼렛."

 "……응."

 "우린 운이 나빴어. 그것뿐이잖아."

 "……."

 "당신을 수도원에 보낸 것도, 내가 찾아가지 않았던 것도. 내가 사과하길 바란다면 몇 번이고 할 거야. 당신이 원하는 만큼."

 스칼렛은 빅토르의 눈을 마주 보았다. 그녀가 말했다.

 "내가…… 당신을 배신하지 않았다면 그런 일도 없었겠지?"

 "그랬겠지."

"당신이 나를 용서해 준다면, 나도⋯⋯ 용서하려고 노력은 해 볼게."

빅토르가 더 이상 말이 없어, 스칼렛이 재촉하듯 말했다.

"알겠지?"

"그래."

그의 대답은 무겁게 느껴졌고, 스칼렛은 아마도 빅토르의 마음 한 구석에 자신에 대한 배신감이 남아 있기 때문일 거라고 생각했다.

그녀는 죄책감으로 무거워지는 마음을 달래려 한 손으로 빅토르의 뺨을 쓰다듬었다.

"눈이 오면, 시계 가게로 와."

"눈이 오면?"

"응. 눈이 오면."

그녀의 말에 빅토르가 미소를 지어 보이고, 스칼렛을 놓아주었다.

이른 아침, 포도밭은 포도가 없는데도 아름다웠다.

별장은 무척 넓었다. 벽난로가 있는 방이 적어서, 침실로 쓸 수 있는 방이 적었을 뿐이지 다양한 용도의 방이 있었다.

어떤 학생들은 브릿지 테이블 위에다가 책을 늘어놓았고, 어떤 학생들은 별로 춥지 않다면서 별장 앞의 그루터기에 앉아 책을 읽었다.

살란티에 공과대학 건물에서 나오니 학생들의 생각은 자유로워졌다. 대학 안에서는 늘 감시하는 눈이 있어, 연구에 제약이 있었다. 학생들은 구스타프 교수와 마음껏 지식을 공유했고, 스칼렛 역시 훨씬 자유롭게 연구에 몰두했다.

이 별장의 실질적 주인이라는 빅토르 덤펠트의 부하들이 한 명씩 붙잡고 이것저것 캐묻는 건 겁나는 일이었지만, 그 대가로 진귀한 음식들이 가득 올라간 식탁 앞에 앉을 수 있었으므로 만족했다.

게다가 별장에 머무는 대여섯 명의 해군들은 하나같이 체격이 좋아서 힘쓰는 일이 필요할 때 언제든 도움을 받을 수 있었다.

스칼렛은 가게에도 들락거려야 했기 때문에 여기에만 머물 수는 없었다. 학생들을 별장에 두고 스칼렛이 수도로 돌아갈 준비를 마쳤다. 그러자 구스타프 교수가 멋쩍게 말했다.

"주인 없는 곳에 손님들만 남아 있으려니 민망하게 됐구나."

"제가 마음대로 끌고 온 건데요, 뭘. 전 가 볼게요."

"어어, 그래. 가 보렴."

허약한 구스타프 교수는 달달 떨다가 얼른 들어갔고, 커스틴이 마차까지 배웅을 나왔다.

"사흘 뒤에 와?"

"응. 금방 올게."

"빨리 와. 심심해."

"알았어."

스칼렛이 마차에 타려다가 커스틴을 돌아보며 말했다.

"커스틴."

"응?"

"혹시 언젠가…… 내가 위험한 일을 하자고 하면 어떻게 할 거야?"

그렇게 물어보자 커스틴이 고개를 갸우뚱했다.

"얼마나 위험한데?"

"많이."

"좋은 일이야?"

"아마도."

"그럼 좋아. 무섭겠지만……. 좋아."

커스틴이 대답하자 스칼렛이 웃었다. 그녀는 커스틴과 인사를 마친 후, 마차와 기차를 번갈아 타며 수도의 시계 가게로 돌아왔다.

어느새 2월 중순. 여전히 바람이 세차지만 따뜻한 날에는 훈기가 돌 때도 있었다.

스칼렛이 가게에 들어서자 새 시계를 진열하던 안드레이가 핀잔했다.

"가게를 취미로 하시네요."

"일주일에 사흘 가는 걸로 되게 잔소리하네."

스칼렛의 핀잔에 안드레이가 대꾸했다.

"하여튼 세상만사에 참 관심이 많으시네요."

안드레이가 핀잔하고는 스칼렛이 떠난 사이에 도착한 오늘 조간신문을 들어 보였다.

"좋아하실 만한 일도 있긴 했습니다."

신문 한 페이지에 크림슨 가문에서 있었던 부품 싸움에 대한 결과가 나와 있었다.

[스칼렛 크림슨이 크림슨 가문의 명예를 지켰다]

그리고 그 바로 아래에 아이작이 직접 문장을 적어 낸 광고가 실렸다.

[에빌 크림슨의 서명이 적힌 크림슨 아쿠아5 시계에 문제가 있다면 아래 주소로 가지고 와 주세요. 크림슨 시계에서 책임지고 무상으로 수리해 드리겠습니다.]

[진심으로 사과드립니다.]

스칼렛은 한동안 말없이 신문을 바라보았다.

에빌 크림슨은 지금껏 그녀로부터 많은 것을 앗아 갔다. 금전적인 것들은 물론 두려움에 떨며 잠들지 않는 평화와 자존심 같은 것들도 마찬가지였다. 열두 살의 스칼렛은 거구의 에빌 크림슨을 영원히 이길 수 없을 것만 같았으나, 지금 이 순간 그녀는 첫 번째 승리를 거머쥐었다.

안드레이는 그녀가 실컷 이 순간을 누릴 수 있도록 말없이 기다렸다. 그러다 그녀가 신문을 내린 후에야 입을 열었다.

"오늘 오전부터 수리가 필요한 시계를 여기로 가져올 겁니다."

"본점이 아니라?"

"네. 사고는 본점을 차지한 에빌 크림슨이 쳤지만, 수습은 적녀인 스칼렛 크림슨이 한다는 걸 확실하게 보여 줘야죠."

그의 말에 스칼렛이 웃었다. 안드레이가 말을 이었다.

"그리고 본점을 사장님이 집어삼키는 겁니다."

"······음?"

"이것까지 다 저의 방대한 계획하에 일어나고 있는 일이라고 생각합니다. 지나가다 보니 본점이 상당히 예쁘더라구요. 그 매장이 바로 제가 있을 곳이란 걸 직감했습니다."

역시 직원의 야망을 따라가기 힘들었다.

스칼렛이 푹 한숨을 쉬고 있을 때, 아직 가게가 열리기도 전인데 이미 문 앞에 손님이 나타났다.

스칼렛이 휘둥그레진 눈으로 밖을 보며 말했다.

"벌써 오셨어, 어떡하지?"

그녀는 당황해했으나, 안드레이는 시계를 보고 태연하게 말했다.

"뭘 어떡해요, 아직 오픈 시간이 아닌데. 천천히 커피나 한잔 마셔요."

"뭐어? 손님이 벌써 기다리시는데……."

"일정보다 일찍 여는 게 오히려 더 손님 마음에 안 좋습니다, 사장님."

"그래?"

"네. 명품이란 그런 거죠. 기다려서 얻을 때 더 가치가 있는 것 말입니다."

안드레이의 야망을 따라가는 건 어려웠지만, 제가 만드는 시계를 거리낌 없이 '명품'이라 말하는 저 자부심은 스칼렛이 느끼기에도 나쁘지 않았다.

―――・・◆・・―――

안드레이는 정말로 느긋하게 커피를 마시고 내부를 완벽하게 정리한 후 열 시가 되어서야 문을 열었다.

가게가 열리자마자 손님이 들어섰다.

"여기 시계를 가져왔어요."

"감사합니다. 네, 이 기종이 맞군요."

안드레이가 시계를 접수하고 허리 숙여 인사했다.

"그리고 번거롭게 하여 죄송합니다."

"아뇨. 솔직한 말로."

귀부인이 한숨을 쉬고 말했다.

"에빌 크림슨은 선대 가주의 적법한 후계자가 아니었잖아요. 그런 사람에게 시계를 샀으니, 사실은 내 잘못이죠."

그 말에 들어선 다른 손님들도 동의했다.

안드레이는 지금까지 크림슨 가문이 실력 본위로 후계자를 선택하며 쌓아 온 신뢰가 지금 대에 와서 스칼렛 크림슨을 이롭게 하고 있다는 사실을 알았다. 그리고 현재의 스칼렛이 올바른 시계를 만들기 위해 노력한 것은 또다시 크림슨 가문의 역사가 될 것이며 신뢰를 쌓는 일이었다.

안드레이는 서두르지 않고 자연스럽게 말했다.

"스칼렛 크림슨 부인은 현재 가주이신 아이작 크림슨 백작님께서 인정하신 적법한 크림슨 시계 기술의 후계자입니다."

"참 어려운 선택을 했네요. 지난 10년 동안 판 시계를 전부 무상으로 수리해 주겠다니……."

이 귀부인이 사용인을 시키지 않고 직접 가게를 찾은 이유는 스칼렛 크림슨의 시계를 미리 주문하기 위해서였다. 이 리콜이 끝난 후, 내년 여름에나 제작에 들어갈 수 있을 거라고 했음에도 망설이지 않았다.

방문한 손님 중 대다수가 같은 생각을 했으므로, 마지막에 온 손님의 시계는 3년은 걸려야 작업을 시작할 수 있는 지경이었다. 그리고 그 손님 역시 괜찮다고 대답했다.

스칼렛 크림슨의 대대적인 리콜은 오히려 크림슨 시계에 대한 불만이 쌓여 가던 사람들의 마음을 긍정적으로 돌려세웠다. 게다가 살란티에 사람들은 보석들이 그렇듯, 시계 역시 이런 사연을 거치고 나면 더더욱 진귀한 가치를 가지게 된다고 믿었다.

시계는 새로 만들어 내는 장치보다 회수되어 새로 쌓이는 것들이 더 많았다. 제1 공장에 있는 장인들도 전부 참여하기로 결정했지만 손이 모자랄 것이 분명했다.

1공장은 사실상 공방에 가까웠고, 실질적으로 메인 플레이트나 휠 등을 만드는 크림슨 가문 소유의 나머지 네 개 공장이 좀 더 협조적으로 나온다면 좋겠지만, 공장의 지분을 소유한 크림슨 가문의 일가들이 비협조적이었다.

그동안 에빌 크림슨의 학대를 방치한 그들은 크림슨 남매가 자신들을 적대할 것을 두려워해 그들에게 힘을 실어 주지 않으려 했다. 그러니 스칼렛은 단번에 그들의 마음을 돌릴 수 있는 방법을 알고 있었다.

안드레이가 접객을 하는 사이, 2층 작업실에서 회수된 시계를 수리하던 스칼렛은 잠시 일거리를 밀어 놓고 제1 공장에서 가져온 크림슨 아쿠아6를 작업대에 올려놓았다.

다른 귀족 가문과는 그 작위의 태생이 다른 크림슨 가문은 기술력이 이 가문의 가주를 결정했다. 만약 그녀가 크림슨 아쿠아6의 부품, 그러니까 그녀의 부모가 개발한 버전6 부품을 만들어 낼 수 있다면 크림슨 가문 사람들은 스칼렛을 따르고 인정할 수밖에 없었다.

스칼렛은 자신이 가진 기억을 좀 더 파헤치고 싶다고 생각하면서도, 동시에 비명을 지르던 셜리를 떠올리게 되었다.

"나도 이 증상이 심해지면 그런 상태가 될까."

그녀는 혼잣말을 중얼거렸다.

이미 이혼한 사실을 잊을 때마다 빅토르의 집에 찾아가는 것만으로도 그녀는 큰 두려움과 수치심을 느꼈다.

그녀는 제 상태가 점점 더 심각해지고 있다고 느꼈고, 그래서 자신이 완전히 미쳐 버리기 전에 크림슨 아쿠아6와 비행체의 엔진을 만들어 내야겠다는 생각을 했다.

한동안은 일을 하느라 정신이 없었다.

연일 새벽까지 일을 하던 스칼렛은 눈이 내리기 시작하자 뒤늦게 창문을 열었다.

"눈이 오네……."

그녀가 혼잣말하며 밖을 바라보았다. 올해는 그래도 비교적 눈이 적게 오는 편이었다.

스칼렛이 추워서 몸을 오들오들 떨며 문을 다시 닫았다. 그리고 뜨거운 커피를 마시며 창밖을 보고 있을 때였다.

문 두드리는 소리가 들려 1층으로 내려가 보니 빅토르가 서 있었다.

눈이 오면 시계 가게로 오라고 말하기는 했지만, 그가 정말로 나타나자 스칼렛은 순간 어찌할 바를 모르고 문 너머로 그를 보고만 있었다. 그러자 빅토르가 입꼬리를 늘리며 문고리를 턱짓했다. 스칼렛이 뒤늦게 정신을 차리고 문을 열었다.

빅토르가 우산을 접고 가게 안으로 들어섰다. 스칼렛이 머리칼을 만지작거리며 계단을 먼저 올라갔다.

작업실에 들어선 후, 그녀가 긴장감을 못 이기고 말했다.

"안 되겠어. 이건 아닌 것 같아."

그러자 빅토르가 장갑을 벗으며 말했다.

"그냥 데이트야."

"난 데이트가 처음이란 말이야."

"그동안 어떤 남자들을 만났는데 그래?"

그의 말에 스칼렛이 인상을 쓰자 빅토르가 말했다.

"농담이야."

"재미없어."

"저런."

빅토르가 대수롭지 않게 말한 후 장갑을 작업대에 두고 다가오자 스칼렛이 당황하며 테이블로 몸을 바짝 붙였다.

빅토르가 그녀와 몸이 닿을 정도로 가까이 와서, 선반으로 손을 뻗었다. 그리고 한동안 내버려 두어 먼지가 쌓인 와인병을 잡아 들었다. 스칼렛은 그의 손에 먼지가 달라붙는 모습이 낯설었다.

빅토르가 다른 손으로 그녀의 고개를 돌려 제 쪽을 보게 하며 말했다.

"와인을 사다 놨어?"

"……그게 뭐."

"나 마시라고?"

스칼렛이 마지못해 고개를 끄덕이자 빅토르가 낮게 소리를 내며 웃

있다.

"기특하네."

그의 말에 스칼렛이 인상을 쓰며 빅토르를 노려보았다. 그리고 그녀의 입술이 열렸다.

"싼 거야. 당신한텐 너무 달 거고."

"정성을 봐서 마시도록 하지."

"……재수 없어."

스칼렛의 대꾸에 빅토르가 픽 웃었다. 어쨌든 그의 손에 묻은 먼지가 신경 쓰여 스칼렛이 먼지를 닦으려 와인병으로 손을 뻗었다. 그러자 빅토르가 그녀의 손목을 잡아 막으며 말했다.

"먼지 있어."

"그러니까 닦으려고."

"내가 하지."

그는 말하고 손수건을 꺼내 와인병의 목 부분을 우선 닦아 냈다. 따라 마실 잔을 꺼내기 위해 스칼렛이 찬장을 열어 보니 커피잔 두 개밖에 없었다.

스칼렛이 커피잔을 내밀자, 코르크를 딴 빅토르가 저도 모르게 이를 악물고 고개를 돌렸다. 그러나 결국 그 상태로 웃음이 터지자 스칼렛이 금방 얼굴이 빨개져서 말했다.

"내가 술을 안 마시니까, 와인 잔 생각을 못 했어."

"아."

"어디다 마셔도 맛은 똑같아. 그냥 마셔."

스칼렛이 와인병을 확 뺏어서 커피잔에 와인을 따랐다. 그리고 잔을 내밀자 빅토르가 여전히 웃는 얼굴로 받았다. 그가 와인을 보기만

하자 스칼렛이 핀잔했다.

"준비해 줘도 그러네, 정말. 싫으면 마시지 마."

그러더니 빅토르의 잔을 뺏어 자기가 와인을 들이켰다.

평소에 술을 거의 마시지 않지만 달콤해서 마실 만하게 느껴졌다. 그리고 잔에서 입술을 떼는데, 빅토르가 그 잔을 잡아 들고 다른 손으로 그녀의 허리를 당겼다. 그 상태로 입술이 닿자 스칼렛의 어깨에 힘이 들어갔다.

빅토르가 그녀의 입안에 남은 와인을 향조차 남지 않을 때까지 샅샅이 핥았다. 스칼렛은 자극적인 입맞춤에 움찔거리며 뒷걸음질 치려 했으나, 빅토르의 팔에 붙들려 오히려 그의 품으로 당겨졌다.

"아……."

스칼렛의 입에서 작은 신음 소리가 흘러나왔다. 그러다 빅토르가 그녀의 허벅지를 손으로 감싸 잡아 테이블 위에 앉혔다.

스칼렛이 그의 가슴팍을 밀어내며 말했다.

"안 할 거야."

"알았어."

"그럼 키스도 그만둘 거야?"

그녀가 턱을 조금 들고 묻자 빅토르가 고개를 숙여 물었다.

"무슨 의미로 묻는 거지?"

"당신은…… 키스보다 잠자리를 더 좋아하잖아."

"그렇지."

"후자를 못 하게 하면, 전자도 그만둘 건가 해서."

"어느 쪽이든 할 수만 있으면 상관없어."

그의 말에 스칼렛의 시선이 묘해지자 빅토르가 물었다.

"왜?"
"지금까지 당신에게 들은 말 중에 제일 어린애 같았어."
"별로였어?"
"아니."
반대였다.
스칼렛은 지금껏 빅토르가 뜨거워지는 순간만을 바라고 있었기에, 무엇이든 상관없다는 그의 말이 좋았다.
그녀는 와인 향이 감도는 입안을 혀로 훑었다. 빅토르는 스칼렛의 열린 입안에서 그녀의 혀가 움직이는 것을 집요하게 주시했다. 이내 그의 손가락이 스칼렛의 머리칼을 쓸어내리더니 손가락으로 한 바퀴 감았다. 그리고 머리칼에 입을 맞추는 것을 스칼렛은 물끄러미 바라보았다.
빅토르는 데이트라는 생각 때문인지 그녀의 머리칼을 부드럽게 놓아주었다. 그러고는 제 행동에 긴장한 스칼렛에게 농담조로 말했다.
"난 첫 데이트부터 잠자리를 하는 편은 아니라."
그의 말이 웬일로 좀 웃겨서, 스칼렛이 작게 소리 내어 웃었다. 그러자 빅토르 역시 따라 입꼬리를 올렸다. 그리고 마주 앉아, 빅토르는 와인을 좀 더 마셨고 스칼렛은 몸을 녹이려 차를 마셨다.
어느 정도 긴장이 풀리자 그녀가 입을 열었다.
"아, 말하려던 게 있는데. 7번가에서 자선행사를 한다고 했잖아."
"응."
"물품을 가져다주러 갔다가 셜리라는 여자를 만났어."
그녀의 말에 빅토르가 계속 말하라는 듯 스칼렛을 보았다. 그러나 더 말을 이으려던 스칼렛이 입을 다물자 그가 말했다.

"왜 말을 하다가 말아."

"변명하려고 하는 말 아니니까 화내지 말고 들어."

스칼렛이 미리 걱정하며 그에게 조심스럽게 말을 이었다.

"그런데 그 사람이 나와 상태가 비슷해."

"비슷하다면?"

빅토르가 덤덤히 묻자 스칼렛이 말했다.

"일단 셜리도 경찰서에 갔었는데 그때 기억이 없대."

"……."

빅토르는 입을 열지 않고 스칼렛의 말을 듣고 있었다. 스칼렛이 말을 이었다.

"게다가 나도…… 왕실경찰 취조 이후에 기억력이 좋아졌거든? 그런데 그 사람은 나보다 훨씬 심해. 그냥 모든 게 다 기억이 나서 미칠 것 같다고 하더라고."

"……."

"빅토르?"

빅토르가 잠시 말이 없어, 스칼렛은 그가 이것에 대해 어떻게 반응할까 걱정했다.

또 자신이 거짓말을 하는 거라 여긴다면 어떻게 증명해야 하나 고민하는데 빅토르가 입을 열었다.

"내가 알아보지."

"정말?"

"응."

빅토르의 대답에 스칼렛은 놀란 표정이었다.

"내 말을 믿어?"

"그 셜리라는 여자를 확인하기 전까지는 의심할 이유가 없지."

빅토르의 말에 스칼렛의 얼굴이 밝아졌다.

"당신이 확인해 준다니 안심이 되네."

마음이 놓이자 스칼렛은 차차 빅토르에 대한 경계도 내려놓았다.

빅토르는 어느 정도 앉아 있다가 돌아갈 채비를 했다. 스칼렛이 배웅하러 나오는 것을 그는 거절하지 않았다.

밖으로 나가 보니 그사이에 동네 꼬마가 만들었는지 길에 눈으로 만든 작은 집이 있었다. 눈의 요정을 부르기 위한 집이었다.

스칼렛이 그걸 보고 있으니 빅토르가 주머니에 손을 넣었다가 꺼내 그녀의 손에 올려놓았다. 그래서 스칼렛이 제 손을 보니 사탕이었다.

"넣어놔."

빅토르가 요정의 집을 가리키며 말하자 스칼렛이 놀란 눈으로 물었다.

"당신이 이런 걸 챙겨? 당신 교훈 있는 이야기밖에 안 좋아하잖아."

"교훈 있잖아, 착한 아이는 사탕을 받는다."

빅토르의 태연한 말에 스칼렛이 웃음을 터트렸다.

그가 떠난 후, 스칼렛은 쪼그리고 앉아 눈의 집에 사탕을 넣어 놓았다. 그리고 2층에 돌아온 지 얼마 지나지 않아 여자아이 목소리가 들렸다.

"어, 엄마! 엔데리가 사탕을 놓고 갔어! 이거 봐!"

들뜬 목소리에 스칼렛이 빙그레 웃었다.

전남편이 나타날 때마다, 그를 향해 완전히 잠그지 못했던 마음이 조금씩 열렸다. 어쩔 수 없는 일이라고 생각했다. 그 사실이 그렇게 싫지 않았다.

･･◆･･

스칼렛과의 데이트는 꽤 괜찮게 끝이 났다. 두어 번 웃었고, 이야기도 이어졌다. 그녀와의 시간을 보내고, 시계 가게를 나온 빅토르는 뜸 들일 것도 없이 곧바로 빈민가로 향했다.

빈민가 초입에 도착하자, 빅토르와 함께 이동한 에번이 마차에서 내리며 입을 열었다.

"여기 아가씨와 똑같은 증상을 가진 사람이 있단 말이죠?"

"그래."

빅토르가 대답했다.

화려한 귀족 가문의 마차가 나타나자 사람들이 하나씩 밖을 내다보았다. 에번이 물었다.

"여기 셜리라는 여자가 있나?"

"네, 네. 저 집에 있습니다."

사람들은 이런 거리에 나타날 리 없는, 정복을 입은 두 사람에게 두려움을 느끼며 셜리가 있는 곳을 가리켰다. 두 명의 해군은 사람들이 알려 준 짐승 가죽을 둘러 만든 천막으로 향했다.

무두질이 제대로 되지 않은 가죽에서는 겨울인데도 나쁜 냄새가 났다. 두 사람은 인상을 쓰며 안으로 들어섰고, 인기척에 천막 구석에서 덜덜 떨며 술을 마시던 셜리가 고개를 들었다.

그녀는 그들을 보며 뭔가 문제가 생겼다고 생각한 듯 벌떡 일어났다. 그리고 칼을 들어 천막을 찢고 도망을 치려 들었다.
 에번이 먼저 공격 의사가 없다는 걸 알리기 위해 빈손을 보여 주고 두 손을 뒤통수 뒤로 넘겼다.
 "그냥 질문만 하려고 온 겁니다."
 "무, 무, 무슨 질문이요?"
 "스칼렛 양과 같은 증상이 있다고 들었습니다. 증상을 확인하려고요."
 에번의 말에 셜리가 약간 떨림을 멈추더니, 아껴 마시던 술을 벌컥벌컥 들이켠 후 물었다.
 "수, 술이 혹시 더 있어요?"
 "아, 예. 물론. 없는 날이 없으실 겁니다."
 에번이 대꾸하고 빅토르를 돌아보았다. 그러자 빅토르가 늘 술을 넣어 다니는 힙플라스크를 꺼내 셜리의 빈 잔에 술을 넘치도록 따라 주었다.
 셜리는 흔히 마시기 힘든 최고급 위스키를 한 모금 마시고 감탄하더니 잔이 비도록 술을 들이켰다. 그런 후에야 좀 정상적인 사람 같은 표정과 말씨로 말하기 시작했다.
 "스칼렛 아가씨요?"
 빅토르는 천막의 냄새가 불쾌한 듯 인상을 쓰고 손짓했다.
 "가지. 좋은 술을 원 없이 마시게 해 줄 테니."
 "……진짜요?"
 셜리가 냉큼 따라나섰다.
 에번이 그 뒤를 따라가며 말했다.
 "모르는 사람 그렇게 막 따라 나가고 그러시면 안 되지 않아요?"

"나처럼 살아 봐요. 그런 거 따질 정신이 있나."

셜리는 말했고 에번은 이해했다는 듯 가벼운 미소를 지어 보였다. 그들이 천막에서 나와 마차로 향하자, 그녀의 이웃인 젠스가 놀라서 달려왔다.

"셔, 셜리! 어디 가는 거야?"

"이분들이 이야기 좀 하자고 하셔서."

"안 돼, 위험할지도 모르잖아!"

"지금 내가 위험한 걸 따질 정신이 아니야."

셜리는 그렇게 말했고, 젠스는 저보다 훌쩍 체격이 큰 해군 두 명이 제 쪽을 보자 더 붙잡지 못하고 떨어졌다.

곧 셜리를 태운 마차가 덤펠트가로 향했다.

세 사람이 탄 마차 안에서 에번이 셜리에게 말을 걸었다.

"작년 여름부터 이런 증상이 시작되었다고 들었는데요."

"마, 맞아요."

"수도의 어느 경찰서였는지 기억해요?"

"광장이 있는 곳이었어요……."

본청이 있는 곳이었다. 에번이 빅토르를 보며 말했다.

"이거 함장님 말씀대로 확실히 본청 한번 털어야겠는데요."

빅토르는 대답 대신 고개만 약간 까딱인 후, 담배를 꺼내 물었다. 셜리가 손을 떨며 말했다.

"저 담배도 좀 주시면……."

그러자 에번이 자기 담배 한 상자를 내주며 말했다.

"이거 다 피워도 돼요."

"벌써 따라나서길 잘했다는 생각이 드네요."

셜리가 말하며 담배를 꺼내 입에 물었다.

다섯 시간이 걸려 마차는 덤펠트가에 도착했다. 마차에서 내린 셜리는 위협적일 정도의 대저택에 입이 벌어졌다.
"저, 저게 다 뭐야……."
자신이 지금 어딜 들어서고 있는 건지, 셜리는 그제야 의문을 가지며 주위를 두리번거렸다.
에번이 빅토르에게 물었다.
"스칼렛 양과 같은 약을 쓴 걸까요?"
"실험을 했겠지. 스칼렛에게 약을 쓰기 전에."
"……와."
에번이 기가 차서 고개를 절레절레 저었다.
확실히, 셜리는 스칼렛과 체격이 비슷했다. 거기에 연고가 없으니 왕실경찰 입장에서는 알맞는 실험대상이었을 것이다.
빅토르는 베스티나 첩자들이 연달아 스칼렛 크림슨을 거론하는 것을 보며 그의 생각에 거의 확신을 가지고 있었다. 그리고 셜리의 존재가 그것을 증명했다.
그 약을 사용한 것은 스칼렛이 가진 기억 속 기술이 필요했기 때문일지도 모른다. 왕실경찰은 의도적으로 그녀에게 기억을 되살리는 약을 먹였을 수 있었다. 그리고 아마 그것은 베스티나를 위한 선물이 될 가능성이 높았다.

셜리가 사라지자마자 그녀의 이웃, 젠스가 곧바로 가까운 시내로 달려갔다. 그리고 전화가 있는 가게로 달려갔다.

"왕실경찰에게 전화를 하려구요."

미리 이야기해 둔 일이었기 때문에, 가게 주인은 전화를 턱짓했다.

젠스는 곧바로 왕실경찰 본청으로 전화를 걸었다. 그리고 곧 왕실경찰이 전화를 받았다.

—예.

"제, 젠스입니다."

그러자 건너편에서 잠시 전화를 연결하는 소리가 들리고, 곧 누군가가 전화를 받았다.

—말해.

"셔, 셜리를 데려갔습니다."

—……누가?

"해군인 것 같습니다. 잘은 모르겠지만……."

그리고 이내, 거기서 쾅 소리가 들렸다.

—여자 하나 감시하라는 게 그렇게 힘든가? 내준 돈이 얼마인데.

"어, 어쩔 수 없었습니다! 제가 힘으로 어떻게 해 볼 방법이 없을 정도로…… 크고 덩치도 좋은 자들이었습니다……."

—젠장.

전화 너머에서 욕설이 들렸다. 그리고 상대방, 휴건 한터가 말했다.

—가게 주인 바꿔.

"예, 예!"

젠스가 급하게 가게 주인을 바꿨다. 가게 주인이 전화를 받고 대답만 네네 하더니 전화를 끊었다.

그가 카운터를 벗어났다. 그러더니 젠스에게 걸어가 곧바로 들고 온 칼로 그를 찔렀다. 젠스는 비명을 지를 틈도 없이 그 자리에 쓰러졌고, 단숨에 숨이 끊어졌다.

―――――◆―――――

실험체가 사라졌다는 것은 휴건 한터에게 큰 심리적 압박감을 주었다. 그것도 데려간 상대가 빅토르 덤펠트라는 점에서 이것은 더더욱 심각한 문제였다.

모든 문제의 변수는 빅토르 덤펠트였다. 그가 이렇게 내내 스칼렛에게 호위를 붙여 두고, 본인 스스로도 그녀 곁을 맴돌 거라고는 예상하지 못했다.

휴건 한터는 이 상황을 타파할 방법을 찾아내야 했다. 어쩌면 스칼렛 크림슨이 가진 기술력을 포기해야 하는 상황이 온 것일지도 모른다. 빅토르는 이미 이 약물을 사용하기 위한 그간의 실험을 알아차렸을 것이다.

휴건은 왕실경찰에서 보관하고 있는 스칼렛 크림슨의 사진을 확인했다. 시계 가게 안에 있는 그녀를 몰래 찍은 사진들이었다.

하이럼이 왕실경찰일 때는 손님으로 위장한 왕실경찰들이 가게에 잠입하기 쉬웠지만, 이제는 불가능한 일이 되었다. 하이럼은 이제 왕실경찰에게 협조할 생각이 조금도 없어 보였고, 왕실경찰의 패턴에 워낙 밝아 조용히 처리하기도 쉽지 않았다.

사진을 만지작거리던 휴건 한터가 이내 집무실로 들어선 부하에게 그 사진을 내밀었다.

"이 사진을 신문에 실어. 크게."

"사진을 말입니까?"

부하가 의아해하자 휴건이 말했다.

"해적들은 이를 갈며 빅토르 덤펠트에게 복수할 방법을 찾고 있잖아."

"아…… 예, 알겠습니다."

이 사진이 실리는 순간 해적들은 스칼렛의 생김새와 그녀가 사는 곳을 알아차릴 것이다. 그러고 나면 뒷일은 해적들이 비교적 수월하게 처리해 줄 것이다.

스칼렛 크림슨에게는 안타까운 일이지만, 현재로서는 빅토르 덤펠트의 관심을 돌릴 수 있는 가장 좋은 방법이었다.

그의 명령이 떨어지기 무섭게, 다음 날 조간신문에 바로 스칼렛의 얼굴이 실렸다.

스칼렛은 언제나처럼 다섯 시부터 일어나 여느 때와 같은 루틴을 이어 갔다. 그리고 신문을 기다리는데, 저 멀리서부터 신문을 배달하는 줄리가 소리치는 게 들렸다.

"스칼렛 아가씨! 아가씨 사진이!"

그 흥분한 목소리에 스칼렛은 눈이 동그래져서 신문을 받아 들었다. 정말로 스칼렛의 얼굴이 신문에 실려 있었다.

"정말이네……."

"7번가분들이 다들 신기해해요! 아, 가 볼게요!"

"응, 고마워!"

언제나 바쁜 줄리가 떠난 후, 스칼렛이 다시 제 얼굴을 확인하며 고개를 갸우뚱했다.

"안드레이가 실었나? 아이작이었으면 나에게 말해 줬을 텐데……."

안드레이가 출근하려면 아직 꽤 시간이 남아 있었다. 그가 올 때까지 어떻게 기다리나, 스칼렛은 벌써 답답한 마음이 들었다.

2층으로 돌아가 작업대에 신문을 펼치고 왜 자기 얼굴이 실린 건가, 의아해하며 기사를 읽고 있으니 맞은편에서 리브의 목소리가 들렸다.

"스칼렛! 신문에 네 얼굴이 있어!"

"응. 그러게 말이야."

스칼렛이 난처한 표정을 지었다. 그녀는 기사 제목을 확인하고 표정이 어두워졌다.

[크림슨 시계 가게로 오세요.]

스칼렛은 자신이 낸 적이 없는 시계 가게 광고에 난처할뿐더러 큰 불안감까지 느꼈다.

"혹시 또…… 내가 그랬나?"

기억이 없는 일이 일어날 때마다 가장 먼저 스스로의 기억을 의심하게 되었다.

스칼렛은 신문을 한참 동안 뚫어지게 보며 자신이 이 광고를 실었던 기억을 더듬어 보았다. 그러나 아무리 생각해 보아도 이런 적이 없었다.

"미치겠네, 정말……."

스칼렛이 중얼거리며 손으로 자기 얼굴을 감쌌다. 그래도 해야 할 일이 쌓여 있었기 때문에 그녀는 신문을 옆에 밀어 놓고 작업을 시작했다.

그녀는 작업에 집중하면 소리를 거의 듣지 못했기 때문에 잠시 후 밖에서 일어나는 소란에 대해서도 알지 못했다. 그러다 뒤늦게 연기가 가게 안에 가득한 걸 알고 놀라서 몸을 일으켰다.

"스칼렛!"

밖에서 그녀의 이름을 부르는 리브의 목소리가 들리고, 2층으로 누군가 달려오는 소리가 들렸다.

스칼렛은 어지러움을 느끼고 비틀거리다, 연기 속에서 창문을 열고 들어오는 복면한 자들을 발견했다. 그들이 스칼렛을 끌어당겨 입에 약물을 바른 수건을 물리는 사이, 계단을 달려 올라온 해군 정복의 청년 두 명이 소리쳤다.

"어디 계시는 겁니까!"

뭐가 어떻게 된 건가, 그녀가 생각할 겨를도 없이 복면한 자들 중 하나가 스칼렛을 들쳐 메고 창문 밖으로 뛰어내렸다.

복면한 자들의 허리에는 밧줄이 달려 있어 그대로 벽을 수직으로 달려 건물 뒤로 향했다. 바닥이 가까워지자 밧줄을 끊더니 바닥에 내려서서 달리기 시작했다. 그리고 골목을 달리는 사이, 스칼렛은 정신을 잃었다.

스칼렛이 다시 눈을 떴을 때는 공장의 높은 천장이 보였다. 그녀가 신음 소리를 내며 상체를 일으키자 해적들이 몰려와 그녀를 둘러싸고 내려다보았다.

살란티에 법정은 해적들을 수도에서 살 수 있게 해 주는 대신, 그들을 사람들이 알아볼 수 있게 표시를 하였다.

해적들은 사람을 죽일 때마다 몸에 문신을 새겼고, 해군을 죽였다면 빨간색으로 표시를 했다. 해군은 민간인을 죽인 해적을 그 자리에서 처형했지만, 해군만 죽인 해적은 처형하지 않고 감옥으로 보냈다.

해적선에서 붙잡힌 이들은 전부 오른쪽 눈을 제거하고, 금색의 의안을 쓰게 했다. 금화를 좋아하는 해적을 표시하겠다는 것이었다.

열다섯 살 이하의 아이들은 그 벌을 면하게 해 주었기 때문에, 갓 열여섯 살이 된 아이들과 그 아이들의 부모가 절망에 울부짖는 소리가 집행장 밖 멀리까지 들려왔었다.

해적들이 눈을 처음부터 다시 자라게 하는 약을 가지고 있다는 사실은 그 무렵 알게 되었다.

살란티에에서는 해적들이 절대로 눈을 가릴 수 없게 하였다. 그 약에 대해서 알고 있는 지금에 와서 생각해 보니 눈을 가리지 못하는데 그 약을 쓴다면 들킬 수밖에 없겠구나, 하는 생각이 들었다.

스칼렛이 몸을 억지로 일으켰다. 그녀는 약 기운에 어지러워 다시 바닥에 쓰러졌다. 위에서 말소리가 들렸다.

살란티에 말이 아닌 베스티나의 언어라 알아듣기 어려웠으나, 말하는 사이사이 들리는 단어들은 거의 발음이 비슷해 대부분 추론이 가능했다.

멀리서 걸어온 금색 의안의 남자가 소리쳤다.

"함장은 해적과 절대 협상하지 않는다는 거 알잖아!"

"하지만 해롤드! 저 이제 열여덟 살이에요. 평생을 이 금색 눈을 가지고 살아야 한다구요!"

스칼렛은 공장에서 나는 매캐한 냄새에 숨을 제대로 쉴 수가 없었다.

청년들이 번갈아 말했다.

"이 눈에 약을 쓸 수 있게만 해 달라고 할 거예요. 저도 빅토르가 이 계집을 위해서 뭐 대단한 걸 포기할 거라고 생각 안 해요."

"쇼!"

"전 어려서 아무것도 몰랐단 말입니다! 그냥 어른들이 하는 걸 보고 자라서, 해적이 제일 멋진 직업인 줄 알고 자라서 이렇게 된 것뿐이라구요!"

"지금 네놈들이 수도에 사는 우리 섬사람 전체를 위험하게 만들고 있단 말이다!"

해롤드가 버럭버럭 소리쳤으나 청년들은 들으려 하지 않았다.

스칼렛은 두려움에 머리가 마비되어 버리는 것 같았으나 어떻게든 상황을 파악하려고 애썼다.

그녀는 공장 바닥을 기어가 구석에 몸을 웅크렸다. 그리고 비명을 지르지 않기 위해 두 손으로 입을 틀어막고 온몸을 달달 떨었다.

해롤드는 그 모습에 연거푸 욕을 퍼부었다. 그리고 거적을 가져와 스칼렛에게 덮어두었다.

공장 안은 컴컴했다. 해적들은 대부분 구걸을 하며 지냈다. 살란티에 앞바다를 위협하던 해적들의 수입은 얼마 되지 않았다. 운이 좋으면 무두장이 일을 구하기도 했는데 아주 드문 경우였다. 그리고 지금 여기의 청년들은 이 버려진 폐공장을 개조해 해적섬에서 가져온 것들로 약을 만들어 팔고 있는 듯했다.

스칼렛은 낡고 멈춰 있는 기계들을 보았다. 대부분 증기로 움직이는 것이었는데, 이 해적들은 기계들을 용도와 전혀 상관없는 방식으로 재량껏 사용하고 있었다. 특히 무언가를 끓이는 듯하던 거대한 통에서 용도를 알 수 없는 풀을 들들 덖고 있었다.

스칼렛은 그 냄새에 정신이 어지러워져 벽에 머리를 기댔다.

"기분 나쁜 냄새가 나……."

그녀의 목소리를 들었는지, 숀이라 불린 청년이 약재를 한 움큼 가져와 스칼렛의 얼굴 앞에 들이밀며 말했다.

"이게 뭔지 알지? 네 오빠 눈에 쓴 약이야. 그 새끼 하나한테 쓴 약이 얼마만큼인지 알아?"

스칼렛이 바들바들 떨며 고개를 저었다. 숀이 말했다.

"네가 무슨 루트로 그걸 구했는지 몰라도, 저기 있는 약을 세 자루를 써야 그 물약 한 병이 나온다고. 그걸 다 쏟아부었으니 그렇게 빨리 눈이 낫게 된 거야. 그 물약이면 우리 열 명은 눈을 낫게 할 수 있었어!"

스칼렛이 가까스로 고개를 끄덕였다.

숀이 그녀를 구석으로 다시 밀쳐놓고 몸을 일으켰다.

"슬슬 빅토르 덤펠트가 올 때가 됐는데. 그놈이 붙인 호위들이 우릴 봤으니 말이야."

그 말을 듣고서야 스칼렛은 아까 2층으로 달려오던 해군들을 떠올렸고, 빅토르가 지금껏 자신에게 호위를 붙여 놨음을 알았다.

그녀가 벽에 기대 가까스로 숨을 몰아쉬고 있을 때였다. 약초를 갈던 분쇄기가 갑자기 멈췄다.

"어, 어떡하지?"

청년이 기겁을 해서 돌아가지 않는 엔진을 확인했다. 이것이 망가지면 앞으로 해적들이 유통하는 약들의 대부분을 만들어 낼 수 없었다.

오래된 기계들은 안 되면 두들겨 보는 게 답이 될 때가 있었기 때문에, 청년이 걸어가 기계의 엔진을 발로 걷어찼다. 효과가 있었는지 엔진에서 덜덜 소리가 나더니 움직이기 시작했다.

그런데 걷어차이는 바람에 위치가 옮겨진 엔진으로 근처의 건초가 빨려 들어가더니 기계에서 연기가 나기 시작했다. 그와 동시에, 마찬가지로 분쇄기가 돌아가지 않아 터빈을 확인하기 위해 분쇄기 안에 들어가 있던 청년이 비명을 질렀다.

"으아아악!"

기대한 분쇄기의 스크류가 돌아가기 시작했다. 엔진을 걷어친 해적이 급하게 기계를 끄려 했지만, 걷어찰 때 문제가 생겼는지 스위치를 내려도 꺼지지 않았다.

분쇄기 안에 거대한 스크류가 요란한 소리를 내며 움직이자 청년이 더 크게 비명을 질렀다. 근처에 있던 해적들이 정신없이 달려와 장대로 스크류를 밀어 보았으나 멈추지 않았다. 순식간에 난장판이 되었다.

"조니! 어떻게든 팔을 빼 봐!"

"젠장, 안 빠지는 걸 어떻게 빼라는 거야!"

"팔을 잘라 내! 이러다 끌려 들어가 죽게 생겼어!"

그 순간 구석에서 떨던 스칼렛이 정신없이 달려갔다.
그녀가 엔진에 달라붙더니 소리쳤다.
"공구함을 가져다줘요!"
"여, 여기 그런 게 어디 있어!"
"그럼 만들어서라도 가져다주든가!"
스칼렛이 소리치며 낡은 나무 벽에서 나뭇조각을 떼어냈다. 그리고 분쇄기의 작은 틈으로 청년에게 조각을 넣어 주며 말했다.
"저기 위쪽에 하얀 칠이 된 곳에 꽂아요."
"네, 네!"
청년이 급하게 하얀 칠이 된 곳에 쐐기를 박아 넣었다. 그 덕에 터빈이 덜덜 소리를 내며 조금 느려졌다.
그러나 멈추지는 않았고, 앞쪽까지 갔던 스크류가 천천히 청년이 있는 곳으로 돌아오고 있었다.
스칼렛이 소리쳤다.
"공구를 만들어서라도 오라니까!"
"가, 가져왔습니다!"
청년들이 다급하게 달려 나가더니 다행히 인근 가게에서 공구함을 얻어 왔다. 훔쳐 온 것일지도 모른다고 생각했지만 스칼렛은 그걸 생각할 겨를이 없었다.
그녀는 공구함을 열어 빠르게 엔진을 분리했다. 그리고 아까 건초가 들어가 망가진 엔진을 수리하기 시작했다.
스칼렛은 기계를 다루기 시작하면 항상 진지해졌고, 집중력이 크게 상승했다. 그녀는 그것이 자신이 가진 가장 큰 재능이라는 것을 알고 있었다.

재빠른 손으로 끼어 있던 건초를 빼 내고, 그사이 발열로 끊어진 선을 손으로 맞부딪혔다. 그러자 치지직 불꽃이 일어났다.

스칼렛이 말했다.

"스위치 내려요."

해롤드가 서둘러 분쇄기의 스위치를 내렸고, 그와 동시에 요란한 소리를 내며 돌아가던 분쇄기가 멈췄다.

"머, 멈췄어……."

"젠장, 조니! 뭐 하고 있어! 빨리 나와!"

밖에서 소리치자 분쇄기 바닥에서 덜덜 떨며 울고 있던 조니가 서둘러 스크류의 날을 붙잡고 기어 올라왔다.

가까스로 분쇄기에서 나오자마자 조니는 땅바닥에 웅크려서 엉엉 울기 시작했다. 다른 해적들 역시 자리에 털썩 주저앉았다.

함께 주저앉아 두 손으로 얼굴을 감싸고 있던 숀이 해롤드에게 말했다.

"……거 봐요. 제가 저 기계공 아가씨를 납치해 오지 않았으면 이 공장 전체가 날아갈 뻔했잖아요."

"그걸 자랑이라고 해, 이놈아!"

해롤드가 솥뚜껑만 한 손바닥으로 숀의 뒤통수를 후려친 후 몸을 일으켰다. 스칼렛 쪽으로 걸어가 보니 그녀의 손에서 피가 뚝뚝 흐르고 있었다. 방금 쐐기를 뜯어내느라 손에 상처가 났고, 엔진을 급하게 수리하는 과정에서 여기저기가 다친 모양이었다.

"기, 기계공 아가씨! 피가!"

스칼렛이 뒤늦게 제 손바닥의 피를 보고 중얼거렸다.

"갑자기 피곤하네……."

그 말을 끝으로 스칼렛이 풀썩 바닥에 쓰러졌다.

―・◆・―

다시 정신을 차렸을 때, 그녀는 자신이 어디에 누워 있는지를 단번에 알아차렸다. 아까 본 풀을 덮던 거대한 통 속이었다. 아직 열기가 남아 있어 따듯했다.

스칼렛이 바닥을 짚으며 상체를 일으켰다가 제 손에 감긴 붕대를 발견했다. 그리고 움직일 힘이 없어 다시 누워 있었다.

그때 그녀 또래의 여자 하나가 안으로 훌쩍 뛰어 들어왔다. 그녀 역시 금안을 가지고 있었다.

"아가씨, 물 좀 마셔. 탈수 오겠어."

스칼렛이 조금 손을 뻗어 물컵을 받아 들었다. 아까 떠드는 것을 들었을 때 그녀의 이름은 에이샤였다.

스칼렛이 물을 한 모금 마셔 바짝 마른 입을 축이자 에이샤가 말했다.

"지금 빅토르 덤펠트가 부하들을 보내서, 밖에서 협상 중이야."

"아……."

스칼렛이 대답하고 물을 한 모금 마시는데, 아주 차고 달았다.

그녀의 표정 변화를 읽은 에이샤가 말했다.

"우리 섬에서 가져온 물이야. 이 물에도 힘이 있거든."

"물이 참 맛있다."

"상처 회복에 좋아."

에이샤가 두 손을 폈다 접었다 해 보였다.

스칼렛이 물컵을 두 손으로 감싸 쥐고 말했다.

"해적섬에는 신기한 약이 정말 많이 있네······."

"해적섬이란 말이 나와서 그러는데, 아가씨. 납치해 놓고 이런 말 하기 그렇지만, 우리가 왜 해적이 됐는지 알아?"

스칼렛이 고개를 젓자 에이샤가 말했다.

"우린 대부분 베스티나 남쪽의 섬에 살고 있었어. 그런데 베스티나 놈들이 남쪽의 섬들을 전부 다 점령해서, 거기 살던 사람들을 노예로 삼았거든."

"아······."

"거기서 도망친 사람들이 해군이 약하던 살란티에의 섬들로 들어 왔는데······. 그 뒤부턴 뭐, 계속 전쟁이었지. 거기 살던 섬사람들과 외지인들이."

스칼렛이 고개를 끄덕였다.

에이샤가 말을 이었다.

"그러다가 다 죽게 생겼으니까, 외지에 적을 만든 거였어. 장정들이 해적질을 하러 바다로 나가면 싸움이 덜 나니까."

"음······."

"그렇다고 해적질한 걸 이해해 달라는 건 아니고."

스칼렛이 미소를 지어 보이고 물었다.

"아까 그 조니라는 사람은?"

"아, 다행히 멀쩡해. 손가락이 두 개 잘리긴 했지만, 몸이 갈려서 죽을 뻔했는데 그 정도면 양호하지."

"다행이네······."

"참고로 우리 오빠야."

에이샤가 멋쩍게 말했다.

"별로 쓸 만한 놈은 아니지만, 그래도 구해 줘서 고마워."

그녀의 말에 스칼렛이 힘없이 웃고는 다시 풀잎 위에 누웠다. 포근한 느낌을 느끼며 스칼렛이 물었다.

"이건 무슨 약재야?"

"아, 이거……."

에이샤가 헛기침을 하더니 작은 소리로 말했다.

"그…… 힘을 좀 주는 거야."

"무슨 힘?"

"하반신의 힘이라고 할까."

"하반신?"

스칼렛이 고개를 갸우뚱하는데 에이샤가 말했다.

"아무튼 뭐 꽤 잘 팔리는 거야."

"아…… 우리 오빠가 쓴 약은 잘 안 팔려?"

"맹인이 되는 사람이 많은 건 아니니까."

"하긴……. 또 무슨 약이 있어?"

"뭐 여러 가지 있지. 환각제도 있고, 진정제도 있고…… 기억력에 도움이 되는 약도 있어."

"……기억력?"

스칼렛이 멈칫하더니 물었다.

"기억력에 도움이 된다고?"

"응. 먹으면 잊었던 것까지 다 기억이 나."

그 말에 스칼렛의 얼굴이 밝아졌다.

"나 그 약을 먹은 적이 있는 것 같아."

"정말?"

"응! 어느 날 기억을 잃었다가 정신을 차렸는데 갑자기 어릴 때 일들이 자세하게 다 기억이 나는 거야."

"아, 기억을 잃는 건 그 약의 부작용이야. 너무 많이 복용한 거지."

에이샤의 말에 스칼렛이 뭐라 말할 수 없는 표정이 되었다. 그녀가 말했다.

"그런 약이 있구나……."

"응. 있지."

스칼렛은 자신이 왕실경찰 본청에 있던 기억이 없다는 사실과 그 이후 어릴 때의 기억들이 자세히 떠오르던 일을 상기하며 확신했다.

그녀가 물었다.

"그 약을 먹었는지, 확인할 방법은 없어?"

"어…… 난 자세히 모르는데. 알아야 돼?"

"알고 싶어."

그러자 에이샤가 번거롭다는 듯 목덜미를 벅벅 문지르고 말했다.

"거듭 말하지만, 우리 오빠는 할 줄 아는 게 없는 쓸모없는 놈이야. 뭘 알지도 못하면서 멍청하게 분쇄기 속에 기어 들어가는 것 봐."

그리곤 어딘가 머쓱해 보이는 얼굴로 말을 이었다.

"하지만 돌아가신 어머니라면 고마워하셨을 테니까, 보답을 할게. 어때. 그 보답으로 필요한 게 그 약에 대한 정보야?"

"응."

"좋아."

에이샤가 선뜻 대답했다. 그러더니 가볍게 통의 벽을 밟고 달려 올라가 이곳을 빠져나갔다.

스칼렛은 그 모습에 눈이 휘둥그레져서 자신도 시도를 해 봤지만 미끄러워 조금도 올라갈 수 없었다.

통을 빠져나간 에이샤는 허리춤에서 단검을 꺼내 말했다.

"저 기계공 아가씨는 내 가족을 구해 준 사람이야. 아가씨에게 손가락 하나 대려는 놈이 있다면 목을 내놓을 각오를 해."

그러고는 손가락에 붕대를 칭칭 감고 있는 조니를 통 앞으로 끌고 와 주저앉혔다.

조니가 그 앞에 털썩 앉아 말했다.

"나와 싸워야 할 거야."

남매가 한마디씩 하자 해적들이 물러났다.

이 남매와 싸우는 것은 득보다 실이 많았다. 스칼렛의 납치를 지시한 숀은 예상하지 못한 변수로 머릿속이 복잡해졌다. 이미 여기까지 그녀를 끌고 온 이상 쉽게 돌려보내 줄 수는 없었다. 스칼렛을 돌려보낸 뒤에 빅토르 덤펠트가 무슨 짓을 할지 예상되지 않았다.

숀은 무덤덤한 얼굴로 해적선에 해군들의 배를 붙이라고 손짓하던 빅토르 덤펠트를 떠올렸다.

무슨 생각을 하는지 알 수 없지만, 알고 싶지도 않았다. 바다 위에 있을 때의 빅토르 덤펠트를 떠올리던 해적들은 배에서 내린 그를 마주칠 때 큰 혼란을 느꼈다.

그는 제대로 된 인간이라 말할 수 없다고 생각했다. 그러나 수도에 있을 때 그는 신사적이기 짝이 없었다. 그가 자신의 전부인과 어떤 관계를 맺고 있을지는 정확하지 않지만, 어쨌든 그의 부모보다는 가족에 가까운 존재일 것이 분명했다.

아무리 배신을 한 여자라고 해도 그는 자신의 명예를 생각해 모른 척하지는 않을 것이라 확신했다.

애초에 숀이 스칼렛의 얼굴을 신문에서 보고 납치할 때에는 그녀를 보란 듯이 죽일 생각이었다. 그리고 자신의 일족을 죽음으로 몰아넣은 루비드호의 함장, 빅토르 덤펠트에게 복수할 마음이었다.

그러나 해롤드의 말이 맞았다. 스칼렛을 잘못 건드렸다가는 그나마 남아 있는 해적들조차 그의 손에 몰살 당할 위험이 있었다.

숀은 욱한 마음에 스칼렛을 납치해 온 것을 후회했으나 지금 상황에서는 어떻게든 최상의 결과를 만들어 내야 했다.

밖에서 상황을 살피던 숀은 순식간에 해군들이 공장을 둘러싸는 모습을 보고 있었다. 루비드호의 사수들이 총을 겨누고 있었다.

숀이 욕설을 하며 말했다.

"일단 스칼렛 크림슨을 데려와."

"에이샤가……."

"어떻게든 데려와!"

숀이 소리치자 청년들이 서둘러 공장 안으로 달려갔다. 그러나 에이샤를 설득하는 건 보통 일이 아니었다. 조니 역시 방금전에 목숨을 구해 준 스칼렛에게 순식간에 마음이 쏠렸다.

숀을 따르는 청년들이 말했다.

"저 기계공 아가씨를 건드리지 않으면 되잖아."

"맞아, 에이샤. 숀이 협상만 하고 돌려보내 주겠다고 했어. 애초에 저 아가씨를 죽였다가 빅토르 덤펠트가 무슨 짓을 할 줄 알고?"

"지금 협상하지 않으면 못 돌아가고 여기 계속 있으셔야 하는데. 그걸 기계공 아가씨가 바랄 리가 없잖아."

"우리가 잘해 주면 되잖아."

"그럼 여기 계속 있으란 말이야? 본인에게 물어봐."

그러자 에이샤가 인상을 쓰더니 스칼렛이 있는 통을 텅텅 치며 물었다.

"기계공 아가씨! 여기서 계속 사는 건 어때!"

"미안하지만 안 되겠어……."

스칼렛의 대답에 에이샤가 불만스러운 표정을 지었다. 그러나 본인이 여기 계속 사는 건 안 되겠다고 하니, 에이샤가 인상을 쓰고 말했다.

"데려가. 하지만 무슨 짓이든 하면 가만 안 둬."

에이샤가 위협하자 뒤에서 조니도 고개를 끄덕였다.

"숀 와스트란드! 나와!"

해군 하나가 부르는 소리에 손이 스칼렛의 목을 한 손으로 감싸고 그 아래 칼을 바짝 대며 공장 밖으로 나왔다.

빅토르는 덤덤한 표정으로 그 모습을 보고 있었다. 언젠가 이런 상황이 올지 모른다고 생각했다.

그는 눈으로 스칼렛의 몸이 제대로 붙어 있는지부터 확인했다. 다행히 그녀는 손가락 하나 다치지 않았다. 그러나 지금부터가 문제라는 걸 그는 알고 있었다.

팔린이 옆에서 말했다.

"그래도 해롤드 무리가 데려가서 다행이네요."

평소 눈치 없던 팔린의 말이지만 이번에는 빅토르도 공감했다.

남은 해적들이라도 살리겠다며 밀고로 해적 소탕에 큰 역할을 한 해롤드의 무리가 먼저 스칼렛을 납치한 게 빅토르 입장에서는 오히려 다행이었다. 해군에게 강경한 다른 해적 무리들이 데려갔다면 그녀의 신체 일부분만 빅토르에게 돌아왔을 테니.

에번은 이 사실을 확인하자마자 신문사로 향했다. 누가 스칼렛 크림슨의 사진과 그녀의 위치를 신문에 실었는지 알아내기 위해서였다.

광고 기사에는 그녀의 사진은 물론 그녀가 시계 가게 2층에 살고 있고, 결혼 당시에 성이 '덤펠트'였다는 것까지 적혀 있었다. 이것은 해적을 이용한 간접 살인이었다.

다른 해적 무리의 리더들과 달리 해롤드는 자기 목숨을 아까워할 줄 알았고, 손 와스트란드는 힘이 좋지만 심약했다.

그렇다고 해도 인질 교환은 긴 시간이 걸리는 작업이었다. 그나마 낫다는 것이지, 해적은 해적. 언제 수틀려서 스칼렛을 해칠지 알 수 없었다.

빅토르는 한동안 말없이 그 행동을 올려다보고만 있었다. 빅토르가 말이 없으니 손이 소리쳤다.

"약을 쓰게 해 줘, 우리도."

"……."

"그렇지 않으면 이 여자가 그쪽으로 돌아갈 일은 없을 거다, 빅토르 덤펠트."

빅토르는 떨어질 것처럼 위태로운 스칼렛을 올려다보고 있었다. 그리고 잠시 후, 그가 입을 열었다.

"우리 쪽에도 인질이 있어."

"……뭐?"

그리고 빅토르가 손짓하자 마차에서 노인이 끌어 내려졌다. 섬에서 함께 온 노인의 모습에 숀의 눈이 커졌다.

"노, 노인이잖아."

"교환하지."

빅토르의 덤덤한 말에 숀이 스칼렛을 더욱 난간 밖으로 밀어냈다.

"그따위 수작에 넘어갈 것 같아!"

"수작이라니?"

빅토르가 떨고 있는 노인의 이마에 총구를 가져갔다.

"어차피 내 눈엔 다 똑같은 해적이야."

"비, 빅토르 덤펠트!"

"몇 명을 죽여도 똑같지."

그리고 마차에서 인질 몇 명이 더 내렸다. 숀은 그들이 해적선에서 끌려간 해적들이라는 것을 알았다.

물론 저 악마가 그냥 덜렁덜렁 와서 전부인을 데려가기 위해 무엇이든 다 해 주겠다고 할 거라고는 생각하지 않았다. 하지만 이미 감옥에 있는 해적들을 인질 교환을 위해 마음대로 끌고 나올 정도로 빅토르 덤펠트가 힘이 있다는 것을 파악하지 못했던 것이 문제였다.

스칼렛은 높은 곳에서 아래를 보고 있는 것이 무서워서 눈을 질끈 감았다. 그러다 숀의 떨리는 손이 쥔 날카로운 칼의 냉기가 너무 가까워지자 결국 울음이 터져 나왔다.

숀이 입을 열었다.

"팔부터 자를 거야."

"그럼 우리도 하나를 처형하도록 하지."

빅토르는 미동조차 없었고, 숀은 슬슬 얼굴이 퍼렇게 질렸다.

숀이 소리쳤다.

"인질 교환은 필요 없어. 우리가 원하는 걸 들어줘."

"인질 교환 외의 협상은 없어."

숀의 떨리던 손에 결국 스칼렛의 목이 칼에 베여 피가 흐르기 시작했다. 그리고 동시에 총성이 들렸다.

숀이 내려다보니 앞에 해적 하나가 피를 흘리며 쓰러져 있었다.

빅토르가 총을 다시 장전하며 말했다.

"계속하지."

"무, 무, 무슨 짓을 한 거야! 법적으로 처벌이 결정된 거잖아! 여기서 해적을 죽이면 이건 전쟁이 아니라 살인일 뿐이야."

"해적과 도덕적 논의를 할 생각은 없어."

빅토르가 대답하고 다음 해적에게 총을 겨눴다.

그러자 숀이 겁에 질려 소리쳤다.

"하나야, 하나뿐이라고! 이 의안을 빼고 약을 쓰게 해 줘. 그거 하나면 돼. 그거 하나! 우리 중 일할 힘이 있는 놈들은 다 이 의안을 하고 있어서, 이러다 우리 싹 다 굶어 죽어. 여기서 굶어 죽으나, 네놈 손에 죽으나 똑같다고!"

빅토르 덤펠트가 해적과 협상하지 않는다는 건 알지만 여기까지 왔으니 뭐 하나라도 얻어 가야 했다.

오히려 침착해진 숀이 말했다.

"하나를 골라, 빅토르. 우리 조건을 들어줘. 그렇지 않으면 네놈이 몇 명을 죽이든 난 이 기계공 아가씨를 죽일 거야."

빅토르는 한동안 말없이 위를 올려다보고 있었다.

스칼렛은 피가 많이 흐르자 얼굴이 하얗게 질려 있었다. 그녀는 이미 빅토르가 협상에 응하지 않으리라 체념한 듯했다.

빅토르가 총을 장전하고 옆에 끌고 온 해적들을 보았다.

해적과 협상하지 않는 것은 그의 도덕적인 결단이었다. 지금까지 얼마나 많은 부하를 잃었던가.

지금 그가 협상하는 것은 그의 명예도 자존심도 부하들의 신의도 잃는 일이었다. 거기에 의안을 제거하는 것은 왕실의 뜻에 반하는 일이었다.

한참 그렇게 서 있던 빅토르가 총을 넣었다.

"스칼렛 크림슨을 데려와. 협상에 응하지."

그의 말에 그 자리에 있던 모든 사람이 경악한 얼굴로 빅토르를 보았다.

해적 하나와 해군 하나가 중간에서 만나 협상을 마쳤다. 그 후에 스칼렛이 창고 밖으로 나왔다. 몇 걸음 걷지 못하고 주저앉는 걸 해군들이 달려가 부축해 데려왔다.

빅토르는 스칼렛을 안아 들어 그녀를 마차에 태웠다. 빅토르는 손수건으로 그녀의 목에서 흐르는 상처를 틀어막았고, 입술까지 새하얘진 그녀가 떨리는 목소리로 물었다.

"이미 형이 결정된 해적을…… 죽였어?"

"죽진 않았어. 곧 죽을 수는 있겠지."

빅토르가 덤덤히 말을 이었다.

"애초에 협상할 생각이었어. 우리 쪽에도 협상할 거리가 필요했던 것뿐이지."

"당신은 해적과 협상 안 하잖아."

"지금까지 당신을 놓고 협상할 일이 없었으니까."

빅토르는 말하며 숨을 가쁘게 쉬는 스칼렛을 제 무릎에 앉히고, 고통에 숨을 제대로 못 쉬는 그녀를 안아 다독였다.

"정신 차리고 있어. 기절하면 못 일어날까 봐 무서워."

"당신이 무서운 게 어디 있어……."

"방금 말했잖아. 당신이 기절해서 못 일어나는 거라고."

빅토르는 농담하듯 말하고, 스칼렛의 머리칼에 입을 맞춘 후 말을 이었다.

"미안해."

"뭐…… 가?"

"당신에게 덜 떨어진 놈들을 호위로 붙여 놓았던 거."

그의 말에 스칼렛이 식은땀을 흘리면서도 그 와중에 실소했다.

"난 여태 호위가 있는지도 몰랐어. 내가 좀 둔한가 봐……."

"당신 옆에 있는 그 왕실경찰도 괜찮은 호위를 하고 있지."

"그랬구나."

스칼렛이 몸을 오들오들 떨었다. 피가 빠져나가며 추위를 느끼는 것 같았다. 마차는 빠르게 달려, 가까운 병원에 들어섰다.

스칼렛은 곧바로 혼절했지만 다행히 생명에 지장은 없었다. 그래도 의사는 한동안 쉴 것을 권유했고, 빅토르는 급한 조치를 취한 그녀를 덤펠트가로 데려왔다.

스칼렛이 해적에게 끌려갔었다는 이야기에 아이작이 곧바로 덤펠트가로 달려왔다. 그는 정신없이 스칼렛에게로 달려갔다가, 그녀가 깰까 봐 걱정이 되었는지 자리에 멈춰 섰다. 그리고 스칼렛을 바라보며 떨리는 숨을 몰아쉬었다.

"스칼렛."

그는 바들바들 손을 떨며 스칼렛의 손을 두 손으로 감싸고 거기에 얼굴을 파묻었다. 그 모습은 예사 남매로는 보이지 않았다.

아이작이 떨리는 숨을 달싹였다. 그는 빅토르를 돌아보았다가, 여전히 잠들어 있는 스칼렛에게 다시 시선을 돌리며 말했다.

"스칼렛이 지나치게 잘 웃는다는 생각이 들 때가 있지 않습니까? 웃을 상황이 아닌데, 상황을 무시하고 웃는 것 같아 보일 때가."

그건 빅토르가 결혼 생활 내내 스칼렛에게 가졌던 의문이었다. 아이작의 말은 정확했다. 그래서 그는 스칼렛이 취조 이후에 거짓말을 하고 있다고 확신했다. 웃을 상황이 아닌데 웃곤 하는 스칼렛이, 빅토르의 눈에는 상황을 회피하는 것처럼 보였기 때문이었다.

"늘 그랬지."

"나쁜 뜻이 있거나, 회피하려고 그런 건 아니에요. 내가 앞을 못 보니까, 스칼렛은 그냥 내 앞에서 웃기만 하면, 내가 아무것도 모를 거라고 생각했던 거예요. 자기만 아픈 걸 감추면, 자기만 웃으면 나도 웃을 거라고 생각해서, 본인이 상처투성이여도 내 앞에선 웃었어요."

"……."

"스칼렛은 열두 살 때부터 결혼 전까지는 날 안심시키려고 웃고, 빅토르 경을 사랑하게 된 이후에는 그게 사랑 받는 방법인 줄 알고 웃었던 거예요. 그 애는 거짓말을 잘 못 하는데."

아이작이 말하다 실없이 웃고, 조용히 말을 이었다.

"웃는 연기 하나만 하면 되는 배역이 있다면, 이 애만큼 잘해 낼 사람이 없을걸요."

그의 말에 빅토르는 한동안 말이 없었다.

한참이 지나 그가 입을 열었다.

"뗏목 일을 한다던데."

빅토르의 말에 아이작이 대답했다.

"지금은 그만두고 조향 일을 배우고 있습니다."

"아, 조향."

빅토르가 고개를 끄덕이더니 말을 이었다.

"스칼렛에게 들었는지 모르겠지만, 선대 크림슨 부부는 둘 다 공군이었소."

"네. 스칼렛에게 들었습니다. 엔진을 만들겠다는 이야기도."

"해군이든 공군이든 자리는 있소. 원한다면."

"그건 괜찮습니다만."

아이작이 말을 이었다.

"스칼렛을 다치게 한 자들을 공격하실 거라면, 그것에는 협조할 수 있습니다."

"요청하도록 하지."

"감사합니다."

그렇게 인사하고, 그는 스칼렛의 손에 몇 번이고 입을 맞춘 후 옆에서 꼼짝을 않고 그녀가 깨기만을 기다렸다.

빅토르는 그 모습을 잠시 바라보다 병실을 나왔다.

―――・・◆・・―――

그가 방을 나오자 빅토르의 명령을 받고 신문사에 간 팔린에게서 전화가 걸려왔다.

빅토르가 전화를 받으니 그가 말했다.

―함장님, 이 사진이 가게에서 찍힌 거라, 부함장님이 가게에 가서 하이럼 피트를 찾아가 물었더니 왕실경찰에서 찍은 사진이 맞답니다. 그리고 신문사에도 친구가 있어서 은밀히 만나고 오셨는데요. 왕실경찰 쪽에서 스칼렛 양의 위치와 얼굴이 함께 실린 광고를 실은 것이 맞답니다.

"그렇군."

―이게 말이 됩니까? 이건 왕실경찰의 해군에 대한 도전입니다. 가만두시면 안 됩니다, 함장님.

팔린이 분노가 끓어오르는 목소리로 말을 이었다.

―이미 루비드호 함대의 해군들이 전부 이 소식을 듣고 분개하고 있습니다. 감히 해군을, 그것도 함장님을 공격하다니요?

그리고 옆에서 에번이 설렁설렁 말리는 시늉을 하며 되레 불 지르는 것이 들렸다.

―왕실경찰은 좋은 곳에 앉아서 서류 작업이나 하고, 사람 오라 가

라 하며 취조나 하는 놈들이잖아. 그놈들이 사지를 헤매는 우리 노고를 알겠어?

―그러니까요! 정말 아무것도 모르는 놈들입니다. 당장 왕실경찰 본청을 쳐야 합니다!

―아, 진정해, 진정. 해적들도 그래. 해군도 아니고 민간인을 납치해서 협상을 하려고 하다니.

―그, 그러고 보니까 그렇군요?

―함장님께서 해군과 민간인을 살해했을 때 처벌의 차이를 둬서 확실히 보여 주셨잖아. 민간인을 건드리는 건 또 다른 문제였지.

―함장님! 해적들도 가만히 두면 안 됩니다!

에번은 빅토르가 스칼렛을 협상하여 데려온 것을 감싸기 위해 해군들에게 스칼렛이 민간인이라는 사실을 강조했고, 이미 빅토르가 형벌에 차등을 둔 바 있음을 아는 해군들은 그 사실을 당연하게 받아들였다.

빅토르는 전화를 끊었다가 다시 들어 그의 친구인 래리가 있는 홀튼 가문으로 전화를 걸었다.

―――・◆・――――

빅토르는 왕실경찰의 화려한 본청 건물을 바라보며 담배를 꺼내 입에 물었다.

그의 전화 한 통에 허둥지둥 달려온 빅토르의 어린 시절 친구이자, 상원의원 래리 홀튼이 다가왔다. 상원의원은 대부분 살란티에의 명문가라 불릴 만한 가문의 후계자가 가문을 물려받기 전까지

맡는 명예직이었다.
래리가 말했다.
"빅토르, 나에게도 일정이란 게 있어."
"들어가지."
빅토르가 건물을 턱짓하자 래리가 힐끔 건물을 보고 말했다.
"안 되겠는데."
"돼."
"웬일로 네가 먼저 불러 줬다 싶더니. 내가 가문이 오래돼서 상원의원인 거지, 무슨 힘이 있다고 이런 걸 해 달래? 왕가 혈통이신 빅토르 덤펠트 경께서."
"상원의원은 왕실경찰청에 들어갈 수 있잖아."
"들어갈 수만 있지. 게다가 너도…… 뭐, 마음먹으면 들어갈 수 있잖아?"
"일단은 합법적으로 들어가 볼까 해서."
"고작 너 마음 편하자고 날 사자 아가리에 처넣는다는 거군."
"정확히 아는군."
빅토르의 태연한 대답에 래리가 한숨을 쉬었다.
어차피 귀족 자제들 간에는 우정을 나눈다는 개념이 희박했다. 정치적인 동맹 관계에 불과했고, 쫓겨난 왕녀의 아들은 그런 관계에서 별로 이점이 없었다.
그러나 그의 아버지는 시야가 넓은 사람이었고, 사람을 보는 눈을 가지고 있었다. 처음 열 살의 빅토르를 보았을 때부터 그는 홀튼가의 후계자인 아들에게 일러두었다.

"빅토르 덤펠트에게 밉보이지 말거라. 아주 잘해 줄 것도 없다. 그저 너무 거리를 두거나, 너무 거리를 좁히지 말아라."

아버지의 생각은 옳았다. 빅토르는 거리를 두어서도, 너무 가까워져서도 안 되는 인물이었다.

래리가 투덜거렸다.

"……그래, 가. 가는데 말이야. 친구는 이렇게 이용하는 거 아니야. 좀 더 소중하게 여기는 거라고."

래리가 별수 없이 한 걸음을 앞장섰다.

"네가 해적 소탕해 준 건 고마운데, 그렇다고 날 이렇게 위험에 빠뜨리기 있나?"

거의 빅토르의 힘에 등이 떠밀려 강제로 수도경찰청 앞에 선 래리가 한숨을 쉬고서 상원의원을 증명하는, 은으로 된 나비 브로치를 입구를 지키는 일반 경찰에게 보여 주었다.

"들어갑니다."

"예, 의원님."

경찰이 얼떨결에 경례를 하고, 래리는 누가 보아도 피곤한 얼굴로 따라오라고 손짓했다.

그가 걸어가며 말했다.

"그런데 여기는 왜?"

"왕실경찰이 내 전부인을 죽이려 드는 것 같아서."

"뭐어?"

래리가 멈춰 서더니 허리를 꺾어 가며 웃었다.

"말이 되는 소리를 해. 누가 빅토르 덤펠트의 부인을 건드려."

"모르니까 확인하려는 거지."

"생사람 잡네."

"이혼한 아내 옆에 왕실경찰이 붙어 있더군."

"……그건 좀 수상하지만."

"그리고 그 사람 사진과 사는 곳을 전부 신문광고에 실었지."

"뭐?"

래리의 표정이 점점 심각해졌다.

이거, 가벼운 일에 끼어든 게 아닌 것 같았다.

결국 그들은 왕실경찰 본청 출입구 앞에 섰다. 래리가 먼저 들어가고, 빅토르가 동행하려 하니 왕실경찰이 막아섰다.

"경께서는 출입하실 수 없습니다."

그러자 래리가 말했다.

"빅토르 덤펠트야말로 진짜 왕족 혈통인데, 나는 되고 빅토르는 안 되는 건 이상하잖아."

"상부 명령……."

빅토르의 총구가 왕실경찰의 이마에 닿았다. 빅토르가 안을 턱짓했다.

"돌아."

왕실경찰이 얼굴이 하얗게 질려 돌아서자 빅토르가 뒤통수를 총구로 떠밀었다.

"내 전부인을 취조한 왕실경찰을 만나고 싶은데."

그의 말에 왕실경찰이 욕설을 내뱉더니 빠르게 돌아서서 빅토르를 공격했다. 그러나 빅토르는 어린아이 다루듯이 왕실경찰을 힘으로 제압하고, 목을 움켜쥐어 벽에 짓눌렀다.

"악!"

왕실경찰의 비명이 들리고, 래리가 몸을 숙여 왕실경찰을 살폈다.

"괜찮아요? 아, 젠장, 내가 이런 상황까지 될 줄 알았으면 안 따라오는 건데……."

그사이 달려 나온 왕실경찰들이 빅토르에게 총을 겨눴으나, 모든 면에서 빅토르가 빨랐다. 그의 총에 맞은 왕실경찰 하나가 팔을 감싸며 주저앉았다.

래리가 두 손으로 제 머리칼을 움켜쥐며 말했다.

"아버지 말씀이 맞았어. 저 자식한테 너무 잘해 주면 안 되는 거였다고."

"네가 언제 잘해 줬어."

빅토르가 덜덜 떨며 두 손을 든 왕실경찰의 얼굴에 총을 겨누며 말하자 래리가 소리쳤다.

"나 정도면 잘해 줬어! 그리고 총 내려놔!"

그사이, 2급 왕실경찰 하나가 달려 내려왔다.

"제, 제가 안내해 드리겠습니다!"

"고맙군."

그제야 빅토르가 상황과 어울리지 않게 고상한 목소리로 대답했다.

그들이 본청 안으로 들어서자 일반 경찰과 달리, 사교 행사라도 하듯이 차를 마시며 여유롭게 이야기하던 왕실경찰들이 빅토르를 발견하고 얼어붙었다.

래리가 두리번거리고 뒤따라오며 말했다.

"이렇게 큰일에 휘말리게 할 거였으면 미리 예고 좀 해 주라."

"이제 할 일 끝났으니 돌아가도 돼."

"이 상황에서 퍽이나 자연스럽게 나갈 수 있겠네. 홀튼 가문은 이미 틀렸어. 죽으나 사나 이제 덤펠트 가문과 명운을 같이하는 거라고! 너 진짜 나 같은 소시민한테 너무한 거 아냐?"

"상원위원이 소시민이라고 하면, 나머지 사람들은 뭐라고 불러야 하지?"

"상원위원이 아닌 소시민!"

래리의 당연하다는 듯한 대답에 빅토르가 실소했다.

이런 엉뚱한 면이 그나마 그가 래리 홀튼을 친구라 여기게 만든 부분이었다. 하지만 같이 무언가 큰일을 하기에는 겁이 너무 많았다. 저렇게 내내 소심하게 구는 걸 보니 적어도 왕실경찰 내부를 잘 알고 있기는 할 안드레이를 끌고 왔어야 했나, 하는 생각도 잠시 들었다.

그러나 빅토르는 그가 영 마음에 들지 않았다. 자신을 죽이려 했었다는 사실이야 뭐, 불가능할 테니 신경 쓸 일이 아니지만 취조 중에 보이던 안드레이의 눈빛이 거슬렸다.

안 그래도 삐쩍 마른 안드레이는 초췌했지만, 눈빛만은 형형했다. 저런 의뭉스러운 것이 제 전부인에게 붙어 있다는 게 심하게 거슬렸다. 완벽한 첩자이던 그가 들킨 이유가 스칼렛을 돕기 위해서였다는 사실 역시 마음에 들지 않았다. 심지어 스칼렛에게는 너무 중요한 직원이라 어떻게 처리할 수도 없었다.

잠시 후 두 사람을 안내한 왕실경찰이 빅토르를 본청에 있는 두 명의 경무관 중 하나가 있는 곳으로 데려갔다.

"저희 경무관님께서 직접 취조하셨습니다."

"그렇군."

빅토르는 경무관실에 걸린 문패를 보았다.

[1급 왕실경찰 경무관 필립 허비]

빅토르는 잠시 그 문패를 바라보았다. '경무관'이라 적힌 문패를 보니 스칼렛이 사색이 된 얼굴로 말하던 것이 떠올랐다.

"나 왕실경찰 본청에서 있었던 일이 조금은 기억날 것 같아. 분명히 저분을 봤어."
"정말이야, 빅토르. 그날 왕실경찰 본청에서 날 취조한 사람이야. 저분에게 물어보면 그날 일을 정확하게……."

휴건 한터.
그 이름을 떠올린 순간 그가 자신을 안내한 왕실경찰에게 물었다.
"휴건 한터의 집무실은 어디지?"
"한터 경무관님의 집무실은 무슨 일로 찾으십니까?"
"어디냐고 물었는데."
빅토르가 다시 한번 말하자 2급 왕실경찰의 몸이 흠칫 떨렸다. 그는 각종 상황에 대처하도록 교육을 받았으나, 이렇게 서슬 퍼런 맹수에게 대응하는 것은 이론적인 문제가 아니었다.
"아, 아, 안내해 드리겠습니다."
결국 왕실경찰이 몸을 돌렸다. 무릎이 후들거려 비틀거리다가 서둘러 바로 서서 계단을 올랐다.
가는 길에 왕실경찰들끼리 사인을 보냈는지, 주변이 바빴다.

래리가 바짝 긴장해 물었다.

"우리…… 살아 나갈 수 있어? 왕실경찰들이 다 우릴 보잖아."

"우린 못 살아 나갈 수도 있지만, 적어도 왕실경찰 본청은 없어지 겠지."

"……무슨 소리야? 우리 여기서 죽어?"

심정만은 소시민인 래리가 물었지만 빅토르는 대답해 주지 않았다.

───◆───

잠시 후 왕실경찰 본청, 가장 높은 층에 있는 집무실 앞에 도착했다. 계급을 막론하고, 이 집무실의 위치는 방의 주인이 왕실경찰 내에서 가지는 막강한 권력을 상징했다.

곧 문이 열리고, 휴건 한터가 미소를 지으며 몸을 일으켰다.

"빅토르 경. 무슨 일로 여기까지 찾아오신 겁니까?"

"스칼렛이 그랬었지, 경께서 취조를 했다고."

"제가 율리 이렌 왕세손 전하와 순방을 한 건 아시지 않습니까?"

"물론."

빅토르가 말을 이었다.

"하지만 그래도 상관없소."

"상관없다니요?"

"자네가 취조를 한 것이 아니더라도, 내 전부인이 그렇게 말했으니 그런 걸로 해야겠다는 말이요."

"빅토르 경, 무슨 말씀이신지……."

함께 들어와 덜덜 떨던 래리는 뒤늦게 왕실경찰 본청이 없어질 거라던 빅토르의 말을 이해했다. 그가 창밖을 바라보니 해군들이 이곳을 둘러싼 데다, 일부가 안으로 들어서고 있었다.

휴건 한터가 말했다.

"반역입니다, 이건. 아실 텐데요, 저희 왕실경찰은 폐하께서 관리하신다는 걸."

그러자 빅토르가 뒷짐을 진 상태로 힐끔 창밖을 보고 말했다.

"자네가 협조해 준다면 거기까진 안 가겠지."

"빅토르 경!"

"왕실에 충성심이 있다면, 이걸 자네와 내 문제로 끝내."

그의 말과 시선에 휴건 한터는 더 이상 빅토르 덤펠트와 협상을 하는 것이 불가능하다는 것을 알았다. 그는 지금 납득할 만한 이유를 원하는 것이 아니었다. 그저 자신이 뜻하는 것을 그대로 밀어붙이고 싶은 것뿐.

휴건 한터가 깊은 한숨을 쉬고 재킷을 챙겨 들며 말했다.

"가시죠, 공관으로."

빅토르는 만족한 표정으로 앞서 나가라는 듯 문을 턱짓했다. 휴건 한터는 재킷을 입고 집무실을 나섰다.

어느새 이곳 복도까지 해군들이 점거한 상태였다. 휴건 한터는 그 해군들을 둘러보며 기가 차다는 표정을 지었다.

해군들은 이미 왕실경찰이 해군의 사실상의 수장인 빅토르 덤펠트의 결혼 생활을 집요한 취조를 통해 깨뜨렸다는 사실을 어느 정도 알고 있었다. 거기에 에번 라이트가 그녀의 얼굴을 수도 신문에 공개한 것이 왕실경찰이란 것을 밝혀내자 더더욱 분노에 휩싸였다.

"저 쓰레기가!"

패기 넘치는 해군 하나가 못 참고 휴건 한터에게 덤벼들려 하자 주변에서 동료들이 급하게 그를 붙잡아 말렸다.

휴건 한터는 심호흡을 했다. 죽음의 바다에서 생사고락을 함께한 해군들은 빅토르 덤펠트를 자신이 탄 배의 함장으로서만이 아니라 동료로도 인식하고 있었다. 그래서 그들의 분노는 더욱 거셌다.

루비드호를 중심으로 한 함대는 평시에 6척이지만 전시 상황에서는 사실상 모든 해군의 통솔권을 가져가게 되었다. 해군의 통솔권을 가진 것은 아담 이렌이지만 그는 명예를 가졌을 뿐, 실질적으로 해군을 운용하는 방법을 전혀 모를 가능성이 컸다.

만약 안다고 해도 생애 대부분을 바다에서 보낸 빅토르 덤펠트가 아닌 아담 이렌의 명령을 나머지 해군 간부들이 따를지는 대단히 의문이었다. 빅토르 덤펠트를 처리하는 것은 이제 왕족의 입장에서 고려 대상이 아닌 필수가 되었다.

휴건은 눈짓으로 부하들에게 의중을 전한 후, 해군을 따라 왕실경찰 본청을 나섰다.

―――◆―――

빅토르의 왕실경찰 본청 점거는 왕세손 율리 이렌에게 매우 기쁜 소식이 될 것이 분명했다. 틈만 나면 빅토르를 도려내려 하던 그가 빅토르의 큰 도덕적 결점을 노리지 않을 리 없었다.

빅토르가 휴건 한터와 해군 공관의 응접실에 마주 앉아 취조를 시작했다.

"그럼 대화를 시작하지."

이게 무슨 대화인가. 사람을 납치해 놓고.

휴건은 그렇게 생각했으나 입을 열었다.

"무엇이든 말씀하시죠."

"내 아내가 자기를 취조한 건 경이라고 했소."

"그러니까 아니란 거 아시잖습니까."

"왜 내 아내가 그런 말을 했는지 궁금하군. 물론, 왕실경찰 본청을 두 번 다녀왔는데 두 번 다 기억에 문제가 생겼다는 것도 신경 쓰이고."

그의 말에 휴건이 멈칫했다. 그리고 능청스럽게 말했다.

"한 번이야 그렇다고 쳐도, 두 번이라니요?"

"아이작 크림슨이 경찰서에 갔을 때도 스칼렛이 그곳에 있었지."

"글쎄요. 전혀 모르겠습니다."

휴건이 태연히 말했다.

잠시 후 집사가 두 사람의 잔에 홍차를 따랐다. 그사이 담배를 한 모금 피운 빅토르가 제 담배를 찻잔에 넣었다. 칙 소리와 함께 차가운 공기 속으로 연기가 뿜어져 나왔다.

"나는 안 마실 건데, 경은 마시도록 하게."

그의 말에 휴건이 멈칫했다.

빅토르는 담배를 한 대 더 꺼냈다.

"좋은 차야. 구하기도 어렵지."

"흠."

"왜? 한터 가문쯤 되면 그 차도 싸구려로 보이나?"

휴건은 아름다운 단풍색의 찻잔을 바라보고 있었다. 이것을 마셔도 되는지 머릿속이 복잡해졌다.

빅토르는 살란티에의 누구보다 해적을 잘 알고 있었다. 그가 마음먹는다면 해적을 통해 기억을 지우는 약을 구하는 것도 가능할지 모른다.

휴건은 결국 차를 마시지 못하고 말했다.

"괜찮습니다, 차는."

"저런."

빅토르가 의자에 뒤로 기대 고개를 비스듬히 하고 물었다.

"내가 약이라도 탔을까 봐?"

"……"

"마셔. 억지로 쑤셔 넣기 전에."

빅토르의 말에 휴건의 팔이 덜덜 떨렸다. 그가 찻잔을 뒤집으며 몸을 일으켰다.

"이런 위협에 내가 넘어갈 것 같습니까, 빅토르 경?"

"그럼 자네는 내 아내를 건드리고도, 그냥 넘어갈 수 있을 줄 알았나?"

"왕실경찰은 그런 적이 없습니다."

"그런 적이 없다면, 차를 마시지 못할 이유가 없다고 생각하는데."

"……율리 이렌 전하께서 가만히 있지 않으실 겁니다. 왕세손께서 나서신다면 그때부터 빅토르 경의 행동은 반역 그 이상도, 이하도 아닙니다."

"율리를 뒤에 업고 있으니 자신만만하군."

"예. 물론입니다. 왕세손 전하이시니까요. 경께서 아직 왕족으로 인정조차 받지 못한 걸 생각하면 두 분의 격차는 격차라 말을 붙이기도 어려운 수준 아니겠습니까?"

"그렇겠지. 그래서 내 연인도 바다에서 돌아와 보니 율리에게 가 있었던 건가."

"예. 제 동생이 영악한 아이라서요."

"그렇군."

빅토르가 대답하고 천천히 몸을 일으켰다. 그리고 천천히 장갑을 벗었다.

매끈하고 아름다운 손이 드러나자 휴건은, 경찰이라는 본인의 직업적 특성이 발동한 듯 그의 손을 살펴보고 있었다. 그리고 그가 아직 결혼반지를 끼고 있다는 사실을 알았다.

'결혼반지?'

저 우아한 사내의 맨손을 볼 일이 없는 건 여기 첩자로 들여보낸 안드레이도 마찬가지였을 것이다. 그의 왼손에 언제나 결혼반지가 끼워져 있다는 걸, 이혼한 후에도 그렇다는 걸 알 수 있었던 사람은 많지 않았다.

빅토르는 담배를 끈 제 찻잔을 들었다.

"자네 건 이미 쏟아져서, 별수 없군."

"경, 경!"

휴건이 소리쳤으나 빅토르는 이미 그의 하관을 손으로 움켜쥐고 있었다. 그리고 그의 고개를 뒤로 눌러 벌어진 손가락 사이로 홍차를 부었다.

휴건은 바둥거렸으나 그의 악력에 꼼짝을 할 수 없었다. 아이러니하게도 그는 빅토르를 올려다보며 그가 끔찍하게 아름다운 존재라는 생각을 하고 있었다.

악마에게 홀린다는 게 이런 것인가, 그는 생각했다. 제 여동생이 빅토르 뎀펠트를 사랑하면서도, 그가 자신을 두고 바다에 나갈 때마다 돌아오면 같이 바다에 빠져 죽어 버릴 거라고 울부짖던 이유를 조금은 알 것 같았다.

빅토르가 부드러운 투로 말했다.

"착하지. 삼켜."

"으흡!"

"삼켜."

휴건의 목으로 홍차와 담배가 함께 넘어갔다.

빅토르가 무심한 눈으로 바라보며 말했다.

"약은 없어. 네놈 하나 잡아 죽이는 데 그렇게 공을 들이고 싶지 않거든."

"……."

"네 주인이 오면 보내 줄 테니, 여기 얌전히 있어."

그는 홍차로 젖은 손을 손수건으로 닦아 낸 후, 장갑을 도로 끼고 응접실을 나갔다. 빅토르가 떠나자 휴건은 제 목을 덜덜 떨리는 두 손으로 감싸고 겁에 질린 숨을 내쉬었다.

그의 행동이 믿기지가 않았다. 지금까지 휴건이 보고를 받기로, 빅토르는 이성적인 인간의 표본이었다.

"역시 그 여자에 그 아들인가……."

마리나 뎀펠트가 제정신이 아닌 것처럼, 빅토르 뎀펠트의 정신도 완전히 온전하지 않아 보였다. 그는 이미 분노를 넘어선 어떤 감정에 이성을 빼앗긴 사람 같아 보였다.

그가 나가고 잠시 후, 응접실 문이 열렸다. 율리 이렌이 벌써 온 건가 생각하며 몸을 일으킨 휴건의 얼굴이 허옇게 질렸다. 문 앞에 익숙한 얼굴이지만 분위기가 낯선 여자가 서 있었다.

'셜리 홈.'

스칼렛 크림슨을 만만한 표적이라고 말하긴 했지만 그것은 빅토르 덤펠트의 주변을 기준으로 한 것뿐이었다.

지금 그의 앞에 서 있는 셜리 홈에게는 말 그대로 아무것도 없었다. 가족도, 친구도, 연인도, 심지어는 그녀에게 약간의 관심이라도 쏟아 줄 지역사회조차.

그 셜리 홈에게 투여한 약은 생사를 넘나드는 양이었다. 스칼렛 크림슨이 적은 양에도 오래 정신을 차리지 못했던 것과 달리, 강한 육체를 가진 셜리 홈은 많은 양의 약을 투약했어도 몸에 이상을 보이지 않았다.

셜리는 까맣고 동그란 눈을 데굴데굴 굴려 안을 보고 있었다. 그 눈빛에 휴건은 공포를 느꼈다.

셜리가 곧이어 토끼처럼 쿵쿵 뛰어 휴건이 있는 곳까지 왔다.

"뭐지?"

휴건이 묻자 셜리가 등 뒤에 숨겨온 칼을 꺼내며 말했다.

"너야?"

"말을 높여. 나는 너 같은 계집이 감히 말을 걸……."

"너냐니까? 날 이렇게 만든 게."

셜리의 칼이 턱 아래 닿자 휴건이 소리쳤다.

"경! 빅토르 경! 경!"

휴건이 소리를 치자 셜리가 신경질적으로 돌아보았다.

그녀는 욕을 퍼붓고 말을 이었다.

"내가 어떻게 사는 줄 알아? 모든 걸 기억한다는 게 어떤 건지 아냐고. 너도 똑같은 걸 겪어 봐야 돼. 두고 봐. 내가 죽기 살기로 돈을 모아서, 그 약을 사서 네놈에게 먹일 테니까. 모든 걸 기억해서 죽고 싶다는 게 어떤 건지 너도 알게 될 거야! 알아야 돼!"

잠시 후 해군들이 달려와 셜리를 떼어 냈다.

"셜리! 진정해!"

"이거 놔, 이 해군놈들아!"

"알았으니까 진정하라고! 어휴, 힘이 왜 이렇게 센 거야!"

해군들이 셜리를 끌고 나가려 했으나 셜리는 뒤를 자꾸 돌아보며 휴건을 확인했다.

"저 자식이 맞는 것 같다고! 나에게 약을 먹였다니까! 날 이 모양으로 만들었어!"

셜리는 발버둥 치며 소리치다가 해군들의 손에 순순히 끌려 나갔다.

휴건의 얼굴은 누군가 계속 목을 조르고 있는 것처럼 쉽게 본래의 색으로 돌아오지 않았다. 한터 가문과 왕실의 비호를 받고 있던 그의 앞에 현실이 닥쳤다.

―――◆―――

율리 이렌은 생각할 것이 많았는지, 휴건이 덤펠트가에 있다는 것을 안 후에도 바로 찾아오지 않았다. 대신 그는 빅토르를 정식으로 왕실에 초대했다. 그것이 좀 더 안전할 것이라 여긴 듯했다. 그러나 빅토르는 고려조차 하지 않고 거절 의사를 보냈다.

빅토르는 우선 집으로 돌아왔다. 그가 들어서자마자 블라이트가 달려와 말했다.

"아가씨께서 일어나셨습니다."

"스칼렛이 아직 집에 있어?"

"네. 그게…… 아무래도 다시 이혼한 것을 잊어버리신 것 같아서요."

"아, 그렇군."

빅토르가 집 안으로 들어섰다.

집 안은 여느 때와 달리 훈기가 돌고 있었다. 그가 들어서니 1층 로비에서 기분 좋은 일이 있는지 노래를 흥얼거리며 꽃을 다듬던 스칼렛이 고개를 들었다.

"빅토르?"

스칼렛이 시계를 확인하더니 고개를 갸우뚱했다.

"일찍 왔네……."

"……."

빅토르는 그녀에게 다가가 손에 레이스 장갑을 벗겼다. 붕대를 감으면 장갑이 태가 나지 않아서인지, 상처가 그대로 드러나 있었다.

목에 난 상처 역시 머플러로 꽁꽁 감아 감췄던 그녀가 당황하며 말했다.

"아침에 일어나 보니까……. 어디서 그랬는지 모르겠어."

빅토르는 그녀가 손을 빼려 힘주는 것을 느끼지조차 못하고 상처를 바라보았다. 홍차를 두고 마시지 않으려 들던 휴건 한터를 떠올렸다.

그는 그렇게 건장한 본인도 마시지 않을 것을 이 여자에게 먹였다. 그리고 자신은 그녀를 백 일 동안 수도원에 처박아 놓고 찾아가 보지 않았다.
 그녀가 알게 된다면 자신을 어떻게 여길까. 그녀가 영원히 그 사실을 모르게 할 방법은 없는 건가.
 '아니면, 알아도 떠나지 못하게 할 방법은?'
 그가 생각하는 사이 스칼렛이 걱정 가득한 얼굴로 말했다.
 "빅토르."
 "……."
 "화났어? 미안해."
 빅토르가 여전히 대답이 없으니 스칼렛이 두 팔을 뻗어 그의 목을 끌어안았다.
 그제야 그가 그녀를 바라보자, 스칼렛이 활짝 웃었다. 그녀의 웃음에 빅토르가 서늘한 얼굴로 물었다.
 "왜 웃어. 뭐가 웃겨, 이 지경으로 다쳤는데. 지금 이 상황에서 왜 웃음이 나와."
 그의 목소리에서 분노가 느껴지자 스칼렛이 더더욱 밝게 웃었다.
 "별일 아니었어. 큰 상처도 아니고."
 "……."
 "아무 일도 아니었어, 빅토르."

 '웃는 연기 하나만 하면 되는 배역이 있다면, 이 애만큼 잘해 낼 사람이 없을걸요.'

 빅토르는 그녀의 손목을 움켜쥐어, 가까이에 있던 손님용 침실로 끌고 갔다. 그러더니 문을 잠그고 스칼렛을 침대에 앉힌 뒤 거칠게 입을 맞췄다. 스칼렛이 놀라 신음하며 그의 셔츠를 움켜쥐는 것이 느껴졌지만 멈추지 않았다.

그가 잠시 입술을 떼고, 재킷을 벗으며 말했다.

"당신이 내 아이를 가지면 되겠군."

"가, 갑자기 그게 무슨 소리야?"

"내 아이를 가져. 지금 당장. 우리에게는 아이가 필요해."

그녀가 알게 된다면, 빅토르가 두들겨 깨뜨리려던 스칼렛의 마음의 벽은 오히려 견고해지고 말 것이다. 어쩌면 다시는 자신을 안 볼지도 몰랐다. 그나마 남아 있던 마음속의 불씨까지 꺼지고 말리라.

그녀를 제 곁에 주저앉힐 수만 있다면 이 저택 밖에서 일어나는 일은 전부 무시할 수 있었다. 기억을 잃은 그녀를 취하고, 아이를 가지게 할 것이다. 그리고 그녀를 데리고 베스티나로 떠나야지.

이따위 나라의 왕족이 되고 싶어 하던 제 어린 날은 그저 세뇌였을 뿐이다. 어머니의 세뇌였고, 쫓겨난 왕녀를 비난하던 세상의 세뇌였다.

언제나 느긋하던 그가 급한 손으로 넥타이를 풀고 셔츠를 벗자, 스칼렛이 동그래진 눈으로 빅토르를 보았다.

"갑자기 왜 그래, 정말."

"싫어?"

"아니. 안 싫지. 절대로 안 싫어. 하지만 스무 살 생일 전에는 안 된다고 다들 그러잖아. 스무 살 생일 전에 임신을 하면, 아이가 건강하지 않을 거라고."

스칼렛의 지금 마음이 거짓이라는 걸 알았다. 이 대답은 진짜 대답이 될 수 없다는 것도 알았다.

그는 너무 급해서, 스칼렛이 방금 한 말에 문제가 있었다는 것을 전혀 느끼지 못했다. 빅토르가 다급하다 못해 거칠기까지 한 손길로 그녀의 다리를 움켜쥐어 제 쪽으로 끌어당기자 스칼렛이 당황한 얼굴로 말했다.

"빅토르, 진정해!"

스칼렛은 지금껏 단 한 번도 빅토르가 이성을 잃는 모습을 본 적이 없었다. 그가 초조해하는 모습도, 조급해하는 모습도 본 적 없었다.

지금 빅토르의 상태에 분명 문제가 있다고 느낀 스칼렛은 스타킹을 고정한 가터벨트를 손으로 움켜쥐어 뜯어 버리는 빅토르의 팔을 세게 때렸다.

"진정하라니까!"

그제야 빅토르의 손이 멈췄다.

그는 뜯어낸 가터벨트를 꽉 움켜쥐었다.

스칼렛이 침대 위에 무릎을 꿇고 앉아 가뭄이 든 사막을 헤매던 맹수 같은 빅토르의 두 뺨을 손가락 끝으로 어루만졌다.

"무슨 일인지 모르겠지만, 나한테 말해 봐. 난 항상 여기 있는데, 뭐가 그렇게 급해."

그러더니 열심히 눈을 마주치며 배시시 웃었다.

"나도 좋아."

"……."

"당신과 나의 아이가 생기는 거 말이야. 나는 언제라도 좋아. 언제라도 행복할 거야."

사랑이 넘쳐흘러 꿀이 흐르는 듯한 목소리에 빅토르의 손에서 힘이 풀렸다.

그는 떨리는 손으로 스칼렛의 뺨을 감싸 입을 맞추며 그녀를 침대에 쓰러뜨렸다. 스칼렛은 조금 진정한 그를 더 이상 밀어내지 않았다.

이것을 용서받는 것은 불가능할 것이다. 그러나 무슨 상관이란 말인가.

그는 다시 스칼렛을 약에 취하게 하여, 현실의 기억을 완전히 지워 버리게 만들어야 한다는 생각을 했다. 그렇게 해서라도 그녀를 제 곁에 둘 수 있다면 무엇이든 상관없었다.

그 후에 그녀에게 알려 주어야 했다. 제 아내로 산다는 것은 웃고 싶지 않은 일에 웃지 않아도 된다는 의미라고.

그녀를 억지로 웃게 하는 자가 있다면, 그게 자신이더라도 숨을 끊어 버리겠노라. 그녀가 알게 할 생각이었다.

─·◈·─

해적에게 끌려갔던 충격이 컸기 때문인지, 스칼렛은 그로부터 며칠이 지나도록 정상으로 돌아오지 않았다.

인간은 어느 쪽이든 일상이 되면 적응을 하게 되기 마련이었다. 스칼렛의 상태가 잘못된 방향에서 안정되자 빅토르 역시 안정을 찾았다.

그의 집에 들어선 팔린이 안절부절못하며 말했다.

"이러시면 안 됩니다, 함장님."

"뭐가 안 돼."

"무엇이든요. 지금 함장님이 하시려고 하는 것들 다 말입니다. 이러다 스칼렛 양께서 다시 기억을 찾으시면 어떡하려고 이러시는 겁니까!"

"그러니까 아이를 가지게 하려는 거잖아."

"……예?"

"그럼 못 떠날 거 아니야."

빅토르가 태연히 말을 이었다.

"어차피 스칼렛은 지금 상황을 기억하지 못해. 자기가 원해서 아이를 가지게 된 거라고 생각할 거야. 그렇게 되면 저 착해 빠진 여자가 아이 아버지 곁을 떠날 리가 없지."

"함장님!"

빅토르는 팔린이 부르는 말을 무시하고 스칼렛에게로 향했다.

그는 어쩌면 꽤 오래, 스칼렛이 이렇게 기억을 잃는 것을 반복할지 모르겠다고 생각했다. 만약 그런 거라면 나쁘지 않겠다고 생각했다.

이렇게 오가다 보면 그녀는 결국 제 옆에 자리하게 될 것이다. 제 아이를 낳을 것이고, 그 아이를 빌미로 얼마든지 그녀의 마음을 약하게 만들 수 있을 것이다.

그는 지금 제가 하는 생각들이 스칼렛에게 얼마나 끔찍하게 느껴질지에 대하여 누구보다 잘 알고 있었다. 그러나 그마저도, 그를 제어하지는 못했다.

빅토르가 침실 문을 열었을 때, 문 뒤에 서 있는 스칼렛의 창백한 얼굴이 보였다.

빅토르가 그녀를 바라보다가 입을 열었다.

"스칼렛."

"어떻게 됐어? 내가 기절만 했어? 아니면 또 이혼한 걸 잊었어?"

"이번엔 꽤 길게 잊어버렸어."

빅토르의 말에 스칼렛이 복잡한 표정으로 한숨을 쉬었다.

"왜 이럴까……."

"지금 그게 문제가 아니잖아. 당신은 납치를 당했어."

"알아. 그건 기억나."

"다시 앉아. 상처 확인하게."

"응……."

스칼렛이 고개를 끄덕였다. 그러자 빅토르가 걸어가 그녀의 목과 손의 상처를 확인하고 혀를 찼다.

"그대로잖아."

"며칠 됐는데?"

"사흘 정도."

"사흘 가지고 자상이 낫진 않지. 상처라면 당신이 훨씬 더 많이 봤을 텐데 무슨 소리야?"

"……그건 그렇군."

그가 대꾸하고 혀를 차자, 그렇게 겁에 질려 있던 스칼렛이 실소했다.

잠시 후 빅토르가 의사를 불러 다시 붕대를 감게 했다.

의사가 나간 후 빅토르는 몸을 떨고 있는 스칼렛에게 말했다.

"당분간 당신 주변에 호위를 여럿 붙일 거야. 너무 염려하지 마."

"고마워."

스칼렛이 몸을 일으켰다.

빅토르는 스칼렛의 뒷모습을 물끄러미 바라보았다. 그는 지금껏 스칼렛이 제 옆에서 느끼고 있던 감정들을 조금도 알지 못했다. 그녀는 늘 웃었으니까.

웃고 있는 사람을 보면 마음이 놓이는 것이 당연했다.

열두 살부터 쭉, 제 오빠를 돌보고 있었다는 사실을 조금만 더 들여다보았으면 좋았을걸. 그랬다면 알았을 것을.

빅토르가 입을 열었다.

"크림슨 백작에게 데려다 달라고 해."

"……응."

스칼렛은 체력이 부쳤는지 순순히 대답하고 의자에 앉았다. 그녀의 얼굴이 여전히 하얗게 질려 있었다.

사흘이 지났지만 그녀는 그동안 정신을 잃은 상태였으니, 방금 전까지도 납치를 당한 상태였던 것과 다름없었다.

소파에 앉은 그녀의 가녀린 어깨가 달달 떨렸다.

빅토르가 소파 옆에 무릎을 꿇자 스칼렛이 흠칫 놀라며 그를 보았다.

"죽일까?"

"……."

"해적들 전부."

그의 말에 스칼렛이 빅토르를 보았다. 그가 말을 이었다.

"전부 죽여 버릴까?"

"왜 나한테 물어, 그런 걸."

"웃었잖아, 지난번에도. 에빌 크림슨을 패니까."

"……."

"내가 그 새끼들을 다 죽이고 오면 웃을래?"

스칼렛의 말간 눈에 의문과 난처함이 뒤섞였다.

빅토르의 말에는 조금도 웃음기가 없었다. 빅토르가 대답을 기다리자 스칼렛은 마지못해 입을 열었다.

"아, 아니……."

"싫어?"

"응. 해적들이 전부 나를 납치하는 데 동의한 건 아니야."

"그럼."

"숀이라는 사람이랑, 또래 남자 세 명 정도."

"의안을 꼈어?"

"응. 다 끼고 있었어. 그 사람들 외에는 다 상관없어. 좋은 사람도 있어 보였어."

"어디든 좋은 사람은 있지."

빅토르는 고개를 끄덕였다.

잠시 후 그가 방을 나오며 팔린에게 말했다.

"숀 와스트랜드와 가담한 세 명을 잡아 와. 나머지는 협상대로 하고."

"그 셋만요?"

"그래."

"나머지는 봐주실 겁니까?"

"스칼렛이 원하지 않으면 별수 없지."

"예, 알겠습니다."

팔린은 대답했지만 의아함이 약간은 남은 얼굴이었다. 그가 1층 로비로 내려가 늘어지게 자고 있던 에번을 깨웠다.

"가시죠."

"어떡하래?"

"숀 와스트랜드와 가담한 세 명만 잡아 오라는데요?"

"……왜?"

빅토르의 평소 성격답지 않은 이야기에 에번이 인상을 썼다.

빅토르 덤펠트와 해적은 증오하는 관계이면서, 서로를 가장 잘 이해하는 관계였다.

빅토르는 단 한 번도 해적에게 무른 적이 없었다. 해적들은 언제나 그에게 패했고, 수세에 몰렸다.

에번은 이성적이던 빅토르 덤펠트가 해전을 치르면 치를수록 그가 해적에게 가진 분노가 커지는 것을 보았다. 해적선을 열면 그 안에는 항상 생각 이상의 끔찍한 것들이 있었다.

이제 악랄하다 불리던 해적들은 전부 처형되어 그 가족들밖에 남지 않았다. 왕실에서는 그들 역시 처형해야 한다고 말했으나 아이러니하게도 해군들이 반대하고 나섰다.

멀리서 들을 때는 다시없는 악인도 바로 옆에서 보고 있으면 결국 인간이었다.

해적들에 대한 분노는 분명 살란티에의 어느 누구보다 컸으나, 동시에 베스티나에게 살던 곳이 점령당해 살란티에의 섬으로 도망 온 이들에 대한 동정 역시 해군에게는 있었다. 악인은 처형하지만 그 가족들을 위협이 되더라도 살려 두어야 한다는 것이 해군의 의견이었고, 그 의견은 받아들여졌다.

그리고 지금 그런 해군의 건의가 그 해군의 수장인 빅토르 덤펠트의 전부인 스칼렛 크림슨을 납치당하게 하는 데 이르렀다.

당장 모든 해적을 쓸어 죽이자고 해도 이상하지 않겠다고 생각하던 에번은 의외의 선처에 신기해하며 네 명의 해적을 잡아들이기 위해 이동했다.

스칼렛이 끌려왔던 공장에 도착한 팔린이 말했다.

"이미 멀리 도망쳤겠죠?"

"글쎄다."

에번이 어깨를 으쓱였다.

해군들이 공장 안으로 들어서자 해적들이 경계하며 피했다.

에번이 말했다.

"숀 와스트란드는 어디 있지?"

그러자 해롤드가 나서며 말했다.

"함장님께서 어떻게 말씀하셨소?"

"그 네 명만 잡아들이라고 하셨어."

"……그렇습니까."

해롤드가 고개를 숙였다.

"감사합니다."

그리고 손짓하자 숀 와스트란드와 나머지 세 명의 해적 청년이 끌려왔다. 숨겨 두기는커녕, 그들을 붙잡아 뒀다는 사실을 안 에번이 실소했다.

"이야, 너무 협조적이라 당황스럽네."

"데려가셔도 됩니다. 이제 이런 일 없을 겁니다."

"믿음직스럽네."

에번의 말에 해롤드가 흐릿한 미소를 지으며 그에게 물었다.

"그런데 함장님께서 왜 네 명만 잡아들이라고 하신 거요?"

"스칼렛 양이 그렇게 하라고 했다더군."

"그렇습니까……."

해롤드가 고개를 끄덕였다.

그가 떨리는 손을 주머니에 넣더니, 에번에게 물약 하나를 내밀었다.

"이걸 쓰면 기계공 아가씨의 증상이 조금 완화될 겁니다."

"해독제?"

"예. 함장님께서 필요 없다고 하신 건 압니다만, 그 아가씨에게 신세를 많이 졌으니까요. 일단은 구해 놨습니다."

"전해 드리지."

에번이 말하며 해독제를 챙겼다.

어쨌든 해롤드에게는 해적섬에서 나온 이들을 돌봐야 한다는 의무감이 있었다. 해롤드는 배신감에 덜덜 떨며 자신을 돌아보는 청년들을 보고 있었다. 그들 중에는 해롤드의 아들도 있었다. 그러나 그는 더 이상 돌아보지 않고 창고 문을 닫았다.

그는 돌아서서 창고 안에 남아 있던 해적들에게 말했다.

"이제 다시는, 다시는 이런 일이 없어야 할 거다. 다시 이런 일이 생긴다면 그때는 내 손에 죽을 테니까."

창고가 고요해졌다.

해롤드가 걸어 들어가는데 에이샤가 기계를 타고 미끄러져 내려와 그에게 말했다.

"해롤드, 질문이 있어요."

"하지 마라."

"궁금해서 그래요. 그렇게 빅토르 덤펠트를 무서워하면서 왜 왕실 경찰에게 그 약을 파신 거예요?"

"……."

해롤드가 에이샤를 노려보았다.

"그게 무슨 말이냐."

"파셨잖아요, 기억에 관한 약. 왕실경찰에게."

"어떻게 안 게야."

"손이 데려온 아가씨가 그 약을 먹었어요. 도대체 왜 그러셨어요?"

"그 약을 왕실경찰에게 판 덕에 내 아들놈을 눈 하나 내주고 살렸잖아."

"……."

"그래, 내 아들놈이 문제였어. 하지만 이제 두 번은 없다. 해군이 그놈을 죽이든 살리든, 이제 내 소관이 아니야."

해롤드는 말하며 걸음을 옮겼다.

에이샤가 다시 달려가 해롤드를 막아서고 물었다.

"그 약에 대해서 자세히 알고 싶으면 섬에 돌아가 봐야 해요?"

"그게 왜 알고 싶은 게냐?"

"그 아가씨가 알고 싶어 해서요."

"그 약에 대해서는 더 이상 이야기를 꺼내지 말거라. 다시 그 기계공 아가씨 근처에 갈 생각도 하지 말고."

"싫어요."

"……지금 그 아가씨가 네 오빠를 구해 줬다고 이러는 거냐?"

"네. 그거 맞아요."

에이샤가 솔직하게 말하자 해롤드가 인상을 한 번 쓰고 더 말 걸지 말라는 듯 빠른 걸음으로 사라졌다.

그렇게 떠나면서도, 해롤드는 완전히 잘못 걸렸다는 생각을 지울 수 없었다. 다른 녀석이라면 무시가 되는데, 에이샤는 아니었다.

'수틀리면 자기 아버지도 죽이는 녀석이니까.'

해롤드가 생각하며 더욱 걸음을 빠르게 옮겼다.

───◆◆◆───

그날 이후 스칼렛은 한동안 두려움에서 벗어나지 못했다.

빅토르가 호위를 강화했지만, 정신적인 충격이 지나치게 강했다. 다른 곳도 아니고 제 집에서 갑자기 끌려갔다는 사실이 끔찍했다. 창문에서 소리가 날 때마다 겁이 나서 몸이 흠칫흠칫 떨렸다.

그녀는 발목까지 오는 긴 치마 위에 담요를 덮고 1층 소파 위에 웅크려 있었다.

안드레이가 못 참겠는지 한 소리 했다.

"좀 나가세요. 여기서 이러고 있는 거 보기 힘들어요."

그러자 스칼렛이 인상을 쓰며 안드레이를 흘겼다.

"나 마음이 안 좋아. 공감 좀 해 줘. 안드레이는 감정이 없어?"

"감정이 들쑥날쑥하는 사람을 첩자로 쓰지는 않죠."

"……그건 그러네."

스칼렛이 대꾸하고 소파 등받이에 머리를 기댔다. 그러다가 힘없이 몸을 일으키며 말했다.

"일해야겠다."

그녀가 2층으로 가려 하자 안드레이가 앞을 막아섰다.

"일 그만하시구요."

"언제는 일을 하라며?"

"적당히 해야죠. 그날 이후로 잠도 안 자고 일만 하셨잖아요."

"일을 하는 게 좋아."

"납치당했던 사람이 계속 일만 하는 것도 심리적으로 문제가 있는 거예요."

"그래도…… 일하고 있지 않으면 자꾸 그때 생각이 난단 말이야."

그녀의 말에 안드레이가 골치 아프다는 듯이 말했다.

"정 그러시면 크림슨 백작님과라도 놀다 오시는 건 어때요?"

"아이작도 바빠."

그렇게 말한 스칼렛이 다시 무릎에 얼굴을 파묻고 말했다.

"섭섭하게. 진짜 왜 이렇게 바쁜 거야?"

"어, 잊으셨나 본데요. 백작님은 지금 사장님이 그렇게 좋아하는 크림슨 가문을 되찾느라 바쁘신 거거든요. 그것도 에빌 크림슨이 회생 불가로 망가뜨릴 뻔했던 가문을요."

"……알아. 아는데. 내가 찾아가면 볼 수 있었는데 이제 찾아가도 못 보잖아. 그렇다고 아이작이 날 맨날 보러 오는 것도 아니고. 섭섭하다, 섭섭해."

스칼렛의 투정 섞인 말에 안드레이가 기가 차서 헛웃음을 지었다.

그가 아는 한 아이작 크림슨의 세계에 중요한 것은 스칼렛 크림슨뿐이었다. 그게 너무 심각해서 문제인데, 정작 본인은 아무것도 모르고 저기서 섭섭하다는 말을 하고 있었다.

안드레이는 기가 찼지만 그냥 놔두기로 했다. 안 그래도 아직 두려움에서 벗어나지 못했는데, 아이작이 심각할 정도로 제 여동생만 생각하는 게 정상인 것 같지는 않다는 말까지 해서 그녀의 부담을 더하고 싶지는 않았다.

안드레이가 평소 성격답지 않게 머뭇거리다가 입을 열었다.

"아무튼. 죄송합니다."

"뭐가?"
"신문에 실린 사장님 사진이요. 제가 여기 왕실경찰을 들여보내는 바람에 찍히신 거예요. 그래서 해적들이 그걸 보고……."
"신문을 이용했단 말이지?"
"네."
그 말에 스칼렛이 다시 소파에서 일어났다.
그러자 안드레이가 체념한 듯 말했다.
"이 자리에서 절 죽이셔도 고소는 안 하겠습니다."
"죽었는데 어떻게 고소를 해?"
"그 정도로 죄송하다는 거죠."
"2년이야. 무급."
"너무하시네요. 차라리 죽이시죠."
스칼렛은 정색하는 안드레이를 흘기고, 겉옷을 챙기며 말했다.
"그걸 듣고 나니까 계획이 생겼어."
"무슨 계획?"
"무급 직원은 몰라도 돼. 나갔다 올게."
"아, 2년……."
안드레이가 괴로워하는 걸 힐끔 돌아보고 나서 스칼렛은 가게를 나섰다.

길에 나서는데, 주변에 빅토르가 따로 고용한 호위가 여럿 붙어 있는 걸 눈으로 확인하면서도 불안한 마음이 들었다.

거리는 벌써 피난을 간 사람들이 있어 드문드문 비어 있었다. 스칼렛은 전쟁이 이미 쓸고 지나간 것처럼 황량한 번화가를 지나 해군 공관으로 향했다.

공관에 들어서자 해군들이 인사를 건넸다.

"안녕하십니까!"

"좋은 아침입니다."

스칼렛은 어느 누구의 제지도 받지 않고 공관에 들어갔다.

나라 안 상황이 어찌 되었든, 혈통 좋은 해군들은 언제나처럼 유쾌하기 짝이 없었다. 그들은 드넓은 공관에서 여유로운 시간을 보내고 있었다.

그녀는 곧바로 빅토르가 있다는 회의실로 향했다. 곧 해군 하나가 문을 열었고, 스칼렛이 안으로 들어섰다.

회의 중이던 해군들이 전부 문을 보았다. 들어가도 된다고 해서 들어온 건데, 회의 중인 줄은 상상도 하지 못했다. 스칼렛이 눈을 동그랗게 뜨고 흰 걸음 물러섰다.

그녀를 확인한 빅토르가 재떨이에 담배를 비벼 끄고 손짓하자, 그 안에 있던 몇 명이 일어났다. 그리고 스칼렛에게 해군식 경례를 하며 회의실을 나갔다.

잠시 후 문이 닫히자 스칼렛이 빅토르에게 물었다.

"왜 나간 거…… 왜 나간 거죠?"

회의실 상석에 앉아 있는 빅토르가 순간 어렵게 느껴져 스칼렛이 말을 높였다. 그러자 빅토르가 새 담배를 꺼내며 말했다.

"공군이 아니라서 그렇습니다, 스칼렛 양."

"그렇군요."

스칼렛이 기껏 고상하게 대답하고는 지나치게 자신을 주시하는 해군들의 시선이 불편해 시선을 피했다. 한동안 혼자 작업을 했더니 사람 많은 곳이 다소 불편하게 느껴졌다.

스칼렛이 말했다.

"제안할 게 있어서 왔어요."

그러자 빅토르보다 스무 살은 많아 보이는 해군 장교 하나가 물었다.

"무슨 제안인가요, 스칼렛 양?"

그의 질문에 스칼렛이 걸어가 빅토르의 귀에 작게 물었다.

"여기선 비행기에 관한 걸 다 말해도 돼?"

그러자 빅토르가 그녀 쪽으로 고개를 돌려 대답했다.

"얼마든지."

그렇게 말하는 빅토르와 눈이 마주침과 동시에 스칼렛이 움찔거렸다. 그 눈빛이 부드러워 낯설었기 때문이었다.

스칼렛이 입을 열었다.

"제가 비행체를 만들고 있다는 걸, 대대적으로 알렸으면 좋겠어요."

그녀의 말에 빅토르의 표정 어딘가에 불쾌감이 번졌다.

스칼렛이 말을 이었다.

"제가 비행기를 제작하려는 이유는 살란티에와 충돌해 봤자 이득이 없을 거라는 걸 베스티나에 알려 주기 위한 거잖아요. 그렇다면 지금부터 베스티나에 우리가 비행기를 제작하기 시작했다는 걸 알려야 한다고 생각해요. 크림슨 가문은 유명한 기술자 가문이에요. 적녀인 제 이름을 내건다면 어느 정도 신빙성이 있을 거예요."

스칼렛은 말하면서도 저 따위의 말을 그렇게 진지하게 들어 줄까 염려했다. 그녀는 그런 심약함이 들킬까 봐 애써 강경한 표정을 짓고 있었다.

그러자 에번이 난처하다는 듯이 말했다.

"왕실에서 가만히 있지 않을 텐데요? 폐하께서야 편찮으시다고 해도, 왕세손 전하는 기술을 억제하는 유지를 그대로 이어받고 계시잖습니까."

그러자 스칼렛이 대답했다.

"여기 있는 신사분들이 지켜 주시겠죠."

그녀의 말에 해군들 몇이 유쾌하게 웃었다.

그러나 팔린이 불안한 목소리로 말했다.

"그렇다고 해도, 완전한 안전을 보장할 수는 없습니다. 광신도까지 달라붙을 텐데요."

"하지만…… 필요하다고 생각해요."

빅토르는 별말 없이 담배에 다시 불을 붙였고, 팔린이 스칼렛에게 다시 말했다.

"지금은 저희가 지켜드리더라도, 평화 협정을 맺고 나면 스칼렛 양께서는 사냥 끝난 사냥개 신세가 될 겁니다."

그것을 듣고 있던 빅토르가 말했다.

"첩자를 골라내서 처벌하면 돼. 그럼 왕세손도 걸릴 테니. 그러고 나면 더 이상 기술을 가졌다는 이유로 사람을 악하다 여기는 일은 없을 거야."

그의 태연한 말에 해군들은 물론 스칼렛도 놀라 눈이 동그래졌다. 왕세손에 대한 존칭이 없을뿐더러, 그를 잡아서 처벌하겠다는 말을 태연히 하고 있는 빅토르에게 놀란 것이었다.

곧 적응력 좋은 에번이 말했다.
"예, 그러면 되겠네요. 그럼 바로 신문사에 연락하시죠?"
그러자 빅토르가 해군들을 둘러보며 말했다.
"반대 의견이 있으면 지금 말해."
그러자 테이블 앞에 앉은 이들이 한마디씩 했다.
"없습니다."
"걱정이라면 스칼렛 양을 보호할 방법에 대한 것뿐이죠."
그 안에 있는 모든 이들이 찬성하자 정작 스칼렛은 부담감에 한숨이 나왔다.
에번이 종이에 휙 글을 갈겨 테이블 뒤 벽 쪽에 의자를 놓고 앉아 있는 제 심복에게 전해 주며 말했다.
"3번가의 신문사로 가져가. 수도 신문사는 왕실과 연결되어 있어서 검열할 가능성이 높으니까."
"예, 알겠습니다."
에번의 종이를 받아 가죽으로 겹겹이 싸서 끈으로 동여맨 해군이 회의실을 달려 나갔다.
이후 그녀는 응접실로 가 한동안 시간을 보냈다. 몇몇 해군들 역시 응접실에서 기다렸기 때문에, 빅토르가 마주 앉아 있어도 사적인 대화를 할 필요가 없었다.
해가 질 즈음 신문사에 갔던 에번의 심복이 돌아왔다. 그리고 에번이 신문을 받아 응접실 원형 테이블 위에 놓았다.
"신문사에서 곧바로 찍어서 한 부를 가져다줬습니다. 이게 팔려 나가기 시작할 겁니다."
스칼렛은 해군의 추진력에 놀라워하며 신문을 받아 확인했다.

정치 중립적인 곳으로 유명한 3번가 신문의 전면에, 지금껏 스칼렛이 본 적 없는 큰 글씨로 헤드라인이 적혀 있었다.

[살란티에에도 빛은 오는가]
[크림슨 가문의 진정한 후계자, 레이디 스칼렛. 비행체 제작에 착수하다]

에번이 말했다.
"아래는 제가 적은 건데, 위는 3번가 신문사에서 적은 겁니다."
신문을 들고 있는 스칼렛의 몸이 바들바들 떨리기 시작했다. 그녀가 중얼거렸다.
"이제 정말로, 만들어야만 하네요. 비행체를."
그러자 에번이 말했다.
"이렇게 이름을 내건 건 정말 용감하신 겁니다."
"그런가요?"
"웬만한 공군들보다 낫습니다. 아니, 어느 공군보다 낫지요."
에번이 말하자 옆에서 그의 부하들이 억울한 표정을 지었다. 에번이 유쾌하게 웃고 나서 빅토르에게 말했다.
"사실 이미 공군인 것 아닙니까?"
그가 묻자 빅토르가 입을 열었다.
"팔린, 포도밭 별장에서 머무는 학생들 중에 정비부사관으로 결격 사유가 있는 자가 있나?"
그러자 요즘 그 학생들을 전담하며 확인하느라 꽤 친해진 팔린이 자신만만하게 말했다.

"없습니다."

"그럼 이제 지원을 받으면 되겠군."

그의 말에 스칼렛이 대답했다.

"내가 물어볼게요."

"그렇다면 팔린을 데려가시죠, 스칼렛 양. 기관장이니까."

그 말에 팔린이 흠칫거렸다. 자기가 기관장이란 사실을 잠깐 잊고 있었던 탓이었다.

그는 빅토르를 따르고 싶어서 루비드호에 남았고, 기관장을 맡고 있지만 정작 기계에 대해서는 아무것도 몰랐다. 실무는 기관사들에게 맡겼고 그는 무력을 담당하고 있었다.

아무튼 빅토르가 팔린을 스칼렛의 호위로 공과대학에 보낸 것은 개중 기계 관련된 일을 맡고 있었기 때문이었다. 그는 스칼렛을 의지하는 눈으로 보고 있었다.

스칼렛이 빅토르를 보며 말했다.

"알고 있겠지만 실제로 공과대학 학생들은 힘이 없어요."

"무슨 힘이죠?"

그러자 팔린이 대신 대답했다.

"물리적인 힘일걸요. 잼통도 못 열더라구요."

그의 말에 스칼렛이 고개를 끄덕이고 말했다.

"너무했죠?"

"말도 안 되죠."

팔린이 대답하고 그렇게 나약한 인간들은 처음 본다는 듯 휴 한숨 쉬었다.

스칼렛이 말을 이었다.

"아무튼 힘을 써 줄 사람도 있었으면 좋겠어요."

"공군 중에 차출해."

"지난번에 해적들 중에…… 에이샤라는 사람이랑 조니라는 사람이 있었는데. 남매였고, 내가 조니의 목숨을 구해 줬어요."

그러자 에번이 말했다.

"아, 그 녀석들은 믿을 만하죠."

빅토르가 보나마나 안 된다고 할까 봐 걱정한 스칼렛은, 에번이 먼저 끼어들어 준 덕에 밝아졌다.

"그 둘을 고용했으면 하는데."

그러자 의외로 빅토르 역시 쉽게 수긍했다.

"그러지."

빅토르까지 받아들이자 스칼렛이 신기하다는 듯이 혼잣말했다.

"그 둘은 괜찮은 건가."

그러자 잠시 조용해지더니, 팔린이 목소리를 낮춰 말했다.

"에이샤는 자기 아버지를 죽였습니다."

"……뭐?"

"해적질은 뭐…… 생계였다고 그 섬의 사람들은 생각했는데요. 해적질이 계속되며 점점 장난으로 잔인하게 살란티에 시민들을 죽이지 않았겠습니까? 특히 약탈하고 나서도 해적식 장례를 치른다며 여자는 납치하고, 나머지 사람이 탄 배에 불을 지르는 게 점점 당연해졌습니다."

"……."

"에이샤의 아버지도 해적선의 선장이었는데요. 그가 배에 불을 지른 후에 여자들을 납치해서 집으로 끌고 오자 그날 아버지를 죽여서 시체를 해군들에게 줬습니다. 그리고 그 여자들과 남매를 살란티에로 데려가 달라고 했습니다."

스칼렛의 입술이 떨렸다.

빅토르가 말했다.

"게다가 당신이 조니를 도와줘서 납치당했을 때도 에이샤가 해코지 하지 못하게 막아 줬다고 들었는데."

"아, 응. 그랬어."

스칼렛이 고개를 끄덕이자 빅토르가 말했다.

"에번, 사람을 보내."

"예, 함장님. 요즘 해적들은 약탈을 안 하니 먹고살기 힘들어서 뭐라도 일거리를 주면 할 겁니다."

그렇게 결정하고 나서, 스칼렛이 심호흡을 했다.

몰아치듯 결정하고 나니 두려움이 들었다. 이 결정이 앞으로 자신을 어떻게 바꿀지 알 수 없었다.

───◆◆◆───

변화는 생각보다 빨랐다. 공관을 나와 시계 가게로 돌아온 지 채 반나절도 되지 않았을 때, 스칼렛은 창문으로 날아온 돌에 놀라 몸을 일으켰다. 창밖에서 광신도의 소리가 들렸다.

"마녀!"

"기술은 악입니다, 독입니다. 신에 대한 배반입니다!"

스칼렛은 멍하니 깨진 창문을 보다가 급하게 큰 짐가방을 가져와 열었다. 그리고 보이는 짐을 전부 구겨 넣었다.

급하게 챙겨 넣고 있으니 안드레이가 올라왔다.

"마차 잡아 놨으니까 빨리 나가셔야 할 것 같……."

그때 돌이 날아와 스칼렛의 왼쪽 이마에 맞았다. 스칼렛은 아픔보다 놀라서 주저앉았고, 안드레이가 급하게 그녀의 짐을 들며 말했다.

"이건 뭐 하러 챙기십니까?"

"중요한 거니까……."

안드레이가 먼저 내려가고 스칼렛 역시 그를 따라 내렸다.

시계 가게 앞에는 그녀가 비행체를 만든다는 소식에 화가 난 광신도들이 몰려와 있었다. 호위들이 막고 있었으나 숫자가 열세라 돌을 던지는 것까지 막기는 역부족이었다.

"마녀다!"

"당장 붙잡아, 화형을 시켜야 해! 저 마녀가 살란티에를 불행하게 할 거야!"

스칼렛은 성난 사람들이 던지는 돌을 맞으며 마차에 올라탔다.

곧바로 마차가 출발하고 스칼렛이 휴 한숨을 쉬더니 급하게 안드레이의 얼굴을 살폈다.

"괜찮아? 어떡해, 나 때문에……."

"됐습니다. 애초에 사고뭉치인 사장님을 모실 때부터 언젠가 이럴 줄 알았죠."

"미안."

그렇게 사과하는 스칼렛의 얼굴 역시 상처투성이였다.

안드레이가 말했다.

"아니, 사장님은 어떻게 상처 하나가 낫기도 전에 다른 상처가 납니까?"

"난 괜찮아. 정말로."

스칼렛이 민망한 표정을 지었다.

"이럴 줄 몰랐던 건 아닌데…… 우리 시계 가게 구할 수 있을까?"

"이 와중에 시계 가게를 구할 생각을 하십니까?"

안드레이가 혀를 차더니 말을 이었다.

"빅토르 경께서는 호위를 고르는 눈이 없습니다."

"그래?"

"네. 본인이 워낙 강하니까 그 아래는 다 비슷비슷하게 생각하신다니까요. 말이 됩니까? 인간이 다 격차가 있지."

"그렇구나……. 아, 일단은 크림슨 가문으로. 우리 집은 당분간 위험한 데다가 옆집에도 위협이 될 것 같으니까, 머물 수 있게 해 줄지 물어봐야겠어."

마차는 곧바로 크림슨 가문으로 향했다.

스칼렛이 초조하게 말했다.

"아이작도 위험할 텐데."

"그러니까 지금 가 봐야겠죠. 그 광신도들이 나타나지 않았나."

"아, 어떡해……."

스칼렛이 두 손으로 얼굴을 감쌌다.

"내가 생각이 짧았어."

그녀가 말하는 사이, 마차는 가까이에 있는 크림슨 저택에 도착했다. 다행히 아직 광신도들이 나타나지 않아 집은 고요했다. 만약 지금 체포를 하더라도, 왕실에서 되레 부추기기만 하는 광신도들은 하루 안에 풀려나 다시 활동할 것이 분명했다.

안드레이가 중얼거렸다.

"저런 놈들 보면, 그냥 살란티에를 버리고 떠나고 싶지 않으세요?"

"안드레이도 그런 말을 하네."

"보통 사람이라면 그런 생각을 하죠. 짜증 나잖아요. 왕실도, 경찰도, 심지어 시민들도 멍청하기 짝이 없어요. 그 사람들을 위해 왜 사장님이 이 고생을 해야 하는지 모르겠어요. 베스티나로 가시면 훨씬 대우를 받으실 텐데."

그의 말을 듣던 스칼렛이 안드레이를 흘기며 물었다.

"혹시 베스티나 첩자야?"

"왕실경찰에 이어서 베스티나까지요? 아뇨, 제가 그 정도로 승진을 못 했습니다."

"짜증 나. 엄청나게 열 받아."

"근데요."

"근데 선택권이 없어."

"있다잖아요, 크림슨 백작님이."

"아니야."

스칼렛이 고개를 저었다.

"그건 내 선택권이 아니야. 크림슨 가문은 기술을 가졌기 때문에 작위를 받았어. 작위를 받은 대가로, 우리는 살란티에를 떠나지 않아. 약속한 거잖아. 그러니 나에게는 선택권이 없어."

"……."

"그리고 살란티에 시민들은 멍청하지 않아."

안드레이는 불만이 많아 보였으나 말없이 창밖으로 고개를 돌렸다. 그러다가 이내 실소했다.

"그러게요."

그의 말에 스칼렛이 창밖을 보았다. 근처의 사람들이 나와서 저택을 지키고 있었다. 그러다 스칼렛이 마차에서 내리자 그들이 몰려왔다.

"아가씨, 가게랑 여기는 이제 우리가 지켜 줄 테니까 염려하지 말아요."

"그 미치광이 놈들은 우리가 죄 막아 줄 테니까!"

스칼렛이 멍하니 눈을 깜빡였다. 그리고 잠시 후 도착한 호위 몇이 마차에서 내리며 스칼렛에게 말했다.

"가게는 트램 운전수들이 몰려와서 지키고 있습니다. 체격들이 워낙 좋아서 광신도들이 힘을 못 쓰던데요?"

"아……."

스칼렛이 이내 미소를 지었다. 그제야 주변 사람들이 그녀의 얼굴에서 상처를 발견하고 놀라서 말했다.

"아가씨 얼굴에 상처가 났잖아요!"

"아이고, 흉 지면 어떡해, 이 예쁜 얼굴에……."

스칼렛은 손으로 상처 난 곳을 만져 보다가 얼른 저택으로 향했다. 긴 시간 빼앗겼던 저택에 들어서려니 겁이 났다. 하지만 지금 당장은 갈 수 있는 곳이 없었다.

그녀가 집으로 들어서자 집사가 곧바로 아이작을 부르러 달려갔다. 책상에 서류를 늘어뜨려 놓고 괴로운 표정을 짓고 있던 아이작이 집사가 부르는 소리에 문을 나섰다.

"무슨 일이야?"

"아가씨께서 오셨습니다."

"스칼렛이?"

아이작은 오늘 내내 서류와 싸우느라 집 밖의 상황을 파악하지 못했다.

그는 재킷을 입을 새도 없이 베스트 차림으로 계단을 달려 내려갔다. 그리고 로비에 서 있는 스칼렛을 발견하고 놀라서 물었다.

"스칼렛, 무슨 일 있어?"

"응……. 얘기하자면 좀 길어."

스칼렛의 말에 아이작이 얼른 들어오라고 손짓했다. 그는 급하게 스칼렛을 소파에 앉히고 얼굴을 살폈다.

"어쩌다 이렇게 상처가 난 거야……."

"괜찮아, 그렇게 심하게 아픈 건 아니야."

"아니긴 뭐가 아니야?"

아이작이 걱정하며 사용인에게 약을 가져오게 하고 돌에 맞은 이마를 살펴 조심조심 소독을 한 후 약을 발랐다. 다행히 큰 상처는 아니었지만 아이작의 표정이 근심으로 가득했다.

그 와중에 스칼렛은 늘 아이작을 지키는 일에 바쁘던 자신을 이제는 아이작이 돌봐 주는 모습에 좀 뿌듯해져 배시시 웃었다.

"이러니까 진짜 오빠 같네."

"난 항상 진짜 오빠였거든?"

아이작이 핀잔하곤 약을 골고루 바르고 손을 뗐다. 그가 물었다.

"그래서, 무슨 일인데?"

"아, 맞아……."

정색하는 아이작의 눈앞으로 스칼렛이 빠르게 신문을 들어 올렸다. 그녀가 비행기를 만드는 일에 착수했다는 내용이었다.

신문을 가까이해서 확인한 아이작이 인상을 썼다.

"스칼렛 크림슨!"

"이 기사만 보고도 베스티나의 공격은 미뤄질 거야."

"그 위험을 왜 네가 감수해? 세상이 너한테 뭘 해 줬다고 나서? 왜 자꾸 이렇게 위험한 일을 하는 거야, 도대체······."

아이작이 한숨을 쉬었다.

그는 손으로 얼굴을 감싸고 고개를 떨군 상태로 잠시 있다가 입을 열었다.

"지난번에도 그래."

"응?"

"리콜하겠다고 본점 찾아갔잖아. 그때 빅토르 경이 없었으면 너 큰일 났을 수도 있었어."

"아······ 그땐 남들 보는 곳에서 아놀드가 그럴 줄 몰랐지."

"그리고 넌 얼마 전에 납치를 당했잖아."

"무사히 돌아왔잖아."

"그러고 어떻게 또 이렇게 위험한 짓을 해!"

아이작이 소리치자 스칼렛이 움찔했다. 아이작이 말을 이었다.

"무섭지도 않아? 아니면 사는 게 싫어? 목숨이 가벼워? 여태까지 우리가 어떻게 버티고 살아왔는데. 이제 그나마 좀 평범하게 살 수 있을 것 같은데 왜 그래, 도대체······."

아이작이 이렇게 화를 내는 건 처음이었다.

스칼렛은 걱정과 서글픔이 섞인 그의 목소리가 오히려 기쁘게 느껴졌다. 인간이라면 화를 내고 울기도 해야 하니까. 그러니 그의 감정이 터져 나오는 것은, 아이작 크림슨이 세상과 만나고 있다는 의미였다.

이내 크게 심호흡을 한 스칼렛이 입을 열었다.

"사는 게 싫다니? 아이작, 나는 살 거야."

그녀의 곧은 목소리에 아이작이 고개를 들었다.

스칼렛이 활짝 웃으며 말을 이었다.

"살아야 돼. 세상에 내가 지켜야 할 사람이 얼마나 많고, 지킬 수 있는 사람이 얼마나 많은데. 어쩔 수 없잖아. 그래서 그래. 목숨이 가벼워서가 아니야."

"……."

"아이작. 나는 살 거야. 신이 내 앞에 어떤 바위를 놓아도 넘을 거야."

"……."

"그래서 그래."

울음을 참느라 이를 악문 아이작의 얼굴에 붉은 기가 올라왔다. 한참 그렇게 어깨를 떨던 그는 이내 손으로 얼굴을 훑어 냈다.

"어차피 뭐, 말린다고 네가 들어?"

그의 말에 스칼렛이 웃으며 대답했다.

"그건 그래."

"그래."

아이작이 스칼렛의 손을 꽉 잡았다.

"알았어."

"정말?"

"응. 1공장은 내가 계속 돌릴게. 리콜한 시계 전부 돌려줄 수 있도록. 어차피 돈은 숙부의 계좌에서 나가게 결정되었으니 그건 문제

없어."

"와, 그 사이에 다 해결됐네."

"그럼 내가 뭘 하러 서류를 붙잡고 있었겠어."

아이작이 스칼렛의 손을 못 놓고 말을 이었다.

"그리고 다 끝나면…… 나는 네 시계 가게 옆에 향수 가게를 열 거야."

"와. 좋은 생각이야. 7번가에?"

"아니. 일이 잘 끝나면 네가 본점을 맡아야지."

아이작이 말하자 스칼렛이 고개를 저었다.

"그건 안 되지. 본점은 가주가 가지는 거야."

"후계자가 가지는 거야."

아이작이 단호하게 말했다.

"이제 숙부는 시계 일을 다시 할 수 없을 거고, 나는 시계를 못 만들잖아. 너밖에 못 해서, 네가 해야 하는 거야."

"너무 큰 재산인걸."

"네가 아니면 크림슨 가문은 시계를 만드는 가문으로 존재할 수 없어. 크림슨 가문에 너보다 큰 재산은 없는 거야."

아이작의 단호한 말에 스칼렛이 미소를 지으며 고개를 끄덕였다.

"응. 알고 있을게."

"그거라도 알아 주셔서 감사합니다."

속이 바짝 탄 아이작이 핀잔하자 스칼렛이 민망해하며 웃었다.

그가 몸을 일으켰다.

"그럼 짐 풀어. 당분간은 여기 있어야 할 테니까."

"그래도 돼? 숙모님은? 아놀드와 메릴린은?"

"아직 여기 있어. 갈 곳이 없잖아."
"불편하지?"
"아니. 평생 같이 살았는데 뭐. 걱정 마. 너 못 건드려."
아이작이 말하며 몸을 돌려 계단을 걸어 올라갔다.

스칼렛은 집이 그대로 남아 있는 것은 결코 아니라는 것을 알았다. 집 안에서 에빌 크림슨이 가져온 것들이 전부 뜯겨져 나가, 집 안 여기저기 휑한 곳이 있었다.

아이작이 걸어 올라가자 난간 쪽에 있던 아놀드 크림슨이 급하게 방 안으로 들어갔다. 아이작은 이 집을 열두 살, 열세 살 남매가 마지막으로 기억하는 집으로 되돌리고 있었다. 스칼렛의 방 역시 어릴 때 쓰던 그 방이었다.

스칼렛은 아이작이 안내해 준 방 앞에 서서 눈이 휘둥그레졌다.

"우와……."

"이제 여기가 네 방이야."

스칼렛이 행복한 표정을 지었다. 그녀가 좋아하는 것들로 가득 찬 방이었다.

아이작이 말을 이었다.

"저기 드레스룸은 네 작업실로 꾸몄어. 집에 와서도 작업하고 싶은 게 있을 것 같아서. 대신 드레스룸은 맞은편."

"정말 좋네. 근사해."

스칼렛이 행복해하는 모습에 아이작은 겨우 진심으로 미소 지었다. 뒤에서 안드레이가 짐을 내려 주자, 스칼렛이 씩씩한 목소리로 말했다.

"안드레이, 나는 당분간 시계 가게를 닫으려구. 당분간은 바쁠 것 같아."

"어차피 귀족들이 제일 먼저 피난 가서 가게를 열어 놓을 의미가 별로 없을 거예요."

"그러려나……."

아이작이 같은 층의 끝 방을 가리켰다.

"안드레이 씨는 저 방을 쓰겠어요?"

"저도 방 내주시게요?"

"네. 스칼렛의 직원 중에 가장 유능한 직원이니 특별히."

"예, 뭐 선택권은 없겠지만요."

서로 농담을 주고받는 모습에 스칼렛이 흐뭇한 표정을 지었다. 긴 시간을 다락방에만 있던 아이작에게는 친구가 필요했다.

표정을 숨기지 못하는 그녀의 마음을 읽었는지 안드레이와 아이작이 번갈아 말했다.

"사장님, 지금 저와 백작님이 친구가 됐으면 좋겠다고 생각하고 있는 거죠?"

"날 돌봐 주다 못해서 이제 친구까지 만들어 주려고 하는 거야, 스칼렛?"

두 사람의 말에 스칼렛이 웃음을 터트렸다.

"왜, 잘 맞을 것 같은데."

"친구는 중매 선다고 되는 게 아닙니다, 사장님. 아무튼 전 쉬러 갑니다. 사고 치는 사장님 모시는 게 보통 지치는 일이 아니라서요."

안드레이가 말하며 끝 방으로 쉬러 가고, 스칼렛이 아이작을 손짓해 불렀다. 그가 방 안으로 들어가 침대에 앉으니 스칼렛이 가져온 시계를 꺼냈다.

"오는 김에 오빠 선물을 가져왔어."

"우와."

아이작의 눈이 동그래졌다.

스칼렛이 아이작의 소매를 조금 걷으며 커프스링크를 톡톡 두들겼다.

"이걸 사기도 전에 오빠 시계를 만들었어. 그런데 그거랑 너무 잘 어울리는 커프스링크가 있어서 이것도 샀던 거야."

스칼렛은 그동안 못 줬던 은시계를 아이작의 왼 손목에 채워 주었다. 아이작이 심플하며 우아한 시계를 보며 헤헤 웃었다.

"사실은, 네가 언젠가는 나에게 시계를 선물해 줄 줄 알았어."

"그래?"

"응. 시계를 받으면 내가 읽을 수 없으니까 어떻게 쓸까도 생각해 봤었는데."

아이작이 시계 찬 손목을 여기저기 내밀어 보이며 말했다.

"이렇게 길 가는 사람한테 시간을 물어볼까 생각해 봤어. 그런데 그럼 누가 훔쳐 갈까 봐 무섭더라구."

아이작의 말에 스칼렛이 유쾌하게 웃음을 터트렸다. 아이작은 시계가 마음에 드는지 한참 보고 있었다.

다음 날 바로 시계 가게로 돌아가 보니 엉망이 되어 있었다. 스칼렛이 가게를 바라보고 있으니 안드레이가 말했다.

"사장님, 안으로 더 들어가든지 밖으로 나오세요. 유리를 바꾸려면 이걸 다 깨 버려야 하니까요."

"아, 응."

스칼렛이 비켜 주자 안드레이가 가지고 있던 망치로 남은 유리를 전부 깼다. 안드레이가 엉망진창이 된 가게를 가만히 둘러보는 스칼렛에게 물었다.

"사장님은 당분간 여기 안 계실 거죠?"

"응."

"그럼 전 여기서 시계 가게를 보고 있을게요."

그의 말에 스칼렛이 말했다.

"같이 가는 게 맞을 것 같아."

"그럼 가게는 누가 봐요."

"무급인데?"

"그건 이미 받아들였습니다."

"여기 있다가 왕실경찰이 안드레이를 죽이러 오기라도 하면?"

"무슨 소리세요. 당연히 죽이러 올 거니까요."

"그러니까 여기 있지 말고 같이 가자. 그게 싫으면 피트 가문으로 피해 있는 건 어때?"

"아, 절대 안 되죠. 제가 왕실경찰 그만둔 걸 알고 형이 절 죽이려고 벼르고 있거든요. 가문의 이름에 먹칠을 했다고."

"……안드레이도 참 위협을 많이 당하고 사는구나?"

"그렇게 됐습니다."

안드레이가 말하며 유리를 마저 깨서 틀을 깨끗하게 만들었다. 그리고 문 너머에 있는 스칼렛에게 말했다.

"사실 다 사장님 때문이에요."

"나? 왜?"

"사장님만 아니었으면 제가 왕실경찰을 그만두지 않았을 거 아닙니까. 동화되는 바람에 이 모양이 됐네요."

그는 말하다가 스칼렛이 미안한 표정을 짓자 씩 웃었다.

"그건 그거고, 제가 사장님에게 나쁜 짓을 한 건 영원히 용서받지 못할 것 같아요."

"뭘 했는데 그래?"

"비밀인데요."

"폭력을 썼어?"

"아뇨. 손도 안 댔습니다."

"그럼?"

"……."

안드레이가 입을 열지 않으니 스칼렛은 대답 듣는 걸 포기하고, 계단에 앉아서 잠시 힘들게 만든 가게가 망가진 것에 대한 마음을 정리했다.

안드레이가 다시 입을 열었다.

"그러니까 회개의 의미로 가게를 복구해 둘게요. 나중에 기억이 돌아오셔도, 저 해고하기 전에 참작해 주시죠."

"봐서."

스칼렛이 대답하고 몸을 일으켰다. 그녀는 손으로 치마를 탁탁 털고 나서 안드레이에게 악수를 청했다.

"가게 잘 부탁해."
"저야말로요."
그렇게 악수를 하고 스칼렛은 가게를 나섰다.

―――・◦・―――

기차를 타기 좋은 맑은 날씨였다.
스칼렛은 바로 남부의 공군 기지로 이동할 예정이었다. 그녀는 얼마 되지 않는 짐을 챙기고, 기차에 올랐다.
우선은 공군 기지로 가는 길에 포도밭 별장에 들렀다. 그곳에는 여전히 살란티에 공과대학에서 기계공학을 공부한 학생들이 머무르고 있었다.
연구에 열을 올리던 학생들과 구스타프 교수는 갑자기 나타난 스칼렛을 발견하고 그대로 얼어붙었다. 구스타프 교수가 스칼렛과 제일 친한 커스틴에게 눈짓하자 그녀가 앞장섰다.
"미안. 우리가 빈대 붙었어!"
"응?"
"가란 소리를 안 하니까……. 거긴 눈에 파묻혀서 지금 들어가지도 못한단 말이야. 여기 한번 있어 보니까 다시 그 지옥 같은 추위 속으로 못 돌아가겠더라고……."
그녀의 말에 왜 학생들이 자기 눈치를 보는지 알아차린 스칼렛이 웃었다.
"알았어. 날씨 좀 더 풀리면 가."
"지, 진짜?"

"응."

스칼렛이 고개를 끄덕이고 크게 심호흡을 했다. 그리고 커스틴에게 물었다.

"혹시 신문 봤어?"

"무슨 신문?"

"나는 이제부터 비행기를 만들 거야."

"……진짜?"

"응. 진짜로."

스칼렛이 크게 고개를 끄덕이고 말을 이었다.

"꼭 만들어야 하는 장치가 많은데. 일단은 부모님의 이론에 따르면 비행기가 날기 위한 활주로가 확보되어야 하거든? 그런데 공군 기지는 활주로가 절대적으로 부족해서."

스칼렛이 손짓까지 해가며 말을 이었다.

"베스티나의 비행기를 본 사람들의 말에 의하면 아래 바퀴가 달려 있대, 마차처럼. 그런데 우리는 활주로가 없으니까, 수상비행기가 되어야 한다고 생각해. 그러려면 비행기 아래에 스키처럼 물 위에서 미끄러질 수 있는 플로트가 달려 있어야 한다고 생각하거든? 이 모양을 어떻게 해야 할지 모르겠어. 애초에 비행기도 어떻게 만들어야 하는지 모르겠지만."

"……."

"아무튼 그래서 공군에서 정비부사관을 필요로 하고 있어. 생각 있으면 저기 해군들에게 말하면 돼. 데려다줄 거야."

"비행기를…… 만든다고?"

"응."

스칼렛이 고개를 끄덕이고 말을 이었다.

"하지만 다들 알고 있지? 비행기를 만들고 나면 아마, 나는 종교적으로 파문을 당할지도 몰라."

"으음……."

"불이익이 많을 거야. 뭔가를 바라고 할 수 있는 일은 아니야. 그래도…… 전쟁을 막는 일이 될 거야."

스칼렛의 말에 별장은 한동안 조용했다.

잠시 후 그녀가 말했다.

"아, 난 다 말했어. 그럼 이제 가 볼게."

"가, 간다고? 바로?"

"응."

"더 알려 줘야 선택을 하지!"

스칼렛이 웃으며 말을 이었다.

"너무 위험하니까, 설득할 생각은 없어. 그냥 궁금하면 가자. 비행기를 만들어 보고 싶으면 가자. 그게 알고 싶으면 가는 거야, 우린 궁금한 게 많은 사람들이잖아."

그녀의 말에 구스타프 교수가 의욕적으로 두 주먹을 불끈 쥐었다가 얼른 풀고 헛기침을 했다.

스칼렛이 말했다.

"그럼 신중하게 생각해 줘."

그렇게 말하고 나서 스칼렛은 바로 마차에 올라탔다.

스칼렛이 탄 마차가 떠나자 커스틴이 말했다.

"아니…… 저렇게 말하면 난 안 갈 수가 없잖아, 친구인데."

그러자 구스타프 교수가 말했다.

"나도 안 갈 수가 없잖니, 담당 교수인데……."

"교수님, 무서워요……."

"나도 무섭단다. 하지만 내가 오늘 같은 날을 위해서 처자식을 만들지 않았지……."

두 사람은 오들오들 떨며, 별 수 없다는 듯이 각자의 공간으로 돌아가 짐을 챙기기 시작했다.

공군 기지에 다시 도착한 스칼렛은 공관 옆 글라이더 창고에 짐을 풀었다.

창고 안에는 생각보다 근사한 작업실이 만들어져 있었다. 스칼렛이 놀라자 함께 들어온 팔린이 말했다.

"손재주 좋은 녀석들이 많아서, 매일 조금씩 소일거리로 하다 보니 완성이 됐네요."

"멋지다……."

스칼렛이 감탄했다.

"그래도 혼자 쓰기엔 너무 넓네요."

"오실까요? 공과대학분들이."

"모르겠어요. 안 오면 혼자서 세 사람 몫을 해야죠."

스칼렛이 듬직하게 말하자 팔린이 옆에서 유쾌하게 웃었다.

그사이 빅토르가 작업실로 들어서자 팔린이 인사를 하고 나갔다. 그가 스칼렛에게 다가가 물었다.

"마음에 들어?"

"응. 근사해."

그렇게 이야기하고 난 스칼렛이 빅토르를 돌아보았다.

"미리 말해 둘 게 있어."

"뭔데."

"비행기를 만들 때, 나는 엔진에 폭파 장치도 같이 넣을 거야."

"……."

"만약 전쟁이 일어난다면, 나는 비행기를 전부 폭파시킬 거야. 그러니까 평화 협정이 잘 이루어지게 해 주는 게 좋을 거야."

그녀의 단호한 말에 빅토르가 기가 찬 표정으로 스칼렛을 바라보더니 이내 고개를 끄덕였다.

"그래. 약속하지. 평화 협정이 잘 이루어지게 하겠다고."

"좋아."

스칼렛은 도안을 하나씩 벽에 걸기 시작했다.

그 짧은 사이에 그녀는 엄청나게 많은 도안을 그려놓았다. 부모님의 기억 속에서 가져온 것도 있지만, 대부분은 학교를 다니면서 새롭게 그려낸 도안들이었다.

빅토르는 그 많은 도안과 피곤이 주렁주렁 매달려 있는 스칼렛의 얼굴을 보았다. 그리고 그녀의 팔을 잡으며 말했다.

"우선 쉬어. 산을 넘어 왔잖아."

"쉴 시간이 있어?"

"있어. 이미 베스티나에서는 당신이 비행기를 만들려 한다는 소식 때문에 상황을 파악하느라 바쁜 것 같더군. 최근 아무런 군사적 도발도 없었던 걸 생각하면 더더욱."

"그렇구나……."

스칼렛이 대답하고 의자에 앉아 뒤로 기댔다. 그간 여러 날 밤을 지새운 탓인지 그녀는 거의 의자에 앉자마자 긴장이 풀려 졸기 시작했다. 인정하고 싶지 않지만 빅토르의 옆에 있으면 불안한 동시에 마음이 놓였다.

스칼렛이 조는 모습에 빅토르가 실소하더니 그녀의 머리칼을 쓸며 말했다.

"침대에서 자."

"씻기 싫어……."

"그냥 자."

"새 침대에서 그냥 잘 수 없어. 목욕하고 잠옷으로 갈아입고 잘 거야."

그녀의 말에 빅토르가 스칼렛이 짐을 풀어 침대에 올려놓은 잠옷을 들어 보며 말했다.

"새 침대 운운히기엔 이미 잠옷이 낡은 것 같은데."

그가 놀리듯 말하자 스칼렛이 잠이 덜 깬 상태로 주먹을 들어 빅토르의 팔을 퍽 때렸다. 빅토르는 손으로 막는 시늉을 하며 물러났다. 그가 피하는 바람에 스칼렛이 휘청거리자 빅토르가 그녀를 휙 끌어안았다.

"그럼 내 침대에서 자."

"그게 뭐야."

"아니면 씻겨 주고."

그러다 또 한 대 맞았다.

빅토르가 실소하며 말했다.

"놀리자고 하는 말 아니야. 중요한 인력을 위해서 그 정도 노동은 할 수 있지."

"말도 안 되는 소리 하지 마. 놀리는 게 아니긴 무슨……."

"다시 말하지만 농담 아니고, 귀찮으면 정말로 씻겨 주겠다는 말이었어."

"……."

이게 놀리는 게 아니라고? 그럴 수가 있나?

스칼렛이 믿을 수 없어 빅토르를 올려다보니, 그가 고개를 숙여 눈을 마주치며 말했다.

"응?"

그가 가까이에서 들여다보니 잠이 깼다.

스칼렛이 시선을 피하더니 입을 열었다.

"……이제 잠 깼어."

"저런."

"씻으러 갈래."

스칼렛이 서둘러 침대로 가서 자기 잠옷을 챙겼다. 그리고 붙어 있는 욕실로 달려가다가 되돌아왔다.

그녀가 문 앞에 서 있어서 빅토르가 돌아보니 스칼렛이 물었다.

"빅토르, 혹시…… 유혹한 건 아니지?"

그녀의 말에 빅토르가 되물었다.

"그렇게 질문해야 할 정도로 서툴렀어?"

"아니……."

혹시 제가 마음이 흔들려서, 유혹도 아닌 걸 보고 유혹이라고 착각한 거면 어떡하나 생각했던 것뿐이었다.

스칼렛이 고민하자 빅토르가 욕실로 걸어오며 말했다.

"그러는 당신은?"

"응?"

"왜 그렇게 고민하는 표정을 지어. 기다리게 되잖아."

그의 솔직한 말에 스칼렛이 멈칫했다. 그러다 얼굴이 화끈거려 손으로 제 뺨을 감쌌다가 입을 열었다.

"그냥 진짜로 목욕 시중만 들면 안 돼?"

그녀의 말에 빅토르가 다소 못마땅한 표정을 짓더니 별 수 없다는 듯 대답했다.

"그러지."

"그럼 들어와."

스칼렛이 말하더니 욕실로 들어갔다.

바로 온천수를 끌어올 수 있어, 물을 끓일 것도 없이 따듯한 물로 욕조를 채웠다. 다만 지나치게 고온이라 빅토르는 찬물을 섞어 적당히 온도를 맞췄다. 그러더니 소매를 걷어 물 온도를 확인했다.

스칼렛은 저런 사소한 일거리를 평생 할 일 없었을 빅토르가 제 목욕물 온도를 맞추는 걸 신기하게 바라보고 있었다. 빅토르는 거기에 스칼렛이 덤펠트가에 있을 때 쓰던 입욕제를 넣은 후 욕조에 커튼을 쳐 주고 말했다.

"씻어."

"물 온도 맞아?"

그녀가 의심하자 빅토르가 대답했다.

"설마 목욕물 온도도 못 맞출까 봐?"

"지난번에 당신이 붕대 감아 놓은 걸 기억해 보면 충분히 그럴 수 있어 보여."

"그때 자괴감을 느끼고 더 연습했어."

"……그래?"

"응."

그의 대답에 스칼렛은 저도 모르게 조금 웃고, 커튼 뒤로 들어갔다. 가운을 벗어 놓고 욕조에 들어가니 온도가 딱 맞았다. 마음에 드는지 콧노래까지 흥얼거렸다.

목욕을 마친 후 큰 수건을 두르고 나와 보니 빅토르가 다가와서, 그 수건을 풀어 그녀의 몸에 물기를 닦아 내고 옷을 갈아입혔다. 스칼렛은 한소리 할까 하다가 잠이 쏟아지기도 하고, 그는 이미 제가 옷을 입고 있지 않은 모습을 많이 보았으니 약간의 부끄러움을 감소하고 놔두기로 했다. 하지만 그녀의 처음 생각과 달리 부끄러움이 점점 커져서 잠이 자꾸 달아났다.

잘 준비를 완전히 마친 후에 스칼렛이 침대에 누우려는데 빅토르가 말했다.

"잠도 재워 주고 가지."

"내가 어린애야?"

그녀의 핀잔에도 빅토르는 침대에 누웠고, 팔베개를 해 주겠다는 듯 팔을 뻗었다.

스칼렛은 얼마 전 제가 기억을 잃은 척하던 날 그의 팔을 당겨 안겼던 것을 떠올렸다. 그가 잠든 줄 알고 그랬는데, 지금 알고 저러는 걸 보니 깨어 있었던 것 같다.

스칼렛은 얼굴이 화끈거려 더 서 있지 않고 서둘러 침대에 누웠다.

빅토르는 가스등을 끄고 그녀를 끌어안으며 말했다.

"잘 자."

"……응."

스칼렛은 속이 타서 갈증마저 느끼며 그의 품에 기대 잠을 청했다. 바로 잠이 오지 않았다. 가뜩이나 욕실에서 일로 잠이 깼는데, 손이 닿은 그의 가슴팍에서 심장 뛰는 것이 느껴지자 더더욱 잠이 달아났다.

'심장이…….'

그도 긴장을 하고 있을지 모른다는 생각이 들 만큼 빠른 박동이었다.

스칼렛이 상체를 일으키며 물었다.

"……긴장돼?"

그녀가 묻자 빅토르가 그녀를 올려다보았다.

"응."

"왜?"

"당신이 옆에 있잖아."

"그게…… 긴장돼?"

"지금은 그렇군."

그의 말에 스칼렛이 머뭇거리더니 어려운 실험이라도 하듯 몸을 숙여 그의 입술에 입을 맞추고 물었다.

"……이제는?"

"……."

그가 대답이 없어 스칼렛은 빅토르의 심장 근처에 다시 손을 올렸다. 강한 박동이 느껴졌다.

빅토르가 그제야 입을 열었다.

"빨리 자. 피곤하다며."

"……."

"자게 해 줄 때 자, 스칼렛."

스칼렛은 고개를 끄덕이고 빅토르의 배 위에 머리를 올리고 잠을 청했다. 아무리 봐도 불편한 자세 같은데, 그녀가 그대로 곤히 잠들어 버리자 빅토르가 헛웃음을 흘렸다.

"……갈수록 이해가 안 되는 여자야."

그는 중얼거리며 고개를 젖혔다.

스칼렛의 숨이 배에서 느껴져 온몸에 힘이 들어갔다. 그녀는 가끔, 제가 깨지지 않는 이성을 가진 사람인 것처럼 굴 때가 있었다.

그런 스칼렛의 생각과 달리 빅토르의 머릿속에는 욕조에서 막 걸어 나오던 스칼렛의 어깨와 매끈한 다리, 그리고 그 수건을 풀며 보였던 몸으로 가득 차 있었다.

그녀에게 손을 대지 않는 것만으로도 괴로웠는데 이제는 아예 그의 배 위에 누워 있었다. 그녀는 그의 이성이 어느 정도로 단단한지 실험 중인 것만 같았다.

잠들긴 틀렸다.

얼마나 잤을까.

스칼렛은 창고 쪽이 소란스러운 것을 느끼고 몸을 일으켰다.

아래에서 기계 소음이 나고 있었다. 소리만 들어도 오작동 중인 걸 알 수 있었다. 거기에 방음이 전혀 되지 않아 해군들의 목소리까지 들렸다.

"아니, 이게 왜 이러지……."

"뭘 건드린 거야?"

"난 그저 스칼렛 양께서 깨시기 전에 청소라도 해 놓으려고 했을 뿐인데……."

스칼렛이 몸을 일으키려 하자 빅토르가 다시 끌어안으며 말했다.

"이제 당신 잘 때는 떠들지 못하게 하지."

"잠깐 내려가 봐야겠어."

그녀의 말에 빅토르가 손으로 얼굴을 감싸며 욕설을 뱉었다. 그러자 스칼렛이 동그래진 눈으로 빅토르를 살피고 몸을 일으켰다. 스칼렛은 그의 잠을 깨웠으니, 분명 저기서 시끄럽게 군 공군들이 한바탕 혼나겠구나 싶어 안쓰러운 마음이 들었다.

그녀는 잠옷 위에 가운을 걸치고, 잠긴 침실 문을 열고 연구실을 나왔다. 그리고 또 문이 있어서 그것도 열고 계단을 내려갔다. 보안 하나는 정말 철저하게 해 놓았다고 생각했다.

그녀가 1층으로 내려오자 열 명은 몰려와 있던 해군들이 얼어서 경례했다.

"저, 저희 때문에 깨신 겁니까?"

"괜찮아요."

스칼렛은 그렇게 말하고, 잠이 안 깨는지 손바닥으로 눈을 꾹 눌렀다가 떼며 걸어갔다. 그리고 사다리를 챙겨 들려 하자 해군들이 달려왔다.

스칼렛이 말도 안 나오는 듯 손가락으로 비행기를 가리켰다. 해군들이 거기 사다리를 놓자 스칼렛은 공구함에서 스패너 하나를 챙겨 들고 복엽기 위로 올라갔다. 그리고 볼트를 조이자 소음이 줄어들었다.

스칼렛이 비행기에서 다시 내려와 스패너를 흔들어 보이며 말했다.

"장정 열 명이서 이까짓 것도 못 해요?"

그녀의 말에 해군들이 전부 아무 말도 못 하고 입을 다물었다.

이렇게 도움 안 되는 사람들과 어떻게 일하나.

스칼렛이 한숨을 쉬고 있을 때였다. 창고로 해군 하나가 달려 들어왔다.

"오, 오셨습니다! 공학자들이요!"

그의 말에 스칼렛의 눈이 커졌다.

그녀가 정신없이 창고 밖으로 달려 나갔다. 저 절벽 위에서 승강기를 타고 내려오는 학생들이 보였다. 다들 높이에 겁에 질려 후들후들 떨고 있었다.

스칼렛은 승강기에 탄 학생들의 인원을 눈으로 확인했다.

총 여섯 명. 커스틴과 빌, 파벨을 포함한 학생 다섯과 구스타프 교수였다.

스칼렛이 승강기로 달려가자 거기서 내린 커스틴이 가장 먼저 달려와 스칼렛에게 안겨 엉엉 울었다.

"무서워 죽는 줄 알았어! 무섭고 힘들고! 이렇게 먼 곳에 있으면 미리 말해 줬어야지!"

다들 등산을 하느라 다리에 힘이 다 풀려 앞으로 똑바로 걷는 것도 힘들어하고 있었다.

스칼렛이 즐겁게 웃었다.

"미안해. 그래도 와 줘서 고마워."

"친구가 오라는데 안 오면 어떡할 건데……."

커스틴이 엉엉 우는 사이 승강기가 다시 올라갔다. 그리고 그 승강기를 타고 두 사람이 더 내려왔다. 에이샤와 조니 남매였다.

비실비실한 공과대학 학생들은 무섭게 생긴 에이샤와 조니를 발견하고 뒤로 물러났다.

에이샤가 그들을 힐끔 보더니 스칼렛에게 말했다.

"기계 정비에 힘쓰는 일이 필요하다고 들어서."

그녀의 말에 스칼렛이 고개를 크게 끄덕였다.

"응. 많이 필요해."

"여기 따듯해서 좋네. 집부터 지어야 되나?"

"지낼 곳은 있어."

"밥도 줘?"

"응."

"조니, 우리 잘 온 것 같아."

에이샤가 쾌활하게 말하자 조니가 고개를 열심히 끄덕거렸다.

그 둘을 보며 공과대학 학생들이 말했다.

"해, 해적이야?"

"해적은 아니고, 해적섬 주민."

스칼렛의 말에 조니가 물었다.

"그럼 우린 해적이 아닌 거야?"

"조니는 배에 탄 적이 있어?"

"없어. 나는 나쁜 짓도 한 적 없어!"

"그럼 아닌 거지."

스칼렛의 말에 조니가 기쁜 표정으로 에이샤에게 말했다.

"에이샤, 들었어? 난 해적이 아니었어! 그냥 해적섬 주민일 뿐이야!"

"그으래, 대단하네."

"에이샤도 해적이 아니라 해적섬 주민일 뿐이네!"

"난 아니지. 난 사람을 죽였는데."

에이샤가 사람을 죽였다는 표시인 팔의 문신을 들어 보이자, 남아 있던 공과대학 학생들마저 스칼렛의 뒤에 숨었다.

여섯 명이 그중 제일 체구가 작은 스칼렛 뒤에 숨어 있는 걸 한심하게 바라보며 에이샤가 말했다.

"한 명 죽였다, 한 명."

그러자 조니가 자랑스럽게 말했다.

"아버지였어."

"시끄러워, 조니."

"하지만 난 아버지가 싫었어. 내가 머리가 나빠진 것도 너무 맞아서 그래."

"원래 나쁜 거야."

"아니야!"

그들이 티격태격하는 사이 스칼렛이 그 상황에 대해 설명했다.

그녀의 설명을 듣고 학생들의 표정은 더욱 창백해졌다. 그러자 조니가 제 여동생에 대하여 변명하듯 말했다.

"해적은 계승하는 거야. 강한 자식이, 부모를 이기고! 배를 해군이 가져가지 않았으면 에이샤는 해적선의 선장이 되었을걸?"

그가 하는 말이 변명이 되기는커녕 두려움만 키워, 학생들의 사색이 된 얼굴빛은 돌아오지 않았다. 그래서 너무 겁줬나, 에이샤와 조니가 걱정하는데 학생 중 하나인 파벨이 개중 용감하게 악수를 청했다.

"아무튼, 반가워."

"응."

"나는 항상 해적섬의 생태에 대해 궁금한 게 많았어."

"물어봐."

에이샤가 대답하자 학생들이 하나둘 다가가 질문하기 시작했다.

호기심이 두려움을 이기는 모습에 스칼렛은 안도했다. 무사히 어울리게 될 분위기였다.

마음을 놓고 돌아서던 스칼렛은 멀찍이서 자신의 몇 배는 뿌듯한 표정을 짓고 있는 에번을 발견했다. 스칼렛이 미소를 지으며 에번에게 다가가 물었다.

"뭐예요, 그 자식을 학교에 처음 보낸 아버지 같은 표정은?"

"예에? 제가요?"

"네. 딱 그런 표정인데요?"

스칼렛의 말에 늘 능청스럽던 에번이 멋쩍은 표정을 지었다.

"저 녀석들은 좀 아픈 손가락이거든요. 처음 자기 아버지 배에 백기를 걸고 루비드호 앞에 나타났을 땐, 수도에 오면 반드시 살란티에의 다른 사람들처럼 살 수 있게 해 주겠다고 약속했는데. 그게 불가능해서요. 본인은 죄가 없다고 해도 사람들 눈에는 결국 해적섬의 주민이잖습니까. 결국 해롤드 무리가 있는 곳으로 들어가서 살게 되었죠."

"……그렇군요."

"저렇게 즐거워하는 걸 보니……."

에번이 말끝을 흐리더니 이내 실소하고 말을 이었다.

"맞습니다. 자식을 학교 보낸 기분이네요, 스칼렛 양."

그리고 모자를 벗더니 그녀에게 고개를 숙여 인사했다.

"감사합니다. 저 애들에게 기회를 주셔서."

그의 인사에 스칼렛이 손사래를 쳤다. 그녀가 너무 무안해하자 에번이 씩 웃으며 화제를 전환했다.

"그럼 정비 쪽은 된 것 같고, 이제 저희도 인원을 좀 더 충당해야겠네요."

"어떻게 충당해요?"

스칼렛이 묻자 에번이 말했다.

"선배들을 모셔 올 생각입니다."

"선배?"

"예."

에번이 씩 웃으며 말했다.

"아시다시피, 루비드호는 최고의 엘리트들이 타는 배 아니겠습니까? 저를 포함해서요."

"네, 알아요."

"그러니까 함장님께서 함장 자리에 올라가기 전에도 루비드호에 많은 엘리트들이 타고 있었단 말입니다. 그리고 함장님은 말도 안 되는 공을 세우며 함장 자리에 오르셨죠. 물론 혈통도 좋으셨지만, 실력이 너무 좋았단 말입니다."

"그래서요?"

스칼렛이 호기심 가득한 눈으로 묻자 에번이 말을 이었다.

"그래서 함장님께서 함장 자리에 오르신 게, 또래들보다 10년은 빨랐거든요. 그러다 보니…… 배에 타고 있던 사관학교 선배들이 전부 배에서 내려 버리셨단 말입니다. 유능한 인재들이지만, 한참 어린 함장님을 모시고 싶진 않았던 거죠."

"그럼…… 그분들은 어떻게 되었어요?"

"뭐, 다들 가문으로 돌아가셨죠. 상원의원 중에도 세 분 계시구요."

"그렇군요……."

모르던 사실이었다.

에번이 말을 이었다.

"나이 때문에 루비드호에서 내리긴 하셨지만, 다들 뼛속까지 군인들입니다. 전쟁의 위협 앞에서 집에서 느긋하게 쉬고 있을 사람들은 아니죠. 물론 함장님 지시는 받기 싫어 하시겠지만요, 전시 상황이라면 다르겠죠."

"그러네요. 전시 상황……."

스칼렛이 고개를 끄덕였다.

뤼세 폭포가 있는 협곡은 평화롭기 그지없어서, 여기가 언젠가는 위험해질지도 모른다는 사실이 믿기지 않았다.

공군 기지에 새로운 사람들이 나타난 이후부터는 연일 사고가 끊이지 않았다. 창고에서 작은 폭발이 일어나자 정비 중이던 사람들이 정신없이 창고를 빠져나왔다.

"와, 진짜 다 죽을 뻔했네."

파벨이 숨을 돌리며 말했다.

학생들은 시작부터 자기 의견을 닥치는 대로 내놓았고, 무엇이든 적용해 보다 보니 크고 작은 사고가 이어졌다.

에이샤가 말했다.

"아, 몰라. 쉬자, 쉬어."

누구 하나 쉬자는 말을 못하다가 에이샤가 말을 꺼내자마자 학생들이 창고에 마련된 자기 방으로 도망쳐 버렸다. 지쳐 있던 스칼렛 역시 자기 방으로 향하는데 에이샤가 따라 계단을 올라왔다. 그녀가 말을 걸었다.

"스칼렛. 이거 너 주려고 했는데 네가 하도 일만 해서 못 줬어."

"뭔데?"

그녀가 묻자 에이샤가 주머니에서 작은 나뭇조각 하나를 내밀었다.

"이게 효과가 있을지는 모르겠는데……. 기억에 관한 약은 국화과의 꽃이거든. 그걸 씹으면 최근에 국화과의 꽃을 먹은 적이 있는지 알 수 있어."

"뭐? 정말?"

"응. 물론 6개월 이내여야 하지만."

"뭐?"

스칼렛이 실망한 표정을 지었다.

"6개월이면…… 많이 지났네."

"그래?"

"응. 그래도 고마워."

"씹어나 봐. 아주 희미하게라도 흔적이 나타날 수 있으니까."

에이샤의 말에 스칼렛이 잠깐 나뭇조각을 바라보다가 그대로 입에 넣었다. 그녀가 그것을 우물거리며 물었다.

"어떤 흔적?"

"입 전체가 검으으아아아."

에이샤의 표정이 충격적이라 거울을 돌아본 스칼렛이 기겁을 해서 두 손으로 얼굴을 감쌌다. 그러곤 다시 손을 내리고 거울을 보았다.

그녀의 입안이 새카맣게 변해 있었다.

"어떻게 된 거야……."

"괘, 괜찮아, 수용성이라 물로 닦아내면 돼."

에이샤의 말에 스칼렛은 일단 욕실로 달려가서 입을 여러 번 헹궈냈다. 그녀의 말대로 얼마 지나지 않아 검은 물이 다 빠져나갔다.

스칼렛이 욕실에서 나오자 에이샤가 아무래도 이해가 안 된다는 듯이 물었다.

"복용한 게 언제인데?"

"일 년도 더 됐어."

"아냐. 이건 절대 일 년 전일 수 없어. 세 달 이내일걸?"

"그럴 리가 없는데……."

스칼렛은 그사이에 자신이 왕실경찰에 간 적이 있었나, 한참을 생각했지만 잘 기억이 나지 않았다.

그녀가 답답해하며 에이샤에게 물었다.

"에이샤, 혹시 그 약을 누구에게 팔았는지도 알 수 있어?"

"미안하지만 그건 해롤드밖에 몰라. 파는 것도 해롤드가 하고, 장부도 해롤드가 관리해."

"그렇구나."

스칼렛이 고개를 끄덕이는데, 에이샤가 말했다.

"아, 빅토르 덤펠트는 알 수도 있겠다."

그녀의 말에 스칼렛이 고개를 끄덕였다. 자신이 지난달에 빅토르에게 셜리의 존재에 대해 알려 줬으니, 찾아가서 물었던 게라고 생각했다.

그때 에이샤가 말을 이었다.

"와서 이 약의 효과에 대해서 자세히 물어보고, 누구에게 팔았는지 장부를 달라고 하더라고. 그런데 해롤드가 자길 죽여도 못 준다고 하긴 했는데, 또 모르지. 다른 사람도 아니고, 그 루비드호 함장이잖아."

"그렇구나……."

"아무튼 작년에 빅토르가 나타나서 다들 난리도 아니었어."

"작년?"

"응?"

스칼렛이 난처한 표정을 짓더니 이내 되물었다.

"작년이라니? 빅토르가 작년에도 그 약에 대해서 알았어?"

"아는 정도가 아니라, 본인이 직접 물어보러 왔어. 첩자가 많아서 사용해 보려고 한다던데."

스칼렛은 아까보다도 하얗게 질린 얼굴로 고개를 끄덕거렸다.

그녀의 표정이 너무 하얗게 질려 있어 에이샤가 난처하게 물었다.

"왜 그래?"

"아냐……."

스칼렛이 제 입술을 만지작거렸다. 혼란스러웠다.

"빅토르가 나보다 먼저 그 약에 대해서 알았을 리가 없는데……."

"얼마 전에는 해롤드가 해독제를 구할 수 있다고 했다는 것 같아. 기억이 사라졌다가 돌아왔다가 하는 부분 때문에 말이야. 그런데 빅토르가 괜찮다고 했대."

"괜찮다고…… 했다고?"

스칼렛의 말에 에이샤가 눈을 깜빡깜빡하다 인상을 쓰며 물었다.

"심지어 납치 사건이 있었던 후에는 미안해서 해롤드가 해독제를 구해다가 부함장에게 줬어. 못 받았어?"

스칼렛이 굳은 얼굴로 고개를 저었다.

비행기를 만들기 위해 내내 공관에만 있을 수는 없었다. 그들은 각자의 연구가 필요했고, 더 많은 자문이 필요했다.

무엇보다 스칼렛은 부모님이 남겨 주신 암호화된 자료들을 아이작과 함께 풀어 볼 생각이었다.

자신보다 1년을 더 부모님과 함께한 아이작이 암호에 도움이 될 만한 기억을 떠올릴 수도 있었다.

뤼세 폭포가 있는 곳에서 보름 정도의 시간이 흐른 후, 스칼렛은 자료를 찾기 위해 수도로 향했다.

빅토르 역시 해군으로서 처리해야 할 일이 많았기 때문에 다시 수도로 돌아갔다. 따듯한 남쪽 끝에서 보름을 보내고 수도에 도착하니 아직도 차가운 바람이 불고 있었다.

빅토르가 스칼렛을 에스코트하며 물었다.

"나에게 할 말이 있나?"

그가 묻자 스칼렛이 고개를 끄덕였다. 그녀의 눈동자에 낯설게도,

독기 같은 것이 어른거리고 있었다.

"당신에게 물어볼 게 있어."

"여기서 물어보면 안 되는 일인가?"

"응. 안 되는 일이야."

스칼렛의 단호한 말에 빅토르가 그녀를 잠시 보다 고개를 끄덕였다.

"그럼 가지."

그는 지난 보름, 스칼렛이 자신을 피하고 있다는 사실을 어느 정도 알고 있었다. 그리고 그 이유도 짐작을 하고 있었다. 에이샤가 그녀 앞에 나타났을 때 예측했어야 했다. 그녀가 약에 대하여 정보를 얻게 될지도 모른다는 것을.

잠시 후 공관 안 빅토르의 집무실로 들어선 후 스칼렛이 문을 잠갔다. 그리고 빅토르를 보며 물었다.

"언제부터 알았어? 왕실경찰이 나에게 약을 썼다는 걸."

"……."

"알잖아. 나 바빠. 빨리 말해 줘."

"왕실경찰 첩자를 잡았을 때부터."

"안드레이?"

"응."

"그때 알고, 아직도…… 아직도 말을 안 했어? 언제 말하려고 했어?"

"……."

"아예 말 안 할 생각이었어?"

그녀가 묻자 빅토르가 언제나처럼 이성적이기 그지없는 얼굴로 대답했다.

"그게 가능하다면."

그의 태연한 대답에, 스칼렛이 넋이 나간 얼굴로 물었다.

"내가 당신에게 미안해하고 있다는 걸 알면서도…… 말할 생각이 안 들었어?"

"당신이 나를 용서하고 내 집으로 돌아왔다면 진작에 말했겠지."

"이 상황에서…… 내 탓이 나와?"

스칼렛의 분노 섞인 목소리에도 빅토르는 그저 가만히 서 있었다.

스칼렛은 뒷짐을 지고 서서 무표정으로 자신을 보고 있는 빅토르가 태산처럼 느껴졌다. 그런 이에게 제가 얼마나 우스웠을까 생각하니, 얼굴이 달아오를 만큼 수치스러웠다.

"당신은 나에게 이래도 된다고 생각한 거야. 그렇지? 내가 우스우니까."

"……."

"생각해 보니까 당연하네."

스칼렛이 허망한 얼굴로 말을 이었다.

"나 따위에게 왜 사실을 말하겠어. 당신처럼 대단하신 분께서 굳이 본인이 오해했던 걸 사과할 필요는 없었겠지. 그런 거지?"

"……."

"대답 좀 할래?"

"어."

"……."

"그거 맞아."

스칼렛이 허탈하게 웃으며 돌아보았다.

"맞다고?"

"응. 굳이."

빅토르가 덤덤히 말을 이었다.

"너에게 말할 이유가 없었어."

"……."

"지금처럼 그렇게 감정적으로 나올 것이 뻔하니, 그게 좀 피곤해서."

빅토르의 말에 스칼렛은 뭐라 말이 나오지 않을뿐더러 숨까지 제대로 쉬어지지 않아 호흡이 가빠졌다. 그가 지금 자신을 지나치게 감정적이라고 생각하는 게 싫어서 진정하려 하니 더 숨이 제대로 쉬어지지 않았다.

스칼렛이 일정하게 숨을 쉬려 필사적으로 애쓰며 입을 열었다.

"해독제는 구했다며. 당신이 가지고 있지?"

"그렇지."

"그럼 줘."

스칼렛이 손을 내밀었다.

그러자 빅토르가 대답했다.

"나중에."

"나중에 언제?"

"네가 임신하면."

"……뭐?"

"네가 기억을 잃고 내 옆으로 와서, 우리가 결혼 생활을 할 때 늘 그랬던 것처럼 네가 안아 달라고 조르고. 그래서 내 아이를 가지면, 그때 주지."

말문이 막힌 스칼렛이 그를 노려보았다.

그의 말을 듣고 있으니, 자신이 기억을 잃었을 때도 그가 신사적으로 굴었을 것이라는 믿음을 가졌던 제가 한심했다.

스칼렛이 비틀거리며 빅토르의 책상을 두 손으로 붙잡고 섰다. 그녀가 쓰러질 듯이 보여도 빅토르는 미동조차 없었다.

스칼렛이 떨리는 손으로 그의 테이블 위에서 페이퍼나이프를 집어 들었다.

아이작이 이걸로 숙부의 손가락을 잘라 냈다는 것을 들었다. 그의 마음은 영원히 상처 하나 입지 않을 것이다. 그딴 게 빅토르 덤펠트에게 존재하는지도 분명하지 않으니까.

외상이라도, 그에게 티끌만 한 상처라도 남기고 싶었다. 그래서 그걸 움켜쥐고 빅토르에게 걸어갔다.

그러자 빅토르가 다시 입을 열었다.

"당신 힘으로는 그걸로 찔러도 안 죽어. 무뎌서."

"……."

어지러웠다.

스칼렛는 한동안 자리에서 가만히, 꼼짝을 않고 서 있었다. 그러다 한참이 지나 칼을 테이블에 내려놓았다.

"이제 확실히 알았어. 당신에게는 가망이 없다는 거."

그녀가 빅토르의 얼굴을 똑바로 바라보았다. 분노가 지나치게 커지자, 되레 떨림이 사라진다.

"잘됐어. 잘된 일에 더 화내지 않을래. 당신에게는 감정을 쏟아 봤자 아무 의미가 없으니까. 당신은 영원히, 죽을 때까지 사랑 같은 건 모를 거야. 정상적인 인간으로 살 수 없을 거야."

스칼렛의 말에 빅토르는 무표정으로 한동안 대답이 없었다.

스칼렛이 말을 이었다.

"그리고…… 나 만약에 당신 아이 생겨도 안 낳을 거야. 당신 같은 쓰레기를 닮은 아이를 낳는다고 내가 사랑할 수 있겠어? 당신만큼 증오하게 되겠지."

표정 변화조차 없는 그에게 화를 내고 있으니 언제나처럼, 저 혼자 미친 사람이 된 같은 느낌이 들었다. 정말로 제정신이 아닌 건 저 남자인데.

스칼렛은 그대로 돌아서 공관을 나왔다.

스칼렛은 공관 앞에서 울분을 가라앉히느라 두 주먹을 꽉 쥐고 있었다. 그리고 결국 못 참고 소리를 질렀다.

"아, 열 받아!"

해군들이 놀라서 돌아보았으나 그녀가 누구인지 알고 있는 이상 누구 하나 말을 걸 수 없었다.

스칼렛은 그러고도 못 참고 바닥에 떨어져 있던 돌을 찾아서 빅토르가 있는 곳까지 던지려 했지만 근처에도 닿지 못하고 떨어졌다. 그래도 연거푸 똑같은 것을 시도했지만 역시나 힘이 부족했다. 되레 힘이 빠지며 멀리 날아가지도 않게 되었다.

스칼렛은 거기서 포기했지만 마지막으로 한 번 쏟아부어야겠다고 생각했는지 공관 쪽을 보았다.

현실에서 존재하는 사람들보다 명예가 중요한, 조금만 손을 뻗으면 잡혀 주었을 자신을 보면서도 자존심 한 번 굽힐 줄 모르는 그 남자를 제 힘으로 가장 열 받게 할 수 있는 방법은 이것이라고 생각했다.

"개새끼야! 나쁜 새끼! 빅토르 덤펠트! 너!"

남들이 듣는 데서 큰 소리로 욕을 얻어먹는 것보다 더 그를 괴롭힐 방법이 있을까.

그는 제 어머니의 광증을 감추려 긴 시간 가장 아끼는 부하에게도 알리지 않고 마리나 덤펠트를 수도원에 가둬 놓았던 사람이다.

"너는 평생 그렇게 살아! 죽을 때까지 뭐가 좋은지, 뭐가 싫은지 하나도 모르고 그따위로 살라구! 난 나대로 살 거니까, 넌 너대로 그렇게 쓰레기처럼 살란 말이야!"

그렇게 소리치고 난 스칼렛은 얼굴까지 열이 올라서 기절할 것 같아 자리에 주저앉았다.

자리에 앉아 숨이 넘어갈 것처럼 헐떡거리고 난 스칼렛은 아직 다 숨이 진정되지 않았는데도 있는 힘껏 몸을 일으켰다.

저따위 인간에게 그렇게 긴 시간 목을 맨 제 시간이 예전엔 아까웠으나, 이제는 아까워하는 것도 하지 않기로 했다.

그를 사랑했던 시간 동안 자신은 행복하지 않았다고 말할 수 없다. 그녀 역시 빅토르 덤펠트를 사랑하는 순간순간에서 행복을 느꼈다. 언젠가 안드레이가 그랬던 것처럼, 그를 위해 네 잎 클로버를 찾는 것은 자신의 기쁨이었고, 제가 받고 싶어 하는 사랑을 알아 가는 과정이었다.

그녀는 이제 그에게서 벗어날 생각이었다.

빅토르는 어차피 기다리면 그녀가 또 기억을 잃고 제 품으로 돌아오리란 것을 알고 있었다. 특히 이렇게 스트레스가 큰 상황이면 그녀는 규칙적으로 기억을 잃었다.

그의 예상대로 극심한 스트레스를 받은 스칼렛은 채 하루가 온전히 지나기도 전에 다시 덤펠트 저택으로 향했다.

그녀가 화를 내고 나간 후였으므로, 빅토르는 스칼렛의 표정만 보고도 그녀가 이혼 사실을 잊었음을 확신할 수 있었다.

그는 스칼렛이 자신에게 고래고래 소리치던 모습을 떠올렸다.

"안됐네. 마음대로 안 돼서."

그녀가 제게로 돌아올 거라는 확신이 없었다면 스칼렛을 내보내 주지도 않았을 것이다.

스칼렛은 집에 돌아와서, 피곤하다며 종일 잠을 잤다.

정신없이 살며 누적된 피로를 이제 와서 푸느라 긴 시간을 자다가 잠에서 깬 스칼렛은 제 옆에서 책을 읽는 빅토르를 발견하고 놀라서 몸을 일으켰다.

"여기서 뭐 해?"

"기다리잖아. 당신이 너무 오래 자서."

"내가?"

스칼렛이 놀란 눈으로 이불을 끌어당겼다. 금방 얼굴이 빨개져서는 그에게 물었다.

"뭐 해야 할 거라도 있어?"

그러자 빅토르가 책을 덮으며 말했다.

"데이트하자."

"……데이트?"

스칼렛이 눈을 깜빡이는데 빅토르가 그녀에게 손을 내밀었다. 그래서 스칼렛이 침대에서 일어나자, 빅토르가 말을 이었다.
 "배를 탈 거야. 날이 풀렸어도 바다는 바람이 부니까 따듯하게 입고 나와."
 "지, 지금 간다고?"
 "응."
 "잠깐만…… 데이트를 한다는 거지?"
 "그렇다니까."
 그가 대답하자 스칼렛이 후다닥 일어나 드레스룸으로 달려갔다.
 그녀를 따라 달려 들어온 캔디스는 순식간에 뒤집힌 드레스룸을 보고 기겁해서 말했다.
 "아가씨…… 아니, 마님! 진정하세요!"
 "뭐 입지? 정말 어떡해…… 데이트라니……. 배를 탈 거래."
 스칼렛이 들떠서 말을 잇기 힘들어하는데 캔디스가 침착하게 드레스를 꺼냈다.
 "이거요."
 "내가 이런 옷이 있었나?"
 "무슨 소리세요, 2주년에 입으셨잖아요."
 "2주년이라니?"
 스칼렛이 고개를 갸우뚱하자 캔디스가 머뭇거리다 재차 말했다.
 "2주년 결혼기념일이요."
 그녀의 말에 스칼렛이 난처하게 말했다.
 "1주년을 말하는 거지?"
 "……네?"

캔디스는 당황하면서도 스칼렛이 혼란스러워하자 서둘러 아무렇지 않은 듯 말했다.

"네, 맞아요. 1주년이요."

"내가 1주년에 이런 드레스를 입었나……."

"예비요. 예비로 만든 거 기억 안 나세요?"

"음……. 듣고 보니 그런 것도 같네."

스칼렛이 고개를 끄덕였다.

그녀는 데이트 준비를 하느라 긴 시간을 투자했으면서도, 여전히 만족하지 못하는 얼굴이었다. 드디어 차림새를 다 갖춘 스칼렛이 물었다.

"정말 괜찮아?"

스칼렛이 제 드레스를 내려다보며 묻자 캔디스가 언성을 높였다.

"예쁘다니까요!"

"정말?"

"어휴, 안 그래도 예쁜데 뭐 얼마나 더 예쁘단 소리를 듣고 싶어 하시는 거예요? 빨리 나가세요."

"별로인 것 같은데……."

"자꾸 이러실래요?"

스칼렛은 자기 외모에 영 자신이 없어 거울을 보았다.

어릴 때야 부모님이 세상에서 제일 사랑스러운 존재로 여겨 주었지만, 열두 살 이후부터는 늘 자존감이 긁히는 상황 속에서 성장해 왔다.

빅토르와 함께 바다에 나가는 것은 처음이었다. 아니, 그와 사적인 외출을 하는 것 자체가 처음이었다. 스칼렛은 겨우 차림새를 가다듬은 후에야 용기를 내어 문을 열고 나왔다. 첫 데이트에서 실수하고 싶지 않았다.

그녀가 사뿐사뿐 걸어 계단을 내려갔다. 로비에서 기다리던 빅토르는 스칼렛을 돌아보고 이내 미소를 지었다.

"눈이 부시네."

"괜찮아?"

스칼렛은 빅토르가 입은 해군 정복보다 조금 더 푸른색이 섞인 드레스를 입고 있었다. 검푸른 색의 드레스에 수없이 많은 크리스털이 반짝거리고 있었다.

빅토르가 입을 열었다.

"그 크리스털은 파라디 부인의 가게에서 가져온 것이라더군."

"응? 파라디 부인?"

스칼렛이 고개를 갸우뚱했다. 이혼 전의 스칼렛은 파라디가 누구인지 알지 못했다.

그 사실을 인지하고 나니 빅토르는 그녀가 당장 해결해야 하는 많은 일들이 지금 뒷전으로 밀려나고 있다는 사실이 떠올랐다.

그녀가 여기에 하루라도 더 머물 때마다 그녀의 꿈과 계획에서 점점 더 멀어졌다. 그는 그런 생각들을 짓누르고 스칼렛에게 손을 내밀었다.

그의 손을 잡고 걸음을 옮기며 스칼렛이 물었다.

"바다를 보러 간다고?"

"응, 배를 타자."

스칼렛은 빅토르의 손을 잡고 마차에 올랐다.

마차는 언덕을 끝까지 올랐고, 스칼렛이 궁금해하던 삼나무 숲 앞에 섰다. 그녀가 숲의 초입에 서서 들뜬 얼굴로 말했다.

"여기 와 보고 싶었는데. 너무 어둡고, 위험하다고 들어서 못 왔어."

그녀의 말에 빅토르가 미소 지었다. 지난번, 스칼렛이 기억을 잃은 척하던 날에 삼나무 숲에 왔던 것이 떠올랐기 때문이었다.

빅토르는 그녀의 손을 잡고 걸음을 옮겼다.

삼나무 숲 안으로 들어가 보니 의외로 작게나마 길이 나 있었다. 빅토르는 스칼렛을 말에 태웠고, 자신도 그 뒤에 타서 삼나무 숲을 지났다.

그 상태로 15분쯤 가다 보니 숲의 서쪽으로 빠져나가며 바다가 보이기 시작했다. 그 곳에 아주 작은 항구가 있고, 거기 슬루프급 한 척과 그보다 작은 범선 한 척이 묶여 있었다. 그곳에 있던 해안 소초에서 해군 몇이 나와 인사를 했다.

빅토르는 다시 들어가라고 손짓한 후 스칼렛을 데리고 가 배에 태웠다. 스칼렛이 걱정스러워하며 물었다.

"해군 소유 아니야, 이 배?"

"저쪽 슬루프가 해군 소유지, 이 배는 덤펠트 가문 소유고."

"그래?"

"아버지가 데이트용으로 사셨지."

그 말에는 스칼렛이 약간 인상을 썼다. 그러자 빅토르가 말을 이었다.

"사 놓고 한 번도 못 타셨어. 염려하지 마."

스칼렛은 주저하다가 배에 올라탔다.

티크 원목으로 마감한 소형 범선은 따뜻하고 편안한 느낌을 주었다. 거기에 아름다운 돛대가 낭만적인 분위기를 만들었다.

"너무 예쁘다……."

"아버지의 데이트용이니까?"

"……분위기 좀 깨지 마."

스칼렛이 흘기며 한소리 하자 빅토르가 웃었다. 그가 웃으니까 스칼렛이 어색한 마음에 말했다.

"오늘 왜 그래? 너무 잘 웃어서 이상해."

"당신과 있는 게 좋아서."

"……거짓말."

스칼렛은 궁얼거렸으나 바다 쪽으로 고개를 돌린 그녀의 입꼬리가 기쁨으로 꿈틀거리고 있었다.

빅토르는 너무도 능숙하게 돛을 펼쳤고, 배는 항구를 떠나 바다로 나갔다. 빅토르가 바닥을 턱짓했다.

"거기 열어 봐."

그래서 스칼렛이 바닥에 달린 문을 열어 보니 그 안에 좋은 술과 치즈가 잔뜩 들어 있었다.

스칼렛이 와인을 꺼내 보며 말했다.

"그레고리 경께서 데이트할 때 쓰시려던 건가 봐."

분위기 깨지 말라던 그녀가 데이트 이야기를 꺼내서, 빅토르의 얼굴에 다시 미소가 번졌다.

바다는 잔잔했다. 빅토르는 배를 그리 멀리 끌고 가지 않았고, 어느 정도에 멈춰 앵커를 내렸다.

배가 멈추자 빅토르가 낚싯대를 꺼내 스칼렛에게 내밀었다.

"낚시를 하자고?"

스칼렛이 낚싯대를 받아 들고 놀라자 빅토르가 물었다.

"데이트에 낚시는 별로인가?"

"아니, 데이트를 해 본 적도 없는데 뭐."

"별 볼 일 없는 놈을 만나니까 그렇지."

그녀의 기억이 멀쩡할 때와 똑같은 농담을 했다. 그리고 이번엔 스칼렛이 큰 소리로 웃었다. 그녀는 금방이라도 날아갈 것처럼 행복한 얼굴로 낚싯대를 잡았다.

"재미있겠다. 여기 뭐가 잡히려나?"

"대구가 많지. 넙치도 있고."

"와, 나도 잡아 보고 싶어. 잡을 수 있을 것 같아, 왠지."

"내일 아침 식사는 문제없겠군."

빅토르가 놀리듯 하는 말에 스칼렛이 웃고는 자신만만하게 낚싯대를 잡았다.

───◆───

처음부터 끝까지 빅토르가 다 해 주었기 때문에 스칼렛이 한 거라고는 낚싯대를 잡고 가만히 기다리는 일뿐이었다. 빅토르는 그사이 화로에 불을 피웠다.

"당신이 대구를 잡으면 여기서 바로 구워 먹을 거야."

"못 잡으면?"

"치즈도 괜찮지."

"잡을 거야."

"초심자의 운을 믿어 보도록 하자."

"응. 생선구이 먹자."

스칼렛이 말하고 두 손으로 낚싯대를 꼭 쥐었다.

뚫어져라 보고 있는다고 더 낚시가 잘되는 건 아닌데, 스칼렛은 열심히 찌를 바라보고 있었다. 그 모습에 빅토르는 미소를 지었다가, 곧 이 상황이 전부 가짜라는 생각에 표정이 어두워졌다.

왕족이 되는 것을 더 이상 원하지 않았다. 이제는 불쾌하게까지 느껴졌다. 진작에 그것을 포기하고 이런 순간들을 만들었다면 좋았을 것을.

한참 찌를 보던 스칼렛이 물었다.

"움직이지 않았어?"

"전혀."

"……정말 움직이면 내가 알 수 있나?"

"모를 수가 없을걸."

"알았어. 믿어 볼게."

스칼렛이 대답하고는 낚싯대를 보았다. 그런 그녀의 모습을 하염없이 바라보던 빅토르가 물었다.

"날 믿어?"

"응. 믿지."

"내가 거짓말쟁이일 수도 있잖아."

"상관없어."

스칼렛은 그와 데이트를 나왔다는 사실 때문인지, 줄곧 행복에 겨운 표정을 짓고 있었다. 그녀가 말을 이었다.

"난 당신이 한 거짓말까지도 믿어. 당신이 말하면, 그게 나한테 전부 진실이야."

"……날 사랑해서?"

"응. 당신을 사랑해서. 당신의 거짓말이 날 이 바다 아래로 가라앉힌다고 해도, 그래도 난 당신을 믿어."

빅토르는 고개를 끄덕였다.

스칼렛이 빅토르를 보며 물었다.

"부담스러워?"

"전혀. 하지만 그런데도 내가 당신을 못 믿으면, 화가 나겠다는 생각은 드는군."

"왜 화가 나. 내가 당신에게 거짓말할 이유가 없는데. 난 평생 거짓말 같은 거 안 해."

"하잖아, 거짓말."

"내가 언제?"

"당신은 기쁘지 않아도 웃잖아."

그의 말에 스칼렛이 빅토르를 다시 돌아보았다.

빅토르가 말을 이었다.

"당신은 늘 그러잖아."

"아냐. 안 그래."

"당신은 항상 그래. 그래서, 나는 당신이 나와 사는 게 행복한 줄 알았어. 변명 같겠지만."

빅토르가 하는 말이 잘 이해가 가지 않았는지, 스칼렛이 그의 쪽을 보며 무언가 물어보려 할 때, 그녀의 손에 낚싯줄을 당기는 힘이 전해졌다.

"아, 잡혔다!"

"릴을 감아."

"어, 어떡…… 이, 이렇게?"

"이제 풀어."

"왜 풀어!"

스칼렛이 당황해서 소리치자 빅토르가 웃었다.

"나 믿는다며."

"아, 그렇긴 한데……."

스칼렛이 일단 릴을 풀었다가 다시 감았다가를 반복했다. 대구가 점점 가까워지자 빅토르가 뜰채를 가져가 배 아래에서 대구를 들어 올렸다. 스칼렛의 눈이 휘둥그레졌다.

"내, 내가 잡은 거야? 그걸?"

"초심자의 운이지만, 그렇군."

"아니야. 내가 보기에 난 낚시꾼으로서 재능이 있어."

혼자 미끼도 끼우지 못하면서 허세를 부리는 스칼렛이 귀여워 빅토르가 실없이 웃었다.

그가 대구를 손질하려 하자 스칼렛이 물었다.

"생선 손질할 수 있어? 당신이?"

"뱃사람이 생선 손질을 못하면 안 되지."

"난 당신은 그런 일은 하나도 못할 줄 알았지……."

"바다에서 해야 하는 일은 다 해."

빅토르가 이야기하며 대구를 손질해 굽기 시작했다. 맛있는 냄새를 풍기며 노릇노릇하게 구워지는 대구를 보며 침을 꿀꺽 삼키던 스칼렛이 말했다.

"아, 맞아. 이렇게 먹어 버리면 내가 낚시를 했다는 걸 증명할 방법이 없잖아?"

"한 마리 더 낚으시지 그래, 뱃사람답게."

"음, 그거 좋은 생각이네."

스칼렛의 뻔뻔함이 빅토르를 즐겁게 하는 사이 적당히 소금을 뿌려 구운 생선구이가 완성되었다.

스칼렛은 껍질이 살짝 탈 정도로 구운 생선 살을 발라 입에 넣어 보고 감탄했다.

"너무 맛있다……."

"맛있어?"

"환상적이야. 당신도 내가 잡은 생선……."

그렇게 말하던 스칼렛이 웃음이 터져 말끝을 흐렸다.

"왜?"

빅토르가 묻자 스칼렛이 대답했다.

"아니, 당신이 다 해 주고, 굽기까지 해 줬는데 내가 잡았다고 우기려니까 웃겨서."

그녀의 즐거운 목소리에 빅토르가 따라 웃었다.

오늘따라 유난히 잘 웃는 빅토르가 신기하고 좋아서 스칼렛의 얼굴에서도 웃음이 사라지지 않았다.

배부르게 생선구이를 먹고 와인 한 병을 나눠 마시느라 스칼렛은 완전히 취해서 빅토르의 품에 안겨 이동해야 했다.

말에 올라타서 스칼렛이 빅토르의 품에 얼굴을 묻으며 말했다.

"오늘 정말 행복하다……."

"그래?"

"응. 결혼하고 이렇게 행복했던 건 처음이야. 1년 동안 이렇게 행복한 날이 있었나."

"1년?"

빅토르가 되물었다.

그녀의 기억은 이혼하기 직전에서 멈춰 있었다. 그러니까 두 번의 결혼기념일을 보낸 후의 일이었다.

스칼렛이 고개를 들었다.

"응?"

"아냐."

취해서 그런가.

그런 생각을 하며 빅토르는 안심하라는 듯 그녀를 한 팔로 끌어안았다. 다시 그의 품에 얼굴을 묻은 스칼렛이 애원하듯 말했다.

"자주…… 나랑 이렇게 있어 줘. 응?"

"그래야지."

'내가 당신 남편인데 어딜 가겠어'라고, 빅토르가 중얼거리는 말을 스칼렛은 잠결에 들으며 배시시 웃었다.

이렇게 사는 것도 나쁘지 않았다. 적어도 그녀의 일부는 가질 수 있는 것 아닌가.

빅토르는 그것이 만족스러웠다. 이러다 언젠가, 그녀가 더 이상 기억을 되찾지 못할 수도 있었다. 기쁜 일이라고 생각했다.

───✦·•◆•·✦───

덤펠트 가문은 스칼렛이 돌아온 이후 기묘한 분위기가 감돌았다. 그러나 빅토르의 아무렇지도 않은 행동은 점점 더 진실처럼 굳어졌다. 그 상황에서 가장 애가 타는 것은 그의 부하들이었다. 팔린 레드포드는 결국 더 이상 기다리지 못하고 덤펠트 저택에 들이닥쳤다.

빅토르는 저택에 처박혀서 스칼렛과의 시간을 즐기고 있었고, 베스티나의 위협은 점점 더 명확해지고 있었다.

팔린이 왔다는 소식에도 빅토르가 나오지 않으니, 그는 맞아 죽을 각오를 하고 계단을 올라갔다.

에번이 급하게 따라오며 말렸다.

"미쳤어? 너 이대로 죽고 싶어?"

"이래 죽으나 저래 죽으나 똑같은 것 아닙니까?"

팔린이 말하며 에번을 뿌리쳤다. 늘 후배라 얌전하게 굴기는 하지만 무력으로는 이기지 못하는 에번이 힘에 밀려나 한숨을 쉬었다.

팔린은 결국 빅토르와 스칼렛의 부부 침실 문을 열어젖혔다. 그러자 옷을 다 차려입고도 스칼렛이 잠들어 있는 침대에 걸터앉아 있던 빅토르가 문 쪽을 보았다.

팔린이 말했다.

"함장님. 지금 당장 저를 총으로 쏴 죽이셔도 할 말은 해야겠습니다. 이러다가 베스티나가 쳐들어오는 건 순식간입니다. 스칼렛 양께서 비행체를 만들어 내지 않으시면 살란티에는 이대로 끝이란 말입니다!"

그는 빅토르에게 붙잡히기 전까지 소리를 쳤다. 곧 빅토르의 손이 팔린의 입을 틀어막았다.

"상관없어. 내 알 바 아니야."

그의 말에 팔린의 표정에 절망이 엄습했다.

그때 침대에서 부스럭 소리가 들리며 스칼렛이 몸을 일으켰다. 빅토르가 그녀에게 정신이 팔린 사이 팔린이 그의 손을 밀어내고 소리 쳤다.

"스칼렛 양! 정신 차리세요! 살란티에가 몰락하고 있습니다!"

그가 소리치자 스칼렛이 움찔했다. 그러더니 잠옷을 여미고 문 앞에 서 있는 세 남자를 보았다. 이내 그녀가 침대에서 일어나 뒤로 물러났다.

"도련님?"

"……뭐?"

빅토르의 손에서 힘이 풀렸다.

스칼렛이 눈을 깜빡깜빡하더니 제 차림새를 보고 기겁을 해서 이불 속으로 들어갔다. 그녀의 행동에 세 남자는 한동안 말이 없었고, 한참이 지나서야 에번이 입을 열었다.

"원래…… 스칼렛 양이 두 분 결혼 초기까지 기억이 지워져 있었습니까?"

"……아니. 아니었어."

빅토르가 넓은 보폭으로 걸어가 스칼렛을 끌어안았다. 그 순간 스칼렛이 소스라치게 놀라 어깨를 떨었다. 빅토르가 손을 놓았.

스칼렛이 당황해서 뒤로 물러났다.

"도, 도련님 오셨어요?"

"……"

"느, 늦잠을 잤나 봐요……."

빅토르는 자리에 얼어서, 한동안 스칼렛을 바라보고만 있었다.

긴 침묵을 깨고, 에번이 입을 열었다.

"잊어버리고 계시네요. 함장님과의 일들을."

"……."

"함장님. 해독제를 쓰셔야 합니다."

이대로 기억이 자신을 만나기 전으로 가면 그때는 어떻게 될까.

빅토르가 실소했다.

"다시 시작하면 돼. 처음부터."

"함장님."

"꺼져."

빅토르가 말하고 문을 닫았다.

제 스스로도 자신이 뭘 하고 있는지 모르고 있었으나, 이것밖에 답이 보이지 않았다. 그는 문을 완전히 걸어 잠그고 문에서 떨어졌다.

그 역시 살란티에의 다른 모든 이들처럼 레스키아 신에 대한 신실함을 가지고 있었다. 성당에 가지 않는 이유는 그저 왕실의 견제가 거슬렸던 것뿐.

그는 어차피 자신이 죽으면 지옥으로 떨어져, 해적들이 지른 불 속에서 영원히 타들어 가리라 생각했다.

하루라도 빨리 제가 지옥에 떨어지기를.

그는 매일같이 기도하고 있었다.

어머니가 옳았다. 자신은 태어나면 안 되는 존재였다.

빅토르가 돌아서 제 쪽으로 걸어오자 스칼렛이 겁에 질려 뒤로 물러났다.

빅토르는 자리에 멈춰 섰다.

"내 쪽으로 와, 스칼렛."

그는 달달 떨고 있는 스칼렛에게 손을 내밀었다.

결혼 초기에 그녀는 빅토르가 다가가는 것을 무서워했다. 정작 멀어지면 그제야 관심을 끌려고 다가오는 것이 꼭 길고양이 같다는 생각을 몇 번 했었다.

빅토르가 부르자 그제야 스칼렛이 그가 있는 쪽으로 걸어왔다.

정말로 에번의 말처럼, 스칼렛은 자신과의 기억을 머릿속에서 지워버리고 있는 것일지도 몰랐다. 이러다 결국 그녀의 머릿속에서 자신이 완전히 사라져 버릴지도 모르겠다고, 그는 생각했다.

그녀를 위해서라면, 그녀의 인생에 자신이 애초부터 없었던 게 나을지도 모른다.

그러나 그것은 그가 견딜 수 없었다. 그녀가 자신을 증오의 눈으로라도 봐주길 바랐다. 한심하게도, 그녀의 미움이라도 받고 싶었다.

빅토르가 입을 열었다.

"미안해, 스칼렛."

"……뭐가요?"

"그냥."

스칼렛은 의아해하면서도 조심조심 빅토르에게 걸어갔다.

가까워진 그녀를 포획하듯 낚아채 끌어안은 빅토르가 놀라서 바르작거리는 스칼렛의 등을 달래듯 쓰다듬었다.

스칼렛은 단순하게도 그 손길에 천천히 안정을 찾아가서는, 긴장했던 등이며 얼굴이 사르륵 풀어졌다.

빅토르가 그녀를 놓아주며 물었다.

"요즘 별일 없어?"

그러자 스칼렛이 부끄러운지 고개를 못 들고 고개를 도리도리 저었다.

"없어요."

빅토르는 스칼렛은 가만히 끌어안고 있었다. 한참이 지나서야 그가 화내지 않을 거라 생각한 스칼렛이 물었다.

"걸음걸이 연습했는데 볼래요?"

그러자 빅토르가 그녀의 손끝을 부드럽게 감싸 잡으며 말했다.

"그러시죠, 부인."

그가 받아 주자 스칼렛이 어디론가 달려가더니 책 한 권을 가져와 머리 위에 올렸다. 그러더니 몸을 반듯하게 하고 사뿐사뿐 걸음을 옮겼다.

"어때요?"

"훌륭해."

그는 말하며 스칼렛의 몸을 부드럽게 당겨 손으로 허리를 감았다. 그리고 몸을 숙여 물었다.

"춤은 배웠던가?"

"아직 못 춰요……."

"해 봐."

그가 능숙하게 그녀를 리드하기 시작했다.

스칼렛은 별수 없이 결혼 이후 배운 춤을 추기 시작했다. 음악을 틀어 놓았을 때에도 잘 되지 않던 춤이, 빅토르와는 아무 음악도 없는 상태로 너무나 완벽하게 출 수 있었다.

가정교사가 춤은 리드하는 남자가 중요하다고 말했던 기억이 났다. 그 말이 맞았다.

스칼렛은 빅토르의 품에 안겼다가, 멀리 떨어졌다가 다시 안겼다. 춤을 추는 게 즐거운 일인지 이제야 알았다.

빅토르가 놓아주려는데 스칼렛이 고개를 저었다.

"한 번만 더 해요. 이제 정말 잘할 수 있을 것 같아."

"얼마든지."

그는 말하며 더운지 재킷을 벗어 걸쳐 놓았다.

스칼렛이 뒤늦게 민망한 표정을 지었다.

"잠옷 차림으로 춤을 춰도 되는지 모르겠어요."

"괜찮아."

"정말?"

"하고 싶은 대로 하면 돼. 무엇이든."

스칼렛은 부끄러워하면서도 기쁜 표정을 지었다. 그녀는 빅토르에게 다시 달려가서 그와 춤을 추기 시작했다. 그동안 배웠던 모든 춤을 실컷 연습하는 사이 빅토르는 그녀를 리드했고 춤이 몸에 점점 더 익어 갔다.

실컷 춤을 추고 나서 스칼렛이 기쁜 표정으로 웃었다.

"끝. 와, 진짜 금방 배웠어요."

"잘됐네."

"오늘은 안 혼나겠다."

그녀의 혼잣말에 빅토르가 멈칫했다.

"혼나다니?"

"아, 춤을 가르쳐 주는 선생님이 엄청 무서워서……."

"……무섭다고?"

빅토르가 기억을 더듬어 보니 스칼렛이 그런 말을 한 적이 있었다.

춤을 가르쳐 주는 선생님이 너무 무섭다고.

빅토르는 원래 가정교사란 것은 끔찍한 존재여야 한다고 생각했었다. 어릴 때 그가 배운 것이 그랬기 때문이다. 그러나 지금은 가정교사가 스칼렛을 무섭게 했을 거란 생각을 하니 저절로 표정이 구겨졌다.

빅토르가 말했다.

"말해 두지."

"정말요?"

"응."

그의 말에 스칼렛이 놀라더니 서둘러 말했다.

"저 그럼…… 너무 자주 때리지 말라고…… 해 주면 안 돼요?"

"때리다니?"

"회초리로 때리는 게, 너무 아파요."

스칼렛의 말에 빅토르가 다시 물었다.

"……춤 선생이, 당신을 때린다고?"

"동작이 이상하면 팔이나 다리를……. 당신도 그렇게 배웠다고 듣긴 했지만……."

스칼렛이 하는 말에 빅토르는 구겨지려는 표정을 관리하며 말했다.

"알았어. 말해 둘게."

"다행이다……."

스칼렛이 안도하더니 빅토르를 보며 다시 싱긋 웃었다.

"진짜 마지막?"

"말했잖아. 얼마든지 출 거라고."

그는 말하고 다시 춤을 추기 시작했다. 몸에 익은 춤을 추면서도 머릿속에선 춤 선생에 대한 생각이 사라지지 않았다.

생각해 보면 아버지가 스칼렛을 제 눈치 보지 않고 그따위 수도원에 넣었을 때는 어느 정도 확신이 있었을 것이다. 아들은 무관심할 것이라는 확신.

오로지 앞만 보고 달리는 그는 어느 것도 알아차리지 못할 거라는 확신이 그녀를 죽기 직전까지 몰아붙였다.

빅토르가 춤을 추다 딴생각을 하는 걸 알았는지 스칼렛이 먼저 천천히 멈췄다. 그리고 스르륵 그를 놓았다.

섭섭함이 그녀를 삼키고 나서, 다시 기억이 지워졌다. 머릿속이 하얘졌다가 다시 깨끗하게 돌아왔을 때는 모르는 곳이었다.

스칼렛이 멈춰 서서 빅토르를 마주 보고 주변을 둘러보았다.

모르는 공간, 낯선 남자가 앞에 서 있었다. 그녀의 눈에 순식간에 눈물이 차올랐다. 그녀가 어린애처럼 안절부절못하는 것을 보고 있던 빅토르가 말했다.

"에번. 해독제를 가져와."

그러자 예상대로 멀리 가지 않았던 에번이 문을 열고 들어왔다. 그리고 빅토르에게 약을 건네주었다.

그가 말없이 나간 후, 빅토르는 약을 든 손으로 뒷짐을 지고 말했다.

"스칼렛 크림슨 양."

"누구……."

스칼렛은 두려움 속에서 호기심과 관심으로 빅토르를 바라보고 있었다.

빅토르가 애써 미소를 지었다.

"당신 남편."

그의 말에 스칼렛이 움찔하자 빅토르가 말을 이었다.

"청혼하려고 왔습니다."

"청혼…… 이요?"

"응. 청혼하려고."

"저한테…… 왜요? 엄청…… 도련님 같은데."

스칼렛의 말에 빅토르가 다시 웃어 보이고 그녀의 앞에서 한쪽 무릎을 꿇었다. 천천히 장갑을 벗은 후 제 손에 끼고 있던 결혼반지를 뺐다. 그리고 손을 내밀자 스칼렛이 얼떨결에 손을 내밀었다.

빅토르는 그녀의 손가락에 반지를 끼웠고, 그의 손에 잘 맞던 반지가 스칼렛의 손가락에서 헛돌았다.

"받아 주면 좋겠는데."

그의 말에 스칼렛이 커다란 반지를 바라보았다. 그리고 빅토르의 얼굴을 보더니 곧 고개를 끄덕였다.

그런 그녀의 행동에 빅토르가 굳었다.

스칼렛이 입을 열었다.

"해요."

"날 처음 보는데?"

"그래도……."

스칼렛이 해사하게 웃었다.

"첫눈에 반한 것 같아서."

"……."

"해요, 결혼."

그녀의 대답에 빅토르가 스칼렛의 손을 감싸 쥐었다. 그러고는 한

동안 말이 없다가 고개를 끄덕였다.
그는 몸을 일으키고 말했다.
"키스를 해야 할 것 같은데."
"지, 지금요?"
"네, 지금."
스칼렛의 얼굴이 순식간에 빨개졌으나 곧 고개를 끄덕였다.
빅토르는 약을 입에 머금고 스칼렛에게 입을 맞췄다. 그녀는 놀라면서도 넘어오는 약을 삼켰다.
약이 전부 넘어가고 스칼렛은 잠시 자리에 서 있었다. 그러다 빅토르를 올려다보았다. 그녀의 눈빛에서 언제나 느껴지던 온건한 강함이 돌아왔다.
스칼렛이 주변을 두리번거렸다.
"……내가 또 여기에 왔어?"
그러자 빅토르가 약병을 들어 보였다.
"이제 그럴 일 없어. 방금 당신에게 해독제를 먹였으니까."
"뭐?"
스칼렛이 믿기지 않는다는 듯이 물었다.
"그럼 이제 다시 이럴 일이 없을 거라는 뜻이야?"
"그런 뜻이지."
"다행이다……. 아, 나 얼마나 이러고 있었어?"
"글쎄."
"설마……."
스칼렛이 인상을 쓰고 말하는 것이 임신에 관한 것임을 알아들은 빅토르가 덤덤히 대답했다.

"그건 지금 당장은 모르겠군."

그의 대답에 스칼렛이 그를 노려보았다. 그러다 손에서 무언가 떨어져 바닥을 보니 빅토르의 결혼반지가 제 손에서 떨어져 구르고 있었다.

스칼렛이 물었다.

"저건 뭐야? 왜 내가 가지고 있어?"

"당신 줬어. 결혼이 끝났으니까."

"왜 날 줘?"

"내가 가지고 있을 이유가 없잖아."

그는 말하며 반지를 주워 스칼렛의 손에 다시 쥐여 주었다.

"가져가."

그렇게 말하는 빅토르의 목소리에 어딘가 간절함이 있어서, 스칼렛은 마지못해 반지를 받아 들었다. 그러곤 됐다는 듯 빅토르를 밀쳐 버리고 방을 나갔다.

스칼렛이 떠나고 빅토르는 자리에 서서 한동안 움직이지 않았다. 지금 그의 곁을 떠난 스칼렛은 영원히 제 곁으로 돌아오지 않을 것이란 사실을 생각했다.

여러 번 생각하던 그는 스칼렛이 이혼을 잊고 찾아오던 날부터, 그녀가 혹시 찾을까 늘 결혼반지를 끼고 있던 제 손을 보았다.

오랜만에 보는 비어 있는 왼손에서 시선을 떼지 못하던 그는 그 손으로 제 목을 감싸 보았다. 그리고 손에 조금 힘을 주었다가 천천히 뗐다. 그의 목에 붉은 손자국이 남아 있었다.

❖

태어나던 순간부터 빅토르 덤펠트에게 주어진 방향은 하나였다.

붙잡으려던 것을 놓치고 멈춰서 보니 이미 궤도를 이탈한 지 오래였다. 그걸 알아차린 후, 그는 자리에 서서 다음에 할 일을 생각하고 있었다. 얼마나 시간이 지났는지 문밖에서 블라이트의 목소리가 들렸다.

"도련님. 식사를 준비할까요?"

빅토르는 문 쪽을 보았지만 대답을 하거나, 몸을 움직이지 않았다.

언제나 그를 거스르지 않는 사용인들은 빅토르가 대답이 없자 더 이상 그를 부르지 않았다.

이 세상에서 그가 대답하지 않아도 저 문을 열고 들어왔던 사람은 스칼렛 하나뿐이었다.

그것을 깨닫고 나니 그제야 할 일이 떠올랐다. 빅토르는 사사로움 없는 목소리로 문밖의 사용인에게 말했다.

"왕세자 전하께 전해. 초대에 응하지."

"예, 도련님."

―――◆―――

해독제가 돌자, 스칼렛은 그녀가 기억을 잃은 사이에 있었던 일들을 순차적으로 떠올리기 시작했다.

"청혼하려고 왔습니다.

"청혼…… 이요?"

"응. 청혼하려고."

그 기억들이 고통스러워 그녀는 터지는 울음을 손등으로 훑어 내고 트램 역을 향해 달렸다.

"받아 주면 좋겠는데."

그의 목소리가 바람 속으로 날아가 사라져 버리기만을 바라며, 스칼렛은 정신없이 달렸다.
"잊어버리자. 잊어버려야 돼. 꼭 잊어버려야 돼."
그녀는 수없이 되뇌었다.
다행히 바로 트램이 도착했다. 그녀는 수도 사람들이 피난을 가거나, 집에서 나오지 않는 바람에 텅 비어 버린 트램에 주저앉아 흐느꼈다.

"당신 남편."

사무쳐 가슴이 조각나는 것 같았다.
그녀는 자신이 살아가며 한 번도 슬픔을 제대로 마주하지 않았다는 것을 지금에서야 알았다. 부모님이 돌아가신 후에도 억지로 감춰야 했던 슬픔을 그녀는 지금, 이곳에서 마주 보고 있었다. 그러자 그간 억눌러 온 모든 슬픔이 쏟아졌다.
그 남자가 뭐라고. 그 나쁜 놈이 뭐라고 이렇게 슬퍼질까.
그는 왜 용서받지 못할 순간에 이르러서야 제가 기억하지 못할 청혼을 했던 것일까.

'도대체 왜.'

그녀는 그 자리에서 열두 살부터 삼켰던 울음을 토해 냈다.

그런 와중에도 곧 크림슨 저택에 도착한다는 생각에 정신을 차리려 애쓰다 보니, 점점 더 많은 것이 머릿속에 떠올랐다. 그녀가 이혼한 사실을 잊고 빅토르를 찾아갈 때마다 그가 자신을 대하던 행동들, 그리고 잊고 있던 왕실경찰 본청에서의 기억까지도 그녀의 머릿속으로 흘러들었다.

"빅토르 덤펠트가 왜 안 오는지 알고 싶지 않습니까?"

"그 고상한 남자가 부인 같은 사람을 사랑하게 될 일은 영원히 없을 겁니다. 두 분은 동등한 존재가 아닙니다. 그 정도는 아셔야지요."

"오늘도 안 오네요."

"오늘도 말이에요."

"이거, 이러다 빅토르 덤펠트가 부인에 대해 잊어버리고 중혼을 하는 것 아닌지 모르겠습니다."

보고 싶어.

내가 여기에 있는 건 당신 때문이잖아. 당신은 왜 안 와. 바쁜 시기라고 해도, 한 번은 일곱 밤을 돌아오지 않는 아내를 걱정할 수도 있는 거잖아.

한 번쯤은 나를 사랑해 줄 수도 있었잖아. 한 번은. 나를 당신과 동등한 존재로 여겨 주고, 나를 아내로 여겨 주고.

당신은 단 한 번도 내 걱정을 안 하는데, 나는 왜 당신에게 미움받을 것을 걱정하나.

나는 가끔 당신이 가여웠어. 사랑받지 못했다는 게 쓸쓸해 보였어. 나는 당신이 우리가 사는 언덕에 유배된 것처럼 보였어.

그래서 내가 가진 사랑을 모조리 당신에게 주었는데, 당신에게는 별 의미가 없었나 봐.

빅토르 덤펠트.

오늘 당신이 오지 않으면, 나는 당신을 떠날 거야.

오늘도 당신이 오지 않으면, 나는 당신을 잊을 거야.

일곱 밤째에도 당신이 오지 않으면. 나는 더 이상 당신을 사랑하지 않을 거야.

나는 이제 당신을 잊을 거야.

깊은 밤, 수도를 가로질러 달리던 트램은 크림슨 저택 근처 역에 멈췄다.

그곳에서 기다리던 아이작은 울고 있는 스칼렛을 발견하고 놀라서 트램에 올라와 그녀를 부축해 내렸다.

스칼렛이 그의 얼굴을 보며 힘겹게 목소리를 냈다.

"어떻게 알고 나왔어?"

그녀가 묻자 아이작이 다정한 목소리로 대답했다.

"덤펠트가에서 전화를 했어. 네가 출발한다고."

"으응."

스칼렛이 고개를 끄덕이자 아이작이 그녀 쪽으로 고개를 가까이하고 말했다.

"안 웃네, 오늘."

"아."

스칼렛이 여느 때처럼 웃어 보이려는데 마음대로 되지 않았다. 제가 제일 잘하는 게 웃는 거였는데, 오늘은 그냥 다시 울음이 터졌다. 눈물을 툭툭 떨구며 스칼렛이 입을 열었다.

"이상하네, 안 슬픈데."

"……."

"웃으면 죽을 것 같아. 웃음이 안 나. 가슴이 너무 답답해……."

아이작은 조심스레 스칼렛을 끌어안고 등을 다독였다. 스칼렛은 그의 품에 얼굴을 묻고 울며 듬성듬성 끊긴 목소리로 말했다.

"그 사람은 왜, 한 번도 날 사랑하지 않았던 걸까. 왜 잠깐도 날……. 왜 잠시도 날 사랑해 주지 않았을까. 나는 그렇게 많이 사랑했는데, 왜 그 사람은……. 도대체 왜……."

내버려 두고, 속이고, 이제 와 청혼을 하고.

전남편을 원망하며 서럽게 울다가, 스칼렛은 그의 품에서 조금 떨어졌다. 실컷 울어 속이 조금 풀리고 나니, 전후 사정도 설명하지 않고 아이작을 보자마자 운 것이 미안했다.

그녀가 고개를 드는데, 아이작이 활짝 웃으며 말했다.

"왜 자꾸 울다 말아."

"……."

"네가 슬퍼하기도 하고, 미워하기도 해서 다행이야. 오빠로서 마음이 놓여. 실컷 울어. 울다가 지치면 내가 집까지 업고 갈게. 넌 그래도 돼. 얼마든지 울어도 돼."

그의 말을 듣고 있던 스칼렛이 다시 울음을 터트리고 고개를 끄덕거렸다. 그러곤 몸을 숙여 준 아이작의 목을 꼭 끌어안고 또 한참을 펑펑 울었다.

에번과 팔린은 왕세손과의 알현이 있는 날, 다시 덤펠트 저택에 들어섰다.

왕실에 출입하기 위해 복장을 완벽히 가다듬고 기다리고 있으니, 빅토르 역시 정복을 입고 계단을 내려왔다. 그가 먼저 마차에 타는 것을 확인한 후, 두 사람은 다른 마차에 올랐다.

평소 왕실에 갈 때마다 필요한 준비가 보통이 아니었다. 많은 사용인을 대동했고, 선물을 준비해 갈 때도 많았다. 하지만 오늘은 선물 비슷한 것도 보이지 않아, 초조해진 팔린이 입을 열었다.

"오늘 함장님 무슨 문제라도 일으키시는 것 아닙니까?"

"글쎄……."

평소 빅토르의 성격을 생각했을 때는, 그는 이런 감정적인 일로 무슨 문제를 일으키거나 할 사람이 아니었다.

하지만 얼마 전 왕실경찰 본청을 점거한 일을 생각해 보면, 그가 왕실에 잘 보일 생각이 더 이상 없다는 것만은 분명해졌다.

덤펠트 저택이 있는 언덕을 빠져나와 왕성을 향해 난 대로를 달리던 마차는 중심가가 나오기 시작한 후부터 속도를 줄였다.

왕성에 도착한 빅토르는 곧바로 율리 이렌 왕세손을 만나기 위해 걸음을 옮겼다. 율리는 남들 듣는 곳에서 할 이야기가 아니라고 생각했는지, 그의 침실로 가는 길에 있는 작은 응접실로 빅토르를 불렀다.

그 공간으로 가는 복도의 벽에는 살란티에의 역사가 그려져 있었다. 언제나처럼 정면을 바라보며 걷던 빅토르가 잠깐 복도에 멈춰 섰다. 그런 그의 행동에 빅토르를 안내하던 시종이 말했다.

"함장님, 왕세손 전하께서 기다리고 계십니다."

그러나 빅토르의 시선은 복도에 걸린 그림에 고정되어 떨어지지 않았다.

여기 살란티에에 자리 잡은 최초의 유목민들을 그린 그림이었다. 그는 자리에 서서 한참을 더 바라보다가 시종을 따라 다시 걸음을 옮겼다.

그가 응접실에 들어서자 율리가 태연한 얼굴로 인사했다.

"왔어?"

시종은 빅토르가 가지고 있는 무기를 받기 위해 기다렸다. 그러나 그는 왕이 훈장과 함께 내린 제 권총을 들어 보이며 말했다.

"폐하께서 하사하셨는데, 내가 가지고 있어도 되지 않나?"

"예?"

"장식용이고, 성물인데."

빅토르가 말하고 대답은 들을 필요 없다는 듯 다시 권총을 넣고 걸음을 옮겨 자리에 앉았다. 율리는 못마땅한 표정을 지으면서도 일단 난처해하는 시종에게 고개를 끄덕여 보였다. 이내 마주 앉은 두 사람 앞에 술이 놓였다.

율리가 먼저 입을 열었다.

"내가 왜 오라고 했는지는 알지?"

"글쎄."

빅토르가 자기 잔을 채우라고 시종에게 손가락을 까딱였다. 왕세손의 시종이라면 그래도 상당히 좋은 가문의 귀족들이었다. 그 손짓은 무례했으나 분위기에 압도된 시종이 서둘러 그의 술잔을 채웠다. 빅토르가 그것을 들이켜는 사이 율리가 입을 열었다.

"왕실경찰 본청을 점거하고 휴건 한터를 끌고 갔다더군."

"그랬지."

"너도 알겠지만 그건 반역처럼 보일 수도 있어."

율리의 말에 빅토르가 미소를 지으며 대답했다.

"알아."

"뭐?"

"안다고. 반역처럼 보일 수도 있는 거."

빅토르처럼 제 명예를 최우선에 두는 이가 아니더라도, 왕이 있는 나라에서 태어나고 자란 사람이라면 누구나 '반역'이라는 단어에 움츠러들기 마련이었다.

그의 태연한 대답에 율리가 말문이 막혀 하는 사이, 빅토르가 말을 이었다.

"하지만 자기 아내를 끌고 가서 고문한 놈들이 왕실 직속이라고 해서 용서할 수는 없는 일 아닌가? 제정신인 남자라면."

"……설마 고문까지 했으려고, 자네의 아내를."

"좀 더 심문하고, 정확하게 보고하도록 하지. 휴건 한터가 아직 해군 공관에 있으니."

"네 마음은 알지만, 이번 일은 그냥 넘어갈 수 없어. 계속 휴건 한터를 내보내 주지 않으면, 아무리 너라도 재판에 회부할 수밖에."

재판이라는 강수를 띄웠지만 빅토르는 반응이 없었다. 율리가 덧붙였다.

"네 전부인도 마찬가지야. 법으로 금지한 일들을 골라서 하고 다니던데."

"율리."

빅토르가 술잔을 내려놓고 반듯한 자세로 앉아 율리를 보았다.

"밖에 살란티에 시조의 그림이 있더군."

"갑자기 그건 왜?"

"역사서를 읽어 보면 알겠지만, 그 당시 사람들에게 살란티에와 베스티나를 가르는 살리안 산맥을 건너는 것은 목숨을 건 여정이었어. 그런데 그 산맥의 험준함보다 그들을 두렵게 한 것이 뭐였는지 아나?"

"뭔데."

"세상에 끝이 있을 거란 믿음. 그 산맥을 넘으면 절벽이고, 그 아래 지옥이 있을 거라는 종교적인 신념."

"……."

"그러니 산맥을 넘은 저 유목민들은 이교도였고, 과학자였어. 지금 기준에서 아닐 뿐이지."

빅토르가 아까부터 참기 힘든지 계속 만지작거리던 담배를 결국 꺼내며 말을 이었다.

"스칼렛 크림슨을 법정에 세우고 싶다면 네 조상들부터 세워."

"방금 한 말은 실언이야, 빅토르. 감히 왕실을 모욕해?"

"내가 실수라고 생각하지 않는데, 이게 어째서 실언이 되지?"

그의 덤덤하다 못해 무성의하기까지 한 대답에 율리 이렌이 분노를 못 참고 벌떡 일어섰다.

율리가 빅토르를 노려보며 말했다.

"당장 폐하께 말씀드려야겠군."

"좋지."

빅토르가 재킷 단추를 잠그며 몸을 일으켰다. 그리고 문 쪽을 턱짓했다.

"같이 가지. 나도 너에 대해서 보고드릴 것이 아주 많은데."

"보고?"

"율리 이렌."

빅토르가 그에게로 걸음을 옮겨, 뒷짐을 지고 입을 열었다.

"전쟁의 위협에서 벗어나면, 나는 베스티나와 손잡은 모든 부역자들을 처형할 거야."

그는 고개를 조금 기울이고, 안쓰럽다는 듯이 말했다.

"거기 내 사촌이 없다면 좋을 텐데."

"……."

율리가 빅토르의 말에 멈칫하며 이를 악물었을 때, 응접실로 니나 한터가 달려 들어왔다. 시종이 문 앞에서 막았으나 그녀는 막무가내였다.

그녀의 몸에 손을 대고 막을 수 있는 사람이 없으니 결국 니나가 두 사람이 있는 테이블까지 다가왔다.

니나가 빅토르의 얼굴을 보자마자 그의 뺨을 때리려 손을 휘둘렀다. 그러나 빅토르가 그녀의 손목을 붙잡아 멈추게 했다.

니나가 아랑곳하지 않고 그를 노려보며 말했다.

"오빠를 놔줘."

"그럼 당신이 대신 잡혀 있을래?"

"뭐, 뭐?"

"나도 화풀이할 곳은 있어야지."

니나는 자신을 바라보며 건조한 목소리로 말하는 빅토르에 분노가 확 가라앉을 만큼 당황했다.

처음으로, 그녀의 옛 연인이 마치 불한당처럼 보였다. 그녀는 빅토르가 일부러 율리를 긁기 위해 제 손목을 놓지 않는다는 것을 알았고, 그것은 율리도 마찬가지였다.

"그거 놔, 빅토르."

율리가 명령했지만 빅토르는 여전히 니나를 바라보다가 뒤늦게 그녀가 힘을 준 후에야 놓아주었다.

그녀는 율리가 빅토르에게 한마디를 더 해 주기를 바랐다. 그러나 율리는 더 이상 말이 없었다.

왕세손과 결혼하는 것은 니나 또래의 여자들이라면 누구나 한 번쯤 해 보는 상상이었다. 그녀보다 세 살이 어린 스칼렛 크림슨도 분명 그랬으리라 니나는 장담할 수 있었다.

그러나 만약 그 왕세손이, 다른 남자가 제 연인을 붙들었음에도 별말을 하지 못하리라는 걸 알았어도 여전히 그 상상의 대상이 왕세손이었을까.

니나는 아니리라 확신했고, 그 순간 율리에 대한 마음이 찬물 끼얹은 듯 식어 버리는 것을 느꼈다.

율리는 니나의 그런 시선을 읽고 입을 열었다.

"여긴 내가 해결할 테니 잠깐만 기다려, 니나."

"……"

니나는 기가 차서 왕세손을 노려보다가 그의 침실로 들어가 버렸다. 잠시 침묵이 흐르고, 빅토르가 제 잔에 남은 술을 마저 들이켠 후 말했다.
 "난 이만 가지."
 그리고 잔을 내려놓으며 말을 이었다.
 "그러니 빨리 가서 니나 양부터 달래. 이렇게 오래 혼자 두면 또 다른 사내에게 가 버릴 테니."
 그렇게 말한 빅토르가 돌아섰다.
 율리는 더 이상 분노를 견디지 못하고 테이블 위에 놓여 있던 유리 장식을 집어 빅토르에게 집어 던졌다. 그러나 그것이 그에게 닿기 전에 해군 하나가 달려와 막았다. 그리고 유리 장식이 그의 등에 맞고 떨어져 깨지자 인상을 쓴 후 고개를 숙여 왕세손에게 인사하고 물러났다.
 제가 한 행동이 무엇이든, 왕세손이 허락하지도 않았는데 빅토르의 부하가 왕세손의 공간에 함부로 들어온 것은 권위에 있어 분명 의미하는 바가 있었다.
 율리의 시종이며 그곳을 오가던 사용인들이 모두 얼어붙었다. 빅토르는 그대로 응접실을 나섰고 복도에서 기다리던 해군들이 그의 뒤를 따라 걸었다.
 빅토르가 떠난 후 율리는 불쾌함에 숨이 거칠어져 창틀을 두 손으로 움켜쥐었다.
 그의 수족인 휴건 한터를 공관에서 내보내 주지 않는 이상, 율리는 쉽게 움직이기가 어려웠다.
 다행히 전쟁이 머지않았고, 살란티에가 베스티나에게 대적할 방법은 없었다.
 스칼렛 크림슨이 비행기를 만들어 내겠다고 광고를 냈지만, 그녀

혼자 힘으로 무언가 해 보기엔 이미 너무 늦었다. 영웅은 빅토르 덤펠트처럼 혈통 좋고 엘리트 교육을 받은 사내가 되는 것이지, 스칼렛 크림슨처럼 거칠게 자란 기계공 계집이 될 수 있는 게 아니었다.

베스티나가 이 땅을 점령하면 율리 이렌은 살란티에의 왕이 되는 것이 이 땅의 기술력을 억제해 주는 대가였다. 물론 실질적인 정치야 베스티나에서 보낸 정치인들이 하겠지만, 율리는 그 정도는 괜찮을 거라고 생각했다.

율리는 침실로 들어가 자신이 빅토르의 기세를 꺾지 못한 것에 화가 나 돌아 누워 있는 니나의 곁에 누웠다.

"내가 왕이 되면, 가장 먼저 빅토르 덤펠트를 벌해 줄게."

그렇게 달래자 다행히 니나는 오래 화내지 않고 다시 몸을 돌려 그의 품으로 안겨 들었다.

―•◦•◆•◦•―

어젯밤, 약속했던 대로 아이작은 너무 울어 기진맥진한 스칼렛을 업고 집으로 향했다. 스칼렛은 지쳐서 아이작의 등에 머리를 기대고 숨만 색색거렸다.

빅토르가 왕실경찰 본청을 점거하고 휴건 한터를 끌고 갔다는 것은 이미 알고 있는 사실이었다. 자신에게 차를 건네던 얼굴이 떠오르고, 기억의 조합이 맞춰지고 나니 그의 행동이 이해가 갔다.

그러나 동시에 남편이 자신을 믿어 주지 않아 스스로를 의심하던 순간을 떠올리자 울화가 치밀었다.

그렇게 울고 화내고 나니 머리가 지끈지끈 아팠는데, 느지막이 일어나 눈 냄새가 섞인 공기를 들이켜자 두통이 조금이나마 완화되었다.

그녀가 소파에 놓인 담요를 어깨에 두르고 창가로 가 보니 저택 앞에 눈이 쌓여 있었다.

어릴 때 아이작과 커다란 눈사람을 만들던 기억을 떠올리던 스칼렛은 머리가 지끈거려 손으로 이마를 감싸고 창틀에 기대섰다.

그녀는 신체적, 정신적 고통에 면역이 있었다. 모순되게도 그 덕에 왕실경찰이 자신에게 무슨 짓을 했는지에 관해 하나씩 떠올리고 따로 적어 둘 힘을 낼 수 있었다. 이 진술이 빅토르의 본청 점거를 해명하게 된다는 건 열 받지만, 휴건 한터에게 한 방을 먹일 수 있다면 감수할 수 있었다.

심문 당시 휴건 한터는 빅토르에 관해 반드시 알아내야 할 무언가를 스칼렛의 입으로 말해 주기를 바랐고, 그래서 그녀의 머릿속을 샅샅이 파헤쳤다.

"그게 뭐였을까."

만약 빅토르의 가장 큰 약점이 존재한다면 자기가 먼저 알고 싶었다. 스칼렛은 떠올리려 했으나 그것만큼은 잘 기억이 나지 않았다.

그들은 부모님이 돌아가신 마차 사고에 대해 집요하게 캐물었는데, 스칼렛은 사실 그때의 상황이 자세히 기억나지 않았다. 의도적으로 잊어버리려고 애썼기 때문이리라, 그녀는 늘 생각했다. 살면서 단 한 번도 그 순간에 대해 떠올리려 애쓰지 않았고, 지금도 그 장면만큼은 떠오르지 않았다.

애초에, 왜 사고가 났었지? 그리고 그게 의도적인 사고였다면 나와 아이작은 어떻게 살아 있었던 거지?

스칼렛이 생각하는데 그녀의 침실 문이 열리고 아이작이 들어왔다.

"스칼렛."

"응?"

대답하며 돌아보던 스칼렛의 눈이 휘둥그레졌다. 아이작의 맑고 선명한 두 눈이 보였다.

"우와!"

"원래는 어제 선글라스를 벗고 놀라게 해 주려 했는데……."

아이작의 말이 다 끝나기도 전에 달려온 스칼렛이 그를 와락 끌어안았다. 그러더니 품에 얼굴을 묻고 중얼거렸다.

"한 번 터지니까 또 눈물이 나……. 이러다 시도 때도 없이 우는 어린애가 되어 버리면 어떡하지?"

"괜찮아. 넌 어릴 때 어린애가 아니었으니까, 보상이라고 생각해."

"그런가……."

스칼렛은 펑펑 울 것 같던 제 말과 달리 눈물을 그렁거리며 고개를 들고 웃었다.

"이상해. 너무 기쁜데 눈물이 나."

"음, 인간의 마음이란 복잡하네."

아이작이 신중한 얼굴로 말하자 스칼렛이 까르륵 웃었다. 그리고 행복한 얼굴로 아이작의 눈가에 손을 올려보며 말했다.

"정말로, 한쪽 문이 닫히면 다른 문이 열리나 봐."

눈에 손이 가까워지자 아이작이 눈을 움찔거리며 감았다가 금방 배시시 웃으며 고개를 끄덕였다. 원 없이 울고 난 스칼렛의 얼굴이 정말로 후련해 보여 아이작도 한결 마음이 놓였다.

잠시 후 두 사람은 크림슨 부부가 남긴 자료들의 암호를 풀기 위해 집에 남아 있던 모든 자료를 꺼내 펼쳤다.

아이작은 이곳에서 일하던 거의 모든 사용인을 해고하고 새로운 사용인들을 고용했다. 처음 보는 하녀들이 체리파이를 가져다 카펫 위에 자료를 펼치고 연구하는 두 사람 근처에 놓았다. 종려나무 줄기로 만든 큼지막한 바구니에 담긴 체리파이를 본 스칼렛이 감탄했다.

"아, 체리파이……."

스칼렛이 두 손으로 체리파이를 집어 들고 그리움이 가득한 얼굴로 말했다.

"기억나? 체리가 다 익으면, 항상 다 같이 가서 체리를 땄잖아."

"응. 너랑 나는 씨앗 빼는 거 자기가 한다고 매번 싸웠지?"

아이작의 말에 스칼렛이 웃음을 터트렸다. 그의 말대로, 남매는 항상 하나뿐인 체리 스토너를 자기가 쓰겠다고 싸웠다. 힘은 들었지만 씨앗이 쏙 빠질 때의 쾌감이 있었기 때문이다.

하지만 그 싸움은 보통 스칼렛이 이겼고, 자기가 먼저 씨앗을 빼겠다고 나서다가 금방 팔 아프다고 내팽개친 뒤에 아이작의 일이 되었다.

스칼렛이 그때 기억을 떠올리며 웃었다.

"그때도 오빠는 좋은 오빠였어. 나한테 한 번도 못 이겼잖아."

"그야……. 네가 더 힘이 셌거든."

아이작이 진지한 표정으로 농담을 하자 스칼렛이 웃음을 터트렸다. 따끈따끈한 체리 필링이 든 파이를 한입 가득 풍족하게 베어 물고 나서, 스칼렛은 바닐라아이스크림을 한 스푼 떠서 파이 위에 올리고 두 번째 입을 먹었다. 좋은 버터가 듬뿍 들어간 파이는 풍요로운 맛이 났다.

스칼렛이 행복한 얼굴로 파이를 먹다가 편지를 확인했다. 크림슨 부부는 평소에도 위협을 느꼈던 건지, 자기들끼리 주고받은 편지까지도 전부 암호를 사용했다. 한참 편지를 읽던 스칼렛이 다시 첫 문장을 확인했다.

"오빠, 아빠가 엄마를 뭐라고 불렀는지 기억나?"

"파이?"

특별한 날마다 크림슨 가족이 파이를 먹는 이유는 하나였다.

남매의 부모는 파이를 좋아했다. 파이는 원주율이니까, 가장 수학적인 음식이라고 주장하면서. 그리고 수학을 사랑하던 남매의 아버지 윌리스 크림슨은 처음 아내인 웬디 크림슨을 만났을 때부터 그녀를 파이라고 불렀다고 했다.

스칼렛은 문서의 첫 문장을 다시 한번 확인했다. 예상대로 모든 서류의 첫 문장에 같은 암호가 적혀 있었다.

"이게 전부 파이라고 하면……."

"듣고 보니 생각났는데, 우린 아버지가 쓰신 첫 문장도 알잖아."

아이작의 말에 남매가 동시에 말했다.

"당신도 오늘 날씨가 마음에 든다면 좋겠습니다."

어머니는 언젠가, 남편이 편지 서두에는 늘 그 문장을 적는다고 깔깔거리며 말한 적이 있었다. 윌리스 크림슨은 세상에 다시없이 느긋한 사람이라 비가 오면 비가 오는 대로, 눈이 오면 눈이 오는 대로, 더워도 추워도 '하하, 오늘 날씨가 참 좋네!'하고 말하는 사람이었다.

그렇게 추억을 공유하며, 남매는 그리움이 담뿍 든 미소를 지었다.

아이작이 말했다.

"좋은 분들이었어. 일찍 돌아가셔서 더 그렇게 느낄지도 모르지만."

"아냐. 오래 살았어도 나쁜 짓 할 사람들은 아니잖아. 매일 연구실에 처박혀 있기나 하고."

"하긴 그래."

두 사람은 단어 하나와 문장 한 줄을 대조해 조금씩 암호를 풀어 나갔다.

그리고 얼마 지나지 않아 암호가 풀렸다.

[윌, 나도 한 번쯤은 날아보고 싶어.]
[나도 그래, 사랑하는 파이.]

[파이, 보고 싶어. 오늘 내 이벤트는 어땠어?]
[최고였어! 역시 나는 당신의 엉덩이를…….]

스칼렛이 편지를 갑자기 구겨 버리자 아이작이 동그래진 눈으로 물었다.

"왜 그래?"

"못 볼 걸 봤어."

스칼렛이 말하며 심호흡했다.

"트라우마 생길 것 같아."

"왜, 왜? 무슨 일인데 그래? 나도 봐도 돼?"

"안 돼. 오빠를 위해서 하는 말이야. 이런 걸 왜 편지로 남기는 거야?"

스칼렛이 분개하자 아이작은 고개를 갸우뚱했다. 하지만 사랑하는 동생이 보지 말라고 하니 순순히 관심을 돌렸다.

암호가 풀린 후에도 이 자료 중에 비행기 자체에 관한 자료는 없었다. 양력에 대하여 연구한 것은 있었지만, 부분적인 설명일뿐 그걸로 당장 비행기를 만들어 낼 수 있는 것은 아니었다.

결국 스칼렛이 기억해 낸 그 복엽기가 웬디와 윌리스 부부가 만든 가장 최신의 비행기라는 사실을 알았다.

그렇다고 중요한 자료가 아예 없는 것은 아니었다. 그중 공군 기지가 있는 협곡의 바람을 기록한 기록지가 있었다.

[어느 정도 예측 가능한 바람이 규칙적으로 불어 이곳은 시험비행을 하기에 적합하다.]

게다가 부모가 주고받은 편지의 사담, 그리고 각종 신기한 발명품들을 보는 것도 재미있는 일이었다.

아이작이 특히 마음에 들어 한 설탕과자 기계 도안을 들어 보이며 말했다.

"네가 없는 동안 난 이걸 만들어야겠어."

"누가 크림슨가 사람 아니랄까 봐 바로 만들겠다는 생각부터 하네."

"그러엄. 당연하지."

스칼렛은 웃고 나서, 모아 든 편지를 애틋하게 바라보았다.

"부모님은 정말, 정말 사랑이 넘치는 사람들이었어."
"그러게."
아이작이 고개를 끄덕였다.
부모님의 편지는 마차 사고 직전까지도 그저 달콤한 사랑 이야기로 가득했다.

[안녕, 큰 도련님. 도련님은 왜 나를 자꾸 파이라고 불러요?]
[원주율이니까요.]
[무슨 상관이에요?]
[태양을 봐도, 달을 봐도 당신이 생각나서요.]

[안녕, 파이. 오늘은 왜 내 편지에 답장을 해 주지 않았어요? 나에게 화가 났어요?]
[화가 난 게 아니에요. 화가 났다면 사장님에게 난 거겠죠. 사장님이 나에게 후계자가 되라잖아요. 큰 도련님이 있는데!]
[잠깐만요..]

[안녕, 파이. 아버지에게 여쭈어 보고 왔는데 파이가 후계자가 된다고 파이를 입양하는 건 아니래요. 그럼 우리는 결혼할 수 있어요.]
[그걸 물어봐야 알아요? 그게 문제가 아니잖아요!]
[왜 그게 문제가 아니에요? 나와 결혼하는 게 싫어요?]
[좋아요. 너무 좋아요. 태어나서 들어 본 말 중에 가장 좋아요. 하지만!]
[오, 파이. 당신의 남편이 될 수 없다면 나의 삶은 아무런 의미가 없

어요.]

　스칼렛이 편지를 보며 말했다.
　"아들이 둘이나 있는데, 후계자 자리를 엄마에게 줬으니 숙부가 억울해한 것도 조금은 이해가 가네."
　"응. 나도 심정은 이해가 가. 그게 참작되는 건 아니지만."
　"나도 그렇게 생각해."
　편지를 읽으면 읽을수록 스칼렛의 마음은 따뜻해졌다. 그러나 한편으로는 저리도록 부모님이 그리워졌고, 자신은 부모님 같은 결혼 생활을 하지 못했다는 사실이 쓸쓸하게 느껴지기도 했다.
　그렇게 편지를 읽고 있는 도중에 저택으로 전화가 걸려왔다. 전화를 받으러 갔다가 다시 침실로 돌아온 아이작의 표정이 어두워져 있었다.
　"스칼렛, 큰일 났어. 안드레이 씨가……."
　"왜?"
　스칼렛이 서둘러 몸을 일으켰다. 심장이 철렁했다.
　설마. 설마…….
　왕실경찰의 위협을 떠올린 그녀가 얼어 있는데, 아이작이 입을 열었다.
　"적자래."
　"……응?"
　"수리랑 인테리어를 하고 나니까 크게 적자가 났대."
　그의 말에 스칼렛이 일순간 진이 빠져 주저앉았다. 그리고 억울한 마음에 버럭 소리를 쳤다.

"무슨 그런 말을 그렇게 진지하게 해!"

"안드레이 씨가 큰일이 났다고 전해 달랬단 말이야! 태어나서 이렇게 무서운 건 처음 봤대. 적자 장부."

"미쳐, 진짜……."

놀람과 안도로 열이 올라 얼굴이 붉어진 스칼렛이 가슴을 쓸어내리며 중얼거렸다.

"어디 다친 줄 알았잖아."

덩달아 놀란 아이작이 마주 보고 앉아 스칼렛의 얼굴을 살폈다.

"많이 놀랐어?"

"어! 가만 안 둬, 안드레이 해밀턴."

그녀가 놀랐던 마음에 화를 내자 아이작이 웃었다.

"귀 간지럽겠네."

"귀라도 간지러워야지……."

스칼렛은 그렇게 투덜거리며 자료를 모았다. 개중 필요한 것들을 추려 챙긴 그녀가 말했다.

"남부 가기 전에, 시계 가게 들러서 안드레이에게 한소리 해야겠어."

"그래. 가게까지 데려다줄게, 가자."

아이작이 먼저 일어나 손을 내밀자 스칼렛이 그 손을 잡고 자리에서 일어났다.

7번가에 도착하니 스칼렛을 발견한 리브가 빵집에서 달려 나왔다. 그녀는 스칼렛을 끌어안고 한동안 말이 없다가, 팔을 아플 정도로 때

리고 쩌렁쩌렁 소리쳤다.

"그만 좀 돌아다녀, 그만 좀! 시국도 어수선한데 어딜 자꾸 돌아다녀, 걱정돼 죽겠어, 아주!"

그렇게 성질을 내던 리브는 스칼렛의 옆에 서서 맑은 와인색 눈동자로 보고 있는 아이작을 뒤늦게 발견하고 입이 열린 채 그대로 굳었다.

걱정된다는 리브의 말에 살짝 취해 있던 스칼렛이 얼른 정신 차리고 자랑하듯 말했다.

"눈이 다 나았어. 나랑 닮았지?"

"어…… 어……."

리브는 앞에 보이는 남매를 번갈아 보며 입만 뻐끔거렸다.

옆집에 이사 온 스칼렛을 처음 보았을 때, 리브는 태어나서 저런 미인은 처음 보았다고 생각했다. 실제로도 예쁜 데다 리브의 취향을 저격하는 얼굴이기도 했기 때문이었다.

그리고 그 옆에 그녀와 똑같이 닮은 미인의 남자가 있으니 황홀했다.

"그래도 세상은 살 만해……."

"리브?"

스칼렛이 의아해하자 리브가 퍼뜩 정신을 차렸다.

"응? 아냐. 빵 가져다 줄게. 손님이 없으니까 엄청 남아."

"어떡해……. 우리도 근데 적자래."

"어쩌겠어, 시기가 이런데."

리브가 말하고는 몇 번이나 아이작을 돌아보며 빵집으로 향했다. 그러다 아이작이 미소를 짓자 리브가 발을 헛디뎌서 스칼렛이 그에게 핀잔했다.
"이성을 보면서 그렇게 막 함부로 웃으면 안 돼."
"하지만…… 눈 마주쳤는데, 안 웃으면 어색하잖아. 게다가 네 친구가 날 싫어하면 어떡해?"
"……이걸 어디부터 가르친담?"
스칼렛은 한숨을 쉬고, 아이작은 억울한 표정을 지었다.
리브가 준 빵을 챙기고, 아이작을 먼저 보낸 후에 시계 가게에 들어가 보니 안드레이가 한숨을 푹푹 쉬고 있었다.
그는 평소보다도 더 수척해진 얼굴로 스칼렛을 보며 말했다.
"적자라니요. 제 인생의 수치…… 표정이 왜 그러십니까?"
스칼렛은 굳은 얼굴로 안드레이에게 걸어가더니 리브가 챙겨 준 그의 몫의 빵을 먼저 안긴 후 등짝을 퍽 때렸다.
"아, 왜요, 왜?"
안드레이가 엄살을 떨며 묻자 스칼렛이 주먹을 꽉 쥐고 말했다.
"큰일 났다고 해서 다친 줄 알고 철렁했잖아!"
"좀 다친 건 큰일 난 게 아니죠, 사장님. 적자가 진짜 큰일이죠."
그렇게 투덜거리며 넘어가려던 안드레이는 스칼렛의 몸이 떨리는 것을 발견하고 멋쩍은 표정을 지었다. 그런 그의 등짝을 한 대 더 때리고서야 분이 풀린 스칼렛이 입을 열었다.
"나 조금씩 왕실경찰이 취조하던 때 기억이 돌아와. 해독제를 먹었거든."
"……해고하실 거예요? 아니면 무급 3년입니까?"
안드레이가 묻자 스칼렛이 희미하게 웃으며 고개를 저었다.
"아니. 다 기억나고 보니까, 무급 2년이면 충분할 것 같아."

"예에? 안 되죠, 더 화내세요."

"안드레이가 한 짓에 비해서 날 보호해 준 게 훨씬 크구나, 싶어서."

그녀의 말에 낯간지러운 걸 싫어하는 안드레이가 짜증을 냈다.

"사장님이 사고를 너무 많이 쳐서 그렇잖아요."

"미안."

"사과도 너무 많이 하고요. 진정성이 떨어진다고 생각하는 사람이 있을 수도 있어요."

"그런가……."

스칼렛이 쓸쓸한 표정을 짓자 안드레이가 힐끔 보고 말을 이었다.

"그래도 사장님이 언제나 진심인 건 압니다."

"와, 역시, 내가 제일 아끼는 직원답네."

"뒤에서부터 일등도 설마 접니까?"

"어떻게 알았어?"

스칼렛이 대답하고는 웃음이 터져 해맑게 웃었다. 그런 그녀를 보며 안드레이도 씩 웃었다.

스칼렛이 말했다.

"그럼 얼굴 봤으니까, 나는 가 볼게."

"너무 비행기만 만들지 말고 시계 디자인도 그려 오세요. 적자 난 것도 기억하시구요. 돌아오시면 바로 메워야 하니까요."

"알았으니까 건강하기나 해."

스칼렛이 핀잔하곤 손 인사를 하고 가게를 나갔다.

그녀는 바로 남부로 가기 위해 기차역으로 향했다. 하늘을 보니 또 눈이 올 것 같아 걸음을 빨리했다.

한 시간을 기다려 도착한 기차에 오른 스칼렛의 표정은 곧 빠르게 굳었다.

그녀가 탄 기차에 빅토르 덤펠트가 있었다.

스칼렛은 말없이 그냥 기차에서 내려, 다시 기차 시간을 확인했다. 다음 기차는 세 시간 후에나 있었다. 수도에 사람이 줄어든 탓에 배차 간격이 연일 늘어나고 있었다.

안 그래도 전남편이 미운데, 그 때문에 다음 기차까지 세 시간을 기다려야 한다고 생각하니 억울해져서, 역무원에게로 걸어갔다.

"저, 자리를 좀 바꿀 수 있을까요? 다른 칸으로."

"어쩌지요? 죄송하지만 승객이 별로 안 계셔서 3량짜리로 운영하고 있습니다."

3량이면 한 칸은 석탄을 실어야 하니 승객이 탈 수 있는 건 사실상 저 한 칸뿐이었다.

그때 뒤에서 빅토르의 목소리가 들렸다.

"네가 타. 내가 내릴 테니까."

그가 나타나자 역무원은 인사를 하고 급하게 떠나 버렸다.

스칼렛이 무표정한 얼굴로 그를 돌아보았다.

"됐어. 나는 나 하나고, 당신 하나 내리면 열 명은 내려야 하잖아."

"나만 내리면 돼."

"말도 안 되는 소리 하지 마."

"그럼 타지 말고 나와 여기서 세 시간을 기다리든지."

"……"

그의 말에 스칼렛이 빅토르를 말없이 노려보았다. 그러곤 그가 내민 표를 획 낚아챘다. 빅토르가 말을 이었다.

"그리고 휴건 한터가 당신을 취조할 때 있었던 일, 생각나는 것 있으면 말해. 증거로 사용할 테니까."

그러자 스칼렛은 블라우스 위에 입고 온 흰색 피나포어의 주머니에서 미리 적어 온 종이를 꺼내 빅토르에게 내밀었다. 내심 그가 충격받길 바랐지만, 그걸 읽는 빅토르의 표정에는 미세한 변화조차 없었다.

그런 그를 바라보던 스칼렛은 갑자기 허리에 오는 통증에 인상을 썼다. 그녀가 자기 등허리를 손으로 꾹 누르는 걸 본 빅토르가 물었다.

"허리는 왜."

"몰라도 돼."

스칼렛은 그렇게 대답하고 기차로 향했다.

생리 주기가 시작된 듯했다. 그 사실에 그녀는 안도의 한숨을 쉬었다.

가능성은 거의 없었다. 하지만 100%가 아닌 이상에야 그녀의 입장에서는 계속 임신을 염려할 수밖에 없었다.

그녀는 제자리에 앉았다. 그리고 웃음이 터져서 두 손으로 얼굴을 감싸고 참느라 애썼다.

자신은 여전히 이렇게 복잡한데, 그는 아무렇지도 않았다.

'저런 개새끼를 그렇게 오래 사랑했어, 내가.'

그냥 자기만족이었다고 생각하려 해도 되지 않았다. 도무지, 그를 용서할 수 없었다.

----◆◈◆----

얼떨결에 고용주는 내리고, 사용인들만 기차에 남는 상황이 되었다. 스칼렛이 기차가 출발하기 전 제 자리에서 빅토르의 짐을 치우는 블라이트에게 사과했다.

"미안해, 괜히 나 때문에."

"무슨 말씀을. 고집 부리신 건 도련님인데요."

블라이트가 말하고 다시 자리를 정리했다.

그사이 스칼렛은 창밖으로 고개를 돌렸다가, 플랫폼에 서서 담배를 꺼내 무는 빅토르를 발견했다.

아까는 평소와 다름없어 몰랐는데, 지금 보니 그는 못 알아본 게 놀라울 정도로 말라 있었다.

"왜 저렇게 말랐어?"

그녀가 저도 모르게 혼잣말하고 인상을 썼다.

하지만 그의 아내로 산 게 2년이었다. 빅토르의 상태를 확인하는 건 그녀의 습관 중 하나였다.

그러자 정리 정돈에 푹 빠진 블라이트가 대답했다.

"며칠째 식사에 손을 안 대세요. 아사하고 싶으신가 봐요."

스칼렛은 왜 식사를 안 하느냐고 물을까, 하다가 그만두었다. 대신 정리를 마치고도 부족해 두 손을 움찔거리는 블라이트에게 말했다.

"하고 싶은 거 다 하고 가."

"아, 감사합니다."

블라이트가 서둘러 가방을 열더니 청소도구를 꺼내 스칼렛이 앉은 자리의 창문을 닦고 손잡이도 한 번 닦은 후, 스칼렛에게 손은 못 대고 손으로 블라우스의 리본을 가리키며 말했다.

"아가씨, 이쪽 리본 조금만…… 사, 살짝만요!"

"이제 됐어?"

"조금…… 아닙니다. 괜찮습니다."

"직접 해 줄래?"

그녀의 말이 떨어지자마자 블라이트가 스칼렛의 비뚤어진 리본을 단단하게 칼라 아래로 당겨 똑바로 매듭을 짓고, 그녀의 흘러내린 머리칼을 단정하게 넘겨 준 후 손을 뗐다. 그러고도 잔머리에 다시 손을 대려다가 진정한 후 뒷짐을 지고 미소를 지었다.

"그럼 가 보겠습니다."

라고 말하면서도 못 참고 쿠션에 붙은 먼지 한 톨을 정리한 블라이트가 더 봐 봤자 문제만 발견하겠다고 생각했는지 다른 사용인들이 있는 자리로 도망치듯 사라져 버렸다. 원래도 빅토르는 불편할 정도로 완벽한데, 그 옆에 약간의 강박증이 있는 블라이트가 있으니 언제나 흠잡을 곳이 없었다.

결혼 생활 내내 그 숨 막힘이 빅토르 덤펠트에게는 당연하구나, 생각했었는데.

딱 한 번 블라이트가 지독할 정도로 오래 그의 옷맵시를 확인하자 빅토르가 낮게 한숨을 쉬는 걸 본 적이 있었다. 다행히 블라이트도 스스로가 과한 걸 알고 있어, 그때도 지금처럼 서둘러 사라졌었다.

그날 빅토르라고 저 지독한 완벽함을 즐기는 건 아니구나, 생각했었다.

그런 소소한 빈틈들을 그녀는 사랑했었다.

'그리고 가여웠는데.'

그 영원할 것 같던 가여움조차 이제는 느껴지지 않았다.

공군 기지에 도착한 스칼렛은 제일 먼저 학생들과 구스타프 교수에게 부모님이 남긴 자료를 공유했다. 그리고 이어서 자신이 그린, 물 위에 뜰 수 있는 플로트가 기체 아래 달린 수상비행기의 최종 설계도를 보여 주었다.

그리고 제 방으로 돌아온 스칼렛이 샤워를 하러 들어갔다가 안도해 중얼거렸다.

"다행이다……."

생리가 시작되었다.

안 그래도 학생들 중 호르몬 연구에 관심이 많은 빌에게 임신을 확인할 수 있냐고 부탁할까 고민 중이었다. 그래도 어차피 날짜가 가까워 기다려 본 보람이 있었다.

그녀는 거울을 보며 미소를 지었다. 이렇게 기쁠 수가 없었다.

결혼 생활 중에 의사가 스칼렛은 어릴 때 영양분 섭취를 고르게 하지 못해 임신을 하는 데 많은 신경을 기울여야 할 거라고 말한 적이 있었다. 스칼렛은 그 사실이 지금처럼 고마운 적이 없었다.

그녀는 안도하며 샤워를 마치고 욕실을 나왔다. 그리고 수건으로 머리칼을 틀어 올린 후 침대에 앉았다.

아이를 가지면 그때 해독제를 주겠다고 말하던 빅토르가 떠올랐다.

생각해 보니 그는 덤펠트 가문을 명문가로 만드는 일을 숙명으로 여기는 사내였다. 가문을 이을 아이를 원하는 건 놀라운 일이 아니었다.

그러나 결국 그는 원하던 아이를 가지지 못하게 되었다. 그 사실을 생각하니 실소가 나왔다.

그렇게 빅토르에 대한 생각을 하다 보니, 아까 기차역에서 본 그의 모습이 떠올랐다. 건조한 표정과 서늘한 분위기는 그대로였지만 블라이트의 말대로 위험함이 느껴졌다.

그는 원하던 것을 전부 잃었다. 왕실경찰을 감금했으니 왕족이 되는 건 불가능할 것이고, 이혼한 아내가 돌아오길 바랐으나 실패했으며, 아이도 얻지 못했다.

빅토르에 대한 증오와 별개로 그의 건강에 이상이 생기는 것은 스칼렛에게도 큰 문제였다.

지금 살란티에는 반드시 빅토르가 필요했다. 베스티나가 가장 두려워하는 것은 가장 치열한 전쟁이 벌어져야 할, 베스티나의 영해와 맞닿아 있는 남쪽 바다를 루비드호의 함장, 빅토르 덤펠트가 지키고 있다는 사실이었다.

스칼렛의 가장 큰 행복은 부모님과의 추억이 깃든 크림슨 저택에서, 그리고 7번가의 시계 가게에서 매일 시계를 만들며 제가 사랑하는 사람들과 이웃하여 살아가는 일에서 비롯되었다. 그 당연한 일이 지금은 너무나 멀게 보였다. 적어도 그것이 가능해지는 날까지는 빅토르가 필요했다.

"아이를 원하면, 내가 줄게."

스칼렛이 제 납작한 배를 두 손으로 감싸고 중얼거렸다.

―・・◆・・―

얼마 후 1호기가 완성되자 학자들이 모두 우르르 밖으로 나왔다. 비행을 위해서는 기체를 지탱할 두 개의 플로트를 강으로 운반해야 했다. 에이샤와 조니가 앞뒤를 잡아 든 플로트에 스칼렛을 포함한 나머지 모든 학자가 붙어 낑낑거리고 있었다. 에이샤가 말했다.
"조니, 학자란 원래 다 이렇게 약한가?"
"몰라. 힘이 다 뇌로 가서 몸에 힘이 없는 거 아니야?"
"오, 모처럼 똑똑한데?"
"학자들이랑 살아서 그런가 봐."
"이야, 배웠네, 배웠어."
남매가 플로트를 나르는 것을 따라가지 못하고 멈춰 선 과학자들이 주저앉았다.
"아이고, 죽겠다."
"너무 힘들어서 힘이 다 뇌로 갔다는 말 듣고 천재라고 생각했어……."
결국 학자들은 걸음을 떼지 못하고, 남매가 먼저 강에 도착했다가 이후에 다시 돌아와 나머지 한쪽 플로트도 챙겨다 강에 놓았다.
에이샤는 원기둥 형태의 플로트 위에 획획 뛰어 올라가 능숙한 솜씨로 밧줄을 감았다. 그 모습에 뒤에서 1호기 복엽기를 들어 나르는 해군들에게 이래라저래라 지시만 하던 에번이 말했다.
"잘 감네. 해군 해도 되겠어."
그러자 에이샤가 대꾸했다.
"그래? 난 해군들을 보면서 해적 해도 되겠다고 생각했는데."
"한 끗 차이지."
"하지만 에번 같은 도련님은 취급 안 해."
에이샤의 호탕한 말에 에번이 시원하게 웃었다. 그 모습에 스칼렛도 같이 웃으니 조니가 말했다.
"가끔 저 둘이 더 남매 같다니까?"

"왜 하필 남매야? 어떻게 될지 모르는 일이잖아."

스칼렛이 말하자 그게 웃긴지 에이샤와 에번, 그리고 조니까지 큰 소리로 웃음을 터트렸다. 에이샤가 에번에게 말했다.

"에번, 이 기계공 아가씨 참 편견 없네. 우리들이 미쳤다고 너 따위 귀족 도련님이랑?"

"우리 귀하신 아가씨께서 좀 그러신 편이지. 그리고 그건 내가 할 말이지, 귀하게 자란 내가 해적 따위와?"

그리고 두 사람이 낄낄거리자 스칼렛은 왜 웃나, 도통 이해를 못 하고 고개를 갸우뚱했다.

그사이 1호기가 플로트 위에 실렸다. 에이샤는 물속으로 잠수하며 플로트의 밧줄을 1호기 기체에 단단히 고정했다. 에번이 여전히 자식 보는 듯한 얼굴로 스칼렛에게 자랑했다.

"웬만한 해군보다 낫지 않습니까?"

"에이샤는 정말 대단하지만, 비교 대상이 없으니 해군보다 낫다고는 못하겠어요."

"학자적인 대답이시네요."

에번이 유쾌하게 대답하고는 해군 중 하나를 손짓했다. 그 즉시 해군이 정복 상의를 벗었다. 그 모습에 기겁한 스칼렛이 두 손으로 입을 틀어막고, 학자들은 자기들끼리 눈을 가려주었다.

"저런 거 보면 안 돼."

"맞아, 내 몸이 깜짝 놀라."

늘씬하게 근육이 잡힌 해군은 밧줄을 잡고 물속으로 자맥질해 들어가 밧줄로 플로트와 기체를 감아 묶었다. 그사이 에이샤가 물 밖으로 나오며 말했다.

"해군도 뭐, 별것 없네."

그러자 스칼렛이 핀잔했다.

"에이샤가 특별히 대단한 거야."

"어, 그래?"

에이샤가 어깨를 으쓱였다. 그래도 칭찬을 받아서인지 기분이 좋아 보였다.

잠시 후 해군이 반대쪽 역시 단단히 고정하고 나왔다. 에이샤보다 시간은 훨씬 오래 걸렸지만 단단함은 비슷해 보였다.

에번이 말했다.

"저 정도면 해군 면은 세웠다. 잘했어, 콜."

"감사합니다, 부함장님."

그러자 콜이라 불린 해군이 여유만만하게 웃으며 젖은 몸 위에 정복을 입고 자기 자리에 가서 섰다.

1호기가 강 위에 뜬 후, 에번이 힐끔 스칼렛을 보며 말했다.

"함장님께서 나오실 겁니다."

"상관없어요."

"다행이네요."

에번이 미소를 지었다.

잠시 후 그의 말대로 빅토르가 1호기가 있는 곳으로 나왔다. 거의 동시에 왈도를 중심으로 한 육군들 역시 밖으로 나온 후, 콜이 낙하산을 메고 1호기로 향했다. 그러자 스칼렛이 중얼거렸다.

"자기가 탈 비행기였군요."

"그렇습니다. 아주 우수한 해군이죠."

에번이 대답하고, 콜이 1호기에 탔다. 자기들이 만든 기계에 누군가가 오르자 학자들은 현실이 실감 나 자리에 주저앉았다.

이제 이론은 실제가 되었다. 수상비행기에 달린 엔진에 시동이 걸리고, 앞에 떠 있는 한 척의 슬루프가 연결된 사슬을 끌고 앞서 출발했다.

곧이어 슬루프가 뤼세 폭포에서 이어지는 강을 고속으로 달리자 수상비행기가 물의 표면에서 들썩거리기 시작했다.

에번이 힐끔 돌아보니 빅토르는 스칼렛을 잠시 보았다가 다시 비행기 쪽으로 고개를 돌리고 있었다.

에번 역시 1호기 쪽을 보았다.

'젠장, 나도 겁나네.'

이제 부하를 잃는 것에는 이골이 났다고 생각했는데, 해적선도 아닌 상공에서 부하를 잃을 수도 있다고 생각하니 속이 울렁거렸다.

자신도 그런데 직접 저 1호기를 설계한 스칼렛의 속은 어떨지 상상이 가지 않았다.

생각해 보니 그녀는 마차 사고로 부모를 잃은 사람이었다. 예상할 수 없는 사고에 대한 두려움은 여기 있는 다른 누구보다 클 것이라 염려하며 스칼렛 쪽을 보았다.

예상외로 스칼렛은 두 손을 모으고 귀부인처럼 서서, 담담한 미소를 짓고 있었다.

그 모습에 에번이 물었다.

"자신 있으십니까?"

"만든 제가 불안해하면, 파일럿은 더 불안해할 거예요."

"……그렇습니까."

에번이 고개를 끄덕였다.

　스칼렛은 손이 달달 떨리기 시작하자 뒷짐을 지고, 덤펠트 가문에서 2년간 안주인 노릇을 하며 배워 온 태연한 미소를 지으며 비행기를 올려다보았다.

"연기력이 아주 좋으시네요."

에번의 말에 스칼렛이 대답 없이 웃었다.

　1호기가 앞뒤로 들썩들썩하더니 바람이 불자 한쪽 플로트가 들렸다.

　다행히 슬루프의 조종이 뛰어나 1호기가 다시 평행을 찾았다. 그리고 천천히 1호기가 수면에서 떠올랐다.

　파일럿인 콜이 레버를 당기자 슬루프와 연결되어 있던 사슬이 물에 떨어지며 햇살에 빛나는 물방울이 사방으로 튀어 올랐다.

　그 물을 막느라 눈을 감싸고 있던 두 손을 내린 커스틴이 중얼거렸다.

"떴어."

　그러자 겁에 질려 뒤늦게 눈을 뜬 구스타프 교수가 눈물이 그렁그렁해서 말했다.

"그래, 떴구나. 떴어, 얘들아. 진짜로 떴어!"

　수상비행기는 요란한 소리를 내며 서서히 멀어졌다. 그리고 선회를 하려는 순간 비행기가 흔들거리기 시작했다. 그러더니 비행기가 빠르게 가라앉았다.

　그 순간 자리에 있던 사람들이 모두 얼어붙었다.

　비행기는 뒤집힌 채 수면에 불시착했고, 플로트가 수면 위로 떠올랐다.

스칼렛이 손톱으로 자기 손등을 할퀴며 버티고 있으니, 뒤에서 빅토르의 목소리가 들렸다.

"괜찮아. 루비드호에 저 정도에서 죽을 해군은 없어."

그의 말에 스칼렛의 마음이 일순, 쥐 죽은 듯이 가라앉았다. 곧바로 비행기로 근처에 있던 슬루프 한 척이 접근했다. 잠시 후 마스트를 따라 깃발이 올라왔다.

먼저 빨간색과 흰색이 반반 칠해져 있는 깃발을 본 스칼렛이 에번에게 물었다.

"저게 뭐예요?"

"아, 기류입니다. 깃발로 수신호하는 거지요. 각자가 알파벳을 의미하기도 하고, 상황을 표현하기도 하지요. 저건 배 위에 파일럿이 있다는 뜻입니다."

"아……."

그리고 이어서 파란색, 흰색, 빨간색이 달린 깃발이 올라오자 해군들이 동시에 환호했다.

흔들리지 않으려 꽉 맞잡고 있던 스칼렛의 하얗던 손에 피가 돌았다. 스칼렛이 애써 웃으며 말했다.

"저건 틀림없이 좋은 뜻이겠네요."

"예, 긍정적이라는 의미입니다."

"외워 둬야겠어요."

그렇게 강단 있는 척 대답하고, 다리가 후들거려 스칼렛이 서 있지를 못하니 에번이 붙잡아 주었다.

"58초예요. 선회를 시도하지 않았다면 더 오래 비행했을 거예요."

몸은 떨어도 그렇게 말하는 스칼렛 크림슨의 눈빛만은 강렬한 자부심으로 반짝거리고 있었다.

에번은 그녀의 그런 강렬함이 빅토르가 생애 전반에서 추구하던 명예로움이 아니었을까를 생각했다. 외부에서 인정하기 때문이 아니라, 본인 스스로가 명예롭다 느끼는 것.

안도한 스칼렛은 금방 여느 제 또래들처럼 학자들과 에이샤 남매에게로 가서 함께 웃고 떠들기 시작했다.

그러다 그녀의 시선이 집무실 방향으로 돌아가는 빅토르에게로 향했다.

에번이 블라이트에게 전해 듣기로 빅토르는 요즘 식탁 앞에 앉아 있는 시간이 길었다. 그런데도 그가 자리를 뜬 후 확인해 보면 식사가 그대로 남아 있다고 했다. 그래서 기차역에서 블라이트를 만났을 때도 몇 번이나 에번에게 강조했다.

"식사 꼭 확인해 주세요. 안 드셨을 수도 있어요."

블라이트의 말을 듣고 개중 빅토르에게 한 소리 할 자격이 있는 에번이 식사 좀 제대로 하시라고 화를 냈지만 별 반응이 없었다.

블라이트가 식당의 사용인들에게 듣길, 언젠가 스칼렛이 사는 데 먹는 재미가 크다며 빅토르에게 이것저것 먹인 적이 있는 모양이었다. 그때 스칼렛은 말짱한 정신이었고, 빅토르는 종종 웃었다고 했다.

학대로 인해 맛에서 즐거움을 느끼지 못하던 빅토르는 아마도 그날 처음으로 식사 시간을 즐겁다고 느꼈던 듯했다. 그렇게 먹는 즐거움을 알고 나니, 스칼렛이 없을 때 그 재미를 느끼지 못해 식사를 하지 않는 것이 아닌가 하는 게 빅토르의 일거수일투족을 아는 블라이트의 의견이었다.

"이것도 큰 문제인데."

에번이 한숨을 쉬었다.

―――――・◆・―――――

식당에서 저녁 식사를 하는 중에 에이샤는 학자들에게 기류 신호를 가르쳐 주었다. 다들 공부만 하던 사람들이라 암기 실력도 좋아서 저녁 식사를 하는 사이에 대부분이 신호를 외웠고, 순식간에 깃발로 자기가 원하는 단어를 표현할 수 있게 되었다.

그들 무리가 재미있어 보이기는 했지만, 해군들 입장에서는 도통 알 수 없는 이야기들을 주로 해 끼어들기가 어려웠다.

반면 내내 그들과 어울리던 에이샤와 조니 남매는 점점 학자들의 말을 알아듣고, 가끔은 낄낄거리며 웃기까지 했다.

그렇게 지녁을 먹고 나서, 스칼렛은 옷을 골라 입었다. 빅토르를 찾아갈 생각이었다. 그러나 그녀는 정작 거울을 보며 립스틱을 손에 쥐고 앉아 한동안 꼼짝을 하지 못했다.

"……아, 임산부는 화장을 안 하려나."

그녀가 중얼거리며 립스틱을 내려놓았다.

어차피 화장을 한다고 해서 빅토르가 특별히 더 자신을 좋아하는 건 아니었다. 결혼 생활 내내 그에게 필요한 것은 왕족이 되었을 때 제 옆에 서기 좋은 여자일 뿐. 기껏 제 입맛에 맞게 조각해 놓은 것이 아까워 다시 제 옆에 데려다 놓으려고 그렇게 거짓말을 했을 테지.

"나쁜 놈."

스칼렛이 거울 앞에서 몸을 일으켰다. 전남편에 대한 생각 끝에는 종종 그의 청혼이 떠올랐지만, 늘 머리를 흔들어 떨쳐 냈다.

그녀가 계단을 내려가 보니 창고 1층에 커스틴과 빌이 있었다. 스칼렛이 물었다.

"두 사람 다 뭐 하고 있어?"

"응. 너무 오래 안 움직였더니 현기증 나서."

커스틴이 대답하는 사이 빌이 옆에서 한 번 앉았다가 일어나더니 지쳤는지 비틀거리며 말했다.

"에효, 힘들다. 스칼렛은?"

"응? 아, 빅토르에게 할 말이 있어서."

스칼렛이 웃으며 말했다. 그러자 커스틴이 물었다.

"보고는 끝났잖아. 그런데도 이 밤에 가는 건 성교를 위한 거야?"

"……아니야."

"그래? 빌이 아쉬워하겠네."

그러자 옆에서 빌이 진심으로 고개를 끄덕거렸다. 커스틴이 말을 이었다.

"좋은 유전자를 많이 남겨야 한다고 빌이 나에게 해군들 리스트도 뽑아 줬어. 그 해군의 몸과 내 머리가 합쳐지면 최상의 결과물이 나올 가능성이 높대."

그러더니 팔을 한 번 돌리고 지쳐서 휴 한숨을 쉬었다.

"좋아, 일주일치 운동 다 했어."

"맞아. 근육통 생길 수도 있으니까 그만하자, 커스틴."

빌이 옆에서 맞장구를 쳤다. 그 바람에 스칼렛이 웃자 두 사람은 농담이 아니었기 때문에 고개를 갸우뚱했다. 그러더니 이내 빌이 물었다.

"아니면 그냥 보고 싶어서 가는 거야? 한 번 결혼한 부부는 확률상 잘 맞는 사이일 가능성이 높으니까?"

"글쎄."

"하지만 잘 생각해야 돼, 스칼렛. 반대로 생각하면 안 맞는 부분도 또 안 맞을 확률이 높은 거잖아."

그건 참 맞는 말이라, 스칼렛이 고개를 끄덕이고는 지친 듯 잠시 말이 없다가, 두 사람에게 물었다.

"과학자에게 좋아하는 마음은 화학 반응 같은 거지?"

"옥시토신 말이야? 음."

빌이 대답하고 고민하는 사이, 커스틴이 손목과 발목을 털며 말했다.

"난 물리학자니까, 완벽한 형태의 사랑이 존재한다고 가정하겠어."

이제 그녀의 이런 패턴의 말이 농담이라는 걸 아는 스칼렛이 웃었다. 옆에서 빌이 말했다.

"게다가 옥시토신만 가지고 인간에 대해 얼마나 파악할 수 있겠어. 인간의 속은 우주만큼이나 알 수가 없는걸."

옆에서 고개를 끄덕이던 커스틴이 스칼렛에게 물었다.

"그런데 그건 왜 물어봤어? 아직도 함장님이 좋은 거야?"

"아니. 이제 아니야."

"좋아. 스칼렛은 초명문 크림슨 가문의 적녀잖아. 세상에서 제일 잘난 남자도 아까워. 차라리 아예 혼자 사는 것도 괜찮지!"

그런 커스틴의 진지한 제안에 스칼렛이 실소했다.

"맞아. 그것도 고려해 볼게."

이야기를 마치고 스칼렛은 두 사람에게 손을 흔들어 인사했다.

그리고 빅토르가 있는 공관으로 향하며 그녀는 커스틴의 말을 생각했다. 완벽한 형태의 사랑이 있다고 가정한다면.

스칼렛은 제가 한 사랑이 완벽함과는 거리가 멀다는 것을 알았다. 일방향의 너덜너덜한, 세상 누구도 탐내지 않을 그런 쓰레기였다.

늦은 밤 스칼렛이 빅토르의 침실 방향으로 향하자, 해군들은 의아해하면서도 막지 않았다.

그녀가 문을 두들기려는데 때마침 침실 문이 열리고 에번이 나왔다. 싸웠는지 화난 얼굴이던 그가 금방 놀란 얼굴로 물었다.

"스칼렛 양…… 아니, 부인?"

해독제가 잘 들지 않았을 가능성이 있다고 생각했는지 에번이 호칭을 번복했다. 스칼렛이 미소를 지었다.

"아뇨. 아니에요. 이혼한 거 알아요."

"아, 그러시구나. 실례했습니다."

에번이 고개 숙여 인사하고 떠났다.

스칼렛이 들어가 보니 식사 테이블이 차려져 있고 그 앞에 빅토르가 앉아 있었다.

그녀는 그 모습에 묘한 기분이 들어, 가만히 그를 바라보았다. 그는 그 반듯한 자세 그대로 죽은 사람처럼 보였다.

스칼렛이 빅토르를 불렀다.

"빅토르."

그러자 빅토르가 그녀 쪽을 돌아보았다. 그리고 덤덤히 물었다.

"날 사랑해?"

그 질문에 스칼렛이 답했다.

"아니. 전혀."

"그렇군."

스칼렛은 그의 질문으로부터, 자신이 무언가 감정을 느끼기 전에 서둘러 말을 이었다.

"식사 중이야? 늦었네."

"……."

빅토르는 대답이 없다가 천천히 식탁으로 시선을 옮기고, 숟가락을 들어 묽은 수프를 한 모금 먹었다. 그리고 중얼거렸다.

"맛있네."

이번에는 빵을 잘라 입에 넣었다. 그렇게 식사를 하다가 스칼렛이 말이 없으니 빅토르가 식사를 멈추고 물었다.

"무슨 일이야. 다신 안 볼 것 같더니."

"아, 그게. 할 말이 있어서."

"무슨 말."

스칼렛이 잠시 말하는 것을 잊고 빅토르를 바라보았다.

그가 주는 위압감 때문에 어느 정도는 감춰지지만 가까이서 보니 심각한 위태로움이 느껴졌다. 그 빅토르 덤펠트가 아사했다는 기사가 나면 아마, 세상 누구도 그걸 믿지 않을 것이다. 온갖 음모론이 퍼지겠지.

그의 삶에는 언제나 정해진 방향이 필요했다.

'가문을 이을 아이'가 그에게 새로운 삶의 방향을 제시할 수 있을까. 그리고 그게 전부 거짓이었다는 걸 알게 된다면, 조금은 아파할까. 제가 그의 명예를 훼손했을 때처럼 크게 화를 내며 괴로워할까.

그랬으면 좋겠다. 그의 이성이 무너져 내리면, 실망하고, 거짓말한 자신을 영원히 증오해 주면 더없이 좋겠다고 생각했다.

그녀가 입을 열었다.

"나 임신했어."

그리고 한동안 침묵이 흘렀다.

스칼렛은 담담한 얼굴을 하고 있었다. 그녀는 자신이 이런 거짓말에 익숙하다는 것을 알았다.

슬픔이나 분노를 감추는 일.

아무렇지도 않은 척 하는 연기.

하지만 제 연기력과 상관없이 아이가 생길 가능성이 너무 희박했으므로, 그가 믿지 않을 가능성도 높았다.

그러나 다행히, 한참 그녀를 보던 빅토르가 음식으로 손을 뻗으며 말했다.

"생겨도 안 낳겠다며."

"낳을 거야. 나 혼자 키울 거야."

"시계 가게를 하면서 혼자 어떻게 아이를 키워."

"키울 수 있어. 많은 도움은 필요 없어. 그냥."

그녀의 말에 빅토르가 다시 스칼렛을 보았다. 그녀는 건조한 목소리로 말을 이었다.

"알려만 주려고. 어쨌든, 당신 아이이기도 하니까."

결혼생활 내내 그의 목표를 위해 살았으니, 이번에는 제 목표를 위해 그를 살게 할 생각이었다. 그 목표가 이루어진 이후에는, 그가 어떻게 되든 상관없었다.

"왕족은 그렇게 짐승처럼 음식에 집착하지 않아. 너를 어떡해야 하니, 가여운 내 사랑."

모처럼 놀다 들어와 허기가 져 급히 식사를 하던 날, 정신이 온전하지 않던 어머니는 그렇게 말하며 아이에게 억지로 음식을 먹게 했다.

다행히 집사가 급하게 달려와 전부 토하게 했으나, 한동안은 병이 나 침대에 누워 있었다.

아버지의 명령으로 사용인들은 한동안 어머니가 아들 방에 들어올 수 없게 아이의 침실 문을 잠그고 보초를 섰다.

염려하는 어른들의 마음도 모르고 한동안 어머니를 그리워하던 아이는 없으면 잠들지 못할 정도로 집착하던 담요를 가져가서 울다 지쳐 잠든 어머니에게 몰래 덮어 주었다.

제가 없이는 못 사는 것을 타인에게 주는 것은 다섯 살의 아이가 생각할 수 있는 가장 큰 사랑 표현이었다.

그날 밤 어머니는 제 아들이 여태 이렇게 오래 써서 해진 담요를 가지고 있었다는 사실에 분노해 사용인들을 해고했다. 사랑은 재가 되어 찾을 수 없게 되었다.

'어떻게 해야 하나.'

결혼이 끝나갈 무렵, 그는 식탁 맞은편에서 울고 있는 아내를 바라보며 생각했다. 아내를 달래는 법도 모르고, 사랑을 표현하는 법도 알 수가 없었다.

제 얼굴만 보면 웃던 스칼렛은 점점 더 건조해졌다. 저를 제외한 모든 사람에게는 여전히 상냥했지만, 남편인 저만은 설움이 쌓여 못 견디겠다는 눈으로 보았다.

"사랑해, 내 사랑."
"나도 사랑해."

그녀의 말을 따라 해 봐도, 그녀가 하는 것과 같지 않았다. 스칼렛의 목소리는 그가 생각하기에, 빈 곳에서부터 사랑을 만들어 내는 마법 같았다.

결혼 직전, 그는 긴 시간 바다에서 해적들과 싸우는 동안에 본 인간의 밑바닥에 질릴 대로 질려 있었다. 스칼렛은 그런 남편을 매일 같이 살피고, 사랑한다 말하고, 제가 가진 것이라면 목숨까지도 그에게 줘여 줄 것처럼 굴었다.

빅토르가 보기에, 자신은 객관적으로 그런 사랑을 받을 수 있는 사람이 아니었다. 그녀가 제 무엇을 사랑하는지 알 수 없으니 무엇이든 현상을 유지하려 애썼다.

그는 그대로인데, 그녀의 사랑은 자꾸만 식어 갔다.

아마 사랑이란 것도 한계량이 있는 모양이라고 생각했다. 그녀의 것은 빠르게 타서 사라져 버리고, 제 것은 느리게 타서 이제 겨우 사람 손 정도 녹일 만큼 불이 붙었다.

이제 식사 중에 그녀가 제 쪽을 봐 주지 않는 것에 적응할 수 없다.

하루에도 몇 번씩 사랑한다는 말을 듣지 않으면 안 된다. 그녀가 골라 주는 옷이 아니면 입지 않았다.

아내가 떠난 이후 그는 새로운 것을 사지 않았다. 그녀가 남긴 것들은 아무것도 건드리지 않았다. 어쩌면 그녀가 남겨진 것들을 보며 제가 언젠가 남편을 사랑했었다는 걸 떠올릴지도 모른다고 생각했다. 제가 매일, 그녀의 흔적들을 바라보며 그녀를 떠올리게 되는 것처럼.

그래서 그때는, 제 권세로 그녀를 가둘 수 있으리라 믿던 그때는 정말이지 무슨 짓이든 할 생각이었다. 제 안에 그렇게 큰 공동을 가지고서는 살아갈 자신이 없었다.

그러다 그녀가 자신을 잊고, 또다시 저에게 반하던 날 밤.

"첫눈에 반한 것 같아서."
"해요, 결혼."

그녀가 떠나 제가 비어 버리는 것을 이유로 더 욕심을 부리기에는, 그녀에게 받은 것이 너무 많다는 사실을 떠올렸다. 정신을 차려 보니 상처받은 짐승처럼, 먹이 주는 사람의 손을 물어뜯고 있었다. 그는 그녀를 놓아주었다.

그 손이 사라지니 더 이상 식사를 할 수 없었.

어차피 사는 것은 재미가 없으니 그저 스칼렛 주변이나 정리하며 천천히 말라 갈 생각이었다. 그녀가 눈치채지 못할 정도로, 그 따듯한 여자가 자책하지 않을 정도로 천천히 사라져야겠다.

원래는, 그럴 생각이었다.

스칼렛이 그를 노려보며 쌀쌀하게 말했다.
"빅토르, 대답 좀 해."
"아, 그래."
빅토르는 상념에서 벗어나 고개를 끄덕였다.
"약속하지. 신경 쓰겠다고. 당신에게도, 아이에게도."
아이가 생겼다.
아이가 생길 수 있는 확률이 거의 없었다는 걸 가장 잘 아는 것은 그였으나, 빅토르는 조금의 의심도 하지 않았다. 자신이 모든 것을 망쳐 버렸음을 알게 된 이후 그는 앞으로 그녀의 말이라면 무엇이든 믿기로 결정했다.
아이라는 말을 처음 듣는 순간에는 심장이 철렁했다.
제가 결국 스칼렛의 안식을 영원히 앗아 버리고야 말았구나 생각했는데, 의외로 그녀는 아이에게 신경을 쓰라는 말을 했다.
아이가 생겼다는 사실보다, 스칼렛이 그에게 찾아와 임신 사실을 알렸다는 사실이 더 놀라웠다. 제 발로 여기 찾아온 걸 보니 아주 가끔이라도 아이 아버지로서의 역할을 나눠 줄 생각은 있는 모양이었다. 그러다 보면 일 년에 한 번쯤은 그녀를 만날 수 있으려나.
그녀가 아주 가끔이라도 제 삶에 존재하게 되리라는 것을 알고 나니 그는 모처럼 행복을 느꼈다.
빅토르가 다시 입을 열었다.
"여기 마땅한 의사가 없군."
"의사가 없긴?"
"산부인과 전공자가 없잖아. 여자 의사도 없고."

"괜찮아. 나 때문에 의사 데려오고 이러면 마음만 불편해. 내가 주기적으로 나가서 민간병원에 다녀올게."

"갑자기 위험해지기라도 하면 어떡하려고 그래. 가뜩이나 몸도 약한데."

"나 별로 안 약해."

빅토르는 못마땅한 표정이었지만 고개를 끄덕였다. 그러나 또 트집거리를 잡아냈다.

"임신부가 창고에서 자는 건 정말 아니지 않나."

"약간 신경 쓰랬지, 하나하나 잔소리하란 말 아니야."

"나랑 방을 바꿔. 내가 당신 방으로 갈 테니까."

그의 극단적인 제안에 스칼렛이 정색하며 고개를 저었다.

"절대 안 돼. 당신 부하들이 얼마나 불편해하겠어?"

"불편해도 내가 결정하면 따라야지."

빅토르가 태연히 대답했다.

그런 그를 스칼렛은 불만스러운 표정으로 바라보았다. 그녀는 평소에 부하들이 가지는 충성심에 비해, 대장의 마음가짐이 별로라고 생각했다.

여기 와서 느낀 것이지만 빅토르는 본인 스스로의 절제력을 부하들에게도 그대로 적용했다. 룰은 룰. 완벽한 매뉴얼을 갖추고 모든 사건사고를 그 안에서 처리했다.

가끔 충성심이 지나쳐 룰 밖의 행동을 하는 부하가 있을 때도 있었으나, 그 경우에도 유연하지만 명확한 처리 방법이 존재했다.

그의 무심함은 남편일 때와 달리, 군인이나 고용주로서는 긍정적일 때가 있었다.

스칼렛이 다시 입을 열었다.

"됐어. 난 가 볼 테니까 그럼. 식사 마저 해."

그렇게 말하고 나서, 임신에 대해 정말 믿는 건가 궁금해 고개를 들어 빅토르를 보았다. 눈이 마주치자 그가 미소를 지었다.

그 웃음을 후계자가 생긴 것에 대한 기쁨이라 여긴 스칼렛의 속이 뒤집혔다. 빅토르에 대한 미움과 제 행동에 대한 죄책감이 울음이 되어 터져 나올 것 같아 그녀는 도망치듯 건물을 나왔다.

그러다 제 방이 있는 창고로 가는 길에 시야가 가려질 정도로 눈물이 쏟아져 자리에 주저앉았다. 그때 멀리서 산책을 하던 에이샤가 불쑥 나타났다.

"스칼렛. 뭐 해?"

그러더니 울고 있는 스칼렛의 얼굴을 이리저리 살피고 그녀의 앞에 털썩 앉았다. 잠시 우는 걸 보고만 있던 에이샤가 조르듯이 말했다.

"안 되겠다. 나 성격 급해. 왜 울어?"

그러자 스칼렛이 울던 중에 실없이 울었다.

"내가 보기에는 에이샤 성격 안 급한데."

"그래?"

"응. 오히려 침착하고, 느긋해."

"음……. 몰랐네."

에이샤가 씩 웃었다.

"그래, 그건 그렇다고 치고. 왜 울어?"

그녀의 질문에 스칼렛이 힘겹게 울음을 삼키고 다시 입을 열었다.

"난 평생, 내가 하는 거짓말이 좋은 거라고 믿었거든?"

"응."

"그런데 오늘 한 거짓말은 정말 나빠. 정말로. 그게…… 내가 그랬다는 게 한심하고, 그런데 또 거짓말을 하게 만든 사람은 밉고, 미안하기도 하고, 들키면 어떤 반응일까 무섭기도 하고…… 복잡해."

스칼렛이 말하다가 다시 울 것 같아 입을 꾹 다물었다.

그런 그녀의 말에 에이샤가 고개를 끄덕거리더니 언제나처럼 활기찬 목소리로 말했다.

"해적섬의 아이들은 다 해적이 되고 싶어 해. 굶지 않는 정도가 아니라, 꽤 풍부한 물자를 얻어 낼 수 있으니까. 나도 그랬고, 조니도 그랬어."

"……응."

스칼렛은 에이샤가 왜 이런 이야기를 하나, 고민하면서도 가만히 그녀의 이야기를 듣고 있었다. 에이샤가 말을 이었다.

"그러다가 어느 날…… 아버지의 배를 탈취해서 바다로 나가는데 무섭더라고. 내가 아는, 해적이 제일 좋은 직업인 세상이 깨진 거니까. 그리고 그다음에 루비드호를 봤어. 그날 섬사람들이 가장 증오하는 존재이던 해군들을 만났지."

"……"

"그때 알았어. 바다를 좋아하는 내가, 그 섬에서 자라지 않았다면 해적이 아니라 해군을 꿈꿨을 거라는걸."

"……"

"내가 알고, 믿던 세상이 깨져도, 의외로 별일 없더라구. 내가 확신한 게 틀릴 때도 있고, 틀렸다고 생각한 게 맞을 때도 있다고 생각하면 좀 맘이 편하지 않겠어?"

에이샤의 말을 가만히 듣던 스칼렛이 이내 알아들었다는 의미로 고개를 끄덕였다.
그리고 크게 심호흡한 후 씩씩한 목소리로 말했다.
"그래서, 에이샤는 해군이 되고 싶은 거야?"
"그러기엔 이미 늦었지. 우리 아버지가 해적선 선장인데. 아, 해군들에게는 말하지 마. 자존심 상해."
"절대 말 안 해."
스칼렛이 단호하게 대답한 후, 몸을 일으켰다.
"빨리 들어가야겠다. 왕벌레가 있을 수도 있으니까."
"에이, 이제 여기서 벌레는 익숙해지지 않았어?"
"전혀! 그, 그거 봤어? 그…… 그!"
입으로 이름을 말하기도 싫어서 스칼렛이 손으로 크기를 표현하자 에이샤가 깔깔거리고 웃었다.

잠을 설치던 스칼렛은 이른 새벽, 보슨 파이프 소리에 눈을 떴다. 저 짧게 여러 번 끊어지는 신호음은 살란티에의 영해를 넘어온 배가 있다는 의미였고 동시에 군함이 아니라는 의미였다.
평화 시가 아닌지라, 베스티나가 작은 움직임만 보여도 살란티에 전체가 출렁거렸다. 스칼렛이 서둘러 중요한 자료들을 챙겨 서류가방에 넣고 정신없이 나가 보니, 해군들이 보트나 말을 이용해 강줄기를 따라서 바다를 향해 달리고 있었다.
"이쪽이야, 스칼렛!"
보트 위에서 커스틴이 불렀다.

스칼렛이 얼른 거기 올라타서 해군에게 물었다.

"무슨 일이에요?"

"민간 선박 하나가 영해를 넘어왔습니다."

"민간 선박이요?"

"예, 그런데 어민들이 전부 무기를 들고 있답니다."

매뉴얼에 따르면, 비상시에 정비부사관들이 우선 해야 하는 것은 폭격으로 전원 사망하는 것을 막기 위해 3조로 나누어 해식동굴의 입구까지 보트를 타고 이동하는 일이었다.

정비부사관들이 탄 보트는 빠르게 강을 빠져나와 거대한 해식동굴로 들어섰다. 스칼렛은 두려움조차 잠시 잊고 동굴 안을 바라보았다.

"루비드호가 여기……."

살란티에가 가진 최강의 공격 무기이자 최선의 방어 도구, 최대함 루비드호가 그곳에 있었다. 그리고 그 근처에는 예인정 한 척이 있었다.

베스티나가 호르마치섬을 점령한 뒤 거기서 도망친 이들이 살란티에를 위협하는 해적이 되고, 그 해적을 막기 위해 건조한 것이 이 루비드호였다.

지금에 와서 베스티나가 가장 두려워하는 것이 이 루비드호라는 것은 역사의 아이러니였다.

팔린이 멍한 얼굴로 루비드호를 보고 있는 스칼렛에게 자랑스레 말했다.

"가까이서 보면 더 장대하지 않습니까?"

"정말 그러네요."

"루비드호가 침몰한다는 건, 살란티에가 침몰했다는 것과 같습니다."

팔린은 자부심 가득한 얼굴로 말을 이었다.

"이번에 영해를 넘어온 건 어선으로 보이는 배 한 척뿐이라, 아마 루비드호는 출항하지 않을 겁니다. 물론 함장님께서 결정하시는 일이지만요."

안쪽을 보니 빅토르가 무언가 보고를 받고 있었다. 무덤덤한 얼굴로 보고를 듣고, 고개를 돌리던 그는 스칼렛을 발견하고 남들이 알아볼 만큼 인상을 썼다. 그러더니 자기 코트를 두들겼다.

'겉옷.'

입모양과 같이 보니 그 말이었다. 임신했다는 말을 들으니 아이 걱정이 많이 되는 모양이었다. 저렇게 어린애한테 잔소리하듯 구는 걸 보니.

스칼렛이 못 본 척 고개를 돌렸다. 그러자 그가 성큼성큼 걸어와 순식간에 그녀의 앞에 섰다.

"들었잖아."

"뭘?"

스칼렛이 모른 척 묻자 빅토르는 어처구니없어하면서도 제 목도리를 풀어 그녀에게 감았다. 그에게는 양쪽으로 길게 늘어뜨려 코트를 덮으며 멋을 내는 용도인데, 스칼렛에게는 어깨가 결릴 정도로 무거웠다.

스칼렛이 불만스럽게 말했다.

"……무겁게."

"지금 감기 걸리면 약도 못 먹어."

이렇게 마주 보고 있으면, 속에서 그에 대한 원망이 울컥울컥 올라왔다.

스칼렛이 그런 원망을 감추기 위해 되레 농담조로 말했다.

"왜 코트는 안 벗어 줘? 신사잖아."

"그건 안 되겠는데. 전시에는 내 몸도 귀해서."

빅토르가 같이 농담조로 대답했다. 늘 어딘가 굳은 듯하던 평소와 달리 그의 표정에서 약간의 행복이 느껴졌다.

그를 알게 된 이후 그렇게 감정이 표정으로 드러난 건 처음이라, 스칼렛은 공연히 심장이 철렁해 두 손을 포개 가슴을 꾹 눌렀다.

그녀가 서둘러 화제를 돌렸다.

"빨리 가. 귀한 몸이라며."

"그걸 알면 이제 겉옷은 챙기고 나와 줬으면 좋겠네. 내가 안 벗어 줘도 되게."

"……알았어. 이제 입으면 되잖아. 굴러다닐 만큼 두껍게 입고 다닐게."

그런 그녀의 대답이 귀여웠는지 빅토르가 입꼬리를 올리며 물었다.

"필요한 건 없어? 입덧은?"

아이를 가졌다고 했지, 아이가 되었다고 한 게 아닌데. 빅토르는 마치 그녀가 아이가 된 것 같은 말씨를 썼다.

"없어. 그리고 내 몸은 내가 챙길게."

스칼렛의 불만 가득한 표정에 빅토르는 말썽쟁이를 보는 듯한 표정이 되어 말을 이었다.

"내가 앞으로 당신이 하는 말이면 무엇이든 믿기로 했는데, 당신이 당신 몸 챙기겠다는 말만큼은 여전히 안 믿어."

"……."

그의 말에 스칼렛이 멈칫하자, 빅토르가 수습하듯 그녀의 배를 턱 짓했다.

"내 아이가 있잖아."

"나 생각보다 내 몸 잘 챙겨."

스칼렛의 억울한 목소리에 빅토르의 미간이 좁아졌다.

"매일 밤새우고 작업하잖아. 다른 정비부사관들의 걱정이 크던데, 당신이 연일 과로한다고."

"……당신이 그걸 어떻게 알아?"

"여기 수만 명이 있는 것도 아니고, 그 정도 보고는 받아."

그와 이야기하다 보니 괜히 혼날 짓을 한 어린애가 된 기분이었다. 빅토르도 그렇게 느꼈는지 덧붙여 말했다.

"그럼 이제 잔소리 그만할 테니 다른 정비부사관들과 있어. 이건 명령."

빅토르가 이 복잡한 동굴 내부를 잘 알고 있는 부하를 가리켰다.

"따라가. 안내해 줄 테니까."

그는 말하는 동시에 코트를 벗어 부하에게 건넸다.

"가서 걸치고 있는 거 확인해."

"예, 함장님."

그렇게 명령한 후, 그는 루비드호 방향으로 돌아갔다.

스칼렛은 안내자를 따라 동굴 안으로 향했다. 그곳은 생각보다 아늑했으나 온도가 매우 낮았다. 스칼렛은 억울해하면서도 별수 없이 코트로 몸을 감쌌다.

　코트 안에 그의 온기가 남아 있어, 따듯하면서도 가슴이 시렸다. 그가 아끼는 게 제 몸이 아니라, 가문을 이을 후계라는 걸 아는데도 죄책감이 심해 마음은 물론 몸까지 욱신욱신 아팠다. 몸살이 날 것 같았다.

　얼마 지나지 않아 더 이상 위험하지 않다는 의미의 피리 소리가 들렸다.

　다시 짐을 챙겨 동굴 입구로 나와 보니 해군들이 이야기 중이었다. 스칼렛은 코트를 돌려주려고 멀리서 기다리다가 빅토르가 도중에 제 쪽을 봐서 난처한 얼굴로 말했다.

　"회의 중이잖아…… 요?"

　"괜찮습니다."

　빅토르가 딱 잘라 말해 버려 스칼렛은 그에게 다가가 코트를 돌려주면서도 괜히 같이 이야기하던 사람들의 눈치를 보게 되었다. 그러나 다들 실제로도 별로 극비로 할 이야기 같은 건 아닌지, 아니면 그냥 스칼렛이 들어도 된다고 생각하는 건지, 오히려 그녀의 자리까지 만들어 준 후 대화를 이어 갔다.

　"모르는 깃발입니다. 베스티나도 같은 국제 기류 신호를 쓸 텐데 전혀 해석이 안 됩니다."

　"사략선 같은 거 아닙니까?"

　"요즘 시대에 사략선이라니……."

　"정말 이상한 건 해군 함선을 보고도 꼼짝을 안 한다는 거죠. 도망치지도 않고, 도움을 요청하지도 않고."

　"아, 답답한데 그냥 부수고 들어가면 안 됩니까?"

"베스티나 놈들이 무슨 수작을 부릴 줄 알고 민간 선박을 공격해?"
얼떨결에 그들의 대화를 듣고 있던 스칼렛이 물었다.
"에이샤에게 물어보지 그래요?"
그 말에 해군들이 동시에 스칼렛을 보았다. 그녀가 말을 이었다.
"민간 선박이라며. 베스티나 어민들이 자기들끼리 쓰는 신호가 있을 수도 있잖아요. 어쨌든 해적섬 사람들은 원래 베스티나에 살다가 쫓겨난 사람들이니까……."
그녀가 말을 맺기도 전에 해군 하나가 에이샤를 찾아 달려갔다. 그 뒷모습을 보며 빅토르가 냉소했다.
"고등교육 받았다는 놈들이 이만큼 모여서 기계공 하나를 못 이기는군."
그러자 에번이 감탄하며 말했다.
"저희와 달리 스칼렛 양은 귀족이 아닌 사람들과도 곧잘 어울리시잖습니까. 생각이 열려 있으시다고 할까요."
"맞습니다. 저도 친구 중에 귀족 아닌 사람은 니콜라우스밖에 없어요."
"저도 그렇습니다. 돌아가면 그 친구 아이스크림 가게나 가 봐야겠네요. 아무튼 대단하십니다, 스칼렛 양."
……뭐가 그렇게 대단해?
스칼렛은 자신에게 과한 공치사가 돌아오자 당황스럽고 민망해 눈만 깜빡깜빡거렸다. 아마도 빅토르를 생각해 자신에게 아부하는 모양이라는 잠정적 결론을 내렸다. 마음이 떳떳하면 두려울 게 없다던데, 혹시 아이가 생겼다는 거짓말이 이들의 귀에도 들어가 이러는 것일까 하는 걱정이 앞섰다.

잠시 후 해군들이 사용하는 공관의 회의실에 들어선 에이샤가 얼떨떨한 표정을 지으며 스칼렛에게 소곤거렸다.

"나 여기 있으면 안 되는 거 아냐?"

"괜찮으니까 데려오지 않았을까?"

스칼렛이 같이 소곤거리는데 해군 하나가 회의실 벽에 몇 가지 색이 칠해진 종이를 걸었다.

종이가 전부 걸리자 에번이 물었다.

"에이샤, 저거 읽을 수 있어?"

그러자 에이샤가 뚫어져라 보더니 말했다.

"저 노란 격자는 호르마치섬 깃발이잖아. 해적들이 원래 살던 섬."

그녀의 말에 에번이 말했다.

"격자 크기가 다르잖아. 너희가 쓰는 것과."

"뭔 소리야. 저건 호르마치섬 거라고. 우린 우리 섬의 깃발을 쓰는 기고."

"아."

에번이 바로 수긍하고 곧바로 물었다.

"그 옆은?"

"저게……."

에이샤가 가물가물한지 인상을 썼다가 이내 박수를 쳤다.

"인질이 있다."

"……뭐?"

그녀의 말에 스칼렛을 포함한 실내의 모든 사람이 놀라서 돌아보자 에이샤가 빨리 고개를 저었다.

"아니, 살란티에 사람을 납치했다는 게 아니라, 저 배 선원들의 가족이 인질로 잡혀 있다고. 구조 요청이야."

그러자 팔린이 이해가 안 된다는 듯한 표정으로 말했다.

"가까이 가니까 총을 쏘던데?"

"그건 왜 그러는지 나도 모르지."

"뭐, 총의 질은 아주 나빠서 어느 정도 거리만 유지하면 문제없어 보이지만. 혹시 폭약이 있을까 봐 가까이는 가지 않고 있어."

가족이 인질로 잡혀 있다. 해군들은 그 모호한 의미를 해석하기 위해 고민했다.

그때 스칼렛이 조심스럽게 물었다.

"위험한가요?"

그러자 팔린이 대답했다.

"아뇨, 그냥 어민으로 보입니다."

그 말에 스칼렛이 목소리를 낮춰 에이샤에게 물었다.

"그런 거면 에이샤가 가서 직접 대화해 보면……."

"에이."

위험한 일 같아서 스칼렛은 작게 소곤거렸으나, 에이샤가 깔깔거리고 웃으며 모두에게 들리도록 큰 소리로 대답했다.

"내가 해적 선장의 딸인데 해군 배를 어떻게 타."

그러자 빅토르가 회의 중 처음으로 입을 열어 에이샤에게 물었다.

"직접 교섭해 볼 생각은 있나?"

"……내가?"

"동향이잖아."

"……그러니까, 내가? 해군 함선을 타고 가서?"

"그래. 해군으로서."

에이샤뿐만 아니라 나머지 해군들도 놀라서, 들고 있던 담배를 떨어뜨리는 사람이 있을 정도였다. 그러나 살란티에 해군들에게 빅토르의 존재는 절대적이었으므로 반론없이 그것을 받아들였다.

에이샤가 얼떨결에 고개를 끄덕였다.

"어, 해 보지, 뭐……."

그러자 빅토르가 해군 하나에게 말했다.

"슈텔란호에 태워서 보내."

"예, 함장님."

에이샤의 얼굴은 상기되었고, 마찬가지로 그녀가 해군의 자랑, 고속정인 슈텔란호에 탄다는 사실에 에번도 자식이 좋은 곳에 취직해 상기된 부모의 얼굴이었다.

공관을 나선 에이샤는 신이 나서 펄쩍펄쩍 뛰다가 스칼렛을 와락 끌어안았다. 그러자 스칼렛이 에이샤를 토닥거리며 말했다.

"조심해."

"걱정 마. 바다에 비하면 인간은 위험한 축에도 못 껴."

"맞아. 바다는 늘 위험하지……."

스칼렛이 말끝을 흐렸다.

결혼 생활 2년 내내, 빅토르가 바다에 나가면 혼자 가슴 졸이던 날들이 떠올랐다. 언젠가 남편에게 당신이 해적에게 다칠까 봐 겁이 난다고 말했을 때, 그 역시 비슷한 말을 했다. 바다에 비하면, 해적은 별것 아니라고. 그래서 뱃사람은 날씨가 좋다는 말을 잘 하지 않는다며 옆에서 다른 해군들도 거들었었다.

바다의 상태에 목숨을 맡겨야 하는 뱃사람들은 그 외에도 수도 없이 많은 미신을 믿었다. 특히 배에서 휘파람을 부는 건 당장 배에서 내리겠다는 말과 같다고 했고 신발이 바다에 빠지면 사고가 난다며 늘 신발끈을 단단히 조였다.

스칼렛은 그 생각이 나서 에이샤에게 잠깐 서류를 맡기고 바닥에 쪼그려 앉았다. 그녀는 에이샤의 신발끈을 풀었다가 다시 꽉 조여 주었다. 그러자 에이샤가 민망해하며 웃었다.

"역시 해군과 오래 살아서 뱃사람을 잘 아네."

"응……. 아까 내가 괜히 나섰나?"

스칼렛이 야무진 손으로 신발끈을 묶으며 아까부터 걱정하던 걸 묻자 에이샤가 말했다.

"내가 해군이 되고 싶다고 한 걸 들어서 그랬지?"

"……없지 않아 있었어."

"정말 고마워. 스칼렛의 말이 아니면 함장이 날 배에 안 태워 줬을 거야."

"내 말?"

스칼렛이 의아해하며 올려다보자 에이샤가 말했다.

"당연하지. 아무리 함장이 해군을 죽인 해적의 죄는 묻지 않는다고 하지만, 어쨌든 많은 해군들을 잃었다고. 평소에는 우리 섬사람들을 사람 취급도 안 해. 그래서 아까도 다들 놀랐잖아."

"……."

스칼렛이 난처한 표정을 지었다.

임신을 했다는 소리를 들은 후부터 빅토르는 스칼렛에게 한결 너그러워졌다. 애초에 빅토르처럼 타인에 대한 신뢰도가 낮은 사람이 왜 제 말을 믿는지 모를 일이었다.

스칼렛이 아는 빅토르였다면, 의사를 만나기 싫다는 말만으로도 대번에 거짓말이라는 것을 알아차렸어야 했다.

―――・◆・―――

살란티에 해군의 고속정 슈텔란호에 탄 에이샤가 심호흡을 했다. 그리고 스칼렛이 적어 준 종이를 펼쳐 확인했다.

그리고 자기 신발끈을 보았다. 스칼렛이 절대 풀리지 않도록 묶어 준 끈을 보니 마음이 편안해졌다.

에이샤에게 스칼렛 크림슨은 이상한 사람이었다. 아무튼, 귀족 여자가 제 앞에 쪼그리고 앉아서 신발끈을 묶어 주는 날이 올 거라고는 태어나서 단 한 번도 생각해 본 적 없었다. 그것도 보통 귀족도 아니고, 살란티에라는 국가 전체가 눈치를 보게 만드는 빅토르 뎀펠트 함장의 아내로 살아온 여자였다.

본인이 취하겠다고 마음먹는다면 세상 모든 것을 가질 수 있었다. 그러나 그녀는 애초에 제 삶의 지도에서 그런 갈래길을 만들지조차 않았다.

에이샤는 몸을 숙이고 손을 뻗어서 신발끈을 만지작거렸다. 조니를 구해 준 것도 있지만, 이 신발끈을 보고 있으니 앞으로 스칼렛이 원하는 것이 있다면 무엇이든 해 주고 싶다는 생각이 들었다.

그사이 슈텔란호가 베스티나의 선박에 가까워졌다. 듣던 대로 호르마치섬의 깃발을 단 민간 선박은 바다 한가운데서 꼼짝을 하지 않고 있었다.

해군 함정이 다가오자 민간 선박에서 총을 쏘았는데 듣던 대로 정말 저질 무기뿐이었다. 슈텔란호는 다시 뒤로 물러났다. 그리고 에이샤가 선박을 향해 종이에 적힌 것을 소리 내 읽었다.

"나는 에이샤 룰스. 내 어머니의 고향은 현재 베스티나가 점령한 호르마치섬이며 동시에 해적 선장의 딸이다. 수신호를 확인했으니, 어머니의 명예를 걸고 대화를 청한다. 내 대장은 해적에게 수많은 부하를 잃은 빅토르 덤펠트 함장이다. 살란티에 해군은 어떠한 경우이든, 대상이 누구이든 반드시 인도적으로 상대할 것임을 이 해군 함정에 탄 내가 증명한다."

에이샤의 말이 끝나고 한동안 조용했다. 다시 슈텔란호가 접근하자, 이번에는 어선에서 더 이상 총성이 들리지 않았으나 백기를 올리지도 않았다.

그리고 잠시 후, 어민 하나가 갑판에 모습을 드러냈다.

에이샤는 눈물범벅이 된 어민과 눈이 마주치고 그대로 굳었다. 어민이 손으로 눈물을 닦아내며 말했다.

"나를 죽이시오."

그의 말에 슈텔란호가 고요해졌다. 어민이 말을 이었다.

"내 가족이 베스티나 정부에게 인질로 잡혀 있소. 내가 여기서 해군의 손에 죽어야 내 가족들이 살 수 있으니, 날 여기서 죽이시오."

그 말을 듣고 있는 에이샤의 두 눈에 노기가 차올랐다. 그녀가 뒤에 있던 해군, 콜을 돌아보며 물었다.

"무슨 의미야, 저게?"

"살란티에 해군이, 민간인을 선제공격하기를 바라는 거네. 그래야…… 전쟁의 명분이 서니까."

"……그래서 자기들이 점령한 섬사람들에게 저따위 총 한 자루씩 쥐여 주고 여기로 내몰았다고?"

콜 역시 분노한 얼굴로 고개를 끄덕였다.

"심지어 가족을 인질로 삼고 말이지."

"개새끼들!"

젊다 못해 어린 두 사람이 분노에 부들부들 떨자, 슈텔란호의 정장이 달래듯이 말했다.

"수고했어. 영해를 넘어온 이유는 덕분에 알게 되었네."

에이샤는 고개를 끄덕이고 베스티나가 있는 방향을 이를 악물고 노려보았다.

가족들이 인질로 잡혀, 망망대해 한가운데서 누군가가 자신을 죽여 주기만 바라며 하염없이 기다리고 있는 어머니의 고향 사람들을 보니 분노로 눈에 핏발이 섰다.

잠깐 해군들이 회의를 하는 사이, 어민 하나가 틀렸다고 생각했는지 그대로 바다에 뛰어들었다. 그 순간 에이샤가 같이 바다에 뛰어들어, 정신없이 헤엄쳐 어민을 붙잡았다.

그러자 슈텔란호의 해군들이 급하게 보트를 내려 그들에게로 향했다. 어민은 초인적인 힘으로 죽고자 발버둥 쳤으나 구하려는 에이샤의 힘이 더 강했다.

보트에 끌어 올려진 어민이 흐느꼈다.

"내가 살아 있으면 아내와 아이들이……."

에이샤가 두 주먹을 꽉 쥐었다.

슈텔란호의 정장은 어민을 다시 민간 선박으로 데려다줄 것을 결정했다. 어민들은 그들에게 총을 쏘지 않고 함께 울며 바다로 몸을 던졌던 어민을 끌어 올렸다.

에이샤와 해군들이 탄 보트가 슈텔란호로 돌아갔다.

출발한 곳으로 배를 돌리며, 멀어지는 선박을 향해 에이샤가 소리쳤다.

"보고하고 돌아올 테니까 기다려! 꼼짝도 하지 말고 기다려! 방법을 찾을 때까지, 일단은! 희망을 가지고 살아 있어 봐!"

이 상황에 희망이 어디 있느냐는 자조가 머릿속을 헤집고 다녔다. 그래도 인생은 알 수 없는 것이니까.

에이샤가 말했다.

"해적의 딸인 내가 해군 함정에 탈 줄 누가 알았겠어! 혹시 모르잖아, 기적이 일어날지도!"

그렇게 소리치는 것을 듣던 정장이 말했다.

"해군 함정에 탔다고 돌려 말하지 마라. 슈텔란호에 지금까지 탄 사람은 해군뿐이었다. 여기 탄 이상, 너도 해군이야."

그 말에 순간 멍해졌던 에이샤는 잠시 뒤 크게 고개를 끄덕였다.

에이샤가 고속정을 타고 바다로 떠난 후, 나머지 사람들은 곧바로 제자리로 돌아갔다.

특히 해군들은 전부 혹시 모를 전쟁에 대비하기 위해 함선 수리에 열중했다.

스칼렛은 밖에서 망치로 선박을 두들기는 소리에 잠시 연구를 멈췄다.

그렇다고 저 소리에 불만이 있는 것은 아니었다. 몰랐는데, 여기 와서 해군들과 생활해 보니 훈련 시간보다 선박과 앵커에 붙은 녹과 조개껍데기 같은 것들을 벗겨 내기 위한 깡깡이질 시간이 더 길었다.

"그래서 부모님 발명 계획 중에 고압 세척기가 있었구나……."

그래서 지난번에는 정말 작게 혼잣말을 했는데, 근처에 해군들이 전부 그녀를 돌아보며 간절한 희망의 눈빛을 보였다.

부담스러운 마음에 식사 시간과 수면 시간을 쪼개 가며 폐선의 왕복 엔진을 연결하는 고압 세척기를 설계했다. 성공해서 약간이나마 수고를 줄일 수 있으면 좋겠다고 생각했다.

에이샤를 비다로 보낸 후로 잠시도 못 쉬고 연구만 하다 아침이 밝았다. 한숨도 못 잔 스칼렛이 몸을 일으켰다.

식사를 안 하면 꼭 누가 방으로 확인하러 왔기 때문에 피곤해도 식당으로 가는 게 좋았다. 입맛이 없는 상태로 식당으로 가다가 멈춰 선 그녀가 중얼거렸다.

"……결국 이 짓을 또 하네."

그녀는 바다 방향의 하늘을 하염없이 바라보았다.

빅토르가 바다에 나가면 언덕에 올라서서 이렇게 하늘을 보고 있었다. 그가 돌아오는 날까지 날씨가 맑기를 바라며 매일.

식당에 가서 커피부터 찾다가, 임신부 연기를 해야 한다는 생각에 대신 우유와 오트밀 쿠키를 받았다. 제 동생 에이샤 때문에 밤을 새운 걸 대충 짐작했는지, 조니가 크게 소리쳤다.

"스칼렛, 이게 뭐야. 아침을 제대로 먹어야지."

"입맛 없는데 이만큼이라도 챙겨 먹는 거야."

"아침을 잘 먹어야 머리도 잘 돌아간다고."

조니가 잔소리하더니 스칼렛에게 억지로 이것저것 챙겨 주며 말했다.

"에이샤는 건강하게 금방 돌아올 거야. 바다도 짜증 나서 뱉어 낼 녀석이라니까."

"응."

스칼렛이 웃으며 고개를 끄덕였다. 매일 티격태격 싸우기만 하는 남매지만 서로를 위하는 마음은 끈끈했다.

아침 식사를 하고 나서, 스칼렛은 곧바로 예배당으로 향했다. 그리고 바다가 잠잠하기를 기도하는데 그녀의 옆에 누군가가 앉았다. 스칼렛이 옆을 보니 빅토르가 있었다.

"왜?"

스칼렛이 인상을 쓰며 소곤거렸으나 빅토르는 목소리를 낮출 생각이 없는지 여상한 목소리로 말했다.

"난 원래 매일 와. 당신이 처음 온 거지."

"다른 데 앉아."

그러자 빅토르가 그녀의 앞에 위치한 보관대에서 경전을 꺼냈다. 빅토르의 서명이 있었다.

"당신이 내 자리에 앉은 거야."

그 말에 스칼렛이 서둘러 일어나는데 때마침 군종사제가 들어왔다. 별수 없이 스칼렛은 다시 자리에 앉아 두 손을 모으고 고개를 숙였다. 빅토르는 그런 그녀 쪽으로 시선을 고정하고 떼지 않았다.

그녀가 자신을 보지 않으니, 그는 얼마든지 그녀를 바라볼 수 있었다. 그러다 그의 시선이 느껴졌는지 스칼렛이 고개를 들어 그를 올려다보았다.

"……."

"……."

두 사람은 말이 없었고, 빅토르는 고개를 돌리지 않아 스칼렛이 먼저 고개를 돌렸다. 그리고 빅토르가 먼저 입을 열었다.

"뭘 그렇게 간절히 빌어."

"에이샤가 무사히 돌아오게 해 달라고."

스칼렛이 다짐하듯 말을 이었다.

"나는 이제, 당신을 위한 기도는 하지 않아."

"지금까진 했어?"

그의 말에 스칼렛이 기가 차서 다시 빅토르를 보았다.

"말이라고 해? 당신이 바다에 나가면 나는 매일 기도했어. 매일. 온종일. 제발 바다가 잠잠하게 해 달라고 빌었어. 혹시 당신을 데려가고 싶으면 날 데려가라고."

어떻게 그런 질문을 하냐는 듯한 스칼렛의 분노한 목소리에 빅토르는 말없이 그녀를 바라보고 있었다.

그러다 한참이 지나 그가 몸을 숙였다.

또 무슨 말을 하려고 그러나, 스칼렛이 눈물이 고인 눈을 감는데 빅토르의 목소리가 들렸다.

"……고마워."

그리고 그가 다시 몸을 바로 했다.

그 순간 이상하게 견딜 수 없을 정도로 울컥한 스칼렛이 몸을 일으켰다. 그리고 급한 걸음으로 그곳을 빠져나왔다.

그깟 고맙다는 말 한 마디가 뭐라고, 눈물이 날 것 같았다.

스칼렛이 강을 보며 눈물을 삼키고 있을 때, 저 멀리서 달려오는 에이샤가 보였다.

"스칼렛!"

에이샤가 부르는 소리에 스칼렛의 눈에서 금방 눈물이 후드득 떨어졌다.

한번 터지고 나서는 아예 울보가 되어 버렸다. 에이샤가 멋쩍어하더니 자기 신발을 번갈아 보여 주며 말했다.

"신발끈이 한 번도 안 풀리더라. 헤엄칠 때 벗었다가 다시 신었을 때도 끈이 잘 묶여 있었어."

"헤엄을 쳤다고? 헤엄을 왜 쳐?"

"어? 어……."

에이샤가 머리를 긁적거렸다. 그리고 서둘러 화제를 돌렸다.

"아무튼 진짜 너무 열 받아. 머리에서 열나."

그사이 예배당 안으로도 해군들이 들어가, 빅토르에게 보고했는지 그가 밖으로 나왔다. 그와 눈이 마주치자 스칼렛은 공연히 심장이 철렁해 고개를 돌렸다.

"고마워."

그까짓 한 마디가 마음을 헤집었다.

제가 바란 게 고작 그런 인사였다는 사실이 실감났다. 자신이 했던, 그를 위한 모든 행동들이, 고맙다는 말 한 마디로 충분한 가치를 가진다는 것이. 여전히 그에게 그런 인사가 듣고 싶었다는 사실이 서글펐다.

빅토르가 곧바로 공관으로 떠나고, 에번이 두 사람에게 달려왔다. 그는 싱글벙글한 얼굴로 스칼렛에게 고개를 숙여 인사하고 에이샤에게 말했다.

"큰 역할을 했다. 우리라고 공격하지 않고 마냥 기다릴 수는 없는 노릇이었어."

"그럼 이제 어떻게 해?"

"함장님 결정을 기다려야지. 지대로 나뒀다 배에서 죄다 굶어 죽어도, 자기네 국민을 굶겨 죽였냐고 전쟁을 하려 할걸?"

스칼렛이 무슨 소리냐는 듯이 보고 있으니 두 사람이 상황을 빠르게 설명해 주었다. 예상대로 스칼렛의 표정이 순식간에 어두워졌다. 그러나 어떻게 그럴 수가 있느냐고 분개할 줄 알았던 예상과는 달리, 조용한 목소리로 말했다.

"죽여서는 안 되지만, 살리는 것은 본인들이 원하지 않는 상황이군요."

"예, 그렇습니다."

그녀가 침착한 반응을 보이니 에이샤도 같이 침착해졌다.

'친구끼린 닮는다더니.'

에번은 그 와중에 에이샤에게 더없이 좋은 친구가 생겼음에 달가워했다.

그때, 보슨 파이프 소리가 울렸다. 처음 듣는 신호음에 이게 무슨 소리냐고 묻기도 전에, 에번이 에이샤에게 따라오라고 손짓한 후 달려가기 시작했다. 계곡 전체가 소란스러웠으므로 스칼렛은 금방 이 신호가 무슨 의미인지를 유추했다. 루비드호의 출항이었다.

스칼렛은 이 갑작스러운 상황을 설명해 줄 사람을 찾아 공관으로 향했다. 공관에 남아 있는 해군을 발견한 스칼렛이 물었다.

"무슨 일이에요?"

"함장님께서 직접 베스티나 해군과 교섭하기 위해 출항하실 겁니다."

"……직접이요?"

"예. 외교 문제로 번질 수 있는 사안이니까요."

기함인 루비드호가 출항한다는 것은 이 민간 선박 건을 아주 심각한 사안으로 여기고 있음은 물론, 국지전도 불사하겠다는 의지의 표현이었다.

일이 잘못되면 여기서 바로 전면전이 시작될지도 모른다는 생각을 하니 스칼렛은 두려움에 귀에서 이명이 들리는 듯했다. 얼마 후, 루비드호의 요란한 기적 소리가 계곡까지 들려왔다.

결혼 생활 중에도, 남편의 출항은 항상 이런 식이었다. 예고가 없었다.

이전에는 그가 종종 한마디 말도 없이 훌쩍 바다로 떠나 버리는 것이 이해가 가지 않았는데, 오늘은 완벽히 이해가 갔다.

촌각을 다투는 상황이었다. 아마 해적선이 출몰했을 때도 그런 상황들이 있었을 테고, 그는 그렇게 바다로 떠났다.

그를 위해 기도하지 않겠다고 단언한 직후였다. 스칼렛은 제 침실로 향하려다 다시, 예배당으로 몸을 돌렸다.

"오늘까지만이야. 오늘은 그가 안전해야 하니까."

오늘이 그가 무사히 돌아오길 바라며 기도하는 마지막 날이라고, 그녀는 몇 번이고 다짐했다.

―――――※――――――

루비드호가 돌아온 것은 그로부터 일주일 뒤였다. 스칼렛은 미리 루비드호를 기다리고 있었고, 얼마 지나지 않아 루비드호가 동굴 안으로 들어왔다. 예인선이 배를 압항한 후 홋줄을 내렸다.

살란티에 해군은 언제나 기함이 가장 앞에 나섰다. 루비드호 역시 마찬가지였다.

저 배는 항상 살란티에서 가장 위험한 곳을 지키고 있었다. 스칼렛은 돌연, 이 배의 함장이 더 이상 제 남편이 아니라는 사실과 제가 임신을 하지 않았다는 사실에 다시 한번 감사하게 되었다. 그를 남편으로 두고 사는 건 매일이 두려움의 연속이었다.

배를 지휘하던 함교에서 나온 빅토르는 현문사다리를 건너왔고, 신기할 정도로 금방 멀리 떨어져 있는 스칼렛을 찾아냈다. 그는 다른 해군들에게 먼저 가라고 손짓한 후 그녀에게 걸어왔다.

교섭을 위해 더블브레스티드 재킷이 포함된 완벽한 정복 착장을 갖춘 그는 숨이 막힐 정도로 아름다워 보는 사람으로 하여금 비현실 속으로 들어온 기분이 들게 했다. 그가 고개를 기울여 스칼렛을 한참 바라보다가 입을 열었다.

"왜 울었어."

그 말에 스칼렛이 되물었다.

"울어? 누가?"

빅토르가 흰 장갑을 낀 손으로 스칼렛의 눈가를 툭 건드렸다.

"너."

"……안 울었어. 어떻게 됐어?"

스칼렛이 묻는 말에 빅토르는 대답하는 대신 말을 돌렸다.

"아직도 먹고 싶은 게 없어? 들어 보니 지금 못 먹으면 평생 한이 된다던데."

빅토르가 묻자 스칼렛이 그를 보며 말했다.

"입덧 안 한다니까. 하더라도 당신이 애 아빠 노릇 할 필요 없어."

임신을 했다고 해도, 그냥 태어날 아이나 바랄 것이라 생각했지 자꾸 관심을 보일 줄은 몰랐다.

스칼렛이 거짓말을 들키는 것에 대한 두려움과 강한 죄책감에 바닥을 보고 있으니 빅토르가 말했다.

"그렇다고 해도, 내가 해도 되는 걸 몇 가지는 정해 줬으면 좋겠어."

"어떤…… 거?"

"예를 들면, 이름은 당신이 지을 건가?"

"……응."

"살 곳은."

"생각 안 해 봤어."

"내 생일 하루 정도는 아이를 데려와. 봄이 싫으면 눈 오는 날이나. 한여름에 별장에서 봐도 좋고. 언제든 당신이 날 견딜 수 있는 날로

정해."

"……."

스칼렛이 말문이 막혀 빅토르를 올려다보니 그가 어울리지 않게 능청스러운 표정으로 말했다.

"돌아오는 길에 생각할 시간이 많더군."

스칼렛은 한참, 대답을 하지 못했다. 그러다 입을 열었다.

"……눈 오는 날."

"사탕을 준비해 놔야겠네."

빅토르가 대답하는데 밖에서 환호성이 들렸다. 스칼렛이 동굴 밖으로 나가 보니 베스티나가 보낸 선박이 살란티에의 해군 함정에 끌려 들어오고 있었다. 배 위에는 눈을 가리고 결박한 선원들이 무릎을 꿇고 있었다.

스칼렛은 먹먹함에서 벗어나려 함정에서 휙 뛰어내린 에이샤에게 달려갔다.

"어떻게 된 거야?"

"함장님이 교섭을 했어. 46년 전에 베스티나와 쓴 협약에 의해서, 영해를 넘은 민간 선박은 돌려주지 않고, 선원들은 재판하겠다고. 그리고 그사이에 인도적인 차원에서 선원들을 돌려보낼 때까지 일가족과 계속 연락을 주고받을 수 있게 한다는 약속도 받아 냈어."

내내 존칭을 붙이지 않던 에이샤가 '함장님'이라고 존칭을 붙였다. 스칼렛은 그것이 일이 잘 해결되었음을 알리는 신호처럼 느껴졌다.

에이샤가 씩 웃으며 스칼렛에게 말했다.

"함장님이 딴 사람 같이 느껴지더라고."

"그래?"

"응. 알잖아, 원래 함장님은 죄에 있어서 협상이 없어. 가족이 인질로 잡혔든 어쨌든 곧바로 본국으로 돌려보냈을 거야. 근데 이번엔 아니었어."

스칼렛은 고개를 끄덕였다. 에이샤의 말대로, 선원들은 당분간 감옥에서 지내게 되었음에도 표정은 비교적 밝았다. 이것은 살란티에가 할 수 있는 가장 인도적인 방법이었다. 선원들은 자신들이 이 바다에서 죽더라도, 가족들의 생사가 보장되진 않으리라 생각하고 있었다.

에이샤는 많이 들떴는지 흥분을 가라앉히지 못하고 말을 이었다.

"스칼렛도 봤어야 돼. 살란티에 남쪽 함대가 루비드호를 중심으로 칼같이 간격을 맞춰서 접근하니까 베스티나 해군 놈들이 겁을 먹더라고."

스칼렛은 눈에 보일 듯이 자세하게 있었던 일을 설명하는 에이샤의 말을 들으며 고개를 끄덕였다. 에이샤가 벅찬 것만큼이나 다른 해군들의 표정에서도 자부심이 느껴졌다. 그들은 전쟁에서 이겼을 때와는 비교도 되지 않을 만큼, 생명을 지켜 냈다는 사실을 명예롭게 느끼고 있었다.

─────✦✦✦─────

살란티에 해군은 호르마치섬 사람들의 배를 그대로 이끌고 수도 항구로 압송했다.

계곡에는 평화가 돌아왔다. 사람들은 일시적일지 모르는 이 평화를 있는 힘껏 눌렀다.

스칼렛이 음식이 코로 들어가는지 입으로 들어가는지 모르고 조는데 커스틴이 소리쳤다.

"스칼렛! 코피!"

"응?"

스칼렛이 얼른 정신을 차리고 손수건을 들어 닦아 보니 피가 묻어 있었다. 스칼렛이 손수건으로 코를 틀어막고 몸을 일으켰다.

"가서 쉬어야겠다."

그리고 얼른 식판을 내놓고 식당을 나왔다. 이번 일로 마음이 급해져, 내리 밤을 새운 후유증이었다.

스칼렛이 제 방으로 향하다가 현기증이 나서 멈춰 서는데 숲 냄새가 가까워졌다. 그녀가 돌아보니 예상대로 빅토르가 다가오고 있었다.

그는 스칼렛을 그대로 안아 들고 그녀의 방 쪽으로 향했다. 스칼렛이 벗어나려 하자 빅토르가 말했다.

"당신이 자기 몸에 신경 쓰지 않는 건 괜찮은데, 내가 아이에게 신경 쓸 때 방해하진 않았으면 좋겠어."

"……."

스칼렛이 멈칫하더니 입을 다물었다. 빅토르는 그녀를 데리고 창고 계단을 올랐다. 그제야 빅토르가 내려 주어 방문을 연 스칼렛은 제 방 벽에 붙은 것을 발견하고 그대로 얼었다.

믿기지 않는 크기의 벌레가 있었다. 정면을 보니 잠결에 열어 놓고 잊어버린 탓에 창문이 열려 있었다.

스칼렛이 제 방에 들어가지 못하자 빅토르가 말했다.

"들어가도 되지?"

스칼렛이 말리지 못하고 문에 달라붙어서 고개를 끄덕였다. 곧 빅토르가 벌레를 창문 밖으로 쫓아내자 그제야 스칼렛이 안도의 한숨을 내쉬었다.

그녀가 더 벌레가 없나 살피는 사이 빅토르는 창문 옆에 붙은 고압세척기의 설계도를 보았다.

그 모습을 본 스칼렛이 말했다.

"부모님이 다 해 놓으신 거 베끼기만 한 거야. 안 그래도 보고하려고 했어."

그러곤 제 서랍에서 거의 다 완성된 보고서를 꺼내 그에게 내밀었다. 빅토르가 자리에 서서 그것을 확인했다. 그가 한동안 말이 없어 스칼렛이 먼저 자랑하듯 말했다.

"폐선의 엔진을 연결할 거야."

"아."

"어때?"

"이게 성공하면 해군들이 나보다 당신을 더 따르겠군."

"응. 내 생각에도 그래."

뿌듯한 얼굴로 농담 삼아 대답하는 스칼렛의 얼굴이 창백했다. 의자에 앉아 있는데 원하는 만큼 금방 지혈이 되지 않았다. 그런 그녀 쪽을 보는 빅토르의 시선이 따가워 스칼렛이 시선을 피했다.

잠시 후 미리 빅토르의 부탁을 들었던 의무관이 철분제를 가져다주었다. 스칼렛은 자신이 임신을 했다고 생각해 빅토르가 철분제를 가져오게 했음을 알았으나, 어차피 몸에 나쁜 것도 아닐 테니 그냥 입에 넣고 꿀꺽 삼켰다.

그는 한마디도 안 하는데, 왜 혼나는 기분이 드는지 알 수가 없었다. 코피가 멎자 빅토르가 침대를 턱짓해 얼떨결에 가서 누운 스칼렛이 이불을 끌어당겨 덮었다.

쉬기에는 너무 밝다고 생각한 듯, 빅토르가 장갑을 벗더니 그녀의 눈을 감싸며 말했다.

"자. 잠들면 나갈 테니까."

그의 맨손이 닿았을 때 스칼렛은 문득, 빅토르가 자신에게 결혼반지를 돌려주던 청혼의 날을 떠올렸다.

그녀가 떠올린 기억 속에서 빅토르는 손에 반지를 끼고 있었다. 스칼렛이 물었다.

"왜 이혼한 후에도 결혼반지를 끼고 있었어?"

그러자 빅토르가 덤덤히 대답했다.

"당신이 이혼한 걸 잊어버리고 찾을까 봐."

"……고마워, 그건."

그녀의 인사에 빅토르가 미소를 지었다.

"나중에 내가 아이를 만나고 싶어 할 때, 감안해 줬으면 좋겠군. 당신이 내 아이 못 만나게 할까 봐 걱정이라."

"그게 왜 걱정이야? 당신은 원하면 얼마든지 아이를 뺏을 수 있잖아."

그녀가 당연한 이야기라는 듯 말하자 빅토르가 스칼렛의 눈을 가렸던 손을 치웠다. 그리고 그녀를 내려다보며 물었다.

"너 닮은 애를, 너도 없이 키우라고?"

"그게…… 왜?"

스칼렛이 물었지만 그는 대답이 없었다. 불편한 침묵이 흐르자 스칼렛이 화제를 돌리려 다시 입을 열었다.

"에이샤 말이야."

"응."

"내가 말해서 에이샤를 해군의 배에 태워 준 건…… 아니지?"

"그건 왜."

"그런 거면…… 남들이 안 좋게 생각할까 봐."

스칼렛의 말에 빅토르가 대답했다.

"그럴 리도 없겠지만, 안 좋게 생각해도 상관없어."

그러자 스칼렛이 인상을 쓰고 상체를 일으켜 앉으며 말했다.

"어떻게 상관없어? 당신 아이를 가진 여자라고, 줏대 없이 거기에 놀아난다고 생각하면 어떡해?"

스칼렛의 심각한 표정과 목소리에 빅토르가 그녀를 잠시 보았다가, 이내 픽 웃었다. 그 웃음에 괜히 민망해져 얼굴이 확 달아오른 스칼렛이 말했다.

"왜 웃어? 난 심각해."

그러자 빅토르가 다시 입을 열었다.

"당신이 내 아이를 가졌거나, 미인이라서가 아니라 지금 상황에 쓸 만한, 영리한 말을 해서 들은 거야."

"……그래?"

"뭐, 그렇다고 미인이 아니란 말은 아니고."

"……."

그의 말에 스칼렛의 눈이 동그래졌다. 그녀가 눈을 깜빡깜빡하더니 물었다.

"……미인?"

"왜."

"어?"

빅토르는 왜 그러냐는 듯 스칼렛을 보고, 그녀는 제 입으로 다시 말하기가 민망해서 헛기침을 몇 번 한 후 말했다.

"당신이…… 내가 예쁘다고 생각하는 줄 몰랐네."

"……."

"아니…… 됐다. 일단 나가 줘, 나 쉴래."

스칼렛이 문을 가리키며 말하자 빅토르가 무언가 말하려고 입을 열었다가 다시 다물었다. 그리고 그녀의 말대로 나가려다 결국 다시 스칼렛을 돌아보며 인상을 썼다.

"애초에 당신이 누가 말해 줘야 예쁜가, 하고 알아차릴 정도의 수준이 아니지 않나?"

그의 태연하다 못해 냉정한 질문에 스칼렛이 멈칫하더니 억울한 목소리로 말했다.

"당신이. 당신 눈에 예쁜 줄 몰랐다고."

"아, 그러니까 본인이 예쁜 건 원래 알았는데, 내가 그렇게 생각하는 걸 몰랐다?"

"아니……."

스칼렛이 난처해하며 한숨을 쉬더니 이내 결심했다는 듯, 나름 당당한 얼굴로 그를 보며 대꾸했다.

"응."

"응?"

"내가 예쁜 건 원래 알았는데, 당신이 그렇게 생각하는 건 몰랐어."

스칼렛은 제가 가진 모든 뻔뻔함을 끌어모아서 말했다. 농담이라고 생각해 웃을 줄 알았는데, 빅토르가 진지한 표정으로 말했다.

"왜 모른다는 거지? 내가 칭찬을 처음 한 것도 아닌데."

"옷이나 구두가 잘 어울린다고 칭찬했지, 내가 예쁘다고 한 적은 없어."

"그건 무례하잖아."

빅토르가 정색하더니, 이제야 이해가 간다는 듯 말을 이었다.

"그러고 보니 당신은 늘 본인 얼굴에 불만이 많았지."

그도 나름 쌓인 게 있었는지 말을 이었다.

"구두가 안 어울린다, 뭐가 안 어울린다. 심지어 어느 날은 눈동자 색이 옷과 안 어울려서 눈동자 색을 바꾸고 싶다고 하더군. 어쩌라는 건지."

"……내 눈동자 색깔에 옷을 맞추기 힘들단 말이야."

"본인 얼굴에는 그렇게 까다롭게 굴더니 여기 와서는 늘 같은 옷만 입고 다니는군."

빅토르의 핀잔에 스칼렛이 앞치마처럼 된 피나포어의 큰 주머니에 두 손을 넣어 벌리며 말했다.

"작업복이야. 주머니도 커서 좋단 말이야."

스칼렛이 제 주머니 속에서 사포와 니퍼 같은 것들을 꺼내 보였다. 그러다 손수건으로 감싼 것도 꺼냈다.

"이건 간식."

스칼렛이 말하며 손수건을 펼치자 쿠키가 들어 있었다.

빅토르는 거기에 대해 하고 싶은 말이 아주 많은 듯했으나 괴로운 듯 한 손으로 얼굴을 감싸고 그만두었다.

참고 있는 그의 반응이 이상하게도 좀 즐거웠다. 그녀가 쿠키의 중간을 뚝 잘라 반을 내밀자 빅토르가 기가 차 하면서도 손을 내밀어 받아 들었다.

스칼렛이 그런 그를 보며 입을 열었다.

"눈이 반짝거리더라."

빅토르가 쿠키를 먹으며 무슨 말이냐는 듯이 스칼렛을 보았다. 그러자 그녀가 말을 이었다.

"해군들. 배에서 내리는데 다들 눈이 반짝반짝했어. 당신을 존경하는 게 느껴지더라구."

빅토르는 음식을 먹고 있어서인지 대답을 하지 않았다. 스칼렛이 말을 이었다.

"이제 내가 일부러 망친 게 아니란 걸 알았을 테니까, 당당하게 말할 수 있는데. 왕족이 아니라고 해서 당신이 명예롭지 않은 건 아니야."

"……."

"그걸 당신도 알았으면 좋겠어."

모든 걸 놓친 건 아니라는 걸, 그가 알기를 바랐다.

빅토르가 더 이상 대답이 없어 두 사람 사이에서 잠시 침묵이 흐를 때, 해군 하나가 다급하게 문을 두들겼다.

"함장님, 수도 북쪽으로부터 전화가 왔습니다."

수도 북쪽이라는 것은 왕실을 말했다. 빅토르가 느긋하게 돌아서자 스칼렛이 더 안절부절못하며 그의 등을 떠밀었다.

"왜 그렇게 느긋해. 더 빨리 가."

"가야지."

빅토르는 말하면서도 전혀 서두르는 기색이 없어 주변 사람들을 초조하게 만들었다.

￮

 빅토르는 전화실로 들어서 전화를 받아 들었다. 잠시 후 건강이 심각하게 악화된 현왕이자 빅토르의 외조부, 알버트 이렌의 떨리는 목소리가 들렸다.
 ―보고는 들었네. 수고했어.
 빅토르가 가만히 듣고 있으니 알버트 이렌이 말을 이었다.
 ―세상이 어수선한 모양이야. 내가 빨리 병석에서 일어나야 하는데…….
 "무슨 일이십니까?"
 상황을 전혀 파악하지 못하는 왕의 말을 끊고 묻자 알버트 이렌이 본론을 말했다.
 ―자네의 아내였던 스칼렛 크림슨 양이 거기서 비행체를 만드는 일에 거의 성공했다는 것 같더구나. 선회를 제외하고는 어느 정도 성공이었다지?
 "예. 왕세자 전하께 보고 드렸습니다."
 ―음…….
 왕의 머리 위로 비행한다는 것을 불쾌하게 여기던 알버트 이렌에게, 비행체를 만든다는 것은 여전히 내키지 않은 일인 듯했다. 그러나 병석에 누운 그는 체력도 권세도 잃어 가고 있었고, 시국도 시국인지라 그것을 중단시킬 수는 없음을 그도 알고 있었다.
 알버트 이렌이 말을 이었다.

─나는 나이가 들어서, 귀족 아가씨가 그리 대단한 일을 할 수 있을 거라고는 생각하지 않아. 하지만 너희 세대는 다른 모양이지.

이 고집불통인 왕이 무슨 말을 하려고 이러나, 빅토르가 인상을 쓰는데 알버트 이렌이 말을 이었다.

─율리 역시 스칼렛 양의 도움을 필요로 한다는구나. 크게 쓰려는 모양이다.

"……무슨 말씀이신지 이해가 안 갑니다."

─그 녀석도 사내는 사내인지라, 전쟁에서 공을 세우고 싶다는구나. 그래도 왕세손 아니냐. 그러니 스칼렛 양이 율리를 도와줄 수 있게 하렴.

"……."

─그렇게만 해 주면 너에게 율리 다음으로 왕위 계승권을 주마. 네 공을 생각하면 다들 동의할 게다.

자신을 회유하기 위한 왕실의 제안에 빅토르가 결국 웃음을 터트렸다.

만약 빅토르의 어머니 마리나 덤펠트가 복권되더라도, 외손인 빅토르의 왕위 계승 서열은 열일곱 번째 정도가 되었다. 그러나 율리 이렌의 다음가는 순서라면 왕위 계승 서열로 세 번째.

물론 율리에게 자식이 생긴다면 바뀔 서열이지만, 왕실 입장에서는 역사상 없었던, 말도 안 되는 우대였다. 그런데도 빅토르가 웃어 버리니 알버트 이렌이 난처함을 드러냈다.

─왜 웃는 게냐?

"율리는 왕실경찰을 이용해 제 아내를 감금하고 고문했습니다."

─말도 안 되는 소리를 하는구나. 율리는 그런 일을 할 아이가 아

니다.

"그게 아니었다면, 평생 왕족이 되기를 바란 제가 이 제안을 거절할 이유가 있겠습니까?"

빅토르가 말을 이었다.

"스칼렛 양은 해군에서 보호하겠습니다."

-이건 이미 왕실에서 결정한 일이다.

"폐하."

빅토르가 전화를 움켜쥐었다가 금이 가는 소리에 손에 힘을 풀었다. 그가 말을 이었다.

"스칼렛 크림슨이 누구의 딸인지 아십니까?"

-크림슨 가문의 딸이지.

"예, 10여 년 전에, 폐하께서 몇몇 학자가 비행을 연구하고 있다는 것에 대하여 크게 분노하셨지요. 그때 지나치게 충성심이 강한 몇몇 군인과 경찰들이 비행 연구에 관여된 학자들을 사고로 위장해 죽였습니다."

-그런 적 없다.

"그때 죽었습니다. 스칼렛 크림슨의 부모가."

-그런 적 없다고 하지 않아! 설령 있더라도 내가 종용한 것이 아니다!

알버트 이렌이 호통을 치다가, 그 힘조차 감당하지 못하고 전화기를 떨어뜨렸다.

잠시 후 누군가가 전화를 받아 들었다.

-빅토르, 이게 무슨 짓이야.

왕세손, 율리 이렌의 목소리였다. 빅토르가 그대로 끊으려는데 율리가 말을 이었다.

―크림슨 부부의 마차 사고는 신기했지. 사고가 났는데 마차 안에는 부모만 있고, 두 아이는 언덕 아래로 굴러떨어져서 다음 날 발견되었어.

"그랬다더군."

―언덕을 수색했는데도 말이야.

"경찰력이 부족한 탓이겠지."

율리가 말을 이었다.

―다시 한번 묻지. 너는 크림슨가 선대 가주 부부의 마차 사고 당일에 어디에 있었어?

"수도 없이 말한 것 같은데. 출항했었다고."

―해적에게 패했던 그 유프호에 말이지.

"운 좋게 살아 돌아왔군."

―네가 전장에 나가는 그 배에 없었다면 탈영이야. 해군복을 벗는 정도가 아니라, 지금이라도 당장 재판에 회부될 일이지.

"그건 해군인 내가 더 잘 알아. 이미 그날 거기 관여된 해군들을 지긋지긋할 정도로 취조하지 않았나? 원하는 게 뭐지?"

―그 대단한 빅토르 덤펠트가 있었는데도 전투에서 패했다는 게 아직도 놀라워서 그래, 나는. 자꾸 궁금해지는군.

"칭찬으로 듣지."

그리고 전화를 끊었다.

―――◆―――

인간으로 태어난 이상, 대국의 왕이라고 해도 하고 싶은 것만 하고 살아갈 수는 없다. 그러니 그 이하의 중생들은 어떠하며, 그 속의 민초는 어떠할까.

열세 살에 배에 올라 열여덟 살이 되던 해. 새파랗게 젊은 청년 빅토르 덤펠트는 지난 5년 동안 볼 꼴, 못 볼 꼴을 다 보았노라 자신하고 있었다.

그렇다고 해도 아직 익숙해진 것은 아니었다. 해적에게 끌려갔던 어선에서 제 가족을 먹이려 두려움을 이기고 바다에 나갔을 어민들을 마주했을 때, 그는 다시 하늘이 무너지는 듯한 감정을 느꼈다.

해적 중에서도 가장 악질로 유명한 도티르 선장의 무리는 돈 되는 것이라면 무엇이든 약탈했다. 그리고 나머지는 불태웠는데, 배에 불을 붙이기 전에 마치 살려 줄 것처럼 어민들을 농락했다. 불에 탄 어민들에게는 살기 위해 발버둥 친 흔적이 남아 있었다.

왜 인간은 이렇게까지도 악의를 가지는가.

이럴 때마다 빅토르는 인간은 개별적인 존재이며, 한 사람, 한 사람이 세상에 하나뿐인 유별난 종이라 느끼는 게 아닌가 싶어졌다. 그렇지 않고서야 서로에게 이토록 가혹할 이유가 없지 않나.

뒤에서 부하가 다급하게 말했다.

"부함장님께서 굳이 들어가지 않으셔도……."

"열다섯 살이 안 되면 못 들어오게 해."

"……예, 알겠습니다."

'해적 문제를 처리해라.'

왕의 이 명령에는 이견이 생길 이유가 없었으므로, 해군들은 바다로 나갔고, 해적과 싸우며 죽어 갔다.

빅토르는 어민의 신분을 확인하기 위해 소사한 시신의 옆에 한쪽 무릎을 꿇고 앉았다.

지금 그가 궁금해하는 것은 하나였다.

왜 그랬을까.

같은 인간이라는 생각이 들지 않았던 것은 분명해 보였다. 그렇지 않고서야 이럴 리가 없다. 이렇게 잔인할 이유가 없었다.

그는 시신이 두 손으로 꼭 쥐고 있는 것을 확인했다. 조개껍데기였다.

어민의 아이들은 부모가 바다에 나갈 때 고르고 고른 조개껍데기에 구멍을 내서 목걸이를 만들어 부모에게 주곤 했다. 아이들 나름의 부적이었다.

한 번은 그 조개껍데기로 시신을 구분한 적이 있었다. 한 아이가 제가 아버지에게 꼭 쥐여 준 조개껍데기를 발견한 덕분이었다.

빅토르는 수첩에 그나마 알아볼 수 있는 인상착의를 적고, 조개껍데기를 작은 종이봉투에 넣어 곁에 번호를 적었다.

그때 산 사람이 있었는지 신음이 들렸다. 빅토르가 다급하게 달려갔다가 멈춰 섰다.

차라리 다른 선원들과 같이 죽는 게 나았겠다는 생각이 드는 상태로 숨만 붙어 있던 선원이 발소리를 들었는지 말했다.

"담배 있으면, 한 대 주오."

빅토르가 흡연가인 해군 하나에게 담배를 얻었다. 그런데 담배를 물려주고 불을 대 주어도 힘이 없어 빨지 못해 불이 붙지 않았다. 그러다 숨이 끊어졌다. 그는 담배를 들고 다녔어야 했다고 생각했다.

나가면서 보니 몇몇 해군은 못 견디고 헛구역질을 하고 있었다. 그러다 빅토르와 눈이 마주치고 겁에 질려 서둘러 일어났다. 그는 별말 없이 유프호로 건너 돌아갔다.

육지로 돌아가는 것은 거의 세 달 만이었다. 퇴역이 얼마 남지 않은 유프호의 라이언 로즈 함장은 왕의 외손자인 데다, 끊임없이 공을 세워 자신이 가는 데 20년은 걸린 자리를 5년 만에 차지한 빅토르를 힐끔 보며 말했다.

"표정이 왜 그러냐."

"아닙니다."

"뭐라 하는 거 아니다. 안 좋으니 다행이라고. 어떤 놈들은 어선을 발견해서 육지로 돌아간다고 좋아하기도 하더라."

세 달 내내 일부러 끔찍한 곳만 골라 다니는 듯하던 유프호가 민간 어선을 발견해 집으로 돌아가게 된 것은 사실이었다.

함장이 말을 이었다.

"돌아가면 막 사교 시즌 아니냐. 너도 이제 연애 좀 해라."

"싫습니다."

"명령이다."

"곧 퇴역하시잖아요."

"어, 이 자식이?"

함장이 허허 웃으며 주먹질하는 시늉을 하자 빅토르가 뒤로 물러나며 그제야 씩 웃었다. 그러자 뒤에서 세 달을 함께 바다를 헤매고 다닌 해군들이 말했다.

"진짜 연애 좀 하십쇼. 내가 부함장님처럼 생겼으면 매일 다른 여자를 만날 텐데."

"전 밖을 안 나가고 거울만 볼 겁니다. 세상에서 제일 재미있는 게 거울에 있는데 뭐 하러 나갑니까? 부함장님 얼굴 구경이 해군으로서 최고의 낙입니다."

심심할 때마다 돌아오는 외모 찬양에 빅토르가 짜증을 내며 말했다.

"다시 태어나든지 해야지."

"……와, 아무리 부함장님이지만 그건 너무한 말 아닙니까?"

잘생겼다는 말을 너무 많이 들어서 이제 지긋지긋했다. 진급하면 좀 덜 듣게 되려나, 싶었는데 나이가 어려서인지 거기에 아부까지 섞여 더 심해졌다.

함장이 지긋지긋해하는 빅토르에게 물었다.

"그럼 뭐 할 거냐? 그 좋은 나이에 연애 안 하면."

"담배 배울 겁니다."

빅토르의 말에 함장이 어처구니없어하더니 자신의 담배를 통째로 주며 말했다.

"때마침 잘됐다. 난 끊을 거니까 네가 피워라."

"……돌려 달라고 하실 거죠?"

"아니야. 끊어. 내가 지금 당장 끊는다고."

함장은 그렇게 말해 놓고 금방 검지를 들며 말했다.

"마지막으로 딱 한 대만."

"안 됩니다. 저 주셨잖아요."

"아, 거 빡빡하네."

어차피 저러다 금방 다른 해군들에게 담배를 구걸하러 다닐 게 뻔하다고 생각하면서도 빅토르는 단호하게 받은 것을 지켰다. 함장도 빅토르를 이기긴 틀렸다고 생각했는지 이내 돌려받기를 포기했다.
빅토르는 그날 처음으로 담배를 입에 물고 불을 붙여 보았다. 바닷바람이 섞여, 이상한 맛이 났다.

───◆───

담배를 시작하면 안 되는 거였구나, 금방 깨달았다. 의지가 강한 편인 줄 알았는데 아니었다.
배에서 내린 지 얼마 되지 않아 바로 다음 출항이 결정되었다. 도티르 선장의 해적선 위치를 찾아냈기 때문이었다. 연락이 닿자마자 바로 출항. 저택에서 자고 있던 빅토르는 도중에 깨서 바다로 내달렸다.
그러다, 길 위에 마차가 뒤집어진 걸 발견하고 놀라서 함께 출발했던 유프호의 기관장 에번 라이트와 그곳으로 달려갔다.
마부는 이미 어디론가 사라진 후였다. 두 사람이 다급하게 구겨진 문을 열어 뜯어내 보니 마차 안에는 일가족이 타고 있었다. 이마에 큰 출혈이 있는 여자가 그들을 보고 경계하다가, 손이 빈 것을 발견하고 다급하게 말했다.
"아, 아이들……. 아이들만 좀 데려가요."
"예?"
"어디든 안전한 곳으로 데려가 주세요, 빨리."
"……"
"제발 부탁입니다……."
마차 의자에 몸이 낀 상태로, 남편으로 보이는 남자는 열두어 살 정도로 보이는 남매를 꽉 껴안고 있었다.

출항 30분 전을 알리는 기적 소리가 들리자 두 해군이 바다 쪽을 보았다.

에번이 말했다.

"저희가 빨리 배에 타야 해서요. 가는 길에 사람을 찾아서 바로 이쪽으로 보내겠습니다."

"안 돼요!"

여자가 다급하게 말했다.

"우리는 비행기를 연구하고 있어요. 그래서 아마……. 그러니까, 누가 우릴 죽이러 올지도 몰라요. 아이들이 여기 있으면 이 애들까지 죽어요!"

"……."

비행기 연구라는 소리에 상황을 이해한 빅토르가 주변을 살폈다. 과연 어둠 속 저 멀리서 사설마차 한 대가 달려오는 것이 보였다. 빅토르는 일단 기절한 남매를 마차에서 꺼내 두 팔로 하나씩 안아 들었다. 그 모습에 부부가 안심하며 희미하게 웃었다.

"고마워요. 이제 멀리 가세요. 들키면 도와주신 분까지 위험해져요. 병원도 가지 말아요. 그냥, 그냥 이 밤만 넘겨 줘요."

빅토르는 아이들을 안고 언덕을 내려갔다. 그리고 아이들을 마차와 어느 정도 떨어진 언덕 아래 두었다.

다시 항구로 향하는 길에 빅토르가 멈춰서 아이들을 돌아보자, 에번이 말했다.

"민가가 가까우니 누군가 발견할 겁니다. 빨리 가시죠. 이미 늦었습니다."

빅토르가 대답하려는 순간, 언덕 위에서 총성이 들렸다.

그는 잠깐 자리에 멈춰 섰다. 에번이 재촉했다.

"부함장님, 이러다 배에 못 타면 정말 큰일 납니다!"

잠시 생각하던 빅토르가 이내 결심한 듯 입을 열었다.

"저기 두면 저 애들도 죽어. 군인이 다친 민간인을 두고 어떻게 가."

"지금 안 가면 탈영입니다. 그냥 배도 아니고, 그 도티르 선장을 잡으러 가는 거예요."

"함장님께 전해 드려. 아이들 안전만 확보되면 어떻게든 합류하겠다고."

"말이 됩니까? 지금까지 쌓아 온 걸 저 누구인지도 모를 꼬마들 때문에 전부 망치는 거라구요! 안 그래도 부함장님을 못 잡아먹어서 안달인 왕세손 전하가 이 기회를 놓칠 것 같습니까?"

"말했잖아, 바로 합류한다고. 함장님께 천천히 가시라고 해."

빅토르가 되돌아가는 도중에도 총성은 계속되었다. 열 발은 되는 것 같았다.

아이들에게 도착해 보니 멀리 언덕 위에서 사내 몇이 주변을 확인하는 것이 보였다.

빅토르는 언덕 아래 눕혀 두었던 아이들을 안아 들었다. 사내들의 불빛이 점점 다가오자 별수 없이 바다로 들어갔다.

계선주에 묶인 홋줄이 어민들의 보트와 연결되어 있었다. 다행히 아이들이 기절해 있어, 어렵지 않게 나를 수 있었다.

그는 숨을 죽이고 보트에 아이들을 하나씩 태운 후 자신도 올라갔다. 그리고 보트 바닥에 아이들을 눕히고 누워 그제야 얼굴을 살폈다.

사내아이 눈에서 피가 흐르고 있었다. 거기에 바닷물이 들어가니 아이가 고통 때문에 서서히 깨기 시작했다. 그러더니 괴로워하며 몸부림쳐 빅토르가 손으로 입과 코를 틀어막았다.

"조용히 해. 잠깐만. 오늘 밤만."

고통스러워하던 아이는 숨을 못 쉬자 얼마 지나지 않아 정신을 잃었다. 빅토르는 아이의 숨을 확인하고 안도한 후 옆에 여자아이를 보았다. 여자아이는 죽었는지 살았는지 아까부터 꼼짝을 하지 않고 있었다.

그는 제 겉옷을 벗어 바닷물에 젖은 아이들을 감쌌다. 그리고 사내아이의 눈에 흐르는 피를 닦아 내 봤지만 쉽게 멈추지 않았다.

"미안해."

그 부모가 뭐라고 말하든 바로 병원으로 갔어야 했다. 뭐가 염려되어 아이를 여기에 데려왔단 말인가. 그는 왜 이런 일이 벌어지고 있는지 명확하게 알고 있었다. 알고 있었으므로 더욱 스스로를 자책했다.

빅토르는 아이들의 체온이 떨어지지 않게 하는 데 모든 신경을 집중하며, 아침이 밝아 사람들이 다니기만을 기다렸다.

그는 일어나지 않는 여자아이의 숨을 몇 번이고 확인했다. 너무 희미해서 끊어질 것 같아 여러 번 심장이 철렁했다.

마차에서 사라진 아이들을 찾던 사내들이 사라지고도 한동안 그는 그곳에 있었다.

빅토르는 새벽 다섯 시, 사람이 지나다닐 시간이 가까워 오자 그제

야 아이들을 언덕 중턱에 데려다 놓았다. 그 후 항구로 돌아가니 막 수리를 마친 슈텔란호가 출항을 준비하고 있었다.

슈텔란호의 정장, 팔린 레드포드가 바닷물에 빠졌다가 나온 빅토르를 발견하고 얼빠진 얼굴로 말했다.

"아무에게도 말하지 말고 모셔 오라고 들었습니다."

빅토르는 고개를 끄덕이고 슈텔란호에 올랐다.

아이들이 살았을까에 대한 걱정보다, 제 인생과 명예에 대한 염려가 컸다. 사내아이의 눈이 멀지도 모른다고 생각했다. 여자아이의 숨은 이렇게 희미하다간 이대로 끊어질지도 모른다. 그걸 알면서도, 제 안위를 위해 새벽까지 보트에 남아 있던 스스로가 한심스러웠다.

그는 슈텔란호를 타고 연락받은 무인도로 향했다. 망원경으로 선미가 박살 난 유프호를 발견한 후 슈텔란호에 침묵이 흘렀다. 그러나 지체할 여유가 없어 곧바로 섬을 반대쪽으로 돌아 엔진을 끄고 조용히 접근해 내렸다.

해적들은 해군들을 생포해 죽기 직전까지 두들겨 팬 후 배에 묶어두었고, 섬으로 끌어 내린 라이언 로즈 함장에게 기름을 끼얹고 있었다.

숲에 잠복한 빅토르가 덤덤하게 슈텔란호의 해군에게 말했다.

"길을 내줄 테니까 날 믿고 무조건 유프호로 뛰어 들어가서 니콜라우스에게 총부터 쥐여 줘."

"예, 알겠습니다."

모든 해군에게 지시를 내린 후, 빅토르가 심호흡했다. 그리고 숫자를 세는 순간, 일시에 자신이 맡은 일을 위해 움직였다.

난투전이었다.

총성이 울리며 해군이고 해적이고 구분할 수 없이 뒤엉켜 피를 흘리며 나뒹굴었다.

목숨을 걸어 만들어 낸 길로 달려간 해군이 유프호에 올라타 니콜라우스에게 총을 쥐여 주었다. 그러자 결박도 풀리지 않은 상태로 니콜라우스가 마스트의 포어 스테이를 쏘았다.

줄이 연달아 끊어지자 돛이 바람에 흔들려 시야를 가렸다. 그 사이에 해군 몇몇이 결박을 풀고 바다로 뛰어들었다.

술에 취한 도티르 선장이 횃불을 들어 올리며 소리쳤다.

"함장을 잡고 있다! 불구덩이 속에 함장을 처넣고 싶으냐!"

그의 말이 끝나기 무섭게, 해군들이 제 목숨에 겁먹고 주춤한 것을 발견한 라이언 로즈 함장이 도티르 선장에게 소리쳤다.

"네놈들에게는 신의가 없다! 지금껏 살란티에 어민들을 농락한 후 불을 붙여 놓고, 어느 누가 네놈들을 믿어 주길 바라느냐, 이놈아!"

그러더니 거구의 도티르 선장을 초인적인 힘으로 밀쳐 넘어뜨렸다. 다시 일어난 도티르 선장이 불을 붙이자 기름을 뒤집어쓴 함장에게 불이 붙었다.

"하, 함장님!"

해군들은 충격에 휩싸였으나, 여기서 멈추면 그의 희생이 헛되이 되리라는 것을 알았다.

함장은 곧바로 바다로 뛰어들고, 주춤한 사이에 빅토르가 도티르 선장을 제압했다.

순식간에 전세가 역전되었다. 해적들을 전부 제압하자 유프호의 의무관이 울며 달려가 함장을 건져 왔다.

　의무관은 해적들의 짐을 전부 뒤져 마약성 진통제를 찾아 함장에게 먹였지만 고통을 다 막을 수 없었다.

　함장이 빅토르를 손가락을 간신히 까딱여 부르고 말했다.

"애들을 구했다면서."

"……예."

　빅토르가 대답하고 고개를 떨궜다. 그러자 함장이 사뭇 다정하게 말을 이었다.

"잘했다. 잘했는데, 보고는 하지 마라. 누가 무슨 트집을 잡을지 몰라. 넌 내내 유프호에 있었던 거야."

"함장님."

"이거 유언이다, 유언. 유프호와 슈텔란호 녀석들에게 다 말해 뒀다."

　웃음 많은 함장이 그사이에 웃고 말을 이었다.

"담배 있냐."

"네, 있습니다."

　빅토르가 대답하고 떨리는 손으로 담배를 꺼냈다.

　그러자 함장이 흐 웃었다.

"이러려고 담배를 배웠구나."

"……."

"그래. 이제 됐다. 잘 부탁한다."

　함장이 담배를 피우는 사이 빅토르는 그를 고통에서 벗어나게 하려 제 손으로 숨을 끊었다.

　상황이 종료된 후 한참이 지나도록 빅토르가 움직이지 못하니 유프호의 기관장, 에번 라이트가 말했다.

"오늘이 마지막인 줄 아셨는지, 여기까지 오는 동안 함장님께서 말씀하셨습니다. 부함장님 안 계셨으면, 여기까지 진급 못 했을 거라고. 부함장님이 안 계시면 해군은커녕 살란티에의 안전도 장담할 수 없다구요."

에번은 주먹을 너무 세게 쥐어 손이 새하얘진 상태로 말을 이었다.

"그러니, 부함장님은 처음부터 여기 계셨던 겁니다."

"……그래."

빅토르가 몸을 일으켰다. 그리고 결박해 둔 해적들에게 다가갔다. 그가 해적을 내려다보며 물었다.

"해적식 장례식이라고?"

수많은 어민들을 죽이고도 목숨이 아까운지 해적들은 덜덜 떨고 있었다. 빅토르가 기름통을 집어 들었다.

"그렇다면 우리도 예를 갖춰, 해적식 장례를 치러 주도록 하지."

그는 남아 있던 기름을 전부 해적들에게 들이붓고 중얼거렸다.

"그런데 그러기에는 배가 아깝네."

"해, 해군은 재판을 받게 하지 않나! 이건 해군의 방식이 아니네!"

해적 하나가 소리치는 사이, 빅토르가 성냥에 불을 붙이며 말했다.

"법 밖에 있던 놈들이, 불리해지면 제일 먼저 법을 찾더군. 가끔은 도대체 왜 법이라는 게 존재하는지 모르겠어."

그는 담배를 물어 불을 피우고 말했다.

"그걸 인간을 벗어난 놈들에게도 적용을 해야 하나."

그리고 남은 불을 해적들에게 떨어뜨렸다. 순식간에 불이 붙으며 해적들이 비명을 질렀다.

그들은 멀리 있는 바다로 뛰어들기 전에 죽거나, 바다에 들어간 후에 죽어 물 위로 떠올랐다.

에번이 후자였던 도티르 선장의 시신을 찾아 건져다가 말했다.

"이건 가져가시죠. 공적은 인정받아야죠. 이거면 새로 건조한 그 함선에 오르실 수 있을 겁니다."

"……"

"부함장님, 함장님께서 바라셨던 건 그겁니다. 해군이 강해지는 거요."

에번은 라이언 로즈 함장의 유언을 지키는 것을 제 임무라 생각하고 있었다. 그렇다고는 해도 여럿이 죽고, 여럿을 죽이고도 공적을 말하는 이 순간에 대해 실소가 나왔다.

"그래."

강한 해군. 해적들이 사라진 바다.

"좋지."

빅토르는 침몰하기 시작한 유프호를 포기하고 도티르 선장의 배에 올랐다. 마스트의 해적기는 해군기로 바뀌었다.

―――・◆・◆・―――

그것이 발목을 잡으리란 걸 몰랐던 사람은 그 자리에 아무도 없었다. 그것은 빅토르 역시 마찬가지였다.

아내가 왕실 경찰에서 마지막 조사에 응하던 때 왕세자 아담 이렌이 그를 은밀히 왕성으로 불러들였다.

빅토르가 덤덤히 말을 이었다.

"제가 직접 도티르 선장의 배를 몰고 오지 않았습니까. 그런데 탈영이라니요? 어디서 그런 걸 들으신 겁니까?"

그러자 아담 이렌이 말했다.

"정보제공자는 말해 줄 수 없다는 걸 자네도 잘 알지 않아. 내 입장도 생각해 주게. 해군의 수장으로서 이런 의심을 가지고도 그냥 넘어갈 수는 없지 않겠나."

바다에서 있었던 무수히 많은 해전 속에 아담 이렌은 없었다. 그렇기 때문에 오히려, 아담 이렌은 더더욱 자신이 해군의 수장임을 강조하곤 했다.

빅토르는 아무런 표정도 없이 담뱃재를 재떨이에 털며 말을 이었다.

"대답은 충분히 한 것 같은데요. 아직도 더 질문하실 것이 있습니까?"

아내는 왕실경찰에, 자신은 왕성에 불려와 며칠이고 취조를 받는 일이 골치 아팠다. 쉽게 넘어가 주지 않을 건 알았지만 이렇게 길어질 줄이야.

아내도 이런 지긋지긋한 취조를 받고 있을 것이라 생각하니 그의 끈질기던 참을성이 슬슬 바닥을 보이기 시작했다.

그때 그곳으로 왕실경찰 하나가 들어섰다. 그리고 아담에게 무언가를 귓속말하고 인사한 후 나갔다.

이내 아담이 인상을 쓰며 말했다.

"취조 중인 스칼렛 부인께서 말했다는구나. 마차 사고 당일에 자네를 봤다고."

"……"

그의 말에 잠깐 빅토르의 손이 멈췄다. 그러나 곧 덤덤하게 담배를 한 모금 피우고 말했다.
"마차 사고 직후에도 아무것도 기억하지 못하던 사람이, 그날 저를 봤다고 했다는 겁니까?"
"그랬다니까."
"뭐…… 봤을 수야 있겠군요. 그날 유프호가 급하게 출항한 건 사실이니. 다만 해군은 정복에 소속을 드러내지 않는데 하다못해 그때 해군을 봤다고 해도, 그게 저라는 걸 열두 살짜리가 어떻게 확신한다는 겁니까?"
"자네는 한 번 보면 쉽게 잊기 어려운 사내지."
아담 이렌의 확신에 찬 말에 빅토르 역시 별다른 동요 없이 말을 이었다.
"저는 제 목숨보다 명예를 중요하게 여긴다는 걸 아실 거라고 생각하는데요. 제가 왜 출항하는 배를 놔두고 거기에 있었을 거라고 생각하는지 이해가 가지 않는군요."
"아무리 그래도 아이들을 두고 갈 사람은 아니라고 생각하네."
"아내가 사고 직후부터 병원에서 깰 때까지 기절해 있던 건 왕실경찰이 직접 알아 낸 거지, 제가 참견한 게 아닙니다."
아담은 그렇게 대답하는 빅토르에게 압박감을 느끼면서도, 왕족들 특유의 오만한 얼굴로 다시 입을 열었다.
"처음부터 다시 물어보마. 빅토르, 유프호가 마지막으로 출항하던 날 어디에 있었다고?"
"덤펠트 저택에서 에번과 함께 출발했고, 함께 유프호에 탔습니다."
빅토르가 아까 한 말을 그대로 반복했다. 머릿속으로는 드문드문 아내가 그날 자신을 봤다고 증언했다는 왕실경찰의 주장을 떠올렸다.

그럴 리 없다. 그날 그 꼬마는 분명히 기절해 있어 빅토르는 셀 수 없이 여러 번 그 애가 살아 있는지를 확인했었다.

왕실경찰이 어디서 꼬리를 잡았는지는 모르겠지만, 그게 제 아내로부터 시작된 것은 결코 아닐 것이다.

무엇보다도 분명한 것은 아내가 자신을 사랑한다는 것이었다. 그녀는 늘 제 편이라고 말했고, 그 맑은 눈빛에는 조금의 망설임도 없었다.

요즈음 그녀는 자신을 보고도 잘 웃지 않았다. 하지만 그것이 사랑이 식었음을 증명하는 것은 아닐 것이다. 아니어야 했다.

그녀는 자신을 위해서라면 목숨도 아깝지 않다고 말했다. 그녀의 사랑을 의심할 여지가 없는 만큼, 제 편이라는 것도 의심할 것 없다.

아내는 내 편. 영원한 내 사람.

살면서 유일하게 제가 명예를 저버리게 한 꼬마, 하룻밤 사이 수없이 숨 쉬는 것을 확인했던 이이었다.

그녀를 위해서라면 또 다시 명예를 등져야 한다고 해도 할 수 있었다. 그녀도 저를 위해서라면 그래 줄 테니까.

그녀는 아직, 남편을 사랑하고 있을 테니까.

―――◆◆◆◆◆―――

연애의 시작은 쉬웠다. 옆에서 조언한 것처럼, 입만 다물고 앉아 있으면 만사가 해결된다. 문제는 그걸 이어 가야 한다는 것이었는데, 빅토르는 관계를 쌓는 일에 문제가 있었다.

처음에는 불타는 듯하다가도, 그는 금방 연인을 울렸다. 연인은 바다로 향하는 그를 원망했다.

"내가 해군인 걸 모르고 만난 것도 아니잖아."

출항하던 날, 연인이던 니나 한터에게 그렇게 말하자 그녀가 죽일 듯이 그를 노려보았다.

그렇게 연인 얼굴만 보고 살고 싶었다면 상원의원 같은 걸 만나면 되지 않나. 딱히 하는 일도 없는 것 같던데.

바다로 나가리라는 걸 알고 만나 놓고, 툭하면 울어 버리는 연인들을 이해할 수 없었다.

그러다 빅토르가 바다에서 돌아왔을 때 니나 한터는 하필 그가 해적과 비슷한 정도로 싫어하던 사내의 연인이 되어 있었다.

다행인지 불행인지, 그 무렵 그에게는 연인이 떠났다는 것을 되새길 여유조차 없었다. 선대 크림슨 가주 부부를 포함해, 비행기를 만들던 사람들이 세상을 떠나고 먼지만 쌓여 가던 공군의 관리를 맡게 되었기 때문이었다.

이전까지는 크림슨 가문과 아무런 인연도 없어야만 했기 때문에 남매와 거리를 뒀지만, 그때부터는 늘 머릿속에 작은 쐐기처럼 박혀 있던 크림슨 남매가 어떻게 지내는지 알아볼 수 있게 되었다.

남매가 숙부의 손에서 자라고 있다는 걸 알았는데 그다지 소문이 좋지 않았다. 결혼이라는 것에 아무런 기대도 없던 그는 여자아이가 성인이 된 것을 알고 나서 바로 결혼을 결정했다.

에번의 조언으로 그는 크림슨가와 혼약을 맺는 몇 가지 그럴싸한 이유를 만들어 냈다. 시계를 만드는 가문이니 이성적일 것이라든지, 사교계에서 사고 치지 않을 상대가 필요하다든지 하는.

그녀와 처음 재회하던 순간까지도 그는 제가 하고 있는 행동에 회의감이 있었다. 정신을 잃고 있던 열두 살짜리가 머릿속에서 사라지지 않았기 때문이다. 그때 덤펠트가로 마차가 들어왔다.

결혼이 결정되고, 처음 덤펠트 저택에 도착해 마차에서 내려서던 스칼렛 크림슨은 구두인지, 드레스인지, 아니면 계단, 혹은 모든 게 문제였는지 매 계단마다 '아!' 하고 소리를 내며 휘청거렸다.

겨우 내려선 스칼렛이 호기심 가득한 눈으로 그에게 다가왔다.

"아, 안녕하세요."

"……"

인사하고, 대답이 없는 빅토르가 무서운지 연약해 보이는 몸이 흠칫거렸다. 그런 그녀의 얼굴 속에 제가 밤새도록 숨을 확인하던 그 여자애가 남아 있었다.

그는 그 순간 안심이 되어, 저도 모르게 미소를 지었다. 그가 웃자 덩달아 안심한 스칼렛도 어린애처럼 환하게 웃었다.

잘 자란 것 같아 보여 다행이라고 생각했다.

그걸로 그 쐐기가 뽑힐 줄 알았는데, 반대였다.

그녀의 부모가 죽던 날 밤은 해군만의 비밀이었지만, 스칼렛의 입장에서는 그녀의 부모가 살해당했다는 걸 숨긴 셈이기도 했다. 빅토르는 그 사고의 범인을 파고들면 결국 그 끝에 왕실이 있을 거라는 걸 알고 있었고, 그러므로 제 앞날을 생각해 그 사고에 대해 파고들지 않았다.

그녀의 사랑이 사라져 버릴까 두려워질수록, 그날 밤의 비밀은 점점 더 깊은 곳으로 숨겨졌다.

───◆───

급하게 와 달라는 에번의 부탁을 듣고 공관으로 온 스칼렛이 놀라서 멈춰 섰다. 전화실 쪽에서 무언가 물건 부서지는 소리가 들렸다. 스칼렛이 기겁해서 말했다.
"빅토르가 저렇게 이성을 잃는 건 처음 봐요……."
"……저도 그렇습니다."
에번 역시 충격 받은 표정이었다.
스칼렛은 전화실로 들어섰다가 빅토르의 욕설에 놀라서 들고 온 초콜릿 상자를 떨어뜨렸다.
언뜻언뜻 들리는 주어로 왕을 욕하고 있다는 걸 알았다. 스칼렛이 달려가 발꿈치를 들고 손을 뻗어 그의 입을 틀어막았다.
"미쳤어? 누가 들으면 어떻게 하려고 그래?"
다행히 빅토르는 그녀의 목소리에 금방 분노를 누그러뜨렸다. 그의 목에 넥타이가 느슨하게 풀려 있었다.
빅토르가 한 손으로 제 입을 막았던 그녀의 두 손을 감싸 쥐어 끌어 내리고 물었다.
"왜 여기 있어."
"에번 경이…… 들어가 보라고 해서."
그녀의 말에 빅토르의 표정이 살아가며 그런 적이 있던가, 싶을 정도로 구겨졌다.

그 낯선 얼굴에 스칼렛이 변명하듯 말했다.

"당신은 원래 여자에게 화를 잘 내지 않잖아. 그러니까."

"그렇다고 자기 대신 여자를 떠밀어 넣는 양아치 짓은 어디서 배운 거지?"

빅토르가 말하며 에번을 찾아 나가려 하자 스칼렛이 그가 나가지 못하게 몸으로 문을 막았다.

스칼렛은 제가 어느 날 울음이 터져 열두 살부터 쌓아 온 서러움을 쏟아냈듯, 어느 날 빅토르도 화를 쏟아 낼지 모른다고 생각했다. 지금 그의 얼굴은 그러고도 남을 사람의 것을 하고 있었다.

저 내로라하는 엘리트 군인들을 이끌고 있는 그의 눈빛에는 겨울 칼바람 같은 매서움이 있었다. 그런 사람이 화를 내니 오금이 저렸다.

"진정하고 나가."

그녀의 목소리가 떨려서 나오자 빅토르가 혀를 차더니 일단은 몸을 숙여 스칼렛이 놀라서 떨어뜨린 것을 집어 들었다. 박스에 든 공장제 초콜릿이었다.

그러자 스칼렛은 잘됐다는 듯 그의 관심을 돌리려 말했다.

"내가 좋아해서, 아이작이 보내 줬어. 너무 많이 보내서 처치 곤란일 정도야."

스칼렛이 상자를 돌려 받아서 포장을 뜯었다. 다행히 작은 칸에 딱 맞게 들어 있어 초콜릿이 크게 흐트러지지 않았다.

스칼렛이 물었다.

"무슨 맛 좋아해?"

"안 먹어 봐서 모르겠네."

"이걸 안 먹어 봤어?"

스칼렛이 황당해하더니 초콜릿 상자를 유심히 살피다가 하나를 집어 내밀었다.
그러자 빅토르가 몸을 숙여 입을 열었다. 그는 어울리지 않게 음식을 입에 넣어 주는 것을 대수롭지 않게 여겼다. 초콜릿을 입에 넣으니 그의 입술이 손에 닿았다. 손끝이 공연히 화끈거렸다.
빅토르가 초콜릿을 입안에서 녹이는 사이, 스칼렛이 물었다.
"무슨 맛인지 알겠어?"
"초콜릿 맛."
"좀 더 고민을 하고 말해."
그녀의 핀잔에 빅토르가 잠시 화가 났던 걸 잊고 입꼬리를 늘였다. 나름 진지하게 고민한 끝에 빅토르가 말했다.
"모카 무스인가?"
"응. 맞혔으니까 선물로 다 줄게."
스칼렛이 아이 칭찬하듯 말하며 초콜릿 상자를 건네자 결국 빅토르가 낮게 소리를 내어 웃었다. 그가 웃으니 안도한 스칼렛이 물었다.
"무슨 전화였는데 당신이 욕을 다 해?"
그녀의 말에 빅토르는 잠시 기억 속을 되짚었다. 유프와 슈텔란, 두 배의 해군이 함구한 비밀이었다. 심지어는 그날 그가 죽을 때까지 발목 잡힐 것을 알면서도 구했던 남매에게도 함구했다.
그중 한 명이라도 입을 열었다면 율리는 확신하고 빅토르를 체포하라 했을 테니, 그러지 못한다는 것은 여전히 율리 이렌이 명백한 증인을 가지고 있지 못하다는 것을 의미했다.
그러나 율리가 확신을 가지고 그날의 연결 고리를 찾고 있다는 것만은 분명해 보였다.

빅토르는 자신을 의아한 눈으로 보고 있는 스칼렛을 마주 보았다.

그녀가 아이작을 위해 자신을 배신한 것은 사랑이 식었기 때문이라고 생각했다. 저를 그토록 아껴 주던 아내를 믿지 못해 놓쳐 버리는, 세상에 이렇게 한심한 사내가 있을까.

아이작의 말처럼 그녀가 잘하는 연기는 괜찮은 척하는 것 하나뿐, 나머지는 썩 능숙하지 않았다. 그러나 그는 판단력이 자신을 부를 때마다 눈을 감고 귀를 막았다.

그녀는 제 아이를 임신했고, 그것은 여기의 상황이 종료된 후 일 년에 두어 번, 적어도 한 번은 만날 수 있는 구실이 될 것이다.

빅토르가 입을 열었다.

"7번가에 계속 살 생각이지?"

"어떻게…… 알았어?"

"크림슨가도 가깝고, 이웃과도 친하잖아."

"사실 그래. 안드레이는 본점에 가고 싶어 하지만. 나는 7번가가 좋아."

"그 근처에 가지고 싶은 건물이 있어?"

"일단은 시계 가게가 있는 건물부터 사고 싶은데……."

"그건 이미 사 놨으니 당신 거고. 다른 거."

"뭐어?"

"그럼 누군지도 모르는 것들이 와서 건물 주인이라고 당신에게 이래라저래라 하고 있는데 놔둘까?"

그 태연한 대답에 스칼렛이 당혹스럽다는 듯 말했다.

"왜? 우리 혼전계약서 썼잖아. 당신 아버지가 가만히 안 있을 거야."

빅토르는 오히려 이 혼인 관계를 잘라 내는 데 냉정한 것은 언제나 그녀라고 생각하며 스칼렛의 말을 못 들은 척 말을 이었다.

"그보다, 당신 재산 전부를 아직도 그 왕실경찰이 관리하고 있는 게 말이 돼?"

"안드레이는 왕실경찰이기도 하지만 공인받은 재산관리인이거든? 애초에 템펠트 가문 재산관리도 했었잖아."

스칼렛이 뭐가 문제냐는 듯이 말했다. 틀린 말은 아니지만, 그렇다고 해도 주인이 어느 정도는 관심을 가지고 재산을 확인해야 했다.

그러나 그것은 제가 해결해 줄 수 있는 부분이었다. 그럴 리도 없겠지만, 만약 안드레이가 굳이 그 쥐꼬리만 한 재산을 들고 도망친다면 제가 잡아다 족쳐 배로 토해 내게 만들 테고, 그 남자도 그걸 알고 있을 테니 문제가 없었다.

사실, 문제는 아무것도 없었다. 그냥 스칼렛이 그를 신뢰한다는 것이 거슬리는 것뿐.

그가 입을 열었다.

"재혼을 할 거면, 적어도 날 죽이겠다고 위협한 놈과는 하지 말아 줬으면 좋겠군."

"……지금 안드레이를 말하는 거야?"

"응."

"무슨 말도 안 되는 소리를 그렇게 진지하게 해?"

"이게 말이 안 돼? 첩자를 계속 고용하고 있는 당신이 할 말인가?"

"제일 중요한 직원인데 어떻게 해, 그럼?"

"직원이라곤 그거 하나면서 '제일'이 왜 붙지?"

"여럿이 더 있어도 제일 중요할 것 같아서."

"중요하다는 게 정확히 뭔데."

빅토르가 불쾌함을 짓눌러 감추며 묻자, 스칼렛이 이상하다는 듯이 되물었다.

"무섭기라도 해?"

"뭐가."

"안드레이가 당신을 죽일 수도 있었잖아."

그녀의 말에 빅토르가 잠시 생각하더니 물었다.

"그렇다고 하면 해고할 건가?"

"아니."

"그럼 그다지."

그의 대답에 스칼렛이 고개를 끄덕였다.

왠지 모르게 안드레이에 대한 이야기로 둘 사이에 침묵이 길어졌다. 스칼렛이 어색함에 말을 돌렸다.

"나 당신이 그렇게 화를 내는 거 처음 봐. 왜 화를 낸 거야?"

그러자 빅토르가 덤덤히 대답했다.

"왕이 당신을 내 달라더군. 크게 쓰겠다고."

예상하지 못한 그의 말에 스칼렛이 굳어졌다. 빅토르가 말을 이었다.

"율리가 부탁한 모양이야."

"왕명이라면…… 가야겠네."

그녀의 말에 빅토르가 실소했다.

"그딴 새끼들 말 듣고 부르는 곳으로 갔다간 정신 차리면 베스티나에 가 있을 거야."

그의 말에 스칼렛의 눈빛이 흔들렸다. 군주제 국가에서 왕명을 거스르는 것은 큰 부담이 따르는 일이었다. 게다가 빅토르는 군인이었다. 그가 자신 때문에 명령에 불복하게 되면, 그의 신상에 문제가 생기리라는 염려에 스칼렛이 다시 입을 열었다.

"그래도……."

무언가 말하려던 그녀는 제 쪽으로 한 걸음 다가오는 빅토르에 말끝을 흐렸다.

빅토르가 그녀의 배 근처에서 손을 멈추며 말했다.

"여기, 내 아이가 들어 있잖아."

그의 말에 스칼렛의 입술이 조금 열리더니, 불편한지 고개를 돌렸다. 빅토르는 그 모습에 심장을 칼로 찢는 듯한 기분이 들었으나 스스로의 감정과 생각을 외면했다.

"그러니 안 되겠는데. 왕명이든 천명이든."

그녀가 말하는 것만이, 지금 그에게는 진실이었다.

스칼렛이 등 뒤의 문을 손으로 짚으며 말했다.

"군인이 그래도 돼? 반역 아니야?"

"나라를 배반하는 게 반역이지. 왕은 나라가 아니고."

그의 말에 스칼렛이 웃었다.

"정말 반역자가 할 법한 말이네."

"웃을 때가 아니지. 아이 아버지가 반역자가 될 수도 있는 상황인데."

정작 그렇게 말하는 빅토르 역시 미소를 짓고 있었다.

스칼렛은 자신이 정말로 그와의 아이를 가졌다면, 이렇게 마주 보고 웃을 수 없었으리라 생각했다.

제가 그를 사랑한 시간을 아까워했듯이 그도, 자신을 지키려 한 시간을 아까워하게 될까. 그런 생각을 하면 즐거운 동시에 공허해졌다.

잠시 후, 스칼렛이 전화실에서 나와 보니 앞에서 기다리던 에번이 물었다.

"별일 없으셨습니까?"

"네. 생각보다……. 그런데 빅토르는 에번 경에게 엄청 화가 났어요."

"예. 그건 각오하고 있습니다."

에번이 말하고 씩 웃었다. 그리고 그가 전화실로 들어서자 빅토르가 에번에게 물었다.

"라이트 가문은 험한 일에 여자를 앞세우는 모양이지?"

"아뇨. 제가 비열했던 거지, 라이트 가문이 비열한 건 아닙…… 죄송합니다."

에번이 농담할 때가 아니라고 생각해 바로 고개를 숙였다.

다행히 스칼렛과 이야기한 덕에 빅토르의 분노가 정도 가라앉아 있었다.

그가 더 말이 없어, 에번이 안도하며 물었다.

"혹시 건축가에게 의뢰서를 보내셨습니까? 7번가 인근에 주택을 지으실 거라고."

그의 말에 빅토르가 대답했다.

"응."

그의 확답에 에번이 이내 인상을 쓰고 말했다.

"설마요."

"뭐가."

"아이 말입니다."

어쩐지!

에번은 안 그래도 얼마 전부터 빅토르가 제대로 된 식사를 하기 시작한 것에 의문을 가지고 있었다.

굶어 죽으려고 결정한 사람처럼 식사를 거부하던 사람이 다시 식사를 시작한 것도 신기한데, 술도 줄이고, 담배도 실패했지만 줄이려는 시도는 했다. 뭔가 변화가 있는 게 분명하다고 짐작은 했다.

"개인사에 관심이 많군."

빅토르가 잘라 말하자 에번은 그가 더 참견하는 걸 싫어한다는 걸 알고 답답한 표정으로 말을 돌렸다.

"예, 알겠습니다. 그보다 폐하께서 기별하신 겁니까?"

"스칼렛을 율리에게 보내라는군. 크게 쓴다고."

빅토르의 말에 에번이 기가 차서 헛웃음 지었다.

"마지막 희망까지 꺼 버리려고 작정을 한 모양이네요. 도대체…… 이해가 안 가네요."

"이미 너무 멀리 간 모양이지. 베스티나가 살란티에를 점령하지 않으면 안 될 때까지."

"그런 모양이죠."

에번이 고개를 끄덕였다.

그의 말대로였다. 만약 베스티나와의 전면전을 피하고 평화가 도래한다면, 그 주역은 단연 여기 빅토르 덤펠트, 그리고 요즘 살란티에 시민들이 연일 얼마나 그녀의 연구에 대한 기사를 기다리는지에 대해 알지 못하고 창고 연구실에 처박혀 비행기를 연구하기에 바쁜 스칼렛 크림슨이었다.

그렇게 된다면 이렌 가문은 살란티에 시민들의 손에 의해 왕좌에서 끌려 내려올 것이다. 그 뒤에 해군이 있을 테니, 호랑이에게 날개를 달아 주는 격이다.

 만에 하나 실제로 그런 상황이 벌어진다면 왕족이 되기 위해 일생을 바쳐 온 빅토르에 의해 시민의 시대가 열릴 테니, 그보다 모순된 상황은 없으리라. 에번은 생각하며 내심으로 웃었다.

―――・❖・―――

 며칠 후 수상비행기의 2호기가 완성되었다. 7번가의 빵집 주인 부부의 딸, 리브는 새벽부터 가게 앞에 나와 신문을 기다리고 있었다. 요즘 살란티에 사람들의 관심은 전부 스칼렛 크림슨의 연구에 쏠려 있었다.
 잠시 후 신문배달부인 줄리가 신문을 들고 달려오며 소리쳤다.
 "2호기예요, 2호기! 2호기가 시험비행을 시작한대요!"
 그 소식에 줄리뿐만 아니라 다른 건물에서도 하나씩 사람들이 나왔다.
 리브가 서둘러 신문을 받아 들자 슬슬 스칼렛 크림슨의 시계 가게도 불이 켜지더니, 접객할 때를 빼고는 늘 짜증난 표정을 짓고 있는 안드레이가 비척비척 걸어 나왔다. 줄리가 신문을 건네며 말했다.
 "전부터 물어보고 싶었는데요. 스칼렛 아가씨가 여기 살아도 된다고 허락하셨어요?"
 "없는 사람한테 허락을 어떻게 받니?"
 안드레이가 여느 때처럼 핀잔하자 익숙해진 줄리가 어깨를 으쓱하고 신문을 돌리기 위해 다음 가게로 달려갔다.
 리브가 당장에 떠들고 싶어 미치겠는지 시계 가게로 달려와 말했다.
"안드레이 씨, 봤어요? 보고 있어요?"
"시간 좀 주고 물어보시죠. 방금 신문 받았는데."
안드레이가 피곤해 죽겠다는 듯이 대답했다. 이미 7번가 사람들은 그의 까칠함에 익숙해졌기 때문에 리브도 별말 없이 그가 신문을 읽기를 기다리고 있었다.
안드레이는 차분히 신문을 확인했다. 스칼렛이 강조했듯이 비행기를 만드는 것은 전쟁에서 이기기 위함이 아니라, 살란티에를 지키기 위함이었다.
그러므로 은밀히 전쟁을 준비하던 베스티나와 달리 그 진행 단계를 전부 알렸고, 오히려 과장하기까지 했다.
적 앞에서 몸집을 부풀리는 것은 본능에서 나온 방어술이었다. 안드레이가 신문을 차근차근 읽고 있는데 동네 사람들이 몰려왔다. 동네에서 가장 확실하게 스칼렛의 연락을 확인할 수 있는 곳이 여기였기 때문이다.
안드레이가 귀찮아하며 날벌레 쫓듯이 손을 휘저었다.
"내가 뭘 압니까? 알아도 비밀이구요."
"아, 그래도 우리보다는 많이 알 거 아니에요!"
"모른다구요."
"스칼렛 아가씨는 건강해요?"
"예, 건강해요."
안드레이가 이해가 안 된다는 듯이 주머니에 접어 넣고 다니는 편지를 꺼내 보이며 말했다.
"여러분은 편지 안 와요? 전 자주 받는데."

그러자 리브가 정색하며 물었다.

"편지를 한다구요? 나한테는 한 통도 안 왔는데?"

"자주 오는데요."

"봐 봐요."

리브가 성질을 내며 손을 내밀자 안드레이가 대수롭지 않게 건넸다. 그러자 편지를 받아 든 리브가 안심했다.

"에이, 편지가 아니라 업무 지시네."

"편지인데요. 앞과 뒤에 잘 지내냐고 물어봤잖아요."

"그게 다잖아요."

"중간에 죽지 말라는 말도 적혀 있는데요."

"그건 왜 쓴 거예요? 안드레이 씨처럼 건강하고 힘 좋은 사람이 죽을까 봐요?"

"글쎄요. 인생 알 수 없는 거니까요. 길에서 갑자기 총을 맞아 죽을 수도 있잖아요."

안드레이는 태연히게 말하고 다시 손을 휘지었다.

"아무튼 새벽부터 몰려 있지 말고 다들 돌아가세요. 안 그래도 바빠 죽겠는데."

그는 말하며 다시 가게로 돌아갔다. 그리고 인상을 쓰며 1층 소파에 앉았다.

그는 손으로 제 허벅지를 움켜쥐며 고개를 젖히고 욕설을 내뱉었다.

"망할."

손으로 누르자 다 조치를 취하지 못한 상처에서 흐른 피가 압박한 붕대를 죄 적셨다. 그는 손을 더듬거려 진통제를 꺼내 입에 털어 넣었다.
 그 망할 휴건 한터가 잡혀 들어간 후 방심했는데, 중간에 사는 곳을 들켰다. 왕실경찰이 내버려 두기에는 그가 쥐고 있는 정보가 지나치게 막대했다.
 왕실경찰은 빅토르 덤펠트가 크림슨 선대 가주 부부의 마차 사고에 관여했으리라 여기고 그때 일을 주의 깊게 확인하고 있었다.
 안드레이는 그날, 사고가 난 장소 근처에 보트를 묶어 두었던 어민을 주시했었다.
 어민은 마차 사고 당시 보트에 누군가가 난입했었다는 것을 경찰에 신고했다. 배를 제 목숨보다 귀하게 여기는 어민으로서는 그냥 넘어갈 수 없는 일이었던 듯하다. 그러나 그 당시 경찰들은 그 일을 하찮게 여기고 넘어갔었다.
 그러나 몇 년 후, 점차 빅토르 덤펠트가 영웅으로 추앙받기 시작하자 왕실경찰은 뒤늦게 그때 당시 기록을 뒤졌다.
 처음에는 그냥 '탈영이 아니어도 그랬던 걸로 만들어라'라는 율리의 명령 때문이었다.
 마차 사고 당일 근처에 있어야 할 아이들이 새벽 내내 감쪽같이 사라졌다가 다음 날 아침에 언덕에서 발견되었으니, 분명 관여된 사람이 있으리라 경찰은 추측하고 있었다.
 그리고 때마침 근처에서 유프호가 출항했으니, 어떻게든 그때 빅토르가 탈영했던 것으로 엮으라는 명령이었다.
 사실, 그때 왕실경찰은 빅토르 덤펠트처럼 이기적이고, 명예를 목숨보다 귀하게 여기는 사내가 제 앞길을 막아 버릴 행동을 했으리라 생각하지 않았다. 그래서 그냥 추측으로 빅토르를 흠집 내기만 해도 성공이라고 생각했었다.

그러다 그 과정에서 왕실경찰이 그 어민의 신고를 찾아냈다. 안드레이는 왕실경찰이 그때 마음이 너무 급했다는 걸 알았다.

그 당시 왕실경찰은 이 사건을 빅토르 덤펠트와 엮고 싶어 하는 뜻을 내비치고 말았고, 그걸 알아차린 순간 어민은 단호하게 그날 일은 자신의 착각이었다며 말을 번복했다.

당연한 일이었다. 빅토르 덤펠트가 해적을 쓸어 주었던 것은 본인의 야욕 때문이었지만, 그 덕에 목숨을 구하게 된 것은 어민들이었다.

어민들이 빅토르에게 가지는 존경과 감사는 다른 사람들이 상상하는 이상이었다. 그들에게 루비드호의 함장은 신과 같은 존재였다.

그런 어민에게 빅토르 덤펠트를 위협할 정보를 내놓으라 말했으니 내놓을 리 없었다.

그러나 안드레이는 확신하고 있었다. 그날 그 보트에 있었던 것은 빅토르 덤펠트라고.

그 당시 진급이 누락된 안드레이는 그때, 하이럼 피트가 아닌 안드레이 해밀턴으로 그 어민을 연달아 찾아갔었다.

그는 그 어민과 오래 연을 맺었다. 그리고 술에 진탕 취했던 날, 어민이 말했었다.

"왕실경찰 놈들은 그날 내 보트에 타고 있던 것이 함장님이었다고 믿고 싶은 모양이야. 망할 놈들. 내 목에 칼을 들이대 보라지. 내가 그딴 수에 넘어가나."

그 말을 듣고 안드레이는 이 어민이 제 착각이었다고 말을 번복한 것이 어폐가 있음을 알았다.

그날 그 보트에는 분명 누군가가 타고 있었다. 기절한 크림슨 남매와 그 아이들을 구한 누군가.

그러나 그는 그 사실을 보고하지 않았다. 스칼렛의 조사 즈음이라 어차피 진급을 하게 되었기 때문이었다. 아무도 모르는 정보를 저 혼자 쥐고 있는 것이 큰 무기라는 것은, 그가 왕실경찰로 살아오며 배운 사실이었다.

아무튼 아무리 왕실경찰이어도 이런 변화가에서는 목숨을 노리지 못할 테니 그는 결국 가게에 들어와 살게 되었다.

안드레이는 고통을 잊으려 스칼렛의 편지를 다시 확인했다.

[죽지 마.]

그가 왕실경찰로 살 때는 이 세상에 정의가 사라진 것처럼 보여, 자신이 불의한 것이 부끄럽지 않았다. 하여튼 잘못 걸렸다고 생각했다.

"말은 쉽죠, 사장님."

그리고 진통제가 돌 때까지 욕을 퍼부었다.

2호기의 실험은 1호기보다도 짧게 끝이 났다. 2호기는 비행을 시작해서 선회를 시도하기도 전에 가라앉았다.

스칼렛은 해군들의 에스코트를 받으며 슬루프에 끌려온 2호기에 올라탔다. 그리고 엔진을 확인하더니 한숨을 쉬었다.

"이게 문제였다니."

정말 너무 쉬워서 한숨이 나오는 잔고장이었다. 만약 비행기에 정비사가 타고 있었다면 소리만 듣고도 고칠 수 있던 문제였다.

옆에 같이 와서 고장을 확인한 구스타프 교수가 말했다.

"정비사가 같이 타고 있었다면 좋았겠구나."

그 역시 스칼렛과 똑같은 생각을 하고 있었다. 그녀는 고개를 끄덕이고 입을 열었다.

"다음 비행에는…… 제가 타야겠어요."

그러자 구스타프 교수가 말했다.

"아니! 만약 누군가 여기 타야 한다면 내가 타야지!"

"왜 교수님이…….''

"일단 나는 처자식도 없고."

"저도 없어요."

"아니, 자네에게는 앞으로 무궁무진한 가능성이……. 아무튼."

구스타프 교수가 흠흠 헛기침하고 안경을 고쳐 쓰더니 말을 이었다.

"연장자인 내가 타겠네."

"싫어요. 제가 탈래요."

"대답하기 전에 교수의 권위라는 것도 좀 생각해 주게."

구스타프 교수가 모처럼 잔잔한 바다를 보며 아련하게 말했다.

"여기서 죽는다면 자식은 남기지 못하겠지만, 내 이름은 남길 수 있겠지……."

"아, 맞아. 7번가에 소개해 드리고 싶은 분이 있었는데요. 이혼하신지 얼마 안 되긴 했지만 정말 좋은 분이고 나이가 비슷……."

그러자 구스타프 교수가 서둘러 물었다.
"혹시 내가 초혼이라는 게 장점이 될까?"
"……그, 글쎄요."
구스타프 교수가 너무 달가워해서 스칼렛은 난처해졌다.
사실 연구실에만 처박혀 있어서 인연을 만들 기회가 없었던 것이지, 구스타프 교수는 외모도 나쁘지 않았고 지나치게 소심한 구석이 있는 걸 제외하면 사람도 좋았다.
스칼렛은 머릿속으로 두 사람의 조합을 맞춰 보며 저도 모르게 흐뭇한 표정을 지었다. 괜히 입속이 달달해지는 기분이었다. 남부의 바람 속에는 어느새 봄기운이 씨앗처럼 자리하고 있었다.
"곧 봄이네요."
스칼렛이 은은한 미소를 지으며 말을 이었다.
"연애의 계절이네."
그 말에 '엇' 하는 목소리가 들려서 비행기 밖으로 고개를 내밀고 보니, 비행기의 문제를 확인하기 위해 함께 슬루프를 타고 온 팔린이 들고 있던 펜을 바다로 떨어뜨린 참이었다.
그가 손으로 얼굴을 쓸며 말했다.
"아, 비품 아껴야 되는데."
그러더니 왠지 창백해진 얼굴로 헛기침을 하고 스칼렛에게 물었다.
"여, 연애를 하신다구요?"
"네? 아뇨, 연애의 계절이라고 한 거예요."
"그래도 혹시 뭐 염두에 두신 분이라도……."
"없어요."
"아니면 이상형은 없으십니까?"

"이상형……."

스칼렛이 잠시 고민하더니 말했다.

"해군만 아니면 돼요."

"아……."

팔린이 왠지 모르게 안심한 표정을 지었다.

―――・◆・―――

재시험 비행을 위해 2호기를 수리하는 사이, 빅토르는 집무실에 들어선 팔린의 보고에 인상을 썼다.

"다시 말해 봐."

"수리 후 2호기 시험비행에는 두 명이 타게 될 거랍니다. 공군 한 명과 엔지니어 한 명이요. 그러니까 공군과 똑같은 각서를 쓰고 싶다고 합니다."

공군들은 비행기에 오르기 전, 이 기체가 미완임을 인지하고 있으며 사고에 대한 책임을 군에 묻지 않는다는 각서를 썼다.

빅토르는 말없이 보고서를 확인했다. 그리고 이내 보고서를 손으로 툭 건드리며 말했다.

"그런 약해 빠진 부류가 비행기에 타겠다고?"

"제 말이 그 말입니다."

팔린이 절레절레 고개를 저었다. 빅토르가 말했다.

"해군에서 정비사를 따로 뽑아서 가르치라고 해."

"예, 알겠습니다."

"누가 이따위 생각을 했는지 모르겠군."

"구스타프 교수와…… 스칼렛 양이십니다."

"그러시겠지."

빅토르가 혀를 찼다.

그가 몸을 일으키며 말했다.

"스칼렛 양을 불러와. 내가 말할 테니까."

"예, 알겠습니다. 그런데…… 비용이 이번에도 지원되는 연구비의 다섯 배가 넘게 들어갔는데요, 이러다 파산하시는 거 아닙니까?"

팔린이 염려스럽게 직언하자 빅토르가 대답했다.

"파산을 해도 상관이 없거니와 하지도 않아. 신경 쓸 거 없어."

"……예."

나라에서 지원해 주는 연구비는 말 그대로 쥐꼬리였다.

결국 나머지는 전부 빅토르의 사비에서 나왔다. 본인은 어차피 해적에게서 몰수한 돈이니 상관없다고 생각하는 듯하지만, 옆에서 보기에는 괜히 제 돈이 나가는 것 같은 아까움과 아무리 재산이 있어도 저렇게 쓰다간 전쟁이 아니라 파산으로 망하겠다는 염려까지 들었다.

그의 재산에 대해서는 자세히 모르지만, 평소 돈에 전혀 관심이 없어 보여 더욱 걱정이 컸다.

게다가 이걸 사비로 충당하고 있다는 걸 저 학자들에게 말하지 못하게 해 아껴 쓰라는 말 한 마디를 못 하니 중간에 낀 팔린 혼자 답답해 미칠 지경이었다. 그러다 보니 에번이 이럴 때 스칼렛을 찾으라고 말하던 게 떠올랐다.

빅토르 덤펠트가 가장 신뢰하는 부하로 살아오며 팔린은 세상에 그를 제어할 수 있는 것은 왕실밖에 없다고 생각했다.

그런데 그 왕실이 빅토르의 목줄을 놓쳐 버린 지금, 그를 제어할 수 있는 것은 스칼렛 크림슨뿐이었다.

팔린이 말을 이었다.

"그리고 봄이 오니 연애가 하고 싶으신 모양이시던데요."

"누가."

"스칼렛 양께서요. 연애의 계절이네, 라고 하시더라구요."

그러자 담배를 집으려던 빅토르의 손이 멈췄다. 팔린의 보고가 이어졌다.

"아까 여쭤봤는데 다행히 해군은 싫다고 하시더라구요. 적어도 이 안에는 연애 대상이 없을 것 같아 다행입니다."

"왜 없어. 학자들 하나 빼고 다 남자잖아."

"아뇨, 거기는 장담컨대 동료애밖에 없습니다."

팔린이 단호하게 말했다.

아닌 게 아니라 그가 지금까지 봐 온 결과 정비부사관들 사이에는 절대로 연애 감정이 생겨날 수 없을 것 같은 견고한 동료애가 있었다.

팔린이 몇 번이나 파산에 대해 언급하고 집무실을 나갔다. 그리고 잠시 후 집무실로 스칼렛이 들어섰다.

"왜 불렀어? 시험비행 얼마 안 남아서 바쁜데."

그녀가 피곤해 보이는 얼굴로 묻자 책상에 앉아 보고서를 마지막까지 확인하던 빅토르가 그녀를 보았다. 그리고 의자 등받이에 기대 깍지 낀 손을 무릎에 두며 말했다.

"넌 전생에 경주마였나 봐."

"……왜?"

"가당키나 해? 그 약해 빠진 인간들을 비행기에 태우는 게."
"무슨 말을 그렇게……. 다들 요즘 운동 열심히 해."
"학자님들에게 운동의 기준이 뭐야."
"우리 요즘 산책해."
스칼렛이 자랑스럽게 대답했다가 한심해하는 빅토르의 시선에 곧 입을 꾹 다물었다.
잠시 후 빅토르가 예상외의 것을 물었다.
"연애할 생각이 있다면서."
그 말에 스칼렛이 멈칫하더니 대답했다.
"……팔린 경 그렇게 안 봤는데 입이 가볍네."
"무거워. 충성심이 강한 것뿐이지."
"그냥 말이 그렇다는 거지. 그리고 연애를 하겠다는 게 아니라, 커플이 많이 생기는 계절이라는 의미로 말한 거야."
"그렇군."
"안 그래도 요즘."
스칼렛이 멈칫하더니 빅토르에게는 말해도 상관없다고 생각했는지 입을 열었다.
"커스틴과 빌이 수상해."
"……."
동료애밖에 없어?
빅토르가 묘한 미소를 지으며 팔린이 나간 쪽을 보았다. 모처럼 함께 단련을 해야겠다는 생각을 하며 그가 말을 이었다.
"그리고, 애초에 당신은 각서가 왜 필요해?"
"급하면 나도 타야 할 수도 있잖아."

"넌 안 돼."

"나만 안 되는 게 어디 있어? 다들 그 정도 각오는 하고 있어."

"나는 지금 당신이 밤새우고 연구하는 것도 마음에 안 들어. 그런데 사고가 나도 책임을 묻지 않겠다는 각서를 쓰겠다고?"

"시국이 시국이니까."

"스칼렛 크림슨."

빅토르가 성까지 붙여 부르자 스칼렛이 멈칫했다. 그가 말을 이었다.

"나는 이제 이 쓰레기 같은 나라가 어떻게 되든 관심이 없어. 네가 있으라고 해서 있는 거야. 네가 잡아서."

그의 가라앉은 목소리에 스칼렛의 눈동자에 당혹감이 감돌았다.

빅토르가 말을 이었다.

"어쨌든 우리 관계를 망친 건 나니까. 네가 원하는 걸 들어주려고 하는 거잖아, 지금. 그런데 이딴 각서를 들이밀면 내가 기분이 좋겠어?"

스칼렛은 두 눈에 가득한 난처함을 조금도 숨기지 못한 채 빅토르를 마주 보았다.

차분한 듯한 투로 말하고 있는데, 그의 표정은 그렇지 않았다.

스칼렛이 가까스로 대답했다.

"나한테 미안해서 여기 남았어?"

"그래."

"몰랐네."

그녀가 혼잣말하듯 중얼거렸다.

"난 그것 외에도 당신 속을 전혀 모르겠어."

"……."

"답답해서 죽을 것 같아."

그녀의 말에 빅토르는 한동안 말이 없었다.

그는 팔린의 보고 이후에 계속 어딘가에 홀려 있는 듯한 기분을 느끼고 있었다. 스칼렛의 말처럼 봄기운에 홀렸는지, 그가 아주 조금 나긋해진 태도로 물었다.

"뭐가 알고 싶은데."

"이제 당신에게 알고 싶은 거 없어. 관심도 없고."

그녀가 말하며 나가려 돌아서는데 빅토르가 입을 열었다.

"살면서 내가 사랑한다고 말했던 건 당신 하나야."

"……."

"당신이 알아봐야 할 정도로 복잡한 건 없었어. 이젠 궁금하지 않겠지만."

그의 목소리는 지극히 건조했는데, 듣고 있는 스칼렛의 표정은 그렇지 않았다.

그는 결혼 생활 내내 저렇게도 건조한 목소리로 사랑을 말했었다. 스칼렛은 그것이 늘, 제 말에 마지못해 대답하는 것처럼 느껴졌고 그래서 서글펐다.

그녀는 문고리를 손으로 잡고 잠시 멈춰 서 있었다.

이제 와서 저런 소리를 하는 게 화가 나면서, 그가 어떤 표정을 짓고 있는지 궁금해지는 스스로가 미웠다.

그녀는 그 말에 관심이 없음을 표현하기 위해 대수롭지 않다는 듯 말을 돌렸다.

"아, 맞아. 안드레이에게 편지가 왔어."

그러자 빅토르가 실소했다.

"그래. 다른 남자 이야기를 꺼내기 좋은 순간이지."

"……."

"편지가 왜."

그가 묻자 스칼렛이 표정에서 난처함을 다시 드러내며 주머니에서 편지를 꺼냈다.

"당신에게 전해 주라는 말이 있어. '그날의 보트가 연결 고리가 될 수 있습니다. 조심하십시오'라고. 이게 무슨 말인지 알겠어?"

빅토르가 받는 모든 연락은 중간에 탈취될 위험이 있으니, 안드레이는 스칼렛을 통해 전한 것이었다.

분명 중요한 전달일 거라 생각하며 스칼렛이 빅토르를 보았다. 그가 바로 몸을 일으켜 집무실을 나가려 하자 스칼렛이 막아서며 물었다.

"무슨 내용인데?"

그런데 빅토르에게 바로 대답이 돌아오지 않았다.

스칼렛은 평소에 그렇게까지 눈치가 빠른 편은 아니었으나, 그의 침묵에서 이것이 저와 관계가 있는 것 같다는 묘한 느낌을 받았다.

"뭔데 그래."

그래서 저도 모르게 조르는 투로 한 번 더 물었더니 빅토르가 입을 열었다.

"돌아와서 말해 줄 테니 여기 있어."

"……응."

말해 주겠다고 하니 스칼렛은 찝찝해하면서도 받아들이고 고개를 끄덕였다.

빅토르가 내주고 나간 의자에 앉은 그녀는 고요해진 빅토르의 집 무실을 둘러보았다.
 빅토르가 머무는 곳에는 언제나 핀을 꽂아 놓은 해도가 있고, 담배와 술이 있었다.
 스칼렛은 그 해도를 물끄러미 바라보다 테이블에 놓인 담배 상자를 제 쪽으로 당겼다. 그리고 상자 모서리를 만지작거리며 안드레이가 빅토르에게 전한 문장을 한동안 생각했다.
 그날은 무슨 날이고, 보트는 또 무슨 소리람.
 이 남자들이 왜 저를 빼 놓고, 남의 편지로 서로 비밀 이야기를 하고 있는지 모를 일이다.
 '분명히 서로 좋은 사이도 아니었는데.'
 안드레이는 해군에게 끌려갔다 온 이후 아직도 후유증에 시달리고 있었다.
 스칼렛은 다시 안드레이의 편지를 펼쳐 보았다.

[옆에서 하도 성화라 동봉합니다.]

동봉된 편지에는 7번가 사람들의 응원이 한마디씩 적혀 있었다.

[스칼렛, 빨리 돌아와! 부모님이 이 일이 끝나면 평생 네 빵은 공짜래.]
[아빠가 트램도 공짜래!]
[스칼렛 아가씨, 요즘 신문을 돌릴 때마다 사람들이 아가씨 소식이 있나를 제일 궁금해해요.]

편지를 꼼꼼하게 읽고 나서도 빅토르가 돌아오지 않았다.

한동안 옆에서 그러다 쓰러지겠다는 잔소리를 들을 만큼 일하던 차라, 모처럼의 지루함이 적응되지 않았다.

뭘 하면서 시간을 때울까, 생각하던 그녀는 곧 담배 하나를 꺼내 들었다.

"이게 뭐가 그렇게 좋은 거야?"

그렇게 혼잣말하고는 불을 찾기 위해 빅토르의 책상으로 향했다. 가지런한 그의 책상 위에서 제가 준 초콜릿 상자가 보였다. 상자를 열어 보니 그때 빅토르가 먹었던 모카무스를 제외하고는 그대로 남아 있었다.

스칼렛은 먹지도 않을 걸 왜 여기 두나 의아해하며, 무심결에 평소 습관처럼 제가 좋아하는 순서대로 초콜릿을 바꿨다.

그녀는 언제나 가장 좋아하는 초콜릿을 마지막에 먹었다. 어떤 사람들은 그게 손해라고 하지만, 스칼렛은 가장 좋아하는 초콜릿을 마지막에 먹을 생각을 하면 어떤 초콜릿을 먹어도 만족스럽게 느껴졌다. 모든 순간이 가장 좋아하는 초콜릿을 먹으러 가는 과정 같았다.

빅토르는 제일 좋아하는 초콜릿 따위를 선정하지도 않겠지만, 혹시 좋아하는 초콜릿이 생긴다면 아마 그걸 먹고 나머지는 버릴 사람이었다.

그녀가 순서를 다 바꾸고 상자를 다시 닫았다. 상자 옆에 화려한 은촛대가 있고, 아래 작은 서랍이 달려 있기에 열어 보니 성냥이 들어 있었다.

스칼렛은 성냥을 그어 초를 켜고 담배를 살폈다.

살란티에 사람들은 아주 오래전부터 복중 태아에게 술과 담배가 좋지 않다고 생각했다.
그녀가 담배를 빤히 바라보며, 빅토르의 말을 떠올렸다.

"살면서 내가 사랑한다고 말했던 건 당신 하나야."

담배에 불붙이는 법을 몰라 들고만 있다가 끝을 촛불에 가져갔다. 그리고 뭔가 잘못되었다는 걸 알고 떼서 불을 끄는데 밖이 소란스러웠다.
스칼렛이 창문으로 가까이 가 보니, 극도로 숨겨진 이 장소에 외부인이 들어와 있었다.
"웬 경찰이……."
열 명 남짓한 경찰이 몰려와 있으니, 해군들 역시 우르르 몰려나왔다. 경찰들은 거기 모인 인원 중 절대다수의 해군들이 주는 압박감에 선뜻 목적을 이행하지 못하고 있었다.
스칼렛은 경찰을 보고 저도 모르게 움츠러들었다가 뒤늦게 집무실을 나섰다. 그리고 밖으로 나가 보니 경찰의 목소리가 들렸다.
"왕실에 불복하시겠다는 겁니까?"
그러자 뒷짐을 진 빅토르가 덤덤히 대답했다.
"그런 것 같군."
"경께서 이러시면 안 됩니다. 일단 출두하시고……."
"어디를요?"
스칼렛이 저도 모르게 끼어들어 물었다. 그러자 단련된 데다 표정까지 일그러진 해군들에 움츠려 있던 경찰이 하소연하듯 그녀에게 말했다.

"함장님을 모셔 오라는 폐하의 명령입니다."

"모셔 오라는 게…… 체포하겠다는 건가요?"

"예, 그렇습니다."

"이유는요."

"왕명에 항명하셨기 때문입니다."

"그거야……."

스칼렛이 무언가 말하려는데 손이 붙잡혀 당겨졌다.

그녀가 올려다보니 빅토르가 고개를 숙이는 동시에 그녀의 손을 제 얼굴로 가져가고 있었다. 그러더니 냄새를 맡아 보고 그녀를 보며 물었다.

"담배 피웠어?"

"……피웠으면 왜?"

그렇게 대답하고, 이런 대화를 할 때가 아니라고 생각해 주변 눈치를 살폈다. 안타깝게도 그에게 그러면 안 된다고 제지해 줄 수 있는 사람이 이곳에는 없었다. 아니, 어디엔들 있을까.

스칼렛이 곤란한 눈으로 빅토르를 보니 그가 다시 입을 열었다.

"그냥 물어본 거야. 당신에게서 난 적 없는 냄새가 나는 게 신기해서."

지금 이런 대화를 할 때가 아니야.

스칼렛이 눈빛으로 신호를 줬지만 빅토르는 큰 반응이 없었다. 그가 못 알아들을 리는 없으니, 못 알아듣는 척하고 있다는 걸 그녀도 알았다.

군인, 그중에서도 해군이 왕명에 항명하는 것은 큰 죄였다. 하지만 그렇다고 해도 지금 그를 체포하려 든다는 것이 이해가 가지 않았다. 스칼렛이 경찰들에게 말했다.

"이런 시국에 해군의 중심인 이 사람을 체포하다니요? 왕세손 전하께서 저를 크게 쓰신다고 한 건, 명령이 아니라 부탁이지 않았나요? 그걸 거절했다고 항명이라 하시다니요?"

팔은 안으로 굽는다는 소리를 들을 테니 딱히 항변하지 못하던 해군들은 저희가 할 말을 스칼렛이 대신해 주니 속이 시원해 고개만 열심히 끄덕였다.

그녀의 말에 경찰이 난처해하며 대답했다.

"항명도 문제지만, 한 가지 더 중요하게 조사 중인 사안이 있습니다."

"그게 뭔데요?"

그녀가 쌀쌀하게 느껴지는 눈빛으로 물었다. 부부는 닮는다더니, 그 눈빛에 빅토르의 송곳 같은 이성이 묻어 있었다.

정작 빅토르는 가만히 이야기하는 스칼렛을 주시하고 있었다.

경찰이 입을 열었다.

"아직 조사 중이라 말씀드릴 수 없습니다."

"그래도 본인은 뭘 조사 중인지 알아야……."

그렇게 말하며 빅토르를 돌아본 스칼렛이 말끝을 흐렸다. 그는 이 대화가 이어지는 걸 바라지 않는 듯, 불편함을 드러내며 경찰 쪽을 보고 있었다. 시선만으로 주변을 조용하게 만든 그가 이내 입을 열었다.

"곧 가지."

"지금 당장……."

경찰이 재촉하려 하자 빅토르가 그에게 걸어가 어깨에 손을 올렸다.

"가겠다고. 곧."

"예, 예."

그의 목소리와 시선에 경찰이 섬뜩해하며 물러났다.

빅토르는 대수롭지 않게 에번에게 무언가를 지시했다. 에번은 상당히 골치 아프고 짜증이 난 듯했다. 사람을 좋아해 곧잘 웃고 떠들며 해군들 사이를 끈끈하게 만들던 에번이 경찰들을 노려보았다. 그 서슬 퍼런 눈빛에 분위기가 더욱 싸늘하게 가라앉았다.

에번이 별수 없다는 듯이 인사했다.

"다녀오십시오."

인사를 받아 준 후 빅토르가 경찰들과 함께 걸음을 옮기자 스칼렛이 다급하게 그의 팔을 붙잡았다. 그러자 빅토르가 스칼렛을 제 쪽으로 당기고, 나머지에게 다시 물러나라고 손짓했다.

그의 손짓 한 번에 주변의 경찰과 해군들이 전부 멀리 물러나고, 스칼렛이 입을 열었다.

"내가 갈게. 내가 안 가서 그런 거잖아. 여기 당신이 없으면 어떡해?"

"여긴 지금 당신이 더 필요해. 거기다 홑몸도 아닌 여자가 가긴 어딜 가. 여기 있어."

그의 말에 스칼렛이 그의 팔을 쥔 손에 더욱 힘을 주었다. 그리고 힘겹게 입을 열었다.

"나 임신 안 했어. 거짓말한 거야."

그녀는 빅토르의 눈을 보지 못하고 말을 이었다.

"당신이 식사를 잘 안 한다고 해서. 살란티에가 이기려면 당신이 필요한데, 당신을 앞으로 이용할 일이 너무 많은데, 당신이 굶는다고 해서. 그래서 거짓말한 거야. 당신은 후계자를 많이 바랄 것 같아서……."

이전에 배신했을 때는 수도원에 보냈었으니. 이번에 자신이 속았다는 걸 알면 그때처럼 화를 내리라. 그녀는 확신하며 말을 이었다.

"어때? 나 밉지? 그러니까 나를 보내."

그녀의 말을 가만히 듣던 빅토르가 그녀를 당기며 말했다.

"잠깐만 참아."

그러더니 그녀를 한 팔로 끌어안았다. 예상과 전혀 다른 그의 행동에 스칼렛의 눈이 커졌다.

서늘한 품속에 안겨서 어찌할 바를 모르는데, 빅토르가 다시 입을 열었다.

"조금만 더 해. 거짓말."

그리고 그의 입에서 흘러나온 말들도 예상과 달랐다.

"아홉 달만 더 해. 당신은 임신한 거야. 뭐가 어려워."

"……."

"제발. 임신했다고 해. 그럼 당신이 바라는 걸 이룰 수 있잖아."

예상이 틀어져 굳어 있던 그녀가 고개를 드니 빅토르의 얼굴이 보였다.

그는 언제나처럼 우아하기 짝이 없는 얼굴과 목소리로 그녀를 바라보고 있었다. 그럼에도 스칼렛은 마치 그가 무릎을 꿇고 자신에게 매달려 울고 있는 것처럼 느껴졌다. 눈이 마주치자 그가 미소를 지었다.

"당신이 거짓말을 하면, 나는 살 거야. 살려서 이용해. 원하는 만큼."

스칼렛의 입술이 떨리고, 그녀가 말했다.

"……응. 임신한 거 맞아, 사실. 임신했어."

그러자 그가 고개를 끄덕였다.

"다음 비행 준비 잘하고."

그는 말하고 스칼렛의 손을 붙잡아 자신에게서 뗐다. 그러나 놓지는 않고, 그녀의 손을 보며 실소했다.

"담배가 궁금했어?"

"지금 그런 말 할 때야?"

스칼렛이 흘기자 빅토르가 입꼬리를 늘이고는 왕실경찰들과 함께 떠났다.

스칼렛이 어떻게 좀 해 보라는 듯이 에번을 보았다.

에번은 화가 나 있었지만 크게 염려하는 얼굴이 아니었다. 다른 해군들도 마찬가지였다.

정작 그녀의 표정이 어땠는지, 빅토르가 떠난 후 해군들이 급하게 달려와 오히려 그녀를 달랬다.

"괘, 괜찮습니다, 스칼렛 양!"

"지금은 함장님께서 가실 생각이니 가시는 거지, 필요하면 금방 경찰서를 부수고 모시고 나올 겁니다."

덩치 큰 사내들이 둘러싸고 저를 달래느라 쩔쩔매는 게 귀여워서 스칼렛은 곧 작게 웃고 말았다.

"해군들 일이니 알아서 잘하겠죠."

그리고 휙 돌아서 제가 머무는 창고로 걸음을 옮겼다. 머릿속이 복잡했다.

거짓말과 후계자, 그리고 자신을 이용하라는 빅토르의 목소리가 뒤섞였다.

답이 나오지 않아 답답하다 못해 속이 메스꺼웠다.

그때 그녀의 뒤를 따라온 해군 하나가 작게 말했다.

"함장님께서 지금 체포되신 것은, 후에 저희 해군 전체가 왕명을 따르지 않았을 때의 이유가 될 겁니다."

"……."

그 말에 스칼렛이 멈칫했다.

오늘 일로 왕실은 빅토르뿐만 아니라 해군 전체에 대한 영향력을 상실했다는 의미였다.

해적을 없애라는 왕명 하나에 긴 시간 바다를 헤매며 동료를 잃었던, 그럼에도 왕실이 치하하기는커녕 해군의 뇌이며 심장인 빅토르 덤펠트를 공격하는 꼴을 보아 왔던 해군들의 마음은 더 이상 왕실을 향하지 않았다.

····◆·◆·◆····

호퍼는 올해 예순이 되었으나 오랜 바닷일로 여전히 다부진 몸을 가진 어부였다.

그는 십여 년 전, 자신의 배에서 침입의 흔적을 발견해 곧바로 경찰에게 알렸으나, 경찰은 알아보겠다고 대답만 하고 유야무야 넘어간 적이 있었다.

그러더니 두어 해 전에 갑자기 왕실경찰들이 나타나서는 그 배에 침입한 게 빅토르 덤펠트가 아니었는지에 대해 떠보는 것이 아닌가.
 그때 집에서 자고 있어 침입자의 얼굴은 전혀 못 봤다고 말을 했는데도 그때 유프호가 출항했으니, 그 배의 해군 중 하나였을 거라며 힌트 주듯이 대답을 강요하기까지 했다.
 그렇게 대답하지 않으면 불이익이 있을 거라 겁박까지 했으나, 호퍼는 열 살 남짓할 때부터 바닷일을 하며 온갖 꼴을 다 보아 온 뱃사람이었다. 집채만 한 파도에서 가까스로 돌아온 것도 손으로 다 꼽을 수 없을 정도이며, 해적이 군림하던 시절에도 두려운 마음을 누르며 먼 바다까지 나가곤 했었다.
 그러니 그깟 왕실경찰 백면서생들이 위협하는 걸로 빅토르 덤펠트를 팔아넘길 수는 없었다.
 호퍼가 제 낡은 보트를 열심히 닦는 사이 올해 다섯 살인 손녀 켈리가 올라탔다. 요즘 부쩍 말이 많아진 아이가 물었다.
 "할아버지, 왜 이 보트는 안 버려? 안 쓰는데?"
 "이건 아주 좋은 보트거든."
 "왜 좋아?"
 "음, 켈리가 어른이 되면 꼭 말해 주마."
 "지금 궁금한데!"
 "쪼끔만 참으렴. 쪼끔."
 호퍼가 손녀에게 혀 짧은 소리로 말하며 분주하게 손을 움직였다.
 혹시라도 왕실경찰들의 말처럼 이 보트에 침입한 누군가가 어렸던 루비드호의 함장이었을지 모른다고 생각하면 심장이 주체할 수 없을 정도로 뛰었다.
 그가 살면서 존경한 사람은 둘뿐이었다.

어머니와 제 나이의 절반도 되지 않을 빅토르 덤펠트.

해적들에게 죽어 간 동료들을 생각하면 피눈물이 났다. 그들의 원한을 달래 준 그 함장의 얼굴을 한 번만 볼 수 있다면 눈을 감아도 여한이 없었다.

이 보트에 탔던 게 정말 그 사내였을지도 모른다고 생각하니, 안 그래도 소중하던 보트가 더 이상 탈 수 없게 된 후에도 버릴 수가 없어 계속 창고에 넣어 두고 틈이 날 때마다 소일거리 삼아 청소를 하곤 했다.

보트를 열심히 닦아 낸 호퍼가 몸을 일으키다가 그늘이 져 돌아보니 왕실경찰 두 사람이 있었다.

"또 무슨 일들이시오?"

호퍼가 불쾌해하며 묻고, 켈리는 겁이 나는지 호퍼의 뒤에 숨어서 이들을 경계했다.

왕실경찰이 말에서 내리지조차 않고 말했다.

"가실 곳이 있습니다."

"아니, 내가 죄를 지은 것도 아닌데 왜 자꾸 오라 가라요?"

호퍼가 소리치자 왕실경찰이 혀를 차고 끔찍한 욕설을 섞어 내뱉었다. 호퍼가 급하게 손녀 귀를 막았다.

늘 나름의 예의를 차리던 왕실경찰이 위협을 하자 인근의 어부들이 소란을 듣고 나타났다.

왕실경찰들은 어민들이 몰려오자 귀찮아졌다는 듯, 그대로 물러나 이곳을 떠났다.

그들이 떠나자 켈리는 그제야 울음이 터졌고 호퍼가 손녀를 안아 들었다.

어부들이 물었다.

"어이, 거 무슨 죄를 그렇게 크게 지었는데 자꾸 경찰들이 들락거려?"

"동네 시끄러워서 원. 우리 몰래 뭐 맛있는 거라도 훔쳤어? 아, 뭔지 몰라도 같이 먹어."

그러자 호퍼가 대답했다.

"내가 이쁘게 생긴 게 죄라면 죄지."

"쟤는 뭘 잘못 먹고 저래?"

농담에 어부들이 정색하자 호퍼가 민망함에 코가 괜히 근질거려 훌쩍거렸다.

이 배에 혹시 빅토르가 탔었다면 가장 먼저 떠벌리고 싶은 건 호퍼 본인이었다. 아마 다들 이 배에 어떻게든 한 번씩 앉아 보려고 애를 쓸 것이다. 어부의 아이들은 다 하나같이 루비드호의 모형 함선을 가지고 싶어 했다.

호퍼는 저를 쏙 빼닮은 손녀를 보았다. 그러지 히니뿐인 이들이 해적에게 사로잡혔다가 돌아오던 날이 떠올랐다.

며느리는 켈리를 임신하고 있었다. 그녀는 해군 함선을 타고 돌아온 수척해진 남편을 발견하고는 끌어안고 말없이 펑펑 울기만 했었다.

그날 그 아들을 구한 것이 빅토르가 타고 있던 배였다.

'어디 날 겁박해 봐라. 내가 너희들 원하는 말을 해 주나.'

언제 경찰이 또 나타날지 모른다고 생각한 호퍼는 단단히 마음을 먹었다.

그리고 늦은 밤, 경찰이 다시 그를 찾아왔다. 이번에는 겨우 잠든 손녀를 깨우거나 아내와 아들 부부를 놀라게 할 수 없어 호퍼는 경찰을 따라 나섰다.

———————

빅토르는 기차 창밖을 바라보았다.

모처럼 수도로 돌아가는 길에는 침묵이 내려앉아 있었다.

가끔 한 민족은 정서를 공유할 때가 있다는 생각을 했다. 전쟁이 코앞까지 다가온 지금, 살란티에 사람들은 묵직한 공포감을 공유하고 있었다.

그는 자신을 바라보던 스칼렛의 얼굴이 다른 풍경과 뒤섞이자 그냥 눈을 감았다.

결혼 생활 2년 내내 자신을 보며 말갛게 웃던 얼굴이, 설레어하며 따라다니던 작은 새 같은 발걸음이 그때는 너무 당연해서 아까운 줄을 몰랐다.

스칼렛은 점점 더 크림슨다워졌다. 별을 쫓아 두려움 없이 여행하던 살란티에의 시조들처럼, 그녀의 부모도 앞을 보고 달렸고 스칼렛도 그랬다.

그녀는 그가 아는 사람 중에 가장 명예를 아는 이였다. 빅토르는 그런 사람을 저 따위가 미흡하다 생각하여 고쳐 놓았던 것을 떠올리고 실소했다. 그녀의 알맹이가 보이는 것보다 단단해 다행이었다.

기차역에서부터 기다리던 마차를 타고 왕실경찰 본청에 도착했다. 주변에는 연락받은 해군들이 모여 있었다.

왕실경찰들은 본청을 둘러싼 해군들에게 압박감을 느끼고 있었다. 이것은 빅토르의 명령이 아니라 자의라는 것을 그들의 분노한 눈빛과 손에 구겨든 신문에서 느낄 수 있었다.

[빅토르 덤펠트, 왕명에 항명]

"함장님께서 무슨 왕명에 항명했다는 겁니까? 혹시 왕실경찰 본청을 점거한 것이 문제라면, 상황을 이렇게 만든 본청부터 수사해야지요!"
"나라가 또 다시 은혜를 원수로 갚는 것 아닙니까!"
해군들뿐만 아니라 신문을 본 시민들 역시 그곳에 모여들었다.
마차에서 내린 빅토르는 왕실경찰 본청 밖에서 들리는 야유 소리에 잠깐 멈춰 뒤를 돌아보았다.
그가 돌아보는 순간 야유가 환호로 바뀌었다.
"이게 무슨 짓이냐! 당장 함장님을 풀어 드려!"
"왕실의 사냥개 같은 놈들이!"
그리고 왕실경찰들에게 던지던 돌은 그가 마차에서 내리는 순간부터 꽃으로 바뀌었다. 빅토르는 그런 시민들과 해군들을 바라보며 잠시 말이 없었다.

"왕족이 아니라고 해서 당신이 명예롭지 않은 건 아니야. 그걸 당신도 알았으면 좋겠어."

그는 스칼렛의 달콤하던 목소리를 떠올렸다. 그리고 아이러니하게도 왕실경찰이 자신을 불명예로 체포한 지금, 그의 인생에서 가장 큰 명예로움을 느꼈다.

◆

왕실경찰은 어떻게든 호퍼가 그 보트에 탄 것이 빅토르 덤펠트였음을 말하게 하려고 안달이 나 있었다.
며칠 동안 폭력과 폭언이 호퍼에게 쏟아졌다.
약이 바짝 오른 왕실경찰이 다시 말했다.
"자기 입으로 신고를 해 놓고, 왜 이제 와서 번복을 하냐는 거지. 말이 안 되잖아."
"이제 생각해 보니 착각이라는데 뭐가 말이 안 돼! 십 년은 된 일 가지고!"
호퍼가 씩씩거렸다.
아들뻘도 안 되어 보이는 경찰들이 욕을 하고 손찌검을 한다는 것이 아프기보다 속이 상했다.
곱게 자란 귀족 도련님들은 어부를 깔보는 멸칭도 서슴지 않았다. 저런 이들을 만나 볼 일이 없어서 신분으로 같잖은 취급을 받는 것이 이렇게 괴로운 일인 줄 몰랐었다.
"뱃놈들과는 말이 통하질 않는다니까. 해군 놈들도 마찬가지지만."
그러고는 다시 주먹이 날아왔으나, 호퍼는 오히려 더 입을 꾹 다물었다.
'함장님이 내 아들을 구하고, 내 손녀가 웃으며 살아갈 수 있게 해 주었다. 네 이놈들. 내가 내 아들과 내 친우들과 나의 생명의 은인을

저버릴 금수 같으냐.'

이러다 죽는다고 해도, 아쉬운 건 하나뿐이었다.

'빅토르 덤펠트와 한 번 만나 보고 저세상으로 건너간다면 좋을 텐데. 먼저 간 친구 놈들에게 자랑 좀 하게……'

그가 생각하는데 밖에서 요란한 소리가 들리기 시작했다.

왕실경찰들이 일어나 밖을 내다보더니, 방금 전까지와 달리 들뜬 표정을 지었다.

"빅토르 경이 오셨잖아?"

"진짜로 오셨어?"

체포는 체포이고, 유명인은 유명인인 듯했다.

호퍼는 방금 전까지 자신에게 주먹질하던 놈들이 저렇게 천진난만하게 구는 것에 구역질 났으나, 동시에 빅토르가 여기 와 있다는 사실에 덩달아 심장이 두근거리기 시작했다.

그가 일어나 같이 창밖을 보려 하자 왕실경찰이 걷어찼다. 그러더니 제 구두가 더러워졌다는 듯 인상을 쓰며 손수건을 꺼내 닦아냈다.

호퍼는 숨이 턱 막혀 취조실 바닥에 웅크려 헉헉거렸다.

그 상태로 다소간 시간이 흐른 후, 취조실 문이 밖에서 열렸다. 그리고 왕실경찰들끼리 무언가 이야기하더니 혀를 차며 호퍼를 일으켜 끌고 나가기 시작했다. 그들은 호퍼를 폭행했다는 사실을 숨길 생각도 없어 보였다. 귀족가의 자제들이 아닌 어부의 손을 들어줄 법관은 이 대륙 어디에도 없었다.

밖으로 끌려 나가던 호퍼는 중정에서 왕실경찰이 갑자기 멈춰 서자 같이 멈춰 섰다. 그리고 서슬 퍼런 위압감을 느끼며 고개를 들었다.

눈앞의 이이는 바닷사람이다.

호퍼는 제 앞에 서 있는 장신의 사내를 보는 순간 확신했다. 그냥 왠지, 그런 생각이 들었다.

"상상하던 그대로십니다……."

호퍼는 손녀가 태어날 때 이후로 처음 눈물을 글썽였다.

눈앞에 서 있는, 이 눈부시게 아름다운 사내는 빅토르 덤펠트가 분명하다고 그는 확신했다.

그에게서 두려우나 사랑하는, 바다의 냄새가 났다.

―――・・・―――

빅토르는 구둣발 모양으로 흙이 묻고 여기저기 피가 흐르는 호퍼를 물끄러미 바라보다가 해군식 인사를 한 후 몸을 숙였다. 그리고 그에게만 들리도록 귀엣말을 했다.

"내가 맞습니다."

"……."

"감사합니다."

그는 그렇게 말하고 악수를 하더니 왕실경찰들과 어딘가로 사라졌다.

그가 떠난 후에도 호퍼는 얼이 빠져 있었다.

왕실경찰 본청의 뒷문으로 쓰레기 내다버리듯 던져지는데도 몽롱한 상태였다.

거기 한참 주저앉아 있으니, 그의 오랜 술친구인 안드레이 해밀턴이 휘적휘적 다가왔다. 그는 주변에 사람이 없는 걸 확인하고 얼른 호퍼를 부축했다.

"어휴, 그 자랑하던 얼굴이 이게 뭡니까?"

"……."

"호퍼 씨, 아니 뭐 첫사랑이라도 만났어요?"

그러자 호퍼가 금방 정신 차리고 말했다.

"무슨! 내 첫사랑은 우리 마누라인데."

"근데 뭐예요, 그 황홀해하는 표정은."

안드레이는 또다시 홀린 얼굴로 서 있는 호퍼를 보며 인상을 썼다.

"아, 뭐냐니까요."

"함장님을 뵀어."

"오, 그래서."

호퍼가 빅토르와 악수를 한 자기 손을 보았다.

"악수도 했어……."

"정신 차리시죠."

"안드레이 군. 증인 좀 돼 줘. 아, 친구 놈들이 안 믿을 것 같단 말이야."

"거, 귀찮게 하시네. 일단 가시죠, 술 사 드릴게요."

"어이, 공짜 술이면 가야지."

피투성이가 된 사람을 보고 술부터 마시자고 하는 안드레이가 호퍼에게는 나이를 불문하고 아주 마음 맞는 친구였다.

안드레이를 따라 가면서도 호퍼는 자기 손에서 눈을 못 뗐다. 그러더니 아까 잠깐 본 빅토르 덤펠트에 대한 찬양을 시작했다.

"나는 살면서 그렇게 눈부신 분은 처음 봤어."

"예예."

"체격은 또 얼마나 좋은지. 루비드호에 함장님이 타고 계시면 베스티나 놈들이 멀리서 보고도 지레 겁먹고 도망칠걸? 저기서 다가오는데 주변이 죄다 압도되는 기분이……."

"아주 사랑에 빠지셨네요."

"원래도 빠져 있었지만, 내 기대가 너무 커서 사람들이 실망할 거라고 했다고. 근데 실망은 웬걸! 내 상상력이 미흡했더만!"

평소에 호퍼는 제법 능글능글할 때가 있었지만, 여느 뱃사람들처럼 기본은 무뚝뚝했다. 그런데 지금은 첫사랑에 빠진 청소년처럼 설렘을 감추지 못하고 있었다.

안드레이가 듣기도 귀찮다는 듯 손을 휘저으며 말했다.

"아, 술 취소할래요. 이거 술 먹으면 더할 것 같은데."

"뱃사람이 무르기가 어디 있어!"

"저 뱃사람 아닌데."

"아, 그 뭐 시계 가게 직원한테도 무르기 없어. 빨리 가."

안드레이는 귀찮은 표정을 지으면서도 자주 가는 술집으로 느릿느릿 걸음을 옮겼다.

어쩌다 보니 이번엔 해군의 첩자 노릇을 하게 되어, 바로 빅토르에게 연락을 받고 호퍼의 상태를 확인해 보고했다. 빅토르가 체포된 건 그 직후였다.

호퍼가 바로 나온 걸 보니, 빅토르가 아마 자신이 잡히고 최대한 협조하는 것을 대가로 호퍼를 내보낸 모양이었다.

이것까지 알아 버리면 호퍼가 또 무슨 호들갑을 떨지 몰라 안드레이는 귀찮아져 그냥 아무 말도 안 하기로 했다.

술집으로 향하며 안드레이는 신기하다는 생각을 했다. 빅토르 덤펠트는 왕실경찰이 조사해 온, 피도 눈물도 없는 그 사내답지 않은 행보를 연달아 보이고 있었다.

그도 저처럼, 스칼렛에게 휩쓸려 가고 있는 게라고 생각했다.

나쁜 길로 가는 것 따위는 상상도 못 하겠다는 듯이 빛나는 스칼렛 크림슨의 눈을 생각하니 픽 실소가 났다.

난생처럼 빅토르에게 약간이나마 동질감을 느꼈다.

2호기의 실험 비행은 결국 빅토르가 없는 상태로 이루어졌다.

빅토르가 전부 지시를 하고 떠났다고 해도 그가 없으니 공군 기지에는 이전과는 다른 불안감이 감돌았다.

스칼렛은 마지막에 마지막까지 2호기를 점검했고, 비행시간이 닥쳐서야 손을 뗐다.

각서를 쓰는 것을 빅토르가 허락하지 않았으나, 아직 정비 기술을 다 배운 해군이 없었다. 해군들은 머리가 뛰어나게 좋았지만, 공부해야 하는 양이 너무 많았다.

결국 2호기에 탄 것은 구스타프 교수였다. 허약하고 심약한 구스타프 교수의 다리가 불쌍할 정도로 덜덜 떨렸다.

"힘내세요, 교수님!"

"멋있어요!"

말려 주기는커녕 학생들이 다들 열심히 응원을 하자 구스타프 교수는 별수 없이 2호기에 올라탔다.

오늘 2호기를 조종할 루비드호의 해군, 피어스가 말했다.

"둘이 타게 되니 외롭지 않아 좋습니다, 교수님. 저세상에도 같이 갈 동무가 있다면 기쁘지 않겠습니까?"

피어스가 농담이라는 듯 유쾌하게 하하 웃었다.

구스타프 교수가 질색하며 말했다.

"해군들과는 성향적으로 맞지가 않아요······."

"예에? 전 학자님들 다 좋아하는데요!"

"그러니까, 그런 활달한 면이 참 학자로서 힘든 부분이래도······."

구스타프 교수가 힘겨워하며 말했지만 해맑은 피어스는 전혀 이해를 못하는 표정이었다. 그사이 수상비행기를 매단 슬루프가 빠르게 달리기 시작했다.

구스타프 교수는 비행기가 물에서 뜨며 덜컹덜컹할 때마다 얼굴이 하얗게 질렸다. 그러나 제 역할에 대한 의식은 있어, 덜덜 떨리는 손으로 기체에 이상이 없는지를 연신 확인했다.

곧이어 비행기가 완전히 떠오르자 구스타프 교수가 울며 말했다.

"떠, 떴어!"

"예, 떴습니다."

피어스가 태평하게 말했다.

2호기는 1호기보다 훨씬 높이까지 떠올랐고 순식간에 바다에 나왔다.

피어스가 멀리 보이는 해군의 함선들을 바라보며 말했다.

"함선을 내려다보니 근사하네요."

"내, 내려다보다니요! 겁도 없네요!"

구스타프 교수는 고소공포증을 느끼며 소리쳤다. 그러면서도 끊임없이 기계를 확인하고 조작하고 있어 피어스는 마음의 안정감을 느졌다.

"동료애가 느껴집니다, 교수님!"

"내 성이나 알고 동료애를 말하는 겁니까!"

"모릅니다!"

이야기하던 피어스가 손목의 시계를 확인했다.

스칼렛이 만든 이 공군용 시계는 고도를 확인할 수 있는 장치가 들어 있었다.

피어스가 고도를 확인하며 말했다.

"제가 장담하는데, 평화 시가 되어 스칼렛 양께서 이 공군용 시계를 팔면 사교계에 대파란이 일어날 겁니다."

"스칼렛은 천재예요."

구스타프 교수가 겁에 질린 와중에 말을 이었다.

"나는 살면서 그렇게 좋은 머리를 가진 동시에 지적 탐구욕이 강한 학생을 본 적이 없어요. 그 친구는 세상을 바꿀 겁니다!"

"이미 바꾸고 있지 않습니까?"

피어스가 느긋하게 말하고 아래를 보라는 듯이 턱짓했다. 결국 구스타프 교수는 연거푸 심호흡하고 아래를 보았다.

봄은 북부보다 큰 보폭으로 남부를 향해 다가왔다.

봄 햇살에 수천만 개의 보석처럼 빛나는 바다를 바라본 구스타프 교수가 말했다.

"……죽기 전에 마지막으로 보는 장면으로는 손색이 없네."

그런 그의 혼잣말에 피어스가 웃음이 터져 호쾌하게 웃었다. 그리고 고도를 확인한 후 말했다.

"선회합니다."

"예, 알겠습니다."

구스타프 교수가 두 손으로 손잡이를 꽉 쥐었다.

피어스가 비행기를 선회했다. 그리고 구스타프 교수는 함선의 갑판 위에서 만세를 하는 해군들을 보았다.

2호기는 무사히 선회했다. 비행시간은 이미 5분을 넘어가고 있었다.

구스타프 교수는 선회한 직후부터 덜컹거리는 너트를 발견하고 몽키스패너로 다급하게 조였다. 그 외에 다른 잔고장을 고치는 사이에도 비행기는 계속해서 비행했다.

시간 가는 줄 모르고 수리를 하고 있으니 피어스가 말했다.

"20마일입니다."

"이제 3마일만 더 가면 베스티나에 도착할 수 있는 거리군요."

"아뇨, 해군의 마일 단위는 다릅니다. 왜, 해리라고 하지 않습니까? 해군에게 20마일이면, 보통 사람들이 사용하는 23마일과 같습니다."

"그럼……"

"이미 베스티나에 도착한 겁니다."

피어스의 말에 구스타프 교수가 멈칫하더니 이내 손잡이에서 손을 떼고 만세를 하며 환호했다.

"대성공이군요!"

"아뇨, 무사히 착륙을 해야 대성공입니다, 교수님."

"아, 아! 그러네요!"

내내 긍정적인 피어스였지만 작전을 완전히 수행하기 전까지는 마음을 놓지 않았다.

비행기는 그로부터 3해리를 더 가서 해안가에 무사히 착륙했다.

그곳으로 공군 기지 사람들이 달려 나왔다. 구스타프 교수는 피어스의 부축을 받아 내리다가 다리에 힘이 풀려 모래사장에 주저앉았다.

"아이고……."

"교수님! 진짜 멋있어요!"

"최고예요!"

저것들이 칭찬으로 날 춤추게 하네…….

구스타프 교수는 생각했다.

그사이 해군들이 피어스에게 달려들어 그를 안고 머리를 두들겨대며 환호했다.

목숨이 걸린 상황이라 얼떨결에 동지애를 느낀 건 사실이지만, 역시 저 활달한 해군들과는 성격적으로 안 맞는다고 생각했다.

그리고 거기 있는 이들은 모두, 이 압도적인 성과를 만들어 낸 공헉자를 찾았다.

"스칼렛 양은 어디…… 왜 저렇게 멀리 떨어져 있는 겁니까?"

피어스가 의아해하며 묻자 에번이 어깨를 으쓱이고 대답했다.

"겁먹은 거 들킬까 봐."

"예?"

"자기가 겁먹은 거 들키면, 파일럿이 같이 겁낼까 봐."

"스칼렛 양도 참……."

에번은 멀리서 보기에도 떨리는 스칼렛의 어깨를 보며, 그녀가 언제쯤 자신이 말도 안 되게 위대한 일을 해냈음을 자각하게 될까를 궁금해했다. 그 빅토르 덤펠트를 훈련된 사냥개 다루듯이 할 수 있는 유일한 사람이라는 것을 포함하여.
한참 성공적인 비행의 여흥을 즐기고 있을 때, 커스틴이 허공을 가리켰다.
"……어, 저기."
그녀의 손가락을 따라 스칼렛이 시선을 돌렸다. 그녀가 멍한 표정을 지었다.
살란티에와 베스티나의 비행기 개발은 그 용도가 완전히 달랐다.
베스티나는 저 험준한 산맥을 넘어오기 위해 비행기를 만들었고, 살란티에는 전면전이 시작되었을 때 바다를 통해 해군과 함께 최대한 빠르게 베스티나 남부를 점령하는 것을 목적으로 했다.
베스티나의 것은 기낭으로 만든 비행선의 형태를 띠고 있었다. 그리고 공군 기지 앞에 잠시 체공하더니, 격납고로 사용하는 창고에 폭탄을 떨어뜨렸다.
그 순간, 공군 기지에 있는 사람들은 동시에 같은 생각을 했다.
공군 기지의 위치가 유출되었다.

〈처음이라 몰랐던 것들〉
3권에서 계속